U0074376

台灣中生代詩人兩岸論

傅天虹　白靈　　主編

兩岸論，讓台灣中生代攀上奇萊
──本書卷前小語

張默

A

去年初冬某晚，現在珠海北京師大文學院任教的傅天虹，曾來台北與老友小聚，他對《創世紀》60年社慶，十分感興趣，說著說著，話題很自然的轉到台灣中生代的身上，於是幾經商量，一部頗具份量的《台灣中生代詩人論》之編選，於焉誕生。

第二天下午，咱們四人，白靈、傅天虹、辛牧和筆者，又在台北懷寧街某咖啡座閒聊，主要是商談如何編輯台灣中生代論集的具體內容，經過約兩小時研商，得到以下結論如下：

書　　名：台灣中生代15家〈論集〉

主　　編：白靈、傅天虹

入選詩人：馮青、簡政珍、白靈、杜十三、陳育虹、渡
　　　　　也、陳義芝、陳黎、羅智成、向陽、焦桐、
　　　　　陳克華、鴻鴻、李進文、嚴忠政（15）家。以
　　　　　1950~1966年出生者為主。

以上入選詩人名單之敲定，絕非憑空而生，確是依據下列當代五部重要選本作為最佳之參考：

1.台灣青年詩選‧張默編‧1991年，北京人民文學出版社。

2.新詩三百首‧張默、蕭蕭編‧1995年，九歌版。

3.二十世紀台灣詩選‧馬悅然、奚密、向陽編‧2001年‧麥田版。

4.新詩讀本‧蕭蕭、白靈編‧2002年，二魚版。

5.新詩30家‧白靈編‧2008年，九歌版。

其中，《台灣青年詩選》，有10家列入本書，《新詩三百首》有11家列入本書，《二十世紀台灣詩選》有10家列入本書，《新詩讀本》有12家列入本書，《新詩三十家》有14家列入本書。名單恕不一一重覆。

接著便立即商定，論文撰寫如何分配及邀稿，分由白靈（負責台灣），傅天虹（負責大陸），每家論文以萬字為限。鐵定2014年4月底全部完成交卷。……

B

歷兩位主編的密集約稿，以及再三催逼，所有稿件均先後於2014年4月底交卷，5月初當白靈將厚厚的書稿傳到辛牧手中，書名已正式定名為《台灣中生代詩人兩岸論》。全書概分：卷一：「台灣學者論中生代」。收蕭蕭到解昆樺8篇論文。卷二：「大陸學者論中生代」。收朱壽桐到趙思運7篇論文。體例至為完備。

筆者於7月初接到傅天虹的電話，他希望我執筆為本書撰寫序介，當時我說拿到校樣稿再說吧！

8月30日黃昏，辛牧送來秀威的校樣全書，我立即仔細翻閱每一家論文，並作精要筆記，以為撰寫「卷前小語」的參考。

台灣中生代，自簡政珍以降到李進文等等，的確現階段是他們策馬前行的主力，筆者難以為入選的15家說三道四，特分別依

本書編選順序，選錄兩岸學者的論點精華，供愛詩人一粲。

- 其一是蕭蕭論焦桐的結語：擅長敘事的現代詩人焦桐，確在小詩中蘊藏敘述能耐，發展出五行的「木質」特性，在有限的行句中繼續推進式演展本事，為創作小詩提示一個便捷的門徑。

- 其二是鄭慧如論簡政珍結語：簡政珍捕捉物象，轉化意象，一邊超越寫實，一邊勾勒生命，其詩作最令人驚喜之處，是意象間的同異縫隙，以及縫隙間的留白、透明，以及可能性。

- 其三是李翠瑛論陳育虹的結語：《索隱》是一種內在尋索與外在間力求平衡的翹翹板，從隱藏或表現之間，陳育虹以隱喻、圖象、音樂等技巧不斷試煉她的詩句，以最佳狀態來表現她細膩的心事或心情。

- 其四是陳正芳論陳黎的結語：《小宇宙：現代俳句一百首》，這本詩集將預示詩人日益狀大的文字嬉遊能力，更重要的是以「現代俳句」設限的詩創作，在展開國際視野的同時，也延續了前作豐沛的跨文化意象。

- 其五是鄭慧如論白靈的結語：以意象的虛實轉化為基礎，白靈的詩畫共構凝聚主觀的焦點。作為思想和感情的出口，以建立經過選擇、重組之後的秩序。白靈以多元傳播為流星般的砥礪火花，藉著詩創作的媒介轉換證明……

- 其六是陳政彥論嚴忠政的結語：嚴忠政的詩充滿現實關懷，在這些詩當中我們可以看到他透過不同人稱，來講述各式各樣的故事………

- 其七是解昆樺論渡也的結語：渡也的詩觀「詩的內容不深奧，題材儘量寬闊」，連帶使之詩語言自然走向精簡，不刻意經營巨幅篇章，精準運用語言勾連物象，形成隱喻聚焦主題，足見詩語言掌握能力。

- 其八是白靈論杜十三的結語：杜十三是濁水溪之子，不安而不穩，卻是澎湃的。他一生致力打破界線，模糊掉框框，乃至作掉所謂藝術邊界。他的跨領域行動，文創先知的敏銳，是早早就走在時代前端的……
- 其九是朱壽桐論向陽的結語：向陽寧願將詩歌和詩人的全部意義交付於他心目中的燈光：「詩人如果是夜裡點起的一盞燈，他的責任即是要在最黑暗處放光。」燈就是詩意的全部，是詩的功能的形象體現。
- 其十是王珂論鴻鴻的結語：鴻鴻的「跨界寫作」，也具有合理性。現代詩的一大特點就是「跨界」。不管詩人的生存境遇如何，詩歌生態多麼惡劣，都有必要站在本質主義立場，堅持捍衛「詩是最高語言藝術」。「詩要寫得美」……
- 其十一是羅小鳳論陳義芝的結語：陳義芝的詩以抒情性與敘事性、傳統與現代、感性與知性的多重疊映而顯出與眾不同的詩歌風景。打造了獨屬於他自己的詩歌「新品種」。他從不拘泥某一種詩歌表現藝術，不失為台灣「中生代」詩人群所貢獻的一份獨特個案。
- 其十二是胡西宛論李進文的結語：李進文的詩作藝術思考的主要對象，是人倫親情、社會政治和自我存在，具體體現為對親情的品味與人生感悟以及生存的深刻體驗。現世情懷和終年關切，是漢語新詩的基本價值，對這些價值內涵的藝術表現，他展現了台灣中生代的承前啟後，開拓新局的能量。
- 其十三是孫金燕、沈奇論羅智成的結語：羅智成正是借用這些「語詞的意義」，通過向古老文化精神的回返與對現世細節的深沉把握，逃逸出現實與自我兩個向度的逼迫，從而獨立於世。並最終「讓世界，得以美滿地，在我們體內進行。」

- 其十四是趙思運論陳克華的結語：陳克華以「驚世駭俗」的身體表達成為華語詩界的標誌性詩人。尤其是他通過詩歌，對肉身男體進行全方位的測繪，可以說，身體美學是陳克華寫詩的出發點，也是最終旨歸。
- 其十五是傅天虹論馮青的結語：馮青是中生代女詩人具有獨樹一幟的風格，她對冷峻意象的營造以及現代詩技運用十分得心應手，對生活的投射，對視野的定格，都展現了一個冷冽，情感零介入，只屬於她自己的世界。

上述兩岸詩人學者對台灣15位中生代詩人的論評精要，都有各別獨具的視點，值得肯定。深信海內外愛詩人細讀全書之後，一定感悟很深。謝謝兩位主編精心細密的編配，孰前孰後，并然有序，筆者認為「運用之妙，存乎一心」，那麼本書以焦桐打前鋒，馮青為壓軸，正是印證「好酒存甕底」。本書列為〈創世紀〉60年慶詩叢之四，何妨讓它自由自在，向華語新詩的大海，朗朗鼓浪前進。

C

就筆者記憶所及，兩岸詩人學者共同協力論述台灣中生代詩人，這可能是首部合作完成的藝術品，希望今後有更多別具風格的兩岸中生代詩人論集問世。

本文開篇我說過：兩岸論，讓台灣中生代攀上「奇萊」，如果本書出版後，花蓮三陳（陳義芝、陳黎、陳克華），願意聯手邀約這批中生代15家，真的登上奇萊峰，大夥兒在絕嶺高聲朗讀楊牧有關奇萊的詩片斷，然後大家把手中帶來新出版的《兩岸論……》紛紛拋向千丈外小小的鯉魚潭，餵魚。說不定它就是2014年台灣詩界最最特大新聞！啊，永恆，再見！

——2014年9月1日凌晨定稿於內湖

目次

卷二　大陸學者論中生代

卷一 ——台灣學者論中生代

小詩含藏蓄存的敘事能量：
以焦桐詩的木質特性為研究中心

蕭蕭（明道大學）

摘要

　　傳統詩歌，學者區分為關注「群體共同價值」及關注「個體存在價值」之創作意向的兩種實踐型態。就詩之篇幅而言，詩經、楚辭、樂府、古詩之「言志」傳統，其長度遠遠勝過「緣情」走向之唐詩、宋詞、元曲；曲之散曲抒發個人情緒，屬「緣情」之作，可歸類為短小家族，劇曲鋪排眾人遭遇、家族興衰，類近於「言志」詩之篇幅，屬於中等篇章。是以「言志」之詩比起「緣情」之作，篇幅為長。本文則論述擅長敘事詩的現代詩人焦桐（葉振富，1956-　），在中長篇之外，他的小詩如何蘊藏敘事能耐，如何發展五行中的「木質」特性，在有限的行句中繼續推進或演展本事，如「木」一般持續成長，預留給讀者更多的想像空間，研發出新情節，進而結合了「群體共同價值」與「個體存在價值」之相互影響，達成相乘效果。

關鍵詞：焦桐、小詩、辯證、木質屬性、敘事能量

The Versicle Represents Narrative Power: Regarding Jiao Tong's Poem of Wood Attribute as the Example

Hsiao-hsiao (Ming-Dao University)

Abstract

The traditional poems which be focused on the creational intention in the collaborative evaluation of group and the individual exist worth are composed of two practical styles by scholar. For the length of poem, the poetics of aspiration in Shijing, Chu Ci , Yue Fu, Chinese Poetic are superior in emotional poetics that contain Tang Poetry, the Lyrics of Sung Dynasty and Yuan Qu. The Single Songs that express feeling belong to the poetics of emotion which could be classified the Versicle. The Operatic Songs are similar to aspiration poems, which arranged for personal and family lives are sorted to the middle-sized writings. Therefore, the sections in aspiration poems are longer than the emotional one. The poetry, Jiao Tong (Yeh chen fu, 1956-), who are exported in narrative poems will be elaborated in this thesis. Jiao Tong's versicle represents his narrative power and the envelopment wood attribute in the Five Elements. Extending in the infinite sentence group as the wood's growth, the versicle of Jiao Tong not only gives readers imagination but also creates new plot, and combines the attraction with the group collaborative evaluation and the individual exist worth to achieve the interaction.

Keywords: Jiao Tong, The versicle, Dialectic, Wood Attribute, Narrative Power

一、古典小詩：意象與敘事的辯證

　　春秋戰國之後，魏晉六朝之前，詩的篇幅應該屬於中等篇章，「詩言志」的傳統，[1]「思無邪」的倡言，[2]似乎非三言兩語所能道盡。但是晉朝陸機（261-303）〈文賦〉所提及的「詩緣情」之說，卻讓魏晉六朝之後詩的書寫形成兩大主流：一是賡續傳統的「詩言志」詩歌，以反映政治社會現實、提示個人觀點、諷諭政教為其首要目標；一是「詩緣情」之新論，以小我之感興情意，創作出主體私密的個己審美經驗。由此兩者交互表現出傳統詩歌之特色，學者稱之為關注「群體共同價值」及「個體存在價值」之創作意向的實踐。[3]就詩之篇幅而言，前者如詩經、楚辭、樂府、古詩之大部分篇章，其長度遠遠勝過「緣情」走向之唐詩、宋詞、元曲（散曲）。元曲原有散曲、劇曲之分，散曲屬於單曲，劇曲屬於組曲；散曲抒發個人情緒，劇曲鋪排眾人遭遇、家族興衰。劇曲以戲劇鋪陳為主要內容，所以劇曲的篇幅長度當是小令、中調的十數倍，可以歸屬為「言志」詩，其篇幅屬於中等篇章，而散曲類近於「緣情」之作，可歸類為短小家族。

　　陸機所言：「詩，緣情而綺靡；賦，體物而瀏亮。」一般論者重心放在詩歌的創作必須內省自己，因情緣意，重視語言的精美華麗；賦體的書寫則以觀察外物、體念他心為主，文字則因

1　《尚書注疏》卷三，台北：藝文印書館，十三經注疏本，1979，頁46。
2　「駉駉牡馬，在坰之野。薄言駉者，有駰有駓，有騂有騏，以車祛祛。思無邪，思馬斯徂。」《詩經·魯頌·駉篇》。子曰：「詩三百，一言以蔽之，曰：思無邪。」（《論語·為政》）
3　顏崑陽：〈從詩大序論儒系詩學的「體用」觀──建構「中國詩用學」三論〉，政大中文系：《第四屆漢代文學與思想學術研討會論文集》，台北：政治大學，2002年5月，頁287-324。並見李百容：〈從「群體意識」與「個體意識」論文學史「詩言志」與「詩緣情」之對舉關係──以明代格調、性靈詩學分流起點為論證核心〉，新竹教育大學：《人文社會學報》第二卷第一期，新竹：新竹教育大學，2009年3月，頁3。

偏於敘述而重視清朗亮爽。其實陸機這兩句對比句，也可以視為小幅與巨帙的區隔。賦的體制分為騷體賦、散體賦和抒情小賦，騷體賦受《楚辭》影響，以寫志為主，散體賦假設問答，駢散間出，散文意味重於詩，體制恢宏，長篇廣幅，一般稱為漢大賦，是賦的最重要代表，劉勰《文心雕龍‧詮賦》所說的：「賦者，鋪也，鋪采摛文，體物寫志也。」[4]正是提醒我們，賦以體物寫志為主，屬於「言志」系譜，所以篇章碩大。抒情小賦雖為賦體，但以抒情為其核心，風格清新，「緣情」系譜之下，篇幅短小精悍。

所以，根據這兩個系統的比較，「言志」之詩比起「緣情」之作，篇幅為長。唐朝以後的詩篇，言情為多，所以，絕句四句，二十賢人或二十八字；律詩加倍為八句，四十或五十六字而已；宋詞按詞牌填字，百字以內的小令、中調，大約占詞牌的八成，百字以上的詞牌如〈念奴嬌〉（100字）、〈水龍吟〉（102字）、〈雨霖鈴〉（103字）、〈永遇樂〉（104字）、〈賀新郎〉〈摸魚兒〉（116字），也略高於百字一、二十字而已。

顯然，古典詩歌以短篇小幅為多，以緣情興感為其主流。詩人精力多表現在意象的鑄新，少著力於事件的鋪陳。

二、現代小詩：意象與敘事的辯證

二十世紀現代漢語小詩，早期受傳統詩絕句、律詩，日本俳句、和歌，印度詩哲泰戈爾（Tagore，1861-1941）三者統合性的影響，大陸時期冰心（謝婉瑩，1900-1999）的《繁星》、《春水》，日治時期楊華（楊顯達，1906-1936）的《黑潮集》、《心弦集》、《晨光集》，都曾達及高峰。大陸學者呂進

---

[4] 劉勰：《文心雕龍‧詮賦》。引自吳林柏：《文心雕龍義疏》，武漢市：武漢大學出版社，2002，頁107。

（1939- ）曾在〈寓萬於一，以一馭萬〉的文章中強調「小詩是漢語新詩的重要品種」。[5]他用「海欲寬，盡出之則不寬；山欲高，盡出之則不高。」證明小詩雖小，但語言文字之外的天地卻是極為寬廣；期望小詩雖小，但語言文字的錘煉功夫卻不可輕忽：「因為小，所以小詩的天地全在篇章之外。工於字句，正是為了推掉字句。」[6]

　　台灣最早收集小詩、編輯小詩、論述小詩者，首推羅青（羅青哲，1948- ），他在1979年編輯《小詩三百首》兩冊，發行甚廣，書前撰述〈讓我們來讀寫小詩〉作為代序，並有導言：〈麻雀小宇宙〉細論小詩，他強調：看七律五律、七絕五絕在古典詩中的地位，便可明白「小詩」創作的重要，認為現代詩人要能接受這樣的挑戰：把白話「小詩」的層次，提升到律詩或絕句的地位。[7]後來，李瑞騰（1952- ）也認為小詩是現代新詩的一大宗，應該在「現代詩的類型論」裡立專章討論，甚至於現代「小詩」要和近體詩中的「絕句」、詞曲中的「小令」，在中國詩歌史中鼎足而三，並且引用清朝沈德潛（1673-1769）論七絕的話「語近情遙，含吐不露」，認為以此期待現代小詩，更為貼切。[8]瘂弦（王慶麟，1932- ）曾稱呼小詩是詩界的「輕騎兵」，或許達陣的期望值可以增高一些。

　　羅青之後，張默（張德中，1931- ）曾主編《小詩選讀》、《小詩‧牀頭書》，並出版自己的小詩專集《張默小詩帖》，對於小詩顯然下過苦功，他認為：小詩應是「思、情、趣」三者

[5] 呂進：〈寓萬於一，以一馭萬——漫說曾心〉，曾心：《玩詩，玩小詩——曾心小詩點評》，台北市：秀威資訊科技股份有限公司，2009，頁3。
[6] 呂進：〈寓萬於一，以一馭萬——漫說曾心〉，曾心：《玩詩，玩小詩——曾心小詩點評》，頁6。
[7] 羅青：〈讓我們來讀寫小詩〉，《小詩三百首》，台北市：爾雅出版社，1979，頁13。
[8] 李瑞騰：〈序〉，張默編著：《小詩選讀》，台北市：爾雅出版社，1987，序頁6。

的複合體。[9]「應該是情與趣、意與聲、形與象、疏與密、露與隱、拙與巧……的自然融會，從而臻至一種豁達、素靜、生動、和諧、一舉中的，瞬間爆發料峭之美的綜藝體。」[10]

所以，小詩幾乎是詩的最佳代表，張默感性的頌詞可以看出他的推崇：

> 一首小詩，是一個玲瓏別透的宇宙。
> 一首小詩，是一片茂林修竹的風景。
> 一首小詩，是一幅氣韻生動的素描。
> 一首小詩，是一抹隱隱約約的水聲。[11]

> 在語言上，應力求洗鍊，講求密度與深度。
> 在意象上，應力求突兀、轉折，千變萬化。
> 在感覺上，應力求暢達舒愉，縱橫自如。
> 在節奏上，應力求抑揚頓挫，甚至譜出天籟之音。[12]

一首小詩的負荷等同於任何一首正常結構的詩。

繼張默之後，白靈（莊祖煌，1951-）也認可詩應與「精緻」二字相當，像閃電短而有力，像螢火蟲小而晶瑩。[13]這就是詩，詩，不需要長篇大幅，所以「詩」就應該是「小詩」。

繼續閃電與螢火蟲的譬喻，白靈指出小詩的利基就在於引人注目，就在於變化新鮮：「雷霆萬鈞之力常只宜將能量發揮於

9　張默：〈晶瑩別透話小詩〉，張默編著：《小詩選讀》，台北市：爾雅出版社，1987，序頁15。

10　張默：〈綻放瞬間料峭之美〉，張默編：《小詩‧牀頭書》，台北市：爾雅出版社，2007，頁3-4。

11　同前注。

12　張默：〈綻放瞬間料峭之美〉，《小詩‧牀頭書》，頁19。

13　白靈：〈閃電和螢火蟲──序《可愛小詩選》〉，向明、白靈編：《可愛小詩選》，台北市：爾雅出版社，1997，序頁2。

一瞬，拖沓太久，則早渙散殆盡，不論閃電也罷、螢火也好，其能引人注目，即在於一瞬，因一瞬乃不易把持、易具變化和新鮮之感，因閃爍不定故可引世人之好奇、注目。此即小詩有機會成為新詩大宗之利基。」[14]如果要以一個字來說明白靈所說的利基（引人注目、變化新鮮），那就是「動」字。嬰孩學習的過程，「動」才能引起他的注目，這「動」字不就包含了移動、變化所引起的新鮮感？學習的利基、小詩的利基，都在這「動」字。所以，如如不動的山不會有詩，加上風、加上水、加上蟲鳴鳥叫才是詩；路燈不是詩，會飛的螢火蟲才是詩；但不飛的螢火蟲也是詩，因為他們又閃又爍，另一種「動」。

2003年元月《世界日報》副刊林煥彰（1939- ）設計「刊頭詩365」的小詩創作，2006年7月泰華詩人曾心建設「小紅樓」藝苑，加蓋「小詩磨坊亭」，《世界日報》隨之增闢「小詩磨坊」專欄，林煥彰的「小詩磨坊」逐漸形成風潮，2010年1月回到家鄉，成立「蘭陽‧小詩磨坊」，如今受過這種薰陶、教育的同仁遍布泰華、新華、馬華、印華及台灣詩壇。甚至於落蒂（楊顯榮，1944- ）為此而寫成評論專書《六行寫天地——泰印華人新詩美學》[15]。聲勢浩大的小詩磨坊，堅持只寫六行、七十個字以內的作品，觀其論說，也不過是：

篇幅小，形式有精緻之美；
字數少，語言有簡潔之美；
個性化，意念有獨特之美；
有創意，詩想有創意之美。[16]

14　白靈：〈閃電和螢火蟲——序《可愛小詩選》〉，向明、白靈編：《可愛小詩選》，序頁22。
15　落蒂：《六行寫天地——泰印華人新詩美學》，台北市：文史哲出版社，2011。
16　林煥彰：〈六行小詩的新美學〉，《小詩磨坊‧馬華卷1》，台北市：秀威資訊科技股份有限公司，2009，頁7。

林煥彰在序孟樊（陳俊榮，1959- ）小詩集《從詩題開始》時，說他所提倡的六行小詩，是形式的小，不應以內容的輕薄短小來看待，他所期望追求的小詩「其內涵應能表現有更大的想像空間，如國畫山水、或任何藝術的留白，以及表現的空靈和禪味的境界。」[17]此一說法正呼應他前面所說的「個性化，有創意」。因此，回過頭來看曾經寫過詩學論評《當代台灣新詩理論》、《台灣後現代詩的理論與實際》、《台灣中生代詩人論》的孟樊，也曾經出版純一內容的旅遊詩《旅遊寫真》、純一形式的仿擬（parody）之作《戲擬詩》，在這兩種實驗之後，孟樊出版小詩集，還在有限的的行數裡面（孟樊自限十二行）另設一層限制──詩「從詩題開始」寫起。[18]這是孟樊的個性與創意的顯現。但是，以十二行為小詩最高行數的孟樊，邀請以六行為最高行數的林煥彰寫序，潛意識中有沒有小詩行數何者為佳的辯證期望？倒也值得思考。

　　小詩行數，各自表述，林煥彰（6行）與孟樊（12行），相差兩倍，白靈（5行）與向陽（10行）、向明（8行）與羅青（16行），也相差兩倍，更不要說瓦歷斯‧諾幹（Walis Nokan，1961- ）的2行詩與李瑞騰的20行規格，相差十倍之大。何者為佳？詩評家孟樊雖訂12行為準，出版時還刻意刪削超出的行數以符標準，但在面對白靈10行的說法時，他抗議「多出兩行並不見得就非小詩」，[19]若是，12行再多出兩行也不見得就非小詩，12行的堅持也就不是定規了。

　　散文家陳幸蕙（1953- ）為青少年編輯了兩本詩選《小詩森林》、《小詩星河》（幼獅版），她「精簡、短小」的判定標準，基本上參酌羅青的十六行與白靈的百字為基準，但採彈性和

---

[17]　林煥彰：〈從小詩開始──為孟樊小詩集《從詩題開始》寫序〉，孟樊：《從詩題開始》，台北市：唐山出版社，2014，頁4。
[18]　孟樊：〈自序〉，《從詩題開始》，頁11。
[19]　孟樊：〈自序〉，《從詩題開始》，頁10-11。

fuzzy原則，允許在此基準上有上下浮動的空間，不致太過刻板僵化。[20]所以，從白話詩開始啟航的新詩、現代詩，原來就沒有格式、格律的任何限制，在這個背景前，所謂「小詩」也就可以悠遊在一行至十行間、一字至百字內，要是超過這個公約數，還願意以小詩稱之，也不需要任何公信力加以制裁。

詩人張默主張：小詩應是「思、情、趣」三者的複合體之後，一般都能接受這種認知，孟樊甚至於認為能達成「思、情、趣」之任一面，就算成功。[21]這「思、情、趣」三者的複合體，嚴格說不容易企及，因為「思」屬理性，「情」屬感性，二者結合已屬不易，何況是三者複合！

散文家陳幸蕙的《小詩森林》認為小詩是「值得相遇的藝術心靈」，「或豐贍華美，或清新可喜，或圓融飽滿，或帥勁精悍，或啟人深思，而大體以雋永淺近為主，都是值得一讀的好詩。」[22]其中，帥勁精悍言其篇幅；豐贍華美、清新可喜，是「情」的讚語，但尚未達及「趣」的層次；圓融飽滿、啟人深思，則是「思」的範疇，離「趣」尚遠。熟悉泰華作家的中國學者計紅芳[23]則將（泰華）小詩概括分為：抒情小詩和哲理小詩，抒情小詩「多半是詩人個體生活天地的人生詠嘆，友情、愛情、親情、鄉思、離愁等等，雖沒有一般詩歌表現得那麼宏大深遠，但真摯的感情、清妙的審美意趣，往往給人以深遠的審美想像。」[24]哲理小詩「主要抒寫富有詩情的哲理體驗。詩人以哲人之眼，從平凡的小事物、小景致中，引發出某種富有詩情的

---

[20] 陳幸蕙：〈莎士比亞的角落〉，《小詩森林》，台北市：幼獅文化事業有限公司，2003，頁6。
[21] 孟樊：〈自序〉，《從詩題開始》，頁10。
[22] 陳幸蕙：〈莎士比亞的角落〉，《小詩森林》，頁7。
[23] 計紅芳（1972- ），江蘇常熟人，蘇州大學文學博士，常熟理工學院副教授，主要從事中國現當代文學研究和世界華文文學研究，著有《香港南來作佳的身分建構》，曾在泰國朱拉隆功大學（Chulalongkorn University）文學院任教兩年。
[24] 計紅芳：〈六行之內的奇蹟──湄南河畔的「小詩磨坊」〉，林煥彰主編：《小詩磨坊》（泰華卷2），香港：世界文藝出版社，2008，頁9。

人生哲理體驗，給人以有益的知性啟悟。」[25]抒情小詩和哲理小詩，遙遙呼應了張默呈「線型」發展的「思、情」二字，但依然未能觸及小詩敏感的「趣」「點」。一般論述說唐詩具有「情趣」（情）、宋詩具有「理趣」（思），都強調一個「趣」字，顯然「趣」字才是使詩活起來的那一點。現代小詩因為篇幅小，「趣」字才是真正的「亮點」所在，如果缺少這「趣」字「亮點」，閃電、螢火蟲的譬喻也就失去了準頭，顯得無趣了！

試著將張默的「思、情、趣」繪成簡單示意圖：

在這個示意圖裡，「趣」字成為小詩的「亮點」，「思、情」是小詩運行的軌跡。當然，小詩的敘「事」功能在這個示意圖裡、或者說在以往的論述中，顯然是不被重視的，有意忽略了。

我們暫且以日治時代詩人楊華（本名楊顯達，字敬亭，1906-1936）為例，楊華原籍台北，後居屏東，嫻熟文言古典，以教授漢文為生。曾以楊花、器人等筆名發表小詩和小說，他是日治時期寫作小詩最精彩的一位，頗受五四詩人冰心、梁宗岱（1903-1983）影響。另外他也以台語創作詩歌，〈女工悲曲〉是其中的名篇，寫盡弱勢族群的悲慘血淚。可惜天不假年，因罹患末期肺結核絕症，貧病交迫，投繯自盡。楊華的〈小詩〉[26]可

---

[25] 同前注，頁11。

[26] 〈小詩〉原載《臺灣民報》第141號（1927年1月23日），是當時「新竹青年會」藉《臺灣民報》向島內詩人徵求白話詩，榮獲第二名作品。見莫渝編：《黑潮集》，桂冠圖書公司，2001；羊子喬編：《楊華作品集》，高雄市：春暉出版

以視為意象派的詩篇，以一個小小的意象獲得讀者的驚喜或讚嘆，甚至於呈現出一個紅塵俗事之外的心靈境界。如「人們看不見葉底的花／已被一隻蝴蝶先知道了。」是以蝴蝶和花的親近，寫春天的訊息，要比春江水暖鴨先知，更具有一份婉約之美，而蝴蝶飛舞的行蹤、人們看不見花葉的匆匆，已暗含戲劇隱形的張力。如「深夜裡——殘荷上的雨點／是遊子的眼淚呵！」自有一種淒清之美，殘荷上的雨點是美的意象，遊子二字就有了敘事的意圖與方向。「人們散了後的秋千／閒掛著一輪明月。」頗有空靈之美，禪的怡然自在，尤其令人珍視，這份怡然是由晃動的秋千、靜止的一輪明月烘托而出，卻也不能忽略人們聚與散之間可能觸發的故事聯結。

依循這樣的線索，我們將繼續從焦桐（葉振富，1956- ）的詩作中，探尋小詩含藏蓄存的敘事能量。

三、焦桐的特質：敘事與抒情的辯證

焦桐，高雄人，中國文化大學戲劇系畢業，文化大學藝術研究所碩士，輔仁大學比較文學研究所博士。焦桐大學畢業後就在傳播媒體工作近二十年（曾任《商工日報》副刊編輯、《文訊》雜誌主編、《中國時報》副刊組執行副主任）。直至2001年，才專任中央大學中文系教職，創立出版社「二魚文化事業有限公司」，發展飲食文學、提升飲食文化。寫詩的焦桐應以出版《完全壯陽食譜》（時報文化，1999）作為風格觀察的分水嶺，其前出版的三部詩集：《蕨草》（蘭亭出版社，1983），李瑞騰說「泰半是清新婉約之作」；[27]《咆哮都市》（漢光文

社，2007。

[27] 李瑞騰：〈夢土的追尋——焦桐詩集《蕨草》序〉，焦桐：《焦桐詩集1980-1993》，台北市：二魚文化事業有限公司，2009，頁222。焦桐於2009年8月將《蕨草》、《咆哮都市》、《失眠曲》合集為《焦桐詩集1980-1993》，由二魚文

化，1988），焦桐自承「除了美，還能夠在歷史的洪流裡，感應時代的律動以及社會的呼息。」[28]《失眠曲》（爾雅出版社，1993），余光中（1928-）認為「寫的正是個人在現代社會、都市文明裡的疏離感，感到喧囂中的寂寞，忙碌中的空虛，感到此身茫茫，不著邊際，毫無價值。」[29]這三部詩集顯現一個曾經抗拒大專聯考卻又屈服於戲劇藝術之美的青春思維，從南部熱帶港灣進入北部多霧山林讀書的習性衝激，充滿著都市生活的觀察、歌詠、思考與批判，桀敖不馴的「探險／發現」「探險／發現」的文學冒險個性，顯露無遺。

此節特以三首鄰近的「軍中樂園」的書寫模式作為對照（這三首詩不屬於小詩範疇），可以看出焦桐寫作風格的三種面相、或三種進層。第一首〈軍中樂園I〉寫於1980年，以散文詩的方式完成（全詩128字）：

> 黃昏時，我走出彈子房，怔忡孤獨的假日。在乾淨的街道散步，幾片老葉錯落戎衣，在蕭瑟的冬日。我踅進這條冷清的巷閭，夜色逐漸將我包圍。
>
> 是巷閭冷清的冬夜，散落著殘英枯葉的屋簷，她從井邊浣洗回來，娉婷似風中搖曳的瘦燭。她抬眼望我，我看見，啊，我清楚看見她憔悴的臉容。[30]

此詩時間點設計在冬日黃昏與夜晚，空間則是軍中樂園所在的冷清巷閭，人與軍中樂園保持某種適切的距離，我與她（軍

化事業有限公司重新刊行，本文引用焦桐前三部詩集之作，依此版本。

[28] 焦桐：〈起點——《咆哮都市》序〉，《焦桐詩集1980-1993》，頁230。

[29] 余光中：〈被牽於一條艷麗的領帶——讀焦桐新集《失眠曲》〉，焦桐：《焦桐詩集1980-1993》，頁233。

[30] 焦桐：〈軍中樂園I〉，《焦桐詩集1980-1993》，頁187。

妓）只是錯身而過，意象浮現的是敗壞的幾片老葉、殘英、枯葉、風中搖曳的瘦燭，傷感、哀戚、悲憫的情緒瀰滿在詩行中，這首詩的氛圍設計，讓人有身歷其境的蕭瑟之感。

第二首〈軍中樂園 II〉同樣寫於1980年，以分行詩的正常方式撰就：第一段「終於我決定開始買票排隊，／心中忐忑掌燈時輪到我／重重把這些傢伙關在門外，／所有腳痠腿麻遂陰陰沉沉地笑起來……」寫排隊等待的時間漫長，輪到自己可以入內時已是上燈的時候，腳痠腿麻，顯然消耗了一些體力，但最後的笑起來、把其他人關在門外，仍然有著自得的喜悅。第二段「有人在爐灶起火燒飯，／炊煙裊裊地飄過野地的包穀田，／院裡的百合花正靜靜地垂首。」仍然是外境的描寫，但「包穀」、「百合」充滿雄性、雌性的暗示作用，「起火燒飯」暗示性事的家常。第三段「我迅速走進她溫煦的房間溫煦的小燈，／紅紅的光暈在熱門音樂聲浪中／浮沉……」暗紅光暈、熱門音樂，是實境的描寫，也是溫煦的感覺；沉浮是作愛的機械性動作，也是心境忐忑、生命不安的另一種寫照。最後「一朵百合在瓶插裡怡然開放，／髣髴，是早熟的春天。」寫性愛的完成，既是男性的舒放，也可以是女性的若無其事（軍妓作愛時有性無愛所以若無其事），因此「早熟的春天」同時哀傷軍妓與我。[31]

這兩首同寫軍中樂園的作品，可以看出焦桐在敘事與抒情間的辯證，抒情的完成有賴於敘事的鋪展，敘事的鋪陳過程裡不缺意象的展現與象徵意涵的暗示，如果再以焦桐闖進詩壇、闖出名號，獲得第三屆（1980）時報文學獎敘事詩優等獎的〈懷孕的阿順仔嫂〉來看，焦桐擅於敘事渲染，長於戲劇張力，因此，在詩的篇幅上，焦桐的作品多在短篇、中篇以上，其後出版的兩本詩集《完全壯陽食譜》（時報文化，1999），《青春標本》（二

---

[31]　焦桐：〈軍中樂園 II〉，《焦桐詩集1980-1993》，頁188。

魚文化，2003），更可視為兩首長篇的組詩，《完全壯陽食譜》裡的每一首詩均依循〔材料〕、〔作法〕、〔注意〕、〔說明〕之序，完成系譜的編定；《青春標本》則是焦桐以詩寫就的「前傳」，「追蹤詩人前半生的心靈歷程，和精神面貌」，「逆時光之流上溯，深情凝視著前方的過去，慢慢退回未來。」[32]焦桐以詩寫傳，將青春製為標本，全本《青春標本》可以當作是一首波瀾時生、光影不居的長詩。

回頭再看第三首「軍中樂園」作品，焦桐以白描直書的方式，條列〈軍中樂園守則〉，[33]雖非歷史原件如實曝光，但改寫之處已降至最低，客觀程度幾達百分之百，詩人的主觀只顯現在最原始的選材上，此詩寫作時間是1993年，詩人的敘事已退至無可再退的客觀呈現，甚至於原件呈覽，抒情的努力減縮到趨近於零的地步，敘事與抒情的辯證上，敘事（僅以呈供物件代替敘說）獲得全面性的勝利。

《完全壯陽食譜》與《青春標本》，處處流露戲謔的語言，戲仿的手法，解放威權、解放詩體，解放了神聖的教育體制（以試卷內容為詩的文本），也解放了通俗的色情文化（讓壯陽語彙與政治語彙達成謔而不虐的調侃效果），泯除雅俗，抹消聖凡，承用試卷語言、學生用語、社會生活用語、標語、口號，實踐了後現代主義式的價值。完全瓦解制式架構，顛覆傳統語境、也顛覆後現代語境，挑戰詩語言、也挑戰日常語言極限，這是敘事功能的極大擴張，但我們卻也發現《完全壯陽食譜》只能是焦桐的孤本食譜，《青春標本》並未有第二座類近標本，因為這是形式上、也是實質上的創意，由內而外的創意，形成焦桐的特質──極大擴張的敘事功能無法祛除個人獨具的抒情才氣。

---

[32] 焦桐：《青春標本》，台北市：二魚文化事業有限公司，2012年4月二版一刷，封底。
[33] 焦桐：〈軍中樂園守則〉，《焦桐詩集1980-1993》，頁189。

相對於焦桐這種「極大擴張的敘事功能無法袪除個人獨具的抒情才氣」，或許我們引述周慶華（1957- ）[34]的《七行詩》可以作為不同才具、不同書寫方式的另一種反證。周慶華之所以寫作七行詩，他認為「七」在易經系統裡代表「少陽」，相對於「九」代表的「老陽」，保有的是活力、躍動和激進等意義；但他也承認，詩集所用的「七」，卻沒有什麼特別涵義，[35]正如向陽（林淇瀁，1955- ）的《十行集》、洛夫（莫洛夫，1928- ）的《石室之死亡》（十行）、岩上（嚴振興，1938- ）的《岩上八行詩》、白靈（莊祖煌，1951- ）的《五行詩及其手稿》、蕭蕭（蕭水順，1947- ）的《後更年期的白色憂傷》（三行）、瓦歷斯・諾幹的《自由寫作的年代》（二行），行數的堅持並沒有特別的理由。但孟樊在《七行詩》的序言中指出，周慶華的「坦然以對」的詩風格，與其擅於使用敘事性的語言有極大的關係，他說：「白描式的敘事語法，在作者和讀者之間容易形成一種閱讀上的客觀距離（objective distance of reading），除了塑造出一種冷靜、理性的風格之外，也讓讀者保持某種程度的閱讀距離，不必完全跟著作者『聞雞起舞』。」[36]孟樊稱周慶華這種學者身分的理性詩為「冷詩」（cool poetry）風格。亦即是周慶華的學者的理性辨析能力，讓他的詩維持哲學意味濃厚、而情緒起伏平穩，但焦桐冷處理後的敘事歷程，卻仍飽含感動的能量。

四、木質的特質：潤澤他人與成長自我

台灣學者廖咸浩（1955- ）曾在論述張默小詩時，引述赫伯特・瑞德（Herbert E. Read）在〈論純詩〉這篇文章中所強調的

---

[34] 周慶華（1957- ），台灣宜蘭人，中國文化大學文學博士，現任台東師範大學語文教育學系教授，著有詩集《蕪情》、《七行詩》。

[35] 周慶華：〈後記〉，《七行詩》，台北市：文史哲出版社，2001，頁171。

[36] 孟樊：〈寫詩的人有福了──序《七行詩》〉，周慶華：《七行詩》，序頁3。

純詩的質素主要來自音樂性：詩可說是一個「節奏與聲音不曾間斷的單元」，而「可辨的意義，知性的、道德的、社會的溝通部份」則與詩的價值無關。並且引用涅瓦爾（Geard de Nerval）的詩〈不幸者〉（El Desdichado）中的一行詩，作為純詩的典範：

「亞基殿的王子在傾頹的城堡中」[37]

依據這樣的論述，詩，不可缺乏音樂的潤澤，即使只是一行詩，也要注意節奏的安排。更要注意的是，缺乏情意的潤澤，再偉大、再震撼人心的事蹟，再深奧、再有意義的哲理，也與詩絕緣。

在東方傳統的五行「金木水火土」論述中，木質的第一個特質就是「潤澤」。「水火金土」都屬於礦物，礦物與礦物之間無所謂潤澤，唯有「木」是有生命的植物，她需要水的潤澤，而且能轉而潤澤其他的生物，可以說：「木」生存的全部意義就是「潤澤」。西方或佛教世界所謂的四大元素是「地水火風」，與五行相比，他們所缺少的就是「木」、就是生命與生命之間的「潤澤」。

同樣是在論說張默的小詩裡，陳義芝（1953- ）也承認三五行的篇幅是中國詩傳統最輝煌呈現的篇幅，但他忽然引述詩人龐德Ezra Pound的主張，說這三五行篇幅的「小詩」，擺明了「絕不使用任何無益於呈現的詞」，這是形式上小詩更需要字斟句酌的另一種說詞。話鋒又轉，他說：「沒才情的詩人，羅列知識、資訊，獨缺起化學變化的觸媒。」[38]這「起化學變化」的「觸媒」說詞，其實是內容上小詩所需要的「潤澤」，如音樂、情

---

[37] 廖咸浩：〈時間就寢，小詩復活──讀《張默小詩帖》〉，張默著：《張默小詩帖》，台北市：爾雅出版社，2010，頁1。

[38] 陳義芝：〈毫芒雕刻的焠煉──讀《張默小詩帖》〉，張默著：《張默小詩帖》，頁13。

意、或者才情等等，但與知識、資訊無涉，與知性的、道德的、社會的溝通也不相關。

《春秋元命苞》為「春秋緯」十四種之一種，又名《元命苞》，此書提到「木」時，說：「木者陽精生於陰，故水者，木之母也。木之為言觸也，氣動躍也。」[39] 木與觸，音近為訓，**觸**是在內自我延伸，向外能觸動他物，所以是內在的氣的動躍，擴而及於其他事物，「觸媒」的說詞，就有了新的依據。

焦桐擅長敘事，詩作篇幅一向偏長，真正符合一般小詩規格（十行以下，百字以內），僅有〈燈塔〉、〈天池〉、〈擦肩而過〉、〈雙人床〉、〈露珠〉、〈欲曙〉（以上見於《焦桐詩集》），〈照相簿〉、〈周歲〉、〈童年〉、〈夢醒〉、〈過杏花林〉（以上見於《青春標本》）等十一首。

先以〈燈塔〉為例，雖是四行的短小篇幅，但在飽滿的情意中，我們彷彿看見一個未成形的故事在開展，木一般延伸：

> 流離的風帆莫停靠
> 回憶的港灣
> 那善於眺望的燈塔
> 就點亮了鄉愁[40]

流離的風帆停靠港灣，這是回航；燈塔點亮鄉愁，則是眺望。回航與眺望，分開來是兩組充滿情緒的作品，當這兩種情緒相結合，其間可以牽繫的故事就多了，讀者可以參與的空間就大了。港灣轉化為「回憶」的港灣，燈塔轉化為「眺望」的燈塔，風帆而以「流離」形容，再加上動詞「停靠」、「眺望」，這些

---

39 魏・宋均注：《春秋元命苞》（玉函山房輯佚書）卷上，頁4。
40 焦桐：〈燈塔〉，《焦桐詩集》，臺北：二魚文化事業有限公司，2009年8月，頁43。

都是飽滿的情意，具足潤澤的能量，都可以將兩個乾澀的事物糅而發酵，何況是早已蓄足情意、安排節奏的溫潤之物。

即使是單一的物體，好像不與其他事物（事務）相關涉，也可以滋生出溫潤的汁液，如〈雙人床〉一詩：

> 夢那麼短
> 夜那麼長
> 我擁抱自己
> 練習親熱
> 好為漫漫長夜培養足夠的勇氣
> 睡這張雙人床
> 總覺得好擠
> 寂寞佔用了太大的面積[41]

這首詩以量化的「面積」使抽象的「寂寞」有了具體可感的潤澤之力，讀者從擁抱、親熱，感受到戲劇情節的適度誘發，從「擠」、「佔用面積」，體認到存在的真實。詩與夢都那麼短，故事與夜卻可以那麼長，讀者從這張雙人床觸發出各自不同的「寂寞」的回憶，發展出各自不同的「寂寞」的故事。這也是傳統五行論述中，伴隨「潤澤」而來的木質的第二個特質「生長」。

經過潤澤的「木」，「木」本身會繼續自我生長。五行論述中也有「相生」的說法，但所謂「相生」是物與物、元素與元素之間的催生、助生，不是自我的成長。五行說「相生」是「水生木，木生火，火生土，土生金，金生水」，從基本的生活知識開始：水可用來灌溉（潤澤）樹木、助長植物，所以水生木；鑽

---

41 焦桐：〈雙人床〉，《焦桐詩集》，頁148。

木可以取火、可以延續火力，所以木生火；火燃燒物之後，物化成灰燼、形成塵土，所以火生土；土石中蘊藏金屬、礦物，所以土生金；金屬為固體，熔化時由固態轉變為液態，那就是水的流動本質，所以金生水。這就是五行「相生」的道理。但金不能生金，土不能生土，火不能自大（火勢蔓延是藉由外物而蔓延），水不能自生（只能匯聚），唯一的例外是「木」，自身可以萌芽、可以長葉、可以拉高、可以開花、可以結果，可以自我增生。

以「木、火、土、金、水」的五行順序，對應五種季節「春、夏、季夏、秋、冬」，木所對應的是「春」，《春秋元命苞》提到「春」時，說：「春之猶言偆，偆者喜樂之貌也。」「春含名蠢，位東方，動蠢明達，六合俱生，萬物應節，五行並起，各以名利，其精青龍，龍之言萌也，陰中之陽也，故言雲舉而龍興。」[42]「木」的涵意擴大為「青」、「春」、「青龍」、「東方」、「萌」、「雲舉龍興」，「木」的成長動力，可以肆意發展，故事可以一再衍生。

相近於〈雙人床〉寫寂寞的詠物詩〈露珠〉，原是一滴露珠，因為飽受冷暖折磨，猶豫寂寞，所以在夢與醒的角落，被多事的風觸動，露珠就不再是露珠，而是一滴清楚的淚，且失足跌落。[43]這一簡單的歷程描述，露珠與淚之間的轉折，小詩所承載的「事」就有了露珠的飽滿與晶瑩的特質。

從物到景，〈過杏花林〉這首詩，寫的是「木」的新葉抽長，以及杏花林所展現的「景深」，因為這景深，隱約可以察知故事的延展：

　　那山路像一場舊夢
　　釋放蜂蝶玩弄我

42　魏‧宋均注：《春秋元命苞》（玉函山房輯佚書）卷下，頁6。
43　焦桐：〈露珠〉，《焦桐詩集》，頁149。

在思維的後花園
腰深的霧中
交響樂般激動

花期之後忽然就雨季了
新葉在斷枝上急切地抽長
彷彿已是背對著我的人影
空氣潮濕在彼此的眼瞳
不可收拾地流動[44]

　　舊夢已遠，但在思維的後花園、腰深的霧中，彷彿又有什麼在流動，預示著不可逆知的可能。

　　詠物兼含抒情的〈雙人床〉、〈過杏花林〉都與「木」相關，在潤澤與生長中，可以感覺事件的推演。〈過杏花林〉是寫家屋附近的景，〈天池〉寫的卻是遙遙天邊的景，近或遠的景，都有著相近的效果。〈天池〉首尾二段而已，首段：「雪融後，雲絮／殷勤來這裡擦拭／藍天和飛鳥的梳粧鏡──／山羌徘徊，水鹿沈思，長風遊牧著烟遠的大草原。」是外景、實景的描繪，十分逼真、開闊，最後以「頂真法」、以「長風」串起末段，「長風送別暮色，／峰巒鎖進森黑的天機中，／只有這宇宙的水晶球，／洩露了銀河滿溢的星光／和我高海拔的夢想。」[45]這一段使用動詞「送別」、「鎖進」、「洩露」，使寫景的詩有了推演故事的擬人效果，使大自然的星光與我的夢想有了繫連的可能，「洩露了我高海拔的夢想」使讀者有了可以參與、傳播、飛翔的天人之間的異想。

---

[44]　焦桐：〈過杏花林〉，《青春標本》，臺北：二魚文化事業有限公司，2012年4月，頁132。
[45]　焦桐：〈天池〉，《焦桐詩集》，頁81。

〈天池〉藉遙遠而開闊的空間，以「景」入「事」，〈欲曙〉則是藉要亮未亮的時間，一樣以「景」入「事」：「落月啊／請不要再欺瞞／我們的相處是如此短暫」，[46]天體（落月）的呼喚，詠物、寫景，都在推湧可以增生的情節，敘事小詩如〈擦肩而過〉的今日現實：「插滿碎玻璃的圍牆太高／一個人在思維裡散步／不得其門而入」一樣在逗引我們去推那扇門；[47]《青春標本》裡的〈照相簿〉、〈周歲〉、〈童年〉[48]都是懷舊的小詩，更容易讓讀者看見那種含藏蓄存的敘事能量，不待多言。

五、結語：小詩的敘事能量

　　擅長敘事的現代詩人焦桐，大抵以中等篇章敘其事，言其志。為數不多、篇幅不大的小詩，一般詩人用來鍛鍊意象，凝聚焦點，推陳出新，焦桐卻在小詩中蘊藏敘事能耐，發展出五行中的「木質」特性，在有限的行句中繼續推進或演展本事，如「木」一般持續成長，預留給讀者更多的想像空間，研發出新情節，進而結合了「群體共同價值」與「個體存在價值」之相互影響，達成相乘效果，為創作小詩的推動工作，提示一個便捷的門徑。

　　「白馬非馬」的邏輯是正確的，因為白馬的觀念與範疇，不能與「馬」的觀念與範疇相重疊，但不可以「白馬非馬」類推為「小詩非詩」，詩可以興觀群怨，小詩亦然；詩可以抒情詠物寫景，小詩亦然；詩可以說生平、演劇情，小詩亦然；小詩的文字不長，焦桐的小詩不多，但都可以在「個體存在價值」上去挖

46　焦桐：〈欲曙〉，《焦桐詩集》，頁150。
47　焦桐：〈擦肩而過〉，《焦桐詩集》，頁147。
48　焦桐：〈照相簿〉、〈周歲〉、〈童年〉，《青春標本》，頁6、8、10。

深，在「群體共同價值」上去織廣。詩，能作到的，小詩，亦能。極短篇、微型小說，能作到的，小詩，亦能。

參考書目

焦桐詩集

焦桐：《焦桐詩集1980-1993》，台北市：二魚文化事業有限公司，2009年。
焦桐：《青春標本》，台北市：二魚文化事業有限公司，2012年4月二版
　　一刷。

古典書籍

《尚書注疏》，台北：藝文印書館，十三經注疏本，1979年。
吳林柏：《文心雕龍義疏》，武漢市：武漢大學出版社，2002年。
魏・宋均注：《春秋元命苞》（玉函山房輯佚書）。

現代專書

向明、白靈編：《可愛小詩選》，台北市：爾雅出版社，1997年。
羊子喬編：《楊華作品集》，高雄市：春暉出版社，2007年。
周慶華：《七行詩》，台北市：文史哲出版社，2001年。
孟樊：《從詩題開始》，台北市：唐山出版社，2014年。
林煥彰編：《小詩磨坊・馬華卷1》，台北市：秀威資訊科技股份有限公司，
　　2009年。
張默：《張默小詩帖》，台北市：爾雅出版社，2010年。
張默編著：《小詩・牀頭書》，台北市：爾雅出版社，2007年。
張默編著：《小詩選讀》，台北市：爾雅出版社，1987年。
莫渝編：《黑潮集》，桂冠圖書公司，2001年。
陳幸蕙編：《小詩森林》，台北市：幼獅文化事業有限公司，2003年。
落蒂：《六行寫天地──泰印華人新詩美學》，台北市：文史哲出版社，
　　2011年。
羅青編：《小詩三百首》，台北市：爾雅出版社，1979年。

期刊論文

呂進：〈寓萬於一，以一馭萬──漫說曾心〉，曾心：《玩詩，玩小詩──
　　曾心小詩點評》，台北市：秀威資訊科技股份有限公司，2009年。

李百容：〈從「群體意識」與「個體意識」論文學史「詩言志」與「詩緣情」之對舉關係──以明代格調、性靈詩學分流起點為論證核心〉，新竹教育大學：《人文社會學報》第二卷第一期，新竹：新竹教育大學，2009年3月。

計紅芳：〈六行之內的奇蹟──湄南河畔的「小詩磨坊」〉，林煥彰主編：《小詩磨坊》（泰華卷2），香港：世界文藝出版社，2008年。

顏崑陽：〈從詩大序論儒系詩學的「體用」觀──建構「中國詩用學」三論〉，政大中文系：《第四屆漢代文學與思想學術研討會論文集》，台北市：政治大學，2002年5月。

瞬間生滅的意象美學：
簡政珍論

鄭慧如（逢甲大學中國文學系）

摘要

　　本文以意象為主軸，結合詩作與詩論，討論簡政珍詩中瞬間生滅的意象美學。就簡政珍的詩論可知，從詩的終極價值出發，攝受意象以探索詩的本質，這項特色使得簡政珍的詩學與詩作呈現二十世紀末以降台灣文學極難能可貴的崇高感。本文第二節由兩個意象之間形成的空隙、意象與現實的扣連、意象的瞬間閃現與瞬間翻轉，以及意象打斷邏輯思維的效果等切入，討論簡政珍詩作。第三節由意象思維的密度與裂縫，探討簡政珍詩中的流動、空隙與逸軌。

關鍵詞：簡政珍、意象思維、瞬間、詩美學

一、緒言：從詩的終極價值出發

簡政珍（1950- ）的詩學論述與詩作表現在台灣中生代詩人中最為厚實。簡政珍富含學養，中西文學通達，詩學與詩作互相印證，擺落台灣詩壇輾轉孳乳的流行風潮，不迎合，不瞻顧，美感強烈，直覺精準：評論詩作與詩壇現象直說而中，有如警鐘；下筆為詩則挑破昏沈，正言若反，予人強烈的臨場感，特別能夠正視生命起於悲憫，入於詩行則化為苦笑。其詩擅長抓取瞬間的人生場景與內心調變，在觀察與介入之間辯證，講究於沈靜中展現隱約的情感和深沈的思維，將意象剪輯，予以視覺化，詩風內斂、清醒而自信，富含貴族氣質。就客觀的創作現象而言，簡政珍詩中的現實、轉喻與解構是很顯著的特質，簡政珍自己在多本詩學論著裡有相關見解；學者以此為研究重心，論述亦夥。

自1988年以迄2013年，簡政珍在台灣出版了9冊個人詩集。以出版於1992年的《浮生記事》為分水嶺，前此的語言較緊，後於此的語言較緩。《浮生記事》是簡政珍詩藝穩定而成熟的標竿。前此數本，《歷史的騷味》開始出現長詩；《爆竹翻臉》語言散淡舒放，最為流轉；《季節過後》、《紙上風雲》因跨行句表現斷句與節奏的嘗試與鍛鍊，刻意的鑿痕也較明顯。後於《浮生記事》的數本詩集，《意象風景》特別展現對現實的沈痛感；《失樂園》、《放逐與口水的年代》延續以長詩鍛鍊意象及關注現實的努力；《所謂情詩》則對所謂情深致嘲諷之意。

簡政珍的詩作與詩論有以下特點：

1. 出道晚：簡政珍在詩壇的出道指標為第一本詩集《季節過後》，出版時間為1988，當時詩人實歲38，在中興大學外文系擔任副教授。在台灣以1950年為斷代分界的「中生代詩人」裡，簡政珍出版個人詩集的起步很晚，取得博士學

位、進入學院擔任專任教職之後，才全面展開詩創作。

2. 爆發力強：簡政珍正式以詩集進入詩壇雖起步晚，但是
剛開始的幾年創作的衝勁特別強，發表頻率也特別高，
因此得到海峽兩岸詩壇與學界的肯定。簡政珍在1988年連
續出版《季節過後》、《紙上風雲》兩本詩集，1989年以
《語言與文學空間》的英文版升等為教授，1990年再出版
《爆竹翻臉》、《歷史的騷味》兩本詩集，1991年出版詩
論《詩的瞬間狂喜》，1992年出版《浮生記事》。總計從
1988年起的五年內，簡政珍共出版四本詩集，兩本文學論
著，份量都很重，然後腳步才稍微趨緩。即使專業讀者一
時未留意到如此驚人的爆發力，也已奠定簡政珍做為學者
詩人的地位。

3. 出手極高：不像許多詩人有明顯的「創作成長期」、形式
內容鮮明的風格分野，或波峰波谷的階段變化；簡政珍從
第一本詩集就展現比重極高的佳作比率，之後每一本詩集
也都以穩定而極具獨特性的個人美學風采持續創作。

4. 詩潮、詩運、文學獎的右外野手：簡政珍是極少數幾乎完
全不受「詩潮」或「詩運」影響創作的台灣現代詩人，也
未主動參加過文學獎。簡政珍從未寫過圖象詩，未曾拼貼
字句成詩，未有過或其他具備「台灣版後現代標籤」的作
品。對於詩潮、詩運、文學獎，簡政珍知所進退，而且檢
討的成分總多於尾隨。

5. 以意象思維開展詩美學的視野：最遲從發表〈洛夫作品的
意象世界〉之後，當簡政珍斷言：「以意象的經營來說，
洛夫是中國白話文學史上最有成就的詩人。」[1]簡政珍就
明白以意象思維昭示為判斷詩藝高下的關目。意象思維也

---

[1] 收於《詩的瞬間狂喜》（台北：時報文化，1991），頁221-274。

是簡政珍難得強調、獨樹一幟的「簡氏標籤」，但是一則出於讀者自以為的知易欺易，一則出於簡政珍自己的解結構性情，這最明顯、最重要、最基本，因而也最易被輕忽的詩體關鍵，未在簡政珍的領導下成為「運動」、召喚為詩潮。

6. 強調以有感為主的多重閱讀視野：簡政珍的文學論著從未給人理論掛帥的印象，反而強調有感的閱讀、內化的理論。簡政珍提倡從文本細節入手、著重「空隙填補」或著眼於解構傾向的讀者反應閱讀法、解構閱讀法；當台灣文化界一窩蜂湧向「後現代」，簡政珍正向面對崇尚「解構」與「翻轉」的後現代精神，以「不是」做為論述的開展，提出「後現代的雙重視野」，另創新局。在外文系的學者中，簡政珍特別重視文本的閱讀精神，為文學閱讀注入最迫切需要的源頭活水。

7. 從詩的終極價值出發，探尋詩的本質：簡政珍在現當代漢語詩的創作及論述上，呈現本體論、知識論、方法論三者一體，始卒若環的狀態。從探測水溫的博士論文《放逐詩學》，到《詩的瞬間狂喜》及其改版後順便更改書名的《詩心與詩學》、展開文學論述的哲學視野的《語言與文學空間》，到集簡政珍詩學大成的《台灣現代詩美學》，以及頗見教學演示效果的《讀者反應閱讀法》、《解構閱讀法》，簡政珍幾乎一開始就很清楚文學、美學、哲學所具備，共通、普遍而為人忽視的終極價值：當下、瞬間、生命感。簡政珍認為，詩的本質就是詩的終極價值。

從詩的終極價值出發，攝受意象以探索詩的本質，這項特色使得簡政珍的詩學與詩作呈現二十世紀末以降台灣文學極難能可貴的崇高感；也因為詩的語言以複雜和模稜兩可為本貌，在開

放意義的過程中，簡政珍透過研究與創作，構築一個又一個的經驗，轉化並塑造剎那吉光片羽延伸出的心靈世界，儘管意義總是「嘲諷地跳開網子和測量桿」。[2]意象瞬間翻轉，瞬間生滅，瞬間證成簡政珍的意象美學。

二、流動、空隙、逸軌：語言放逐的意象實踐

由意象思維開啟視野，閱讀簡政珍的詩，焦點應放在兩個意象之間形成的空隙、意象與現實的扣連、意象的瞬間閃現與瞬間翻轉，以及意象打斷邏輯思維的效果。儘管簡政珍的詩作中，仍有許多意象展演配合從一而終的主題而為讀者樂於引述（比如用在現實與想像的辯證、人生的放逐風景等等），但是電光石火、即生即死、奔騰翻滾的意象動態，將簡政珍的詩作組織為自然相成、隱然互相消解、又朝向更深沈廣大的層面；剎那生滅的意象美學將簡政珍的詩創作帶向漢語詩壇難以追摩的高峰。

簡政珍和他頗為傾心的德希達有一個地方相似，就是一面以書寫肯定存有、結構存有，一面以虛空檢視書寫、解構書寫。假如書寫是尋找的過程，在尋找的過程中，論述在不穩定裡誕生，找到以後「捨筏登岸」，簡政珍留下的僅是剎那生滅的意象跡痕，有些詩連「岸」也不見蹤影。一如《放逐詩學》引用李文的話，詩人以：「失卻的空間邁向無所不在的時間」，[3]於是論述也在不穩定裡遺失。「放逐詩學」是簡政珍難得一見的主題論述，然而即使如此特定題旨、具備特定時空標示的論述方式，放逐與反放逐仍以極富辯證性的相反相成之姿，既成全詩人對存有的銘記而為反放逐，又在詩行完成的同時解放咄咄逼人的生命情

2　此為簡政珍在〈語言和真實世界〉引用的Wheelright的話。見簡政珍：《語言與文學空間》（台北：漢光，1989），頁15-35。

3　參見簡政珍：《放逐詩學・緒論》（台北：聯合文學，2003），頁17。

境，延續透過意象思維體驗到語言邏輯難以言傳的空茫感，於是擴大「放逐詩學」的既定意義，指向人子在宇宙邊緣的放逐。當生活的時空轉為文字的標記，意象思維就是放逐詩學的證成與體現。

意象之於許多詩人，其效用如同可供顧影的照片；獨創的意象更適合容納詩人的自戀史，可用以公開炫示千般因緣、種種難捨。但是意象之於簡政珍，卻較常用於表現空隙，包括現實的空隙、文字的空隙。空隙是簡政珍詩美學的要素。

意象與空隙在簡政珍詩中的進展，可從簡政珍的詩集一窺大略。首先可注意意象的虛實掩映。以〈驚覺〉為例：

> 妳的臉花開如閃電
> 白日的錯覺
> 毛蟲開始尋覓昨日
> 啃食的軌跡，迷失後
> 誤闖花苞
> 強光下
> 花容慘白，不知
> 將生或將死
> 花瓣翩翩掉落
> 猛然回首
> 驚視彼此錯愕的面貌
> 雷不明一切
> 開始在遠方
> 嘀咕[4]

---

[4] 〈驚覺〉，簡政珍：《季節過後》（台北：漢光文化，1988），頁102-121。該詩發表於1987年。

此詩趣味性表現在「妳的臉花開如閃電⋯⋯花容慘白，不知／將生或將死」，以及驀然回首後，「雷不明一切／開始在遠方／嘀咕」中間的空隙。既然「花開」是對「妳」容顏的形容，「妳的臉花開如閃電」意象已在虛實之間，但因「閃電」與「毛蟲誤食花苞」，「強光下／花容慘白」就有了合理化的依據。在語境中，「花容」是實，「花開」、「閃電」是虛，但「花瓣翩翩掉落」這句，在語意上由實到虛，在意象的牽引與並置上卻不妨視為由虛到實，因為以「慘白」、「不知將生或將死」形容「花容」，已顛覆一般人對美麗容顏的定見，而「花瓣翩翩掉落」的超現實表現，反而將讀者拉回現實，開啟詩行的「彼此驚視」；因而「雷不明一切／開始在遠方／嘀咕」不僅順理成章，又再次創造「雷鳴」的虛實掩映，回應敘述者在首句對「妳」容貌的遐想。

就意象而言，〈驚覺〉見機即興，意象與意象碰觸翻轉。閃電連著花開，兩個意象的相異與相似同時注入敘述者對「妳」的容貌認知，從「花容月貌」與「花容失色」提取的線索彼此賦予養分又互相顛覆，一下子豐富了詩中妳我的關係，也把重點從對「妳」容貌的想像延伸到虛空之外，顯得異常調皮。花顏綻放是尋常的比方，被比方的是詩中的「妳」；但「如閃電」則指向語境中的「妳」和閃電的真正受詞「我」。因為「妳的臉花開如閃電」的詭譎意涵，按照尋常認知來詮釋的第一句就有了頓挫，以下從「白日的錯覺」到「誤闖花苞」，毛蟲誤闖花苞為「閃電」增加歡樂；放入意象的情境，何嘗不是詩中的「我」與「妳」凝視後，瞬間自覺相對凝視的窘迫，於是自我抽離，而揶揄曾經的尷尬情境。這種遊走揶揄推展情詩的雙重視野，「作者似乎在寫情詩，又似乎在反諷情詩。詩行遊走揶揄人間，又回眸凝視『情』的動人姿容；既有文字嬉戲的一面，又有情感幽微細緻的

一面。」[5]

像〈驚覺〉這樣，將遐思放入意象的情境，由意象與意象的牽動碰撞將時間騰挪給某一瞬間，虛實易位以呈顯知覺的映象化，展現對現實人生的意象思維，是簡政珍意象美學的基調。由於焦點是意象思維，詩藝的核心也表現在隨情轉腔的比喻功能上。類似的詩例如〈爆竹翻臉〉第三段：

> 爆竹又翻臉的時候
> 天地為一顆砲彈
> 開一朵花
> 碎裂的花瓣
> 在水中找不到倒影[6]

據云舊時人們為驅趕年獸，每於農曆除夕燃燒竹節，竹腔爆裂而發出巨響，故稱爆竹。燃放爆竹意味著喜慶，翻臉則指突顯怒色。以「翻臉」為「爆竹」的動詞，被燃者變成自燃，擬人化之後的爆竹集喜與怒兩種極端情緒，豐富並陌生化了「爆裂」的意涵。「爆竹翻臉」連黏兩個相反相成的詞語，恰到好處做為此詩的主意象，並以此為隱喻，展開詩中人對人生的思索。「碎裂的花瓣」指爆裂的鞭炮碎屑，下啟隱含希臘神話納希瑟斯（Narcissus）典故的結句：「在水中找不到倒影」。因為強烈隱喻和顯著典故的運用，「爆竹翻臉」這個動態意象呈現的一般現象，經過「碎裂花瓣」的意符而延展為敘述主體的思維活動，並以對顧影自憐的辯證與諷喻正面回應「翻臉」，瞬間翻轉了燃放爆竹的單薄喜慶意涵。

又如〈分合〉：

---

[5] 參見簡政珍：〈自序〉，《所謂情詩》（台北：書林，2013），頁5。
[6] 見簡政珍：《爆竹翻臉》（台北：尚書文化，1990），頁159。該詩發表於1988年。

一、合
　　分的前提
　　陽光掉落的前奏
　　衣服丟進洗衣機前的潔淨
　　雙腳走進手術房前的敏捷
　　心意碎裂前的
　　團圓

二、分
　　分變成秒
　　陽光抖落日影
　　一條擦拭桌面的布條
　　手術房內
　　藥水浸泡的眼睛
　　看著走進來的一雙
　　外八字腳
　　心臟在體內
　　心事在口沫中[7]

這是一首機巧的嬉戲之作，詩心賁發的瞬間延展了意象的縱深，誘發讀者對「分」與「合」做詞組之外的想像，可視為意象的放逐；同時，經常被視為一個詞組的「分合」，也透過敘述結構與知感交雜的語調而翻出新的可能性。兩段的組詩雖然統合在一個題目下，卻從第二段逸出題旨，翻轉詩題的原意而從「分秒」下筆。兩段的連接在「手術房」這個意象所凝結的情境與氛圍。但小標題〈合〉與〈分〉的詩行裡，各有「陽光掉落的前奏」與「陽光抖落日影」，塑造的時空相似，第一段的「衣服丟進洗衣

---

[7]　見簡政珍：《浮生記事》（台北：九歌，1992），頁26-27。該詩發表於1980年。

機前的潔淨」與第二段的「一條擦拭桌面的布條」停留在表象的對應，而兩個詩題都不具備與內文扣合、對話的特質，遮去「分的前提」與「分變成秒」，〈合〉與〈分〉的詩題訂定就失去必要性。但重點是，簡政珍在意象裡遊戲，基本上沒有設定意象必定的方向，而是由浮動的意符合合成詩。

　　簡政珍時而在瞬間穩定的比喻中飄閃瞬間的朦朧；而在瞬間曖昧的不穩定縫隙裡讓讀者發現閃爍著的永恆，因而其詩的嬉戲表現為伯恩斯坦所說的「多重面向的文本場域」。[8]類似的例子又比如〈送別〉的第二段：

> 當妳在風雨中消失
> 這一個城市
> 以昏黃的燈光
> 去迎接雨中重疊的人影
> 於是，夜有了歡樂[9]

詩題為「送別」，首句即點明「當妳在風雨中消失」，未在詩行中出現的那個顯然的「我」，因別離而可能產生的惆悵、落寞，讀者習慣反應下的情感，很快被隔三行後的「於是，夜有了歡樂」翻覆。既然為「妳」送別之後，「重疊的人影」隨即出現在雨中黃昏，於是讀者也就明白：為何第一句用「消失」說「妳」的離去，而第四句用「迎接」說「重疊的人影」，原來未在詩行中現身的那個顯然的「我」，很可能就是「重疊的人影」中的

8　正如簡政珍在《台灣現代詩美學》翻譯伯恩斯坦的說法：「詩的嬉戲並非使乾燥的高度反諷與潮濕的抒情表現呈現明晰的對比，而是相反地崩塌成一個朦朧曖昧不穩定的動人場域以及滑稽的嘲諷；這是一個多重面向的文本場域，先天就無法維持表面張力的均衡或是情感的乏味。在慢慢步入下一個可行的比喻之前，語言偽裝成不適切的碎片，穿透詞語隱晦扭曲所顯現的瞬間安定狀態；與其說是防衛，不如說是探索。」見簡政珍：《台灣現代詩美學》（台北：揚智，2004），頁230。
9　見簡政珍：《所謂情詩》（台北：書林，2013），頁32-33。

一個身影，那麼「妳在風雨中消失」是「夜的歡樂」的源頭，「我」為「妳」送別，離別的一刻既然期待已久，暗藏的雀躍就是第一句寫成「消失」的原因。「昏黃的燈光」半明半昧，做為聯繫「妳」與「重疊的人影」的介面，不只是敘述者下意識的一部分背景，更顯現隱喻的功能，暗示某種不可告人的心緒。這首詩的意象空隙在以「送別」為題之下，由「消失」、「雨中重疊的人影」帶來的語調暗示。充滿嘲諷的語調翻轉了「送別」題材常見的離愁別緒。

當我們以意象的放逐和語言的空隙閱讀簡政珍的詩作，簡政珍早年《放逐詩學》的主題論述也可做為逸出地域放逐論旨、回歸到文本閱讀的提醒。像這樣的說法：

> 放逐者的存在困境是，所謂真實世界也在意識裡經歷虛實的辯證。放逐者在不穩定中確立存有，但存有總在問題和答案的牽扯中留下朦朧的間隙。

> 語言的放逐世界包容了兩種現象：1.當現實的情境灼灼逼人，書寫的紙張變成清涼的庇蔭所。反諷的是，書寫空間不是阻絕放逐，而是放逐意識的延續。換句話說，作家不僅要從現實裡放逐，還要在書寫裡體驗另一層的放逐。2.另一方面，作家在語言裡再度經歷放逐，但語言也使放逐者進行反放逐。書寫是作家和時間的征戰。當時間已不再，空間已退失，語言賦予創作者書寫的空間。現實的空間因而轉形成文字的標記，過往的時間在書寫的扉頁裡留下痕跡。假如作家在現實裡無以面對放逐嚇人的身姿，作家的筆以書寫使放逐變成反放逐。作家以筆銘記存有。[10]

---

[10] 以上兩段文字同見於簡政珍：《放逐詩學》（台北：聯合文學，2003），頁219。

「意識裡的虛實辯證」、「在不穩定中確立存有」、「在問題和答案的牽扯中留下朦朧的間隙」、「書寫是放逐意識的延續」、「作家以筆銘記存有」，這些對語言，而不僅是對放逐主題的看法，更是簡政珍詩學的主要精神。正因離開某一現實往往反而促使詩人趨向該現實，所以詩作中經由意象敘述達到的反諷辯證，對於詩人而言，歷練的正是瞬間調變的意識動態：刻骨銘心的事件與人情幻化為鏡花水月，零星閃逝的物象輪廓凝結成語言的環鍊。意涵吞吐在意象的間隙，歧義的趣味也因而產生。

　　簡政珍在意象的縫隙中跳躍，從詩行與詩行的扣連對話中展現詩的舞姿，透過有意淡化的嬉戲而強化了無語的苦澀。因為有意淡化，穿織的意涵若隱若現，更豐饒多姿；因而凸顯的轉喻的逸軌，則是簡政珍詩作最有趣的風景。下舉〈狹道內〉為例：

　　　　狹道中，碰碰撞撞
　　　　兩壁上的眼睛
　　　　都在期待一聲驚呼
　　　　我掌握的方向盤
　　　　隨星空轉動
　　　　一切安危繫於你的語音
　　　　沈默佈滿陷阱，這是
　　　　清理往事的時候
　　　　油門應你的嗓門失速
　　　　眼見這即將過去
　　　　我急忙煞住回憶，不願
　　　　離開狹道後
　　　　面對前面的長黑[11]

---

[11]　簡政珍：《爆竹翻臉》（台北：尚書文化，1990），頁62-63。

此詩意象空際展露的意涵逸軌集中在末三句：「我急忙煞住回憶，不願／離開狹道後／面對前面的長黑」；關鍵的暗樁則埋伏在「我掌握的方向盤／隨星空轉動」兩句。

因詩題的提點，故事在「狹道內」展開。由「狹道」、「兩壁」、「油門」、「方向盤」，知道詩行布置了一輛行駛在隧道內的車子；由「我掌握方向盤」，知道「我」是駕駛者；由「一切安危繫於你的語音」、「油門應你的嗓門失速」知道「你」與「我」高聲爭執；「沈默佈滿陷阱」與「清理往事」兩句側面敘述了「我」對「你」的沈默以對。同車的兩人在行經隧道時發生激烈爭執，頗有狹路相逢的意味，以「狹道內」為題，攫取嘲諷的意涵。

劍拔弩張的氣氛在「眼見這即將過去」一句達到高峰：隨著詩行即興演出的，不僅是往前衝撞的回憶，也是可能劃下休止符的生命。「清理往事」在「我」「急忙煞住回憶」的瞬間反應中，同時也洩漏所謂「清理」，一詞停留的悵然若失、出神狀態。「我掌握的方向盤／隨星空轉動」直接透露夜間駕駛，間接暗示駕駛人看天辦事的心緒。隧道內例有兩旁的燈光照明，夜行出隧道因此必然「面對前面的長黑」。

弔詭的是，詩行省略了進入隧道的照明狀況，而聚焦於語言碰撞引發的行車危機，所以「我掌握的方向盤／隨星空轉動」與「我急忙煞住回憶，不願／離開狹道後／面對前面的長黑」在數行的距離內隱隱呼應，而有不一樣的美學效果。一方面，「隨星空轉動」容易被忽略天色的意旨，指向動輒得咎的心情，如此詩行至末，「面對前面的長黑」就與「煞住回憶」比鄰，指向生命的終止。另一方面，「隨星空轉動」與「碰碰撞撞」、「兩壁上的眼睛」並置，既指點夜色、暗指眼冒金星而為轉喻，復合理化「面對前面的長黑」。不論隱喻帶出轉喻，或轉喻帶出隱喻，〈狹道內〉凝注的是語句牽引語句後，意符浮動的姿態。

又如〈江湖〉的第一段：

昨天你在台上
表演一套夾雜笑聲的劍法
一個失明的老婦人
側臥在地板上聆聽你的招式
舞台後方晦暗的角落裡
一個詩人正在調理一個突兀的意象
這時一絲光線穿透天花板
將你蝕刻成沒有封面的文本
泛黃的書頁裡有一些斑點
原來夾在虎虎生風的身段裡
是你隱約的咳嗽[12]

「台上表演劍法的江湖術士」、「臥在舞台上的失明老婦」、
「舞台後方調理意象的詩人」是此詩架構的景象，詩人調理意象
後的成果則與下了舞台的「你」對話，展現以文字微粒為喻的另
一種江湖。常理中需要在安靜環境下寫作的詩人，選擇在聲影雜
沓的舞台後方調理意象，這個意象本身也就是個突兀的意象，而
這個「晦暗角落」更穿透文字，與促使此詩在紙頁上顯現的詩人
微妙呼應。表面上讀來的這種「螳螂捕蟬，黃雀在後」效應，另
外一層美學延申則從「這時一絲光線穿透天花板」展開。穿透天
花板的光線既是詩行前後文的可能現實，也迥異於前此的嬉鬧氛
圍，宛然天光洩下天啟，於是後於此句的「你」，順著行文讀來
雖是表演劍法的術士，卻因「這時一絲光線穿透天花板」的意象
構築而產生意涵的空隙。下接著的「將你蝕刻成沒有封面的文本

12　簡政珍：《失樂園》（台北：九歌，2003），頁40。

／泛黃的書頁裡有一些斑點」與「一個詩人正在調理一個突兀的意象」為緊鄰於「這時一絲光線穿透天花板」的前後句，「你」變成虛晃在「術士」與「詩人」之間的不確定意指。本詩的執筆者對此不置可否，依憑意象的斑點供讀者玩味；別人寫來趨向報導的事件，由簡政珍寫來卻是詩的事件、意象的事件。詩行一開始的「你」，實指為術士，戲劇化一路延展到最後，經由虛的敘述填補，幻化為詩人；「術士」與「詩人」在同一個舞台，一文一武，一明一暗，質性相類，各擅勝場，既交鋒又交錯，然後人文化成，二者合一，互為隱喻。

〈狹道內〉發表於1988，〈江湖〉發表於2001，兩首詩相距13年，但是由其中意象的空隙推展詩美學的效果，以及拆解習以為常的視覺景象與認知而促成意涵的逸軌，此詩觀始終如一。

三、瞬間、空茫、戲劇性：意象思維的密度與裂縫

《詩的瞬間狂喜》拓展並深入以意象為中心思考的美學觀點，在〈瀕死的寫作和閱讀〉、〈敘述內容的權威性〉、〈寫詩和瞬間〉、〈閱讀和詮釋〉等文章中，透露瞬間意象與浮動意符的關連性。出於簡政珍極重視的「有感的閱讀」，這些片段即使時空更易仍非常引人沈思：

> 他不只是生活的詩人，而且是文字的詩人，雖然做為一個生活的詩人可能更重要。不是生活如「詩」，而是內心不願接受現實的規範，總以某種瞬間的狂喜輕輕嘲諷既定的步調。文字的詩人進一步想把瞬間展延成永恆，以文字的「形」取代言語的「聲」。人生的狂喜或感觸，皆來之於瞬間；但能體會瞬間，也即能感受瞬間即將不再。詩人想

把某一瞬間凝結在文字裡。[13]

既是美學或美感世界的創造，作品中顯現的技巧不必解釋
成作者意圖或設計的一部份，而只審視其在美學世界上的
功能。[14]

死不一定威脅肉體，它只是將存有投擲於陰影下，讓其面
對無以抗拒的黑暗，感覺生命的閃爍和飄忽。[15]

「瞬間」、「美學功能」、「文字的詩人」是這幾段文字重複出
現的關鍵詞，而根源則出於「生命的閃爍和飄忽」。就中寄寓著
未明言、非文字的感受，即一切人事物都不是永恆而自足的存
在，只是一種感受、一種暫時的存在。不間斷的所有瞬間與暫時
性的一切存在構築生命的軌跡，如同瞬間意象的環鍊構築詩行的
軌跡。意象因瞬間而讓人透見存有的陰影，透露文字的縫隙，但
也因此讓人感到真正的安定。

　　捕捉《詩的瞬間狂喜》的吉光片羽，可探溯簡政珍詩作因
陷入瞬間而引起的空茫感。尤其〈瀕死的寫作和閱讀〉提到透過
創作歷練生死交替。文中認為，詩人對死亡的恐懼，某方面源於
自我的消散，故而對於詩人來說，死是運用詩筆，使得詩行中的
生活面對危機，邁向想像之死，從中表現詩人的自我。簡政珍援
引濟慈和布朗蕭的說法，據以延伸，認為缺無繫於瞬間的凸顯。
戲劇性的言談頗銘記著簡政珍的個人風格。但動輒以「瀕死」、
「死亡」的言談來詮釋創作意識，在簡政珍的詩學代表作《台灣
現代詩美學》中，已不復存在；或者說，更細緻地變化為「不相

---

[13] 簡政珍：〈寫詩和瞬間〉，《詩的瞬間狂喜》（台北：時報文化，1991），頁23。
[14] 簡政珍：〈閱讀和詮釋〉，《詩的瞬間狂喜》（台北：時報文化，1991），頁154。
[15] 簡政珍：〈瀕死的寫作和閱讀〉，《詩的瞬間狂喜》（台北：時報文化，1991），頁159。

稱的美學」、「詩既是也不是」等，以「後現代的雙重視野」呈現的手姿。[16]然而創作的狂喜來自詩人以瞬間筆下靈光一閃的紀錄取代個體生命的消亡，這一點相當一致；因而從〈瀕死的寫作和閱讀〉不無誇張的描述裡，更可以看到簡政珍專注投入、以文字探觸生命缺口、享受其中的歡欣。簡政珍用力告訴讀者：每當詩人努力掌握一個現在，瞬間均滑溜為過去；間接也告訴讀者：當詩人以語言為存有的屋宇，意象思維也在時間空間化的過程中展現密度，撐開裂縫。

「間隙」、「瞬間」、「輪迴」、「流水」等字眼常出現在簡政珍的詩裡，做為時間意象的表徵或暗示。無限連綿輾轉的時空裡，簡政珍以詩筆丈量生命而踐履了許多時間的堤岸，又全然融入創作的自我，就像〈世紀末〉詩行的：「堤岸無所不在／回頭，你已不在岸邊」。收在《季節過後》，發表於1976年的〈本可忘記〉第一節，即顯現簡政珍詩作中對瞬間的敏感：

> 本可忘記
> 一切都是瞬間即是的軌跡
> 風景無恙
> 別來盡是
> 情緒的自瀆[17]

詩行純然以言說展露敘述者的意識，傳達貫串並綿延為簡政珍詩美學的旨歸。風景無恙，本可忘記，但因瞬間即逝的一切也瞬間即是，詩人記取瞬間形象化的軌跡，避免情緒的自瀆。「情緒的自瀆」下語重，就詩作的前後文來看，主要針對詩中第一人稱的自勉與自重，後來也成為《台灣現代詩美學》視為禁區的創作觀

16　參見簡政珍：《台灣現代詩美學》（台北：揚智，2004），頁247-298。
17　簡政珍：《季節過後》（台北：漢光文化，1988），頁142。

與詮釋觀。[18]

　　意象的瞬間凝結生命的瞬間，留在文字裡呈現雪泥鴻爪的迷幻世界。如果意象基本上是知覺的映象化，則簡政珍調理映象化知覺，常傾向於選擇過後的萬花筒並置呈現。詩行中，意象一個連一個紛至沓來，接續為意象敘述，經常使讀者應接不暇。如收在第一本詩集《季節過後》、目前簡政珍個人詩集裡發表時間最早的詩作〈景象〉：

> 那一漰水以揮劍的態勢
> 將竹林的足部削去
> 潺潺乃成林子的呻吟
> 有鳥拾天梯而上
> 碧清跨越無涯
> 鼓翼成舞
> 舞影投射
> 水中是另一隻鳥的競技[19]

此詩氣宇軒昂，氣象清新雄健，而文白夾雜、透著青澀的書寫方式則在簡政珍詩作裡極罕見，頗具紀念性。寫水柱的形與聲，竹林與隻鳥各為主客，虛實相映，水柱濺飛如揮劍，水勢橫掃竹林聲如呻吟，碧空中刷刷鼓翼的鳥投影於水面。此詩寫來有如武俠片，水與天、水與竹、竹與鳥、鳥與天、鳥與水，幾個意象渾成一體。這些意象組合濃密，但有別於真實的人生，反映簡政珍極難得一見的「書寫」的人生。有如秋風掃落葉，詩中最具動態的飛鳥一閃即逝，儘管為擦過的碧空與投影過的水面提供剎那的變

---

[18] 簡言之，創作者應避免過度渲染情緒、鋪陳抽象的情緒用語；詮釋者應避免從片面擬測的創作意識探入作品而墜入誤讀。

[19] 〈景象〉，簡政珍：《季節過後》（台北：漢光文化，1988），頁134。該詩發表於1975年的《台灣文藝》，簡政珍25歲。

化，如同水波引發的竹林悶響，然而這些似有若無的隱喻傾向未在結句留下任何依依不捨的顧盼。整首詩展現簡政珍早年專注於意象的語言練習。

　　簡政珍建構出獨樹一幟的意象思維，也在自己認知中的意象思維裡放逐；非常特殊的是，簡政珍並未受圍於自己認定的美學觀念，唯一確定的是無窮無盡的解構。簡政珍的意象思維建構在解構上，一首詩裡出現的意象繽紛多姿、充滿此在感，彷彿從這首詩之後就不知道會不會再出現，這就是「詩的瞬間狂喜」。簡政珍詩中的意象不是詩人清涼的庇蔭所，而是星球薈萃的聚合場。瞬間生發的意象各自獨立自足，彼此之間可能互相對應，也可能互相干擾、牽制，形成極為特殊的意象對話，有如無語而自在的銀河系，放大來看常給人空茫感。

　　簡政珍曾反用「廣長舌」的原始意義，在〈佛寺〉一詩中寫道：「世間本是廣長舌」，意謂紛擾多姿、莫衷一是、是非難斷，而又令人流連盤桓、糾纏不清的人間特質。尤其喧鬧或繁華過後的反差，更常使簡政珍的詩中人陷入空茫。像〈所謂劇本〉末段：

> 但這是一個海市蜃樓的故事
> 今夜，時鐘將在長年的宿醉後清醒
> 窗台邊的桂花會去回味地震後乾涸的日子
> 一條清晰的河流將會從雲端重回斷層的缺口
> 老祖母將在瓦礫下找到那一枚陳舊的戒指[20]

末段第一句以轉折詞總結前面詩行的富麗景象。「海市蜃樓」來自意念的運轉，說明詩中人對才剛流逝的形上思索。第二句從劇場的人去樓空發想，純然演示意象而沒有說明，因而「時鐘在長

20　簡政珍：《失樂園》（台北：九歌，2003），頁42。該詩發表於2002年。

年的宿醉後清醒」除了表現時鐘滴答聲與安靜劇場的落差外，也可能綻開思維的縫隙，指向書面劇本所不及、卻曾具體落實的人生劇本。由「窗台邊的桂花」穿針引線，時光之流回溯到地震發生後的瓦礫堆，引導此詩中不具個人特質而具普遍象徵意涵的扁平人物「老祖母」：「找到那一枚陳舊的戒指」。潛意識的景象：「一條清晰的河流將會從雲端重回斷層的缺口」就像影片迅速倒帶，牽動既有的語意。與「老祖母」同具普遍象徵意謂的「陳舊戒指」，在此詩中並非出於物象的牽引，而是以現實人生情境為基礎的突發轉念。收尾的詩行出現這沒瓦礫堆中的戒指，特具瞬間轉入空茫的戲劇效果，彷彿電影的特寫鏡頭，在對焦後逐漸淡出。

值得留意的是，從〈所謂劇本〉的意象與意涵轉換裡，我們看到簡政珍對意象思維的運用與認知特色。簡政珍特別展現個人特質的詩，不但不鑽入貫徹始終的某個特定意象，而且常常是此起彼落、此消彼長、互通有無、接續迸發、看似隨機組合而充滿驚喜的各種意象。就像〈所謂劇本〉一詩，雖然未必有可以傍依的物象，但是由詩行行進所得，詩中人意識底層沈積的現實產生一個又一個並置的意象，那些看起來像是偶發的各種因素，豐富的所謂的空茫，充實意象的密度；然而另一方面，語法撐開的裂縫也召喚各種變幻莫測的詩心。而這依賴語意接續產生聯想的創作方式，正是簡政珍詩學核心的轉喻論述，從雅克慎到狄曼、吉內特等學者闡述的重點。

簡政珍在《台灣現代詩美學》裡，批評詩人為遊戲而遊戲的文字戲耍，並因而區辨文字的「遊戲」與「嬉戲」，接受相對之下比較不顯刻意的「嬉戲」。在一定的程度上，詩人戲耍文字的確帶給讀者相當的新奇感，連帶影響讀詩的樂趣。簡政珍的詩不僅不排斥文字戲耍，更使其戲耍不悖離自己的創作理念而高於其他詩人，其原因，因為簡政珍以意象思維開展的文字戲耍中，嘲

諷的對象包括詩中人和創作者自己。就此層次而言，簡政珍的文字戲耍已超越了宛如郎中的文字遊戲者，超越陷溺於競賽與聲名的詩人，而像指點方向的導演、全知者一般，點撥詩行中的浮花浪蕊，使意象搬弄的戲劇性呈現若有似無的人生哲思，將全詩引入超乎象外的理趣。從《意象風景》中，一連串短時間內創作的一字題詩可見一斑，如〈升〉：

> 當廢氣讓身體漂浮
> 總要費點心思
> 考慮要留下什麼
> 日記已被蟑螂咬盡
> 書信也慶幸在火中升騰
> 必須帶走幾個意象
> 以免有人從滯銷的詩集裡
> 剽竊
>
> 留下的
> 是一些難以肯定意義的眼淚
> 冥紙的青煙，方向
> 倒非常明確
> 隨著我的身體飛升[21]

又如〈奔〉：

> 競賽的對象
> 不僅是路旁爭豔的野花

21　簡政珍：《意象風景》（台中：台中市文化中心，1997），頁69-70。該詩發表於1991年。

花謝的速度
一度超前
然後在你微笑聲中落後
雨中擋風玻璃上的霧氣
使你失去速度感
雨刷刷不盡
朦朧中迅速變化的幻影

奔到路的盡頭
就是歷史
英雄豪傑綿延一線
至天堂的邊緣
你儘速狂奔幾千年
最後在天堂的邊緣
墜落[22]

以意象思維的瞬間調變為焦點,我們可從趨近與逸離、抽象與具象、剎那與永恆等共同議題,關注這兩首詩。

1. 趨近／逸離:這兩首詩以逸離主題的方式趨近詩題,改變「貫徹主題以書寫詩題,標籤化詩題以顯示主題」的僵固印象。〈升〉的第一句從空氣污染引發的玄想入手,浮想聯翩,第二句以下的一整段就都寫文字化為灰燼的想像,第二段更異想天開,寫到詩中人屍體火化的景象,完全逸離第一句貼合「廢氣」的既定模式書寫;但文字灰飛煙滅與火化屍身造成的煙霧升騰意象,則完全在詩題的導引下發揮,而且更富曲折。〈奔〉的第一句,從賽跑引發

22 簡政珍:《意象風景》(台中:台中市文化中心,1997),頁66-67。該詩發表於1991年。

人生競賽的想像，第二句以下，詩筆立刻野馬脫韁，花開花謝、觀看人潮的微笑、時空變異中擋風玻璃的霧氣等意象，把此詩帶到迷離惝恍的高度；第二段更從個人的生命寫到歷史記載中不見血光的競逐、宗教思想中的靈命歸趨等等。這些都已經不是路跑的實境，然而在這嚴肅的遊戲裡，更能展現詩的深度。

2. 抽象／具象：意象聚合為思維環鍊，抽象情思與具象輪廓構成意象敘述，彼此依違對話，其「朦朧中迅速變化的幻影」正是簡政珍詩中獨具一格的戲劇景致。以這兩首詩為例，〈升〉和〈奔〉都以抽象理念命題，而詩行的展開則以詩題的抽象理念為參考，看起來很快懸置表象的理念而創造虛構的意象，又在虛構的意象中，把握隱喻和現實的差異，轉化分裂指涉的形態，使得從題目延展的意象既來自人間又超越複製人間的模式。〈升〉和〈奔〉在抽象和具象的轉化中擴展意象的發明。例如此二詩的第二段，即各展現了抽象與具象演繹的戲劇性。前此的意象鋪陳以迅雷不及掩耳之姿綻開思維的裂縫，夾帶嘲諷奔瀉而下，斷然收束。〈奔〉的「英雄豪傑綿延一線／至天堂的邊緣」，與狂奔的詩中人一起墜落，帶有極強大的警示意謂。〈升〉的嬉戲則在幾個具有升騰景致的意象中蔓延：首先是最具體的廢氣，再來是以廢氣為參考點的焚書意象、燃燒冥紙意象、隨著詩行進展所暗示的升天意象，以及詩行自身指涉中，游移不定的屍體焚燒意象。這些意象本身的意涵，與意象之間因並置、感染而發送的訊息，成為本於詩題又超越詩題的分裂指涉，也和原以為被懸置不理、理念之外的「雜質」，融為一體。

3. 剎那／永恆：人生由許多剎那組成，通常數十年，一個肉體就化為烏有。文學創作試圖透過作品流傳，穿透時空拘

限，打破個體的有限生命而達到永恆。與永恆拔河因而是許多優秀作家顯明易見的野心。簡政珍以詩作向永恆朝聖的野心勇猛而深沈，所有剎那的匯集就是永恆，瞬間意象的**翻轉**也即永恆的另外面貌。反過來說，從簡政珍的詩論或詩作來看，永恆從來不是一下子的口惠、作者向蒼穹的嘮叨或索討、某一篇作品的主題或意象，而無乃趨近於創作者自己寫作當下「如臨生死的感動」。將這有感的創作變成有感的閱讀，靠的是由意象群串接成、在現實和超現實當中的虛線。以剎那呈現永恆，簡政珍不僅運用「無中生有」的隱喻修辭，更常基於現實中的「有」，扣問玄理中的「有」。尤其弔詭而令人動容的是，簡政珍經常嘲弄世人的企盼永恆來書寫所謂的永恆，或經由常人容易輕忽的某些片刻、某些場景來刻畫已經不在的念想。例如〈奔〉，詩中人朝向永恆奔逐，奔這個行動的本身就是永恆；且因透過現實情境描寫奔向永恆這個「無」，所以花草和行車這些現實生活中的「有」，成為輔佐創意、顯現生命感的意象。

簡政珍站在時間的滾滾長河中，擷取眾多相互對話、回應或抵制的意象片刻，「這時」或「若是」是顯著的標誌語詞，相當於指點流光的切分單位。「這時」或「若是」，在詩行中進行動態的意象轉換，往往打斷讀者的邏輯思維，以佈局江山的姿態喚醒相同時間下的不同空間，於是這被呼喚而至的空間就變成心情時間的疆界，更於詩行在同一時空裡繼續往裡鑽營的瞬間拉開距離，以意象的盛景代替滔滔不絕的意識形態言說。例如〈剪下一片報紙填塞失憶症的缺口〉：

剪下一片報紙填塞失憶症的缺口
油膩的鉛字飛舞起來

如蚊蚋在牛背探索迂迴的旅程
一隻為了獵槍淌血的斑鳩
在草地上留下幾滴色彩的遺言後
沿著小溪找到瀑布的入口
以及水花四濺的世界

一個遠離家鄉的遊客
在橋下撿到一根白色的羽毛
遠方的擺渡招手
水波盪漾開來猶如家國的風景
這時你在釣竿的尾端
幻想遠方素食的日子
橋上轟隆作響預警繁忙的暮色
夏天微溫的街景
都在趕赴一場詭譎的盛宴
一個個馬路窟窿
已準備好夜晚的豐收[23]

這首詩的意象思維建立在以「報紙」、「斑鳩」、「遊客」、
「你」為主、以橋和水為中介的詩思遞進上。首句省略了的主
詞：「我」，第二段變異人稱為「你」，成為今昔對應下的時間
曲折，映現為鮮明的影像。此詩的時間布置是：現實－想像－想
像－現實。虛實幻接的缺口是第一段的「油膩的鉛字飛舞起來／
如蚊蚋在牛背探索迂迴的旅程」、「水花四濺的世界」，以及第
二段的「水波盪漾開來猶如家國的風景」。兩段各自有內化的
虛實描述。第一段對於當下的實寫只有第一句，從第二句「油

---

[23] 簡政珍：《放逐與口水的年代》（台北：書林，2008），頁58-59。該詩發表於
2003年。

膩的鉛字飛舞起來」之後，詩行進入想像、回憶交織的畫面。「斑鳩」是白鴿所象徵的和平的假象，暗示假和平。第二段由鳥羽和溪水的相關意象做為似有四無的時間賡續，並拉開空間，以「橋上轟隆作響」呼應前段獵人的槍聲，並諷刺「你」一邊釣魚、一邊幻想素食，更預為詩末「詭譎的盛宴」鋪陳，而「詭譎的盛宴」也在隔一句的時空跳脫中，回過頭嘲諷、詮釋了「釣竿尾端」的「你」：「遠方」在恍兮惚兮的意涵轉換裡，既可能是空間而指陳「你」意猶未盡的美食渴望，也可以是時間而作為「你」已經改變的飲食習慣。因為「詭譎的盛宴」隔兩句的文意銜接，此詩的詩中現實與非現實不致斷然分割，而作為背景的前一句「夏天微溫的街景」則遙承第一段「剪下一片報紙」的詩中人，將此詩的時空帶回到現實裡。

「瞬間」是來自簡政珍詩學與詩作的恩典。簡政珍詩中此起彼落的意象嘲諷人間瞬間生滅的情緒與因緣，把過眼雲煙的世界映照成過目難忘的文字。一方面，稠密的意象流轉為敘述，跳出情節或主題的框架，延展成長詩的奇特風景；一方面，濃密意象之間的關聯往往經文字的趣味更推深一層，意象反面或底層的意涵在文字的縫隙中起伏，暴顯表象缺席的另一種真實。

四、結語：回到詩之所以為詩的本質

簡政珍詩學論著富含著的宇宙論色彩，一向以意象環鍊思索宇宙人生的終極理路，看重意象與意象之間的彼此牽引、扣連、對話、掩映。檢視學者對簡政珍詩的意見，幾個切中要害的說法莫不密切關係著簡政珍對意象思維的觀念，例如林燿德說簡政珍詩「淡中見奇」、鄭明娳說簡政珍「著重於生命剎那間如臨生死的感動」，洛夫更直指意象思維為形成簡政珍特殊風格的詩觀。大陸學者熊國華、黎山嶢，對簡政珍的詩備極推崇，熊國華說

《浮生記事》中的優秀作品書寫現實而又超越現實，呈現嶄新的美學風貌，讓讀者看到通向詩國險峰之巔的希望；梨山堯直接由哲學觀解讀簡政珍的詩，頗天人之際的意謂。這些話語中，「意象思維」一語中的；「淡」中的「奇」出於瞬間生滅的意象；「生命剎那間如臨生死的感動」根本是簡政珍一向的詩觀；「通向詩國險峰之巔」、「書寫現實而又超越現實」是感覺與想像透過意象運作的期盼及成效。

學界普遍認知下的簡政珍，定位為「深具生命感」、「具哲學厚度」的詩人，卻也出於簡政珍對語言文字的嚴肅態度，使得詩作機智幽默的一面為人忽略。其實簡政珍作品中的嬉戲與幽默所在多有，[24]而且相當成度體現在由空隙導致的歧義。簡政珍癖好「躲在歧義裡製造歧義」，[25]著重隱約的歧義、似有若無的諧擬。就簡政珍的論著與創作來看，「詩的瞬間狂喜」生發於人世情感的擔負、深沈，以及刻意淡化的語調、如真似幻的景象、悲欣交集的韻致。由意象思維組構而成的簡政珍詩作，隨處可見現實與人生的爪痕，意象瞬間閃現，瞬間翻轉；在看似紛繁的頭緒裡，簡政珍以從容的意態和語言對話，創造一個洞穿的、透明的世界，燭照而不打擾讀者的迷惘。

站在二十一世紀的今日省視，簡政珍出版於1988年而集結十餘年詩作的第一本詩集《季節過後》，其思維方式已相當「後現代」（簡氏的後現代）。其論詩之名言：「苦澀的笑聲」，乃笑看苦澀，甚至傾向笑聲而非苦澀，因而使得他的詩於詩藝之外更

---

[24] 例如〈幾年後〉第四段的自嘲：「書房裡，中外文書籍／為生活空間的論爭／蒙塵的面目／已分不出誰是誰非／桌上有幾張稿紙／沒有一行寫到底／原來這裡住過一位／詩人」，收於簡政珍：《紙上風雲》（台北：書林，1988），頁125。

[25] 簡政珍〈語言〉：「囚禁在口齒之間的／是否有反芻的餘香／總在吞吐之間／變成室內的沈默／由眼神做註腳／信紙的線條／難以規劃文字跨大的步幅／字體歪斜的形狀／遮掩真正的步履／唯恐拂曉的晨光／照穿塗改過的足跡／／人說歧義是一種美德／我躲在歧義裡／製其義」簡政珍：《所謂情詩》（台北：書林，2003），頁26。

富哲理的警醒。其詩「行雲流水」，姿態橫生，行止自如，且常常隨立隨掃，看似自我顛覆；更富意趣的是，其初心未必意在顛覆，既成顛覆，又立刻演繹為另一種隨時會轉變的姿勢，然後依違並進，環環相生，扣為意象的環練。即使有詩題做為引導，簡政珍的詩很少給人主題導向的印象，而是在幾已掏盡的題材裡展現變異的言談，豐厚既定主題。簡政珍用意象思維包裝瞬間感知，在詩中重整現實，而因意象的逸軌，同時也異化了現實，[26]詩中的現實經常在虛實之間。

意象的放逐使得簡政珍的詩在不確定中充盈著力度、躍動感、偶發感。簡政珍捕捉過眼即逝的物象，經過心靈之眼轉化為意象，而從分崩離析的現象界中再現人生，調整世界，隨著遁走的意符一邊超越寫實，一邊勾勒生命的輪廓。其詩作最令人驚喜而值得再三品味之處，是意象之間的同異縫隙，以及縫隙裡的留白、透明、可能性。真正的主題或詩旨在詩行中不斷出現又隨時消隱，再被繼起的意象賦予更多的意涵，因而沒有固定的意涵，各種意涵來了又走，題目以一個動態意象身兼鉛筆和橡皮擦的雙重效力。詩行中那些看來像是不經心的書寫，隨著語境播散非語言所能道斷的意涵。表面上互相解構的句型與意象創造一個洞穿現實的世界，瞬間的遺失成就瞬間的盈滿，這是簡政珍詩作最動人的存有。

---

[26]　參見簡政珍：《失樂園・後記》（台北：九歌，2003）。

潛藏的美麗
——從陳育虹小詩的隱喻到詩集《索隱》中的「月亮」

李翠瑛（元智大學中語系副教授）

摘要

　　陳育虹的小詩善用比喻的寫法，簡短而精緻，通常題目與內容剛好是一個完整的隱喻。她的此種小詩寫法到詩集《索隱》時已經是以一整本書為隱喻的架構，從而完整體暗示某種可能。

　　本論文從陳育虹的小詩，討論此種隱喻生成的可能與表現，在此基礎下推論詩集《索隱》所體現的大的隱喻，「月亮」的隱喻貫穿詩集的前後首尾，而形成詩集中最主要的隱喻，詩人並透過月亮意象，以月亮和人的關係寫愛情的性質，躲藏、擔心、期待、失落等心情起伏的狀況，而以一個月亮的隱喻將前者表現在詩中。此為本論文主要探索的議題。

關鍵詞：陳育虹、小詩、月亮、隱喻、愛情

一、前言

　　陳育虹的詩像是婉轉女子的情意深厚，又蘊含著大器的生命哲思；育虹的詩有一股漫想的氣質，意象的流動順著思緒的滑行發生，如同流水般順其自然之行。在尋索其意象與詩境時，便彷如感染一種無法歸納分析為有條有理的思緒，必須從中找到許多線索，透過線索的暗示與啟發才能進一步看到女詩人難以捉摸的意念，這源自於育虹的詩善用隱喻，隱之又隱，把內心起落的女兒心思包裝為美妙的意象，遂而使得評論或是研究的可能變得更婉轉曲折。

　　女性的角色總是多著幾分婉約，女兒家的心思纏繞著許多糾結的思緒，但這些思緒未必都要展現在讀者面前，詩的含蓄與婉轉便提供詩人自由創作的空間，同時也擴大讀者更多想像空間，這種拉開的距離，不僅是朦朧美感的呈現，也是在追逐與想像中完成詩的趣味。

　　在藝術技巧的表現上，陳育虹的作品吸收傳統詩學的詩句，並融西方詩學的背景，「精神的感召、化合尤其功效宏大。」[1]縱然是短詩／小詩，也自成結構，融合婉約情感得以產生許多詮釋的空間。依照李瑞騰的定義：「短短數句（行），自成首尾圓貫的形構，表達詩人一個完整的原創意圖」[2]，小詩不因其短而有所缺，仍是自成完整架構。

　　雖然在陳育虹的詩集中，小詩並沒有自成一類，而是夾雜在詩作之中，在詩集《索隱》中，詩題是以索或隱加上數字作為題目，顯然是一系列專一主題之作。小詩的選擇如果以十六行以內

---

[1] 　陳義芝：《現代詩人結構》（台北：聯合文學，2010.09.），頁188。
[2] 　李瑞騰：〈序〉，收於張默《小詩選讀》（台北：爾雅出版社，1987），頁1。

的詩為主要對象，或依張默所選的十行以內，[3]或者如以小詩以精緻短小為要，而行數則有保留彈性的空間，那麼，在陳育虹的《索隱》中除了「莎弗詩抄」之外，索或隱共有58首詩，其中十行以內有13首，十一行有3首，十二行有9首，十四行有2首，十五行有1首，十六行有3首，若以十六行以內的小詩共有31首，佔全部比率為53%，若以十行以內則是25%。但觀陳育虹的短詩，在十六行以內的短詩具有短小精練而精緻圓融的特色，本文在研究對象的選擇上則以十六行以內為範疇，是屬於廣義的小詩。

透過小詩，詩人仍然以隱喻的手法潛藏著情志。詩集《索隱》中更以「索」、「隱」的編號探索相同的主題，但意象仍是隱藏的、隱喻的，本論文試圖從這些隱藏中找到「月亮」的意象，並從月亮不斷出現在詩中的畫面尋找詩人以月亮為隱喻時的可能指涉對象或是暗示某種情感。

二、隱藏的意念——小詩中的隱喻

育虹的詩善用聯想與隱喻讓其產生新的意象與創意。她的詩中語詞善於二個方向，其一是逆向思考，其二是隱喻的產生。逆向思考讓意象不循傳統的思考管道，隱喻則充滿暗示的空間。在凌性傑對陳育虹的訪問稿中說：

> 詩終究是一種隱藏，向來不是直線的抵達，不是簡單的批判與控訴。她服膺濟慈說的，詩人要具有「反向思考能力（negative capability）」。詩人的基本特質之一，是必須具備「全觀」的能力。……說到底，詩是一種抽象的思維，

3　李瑞騰：〈序〉、張默〈晶瑩剔透話小詩〉，收於張默《小詩選讀》，頁2、頁16-18。

向來務虛而不務實。[4]

處理情欲問題，「只是她不以直接、赤裸的方式為之，讓一切充滿隱喻。」[5]隱喻則拉開現實與人的問題，模糊化真實的意念，讓喻體的意象成為想像的詩境，詩人的真正意圖被隱藏起來，暗示的情志空間被拉大了距離。

隱喻在修辭學上是一個古老的修辭格，根據黃慶萱的說法，譬喻以主體、喻詞、喻體，形成完整的「譬喻」修辭格，而隱喻則是譬喻修辭中的一環，省略喻詞而形成「隱喻」。[6]但在西方的修辭格中，隱喻是一個重要的創作方法，不單是修辭的一部份，隱喻是形象化的語詞（亞里斯多德的定義），或是語意的「偏離」表達（豐塔尼埃），自由的使用另一個表達式去表達另一個表達。[7]或者進一步說，相對於事物的關照心靈而言，隱喻是從心靈發現的對象的意象，通過語詞想起觀念，由觀念想起事物。並由於事物的相似性而涉及公眾心中事物的性質而由此種性質過渡到與此性質相近的事物。[8]總之，可以說，隱喻在形式上是具體形象化的表達，但重要的是語詞本身的意涵而不是形式上的語句。從語義的比擬或是過渡中，隱喻添增多種表達的多義性格，並且以影射、暗示的方式隱約指向作者的真實或非真實的意涵時，隱喻的樂趣便因此產生，而隱喻的多重性格與意涵的多重性也藏在其中。

也許從心理學上看，隱喻是被壓抑的直覺衝動通過神秘象徵的方式表達，但在詩意的表達上，利柯認為隱喻為詩歌提供一種

---

[4] 凌性傑：〈隱藏是她最好的表情──專訪詩人陳育虹〉，《文訊》260期：2007年6月，頁30。

[5] 凌性傑：〈隱藏是她最好的表情──專訪詩人陳育虹〉，頁30。

[6] 黃慶萱：《修辭學》（台北：三民書局，2002），頁321。

[7] 【法】保羅・利科：《活的隱喻》（上海：上海譯文出版社，2004），頁70-71。

[8] 【法】保羅・利科：《活的隱喻》，頁79。

話語策略，語言利用此一種非直接描述的功能，擺脫直接述說的的部份，而使得語言存在神秘的層次，而詩歌透過隱喻的語言表達某種意圖，並使詩歌的功能擴增符號的語義。《活的隱喻》中說：

> 這種圖象性表達了閱讀行為的兩種特點：懸置與開放。一方面，意象顯然是對自然現實的中性化的結果，另一方面，意象的展現就是「發生」的某種事情。意義向它不斷開放並為解釋提供了無限廣闊的領域。[9]

詩歌的圖象性表達意義而成為對讀者更為開放的空間。隱喻潛藏著許多意念而透過形象表現，對詩人而言不必全部裸露自我思想，能產生自我保護，而「隱藏」給予模糊的想像空間，拉開指涉與對象之間絕對的相應關係，空隙／空白造成模糊的美感。蘇珊‧郎格《情感與形式》說：

> 詩的情節借以展開的虛幻世界總是為該作品所特有；它是那些情節事件所創造的特定的生活幻象，有如一幅畫的虛幻空間是畫中形體的特定的空間。為了使詩歌世界在想像上保持連貫性，它必須由符合想像方式的事件來構成。……虛幻事件是文學的基本的抽象，生活的幻象由此產生，而持續，而獲得具體的、明晰的形式。[10]

「空間」在現實的世界中是無形的，只有邏輯的形式，和有形相互組合而被發現，但在詩歌等藝術上更是基本的幻象，此幻象的內涵創造另一種存在於藝術中的特有形式概念。「虛」的空間填

---

[9] 【法】保羅‧利科：《活的隱喻》，頁289。
[10] 蘇珊‧郎格著、劉大基等譯：《情感與形式》（台北：商鼎文化，1991），頁247。

充著情感的內容，使符號在其中產生意義與作用。從美學上看，情感與形式的距離產生距離，距離則使閱讀者或欣賞者產生朦朧的美學感，蘇珊・郎格說：「詩歌創作的原則」為：「它們的感情內容乃其表象的一部份；因此，它們既不能詳盡地陳述，也不能『恢復原來的樣子』。」[11]詩歌抽象的表現方式，就是一種「情感的符號」[12]，詩歌不能說清楚的部份則是詩人寄寓情感符號的表現範疇。

　　此「虛」的空間是詩人擅於隱藏情感或是暗示情感的表現空間，而此空間也讓詩人在其中表現足夠的訊息以引起讀者想像、猜測、借以填補詩人想說而未說的所有話語。因此，就陳育虹的詩而言，潛藏的美感讓詩充滿想像的空間，空間是由讀者填充的。詩人在〈之二十・索〉中說：「我還是猜不透你想／說什麼／一個括弧在左，停頓／久久／另一個括弧在右／中間是不完全抽象不完全／具體的……變化」，括弧中間有許多的可能，可具體可抽象，也許美也許醜，「不用文字」、「想像你掌心的玄機／你不著邊際的／美學」不深入探究的朦朧美學拉開詩人與讀者的距離，張力因此讓樂趣產生。

　　小詩寫作在於瞬間的創意與完成，文字的精確與傳神成為作品成功與否的要素。閃爍則非長篇大論，而是在若隱若顯之中展現一針見血的詩境。以陳育虹的小詩〈記憶的〉為例：

> *海*
> *在夜晚漲潮*
>
> *打濕了一哩*
> *夢*（《河流進你深層靜脈》，頁34）

---

[11]　蘇珊・郎格著、劉大基等譯：《情感與形式》，頁257。
[12]　蘇珊・郎格著、劉大基等譯：《情感與形式》，頁65。

「記憶的」如果是主詞，詩人以一個動態的意象隱喻記憶。記憶如同夜晚的海水漲潮之後卻把夢打溼，夢醒了，在記憶再度回想起時，以前覺得美好的事件因為再次的回想，好像被打濕一般，許多想法更清楚，而不切實際的夢想也終於破碎並醒來。詩題為「記憶的」，詩意為海與夢，一方面視題目為主體，詩體為喻體，喻詞省略／隱藏，使詩的整體成為一個完整的隱喻，同時，「記憶的」是形容詞，後面可接名詞，在閱讀上正可以連起海，成為「記憶的海」，記憶的海漲潮，代表記憶再度充滿心頭時，卻反而打溼了夢，記憶反而讓夢溼了，醒來或是破碎，總之是不完整而產生缺憾了。陳育虹的詩較其他詩人喜用隱藏的手法，處處可見隱喻的手法。例如〈街燈〉：

> 危顛顛
> 將落未落的
> 秋葉
>
> 一隻鴿
> 忘了唧走的
> 嘆息（《之間》，頁160）

秋葉沒有肅殺的氣息，只是一片可憐的、將落未落的葉子，寫出街燈的形單影隻，而街燈的形象就像是一個嘆息，詩人聯想到是鴿子忘記唧走的嘆息，精巧可愛，把街燈的外在形象以「秋葉」、「嘆息」比喻之。這首詩以街燈為題，可視為主體看待，以詩意象為隱喻的喻體。又如〈詩的聯想〉：

> 詩是給將來的，但愛
> 愛必須在現在

你想到懸崖

融化的懸崖，你順勢

滑了下去（《之間》，頁90）

詩是未來的，此詩的第一段描寫「詩」說：「你想到鏽紅的酒，壓抑／緩慢的滲透，沁／你想到泡沫」。用來隱喻「詩」的是鏽紅的酒，辛辣有味，熱情如紅火，但必須壓抑，而且甚至是「泡沫」；而與詩相對的卻是「愛情」，愛情則是「懸崖」，愛情讓人心都融化了，失去理智，縱使是懸崖，也願意一路滑下去，之後的粉身碎骨就不在話下也不在考慮的範疇了。又如〈秋蟬〉：

整個下午

他忙著輕聲的刮

細細梳理

秋

那畝剛收割的

薄田（《之間》，頁226）

秋蟬是抽象的聲音，也是聲音意象，詩人以意象為喻體，把輕聲刮、細細梳理的秋隱喻為蟬聲，而入秋的蟬聲也是一畝剛收割的薄田，蟬的幼蟲經過數年終於長成蟬，蟬聲代表著生命的成熟，詩人以剛收割的薄田比喻蟬聲，秋天沒有淒涼，只有一些剛成熟的生命景象。

詩人喜用隱喻的手法從早期的詩作中即已見出，詩集《其實，海》中〈海貝〉一詩將海貝比喻為：「一枚／不易拼湊的記憶」（〈海貝〉）[13]，把河喻為：「輕托住，歲月／一朵花

---

[13] 陳育虹：《其實，海》（台北：皇冠文化，1999），頁30。

的臉」（〈河〉）[14]，把夜晚的台北喻為：一只「灼然的火油鑽」（〈夜台北〉）[15]，把高溫城市比喻為「母親的／子宮」（〈高溫城市〉）[16]，把硯臺比喻為「不善辭令的一口／井，風起／而無波」（〈硯〉）[17]，把記憶喻為「若行一柱香」（〈記憶〉）[18]，早期的詩作中見出詩人喜用比喻的端倪，例如把潛意識比喻像長長的蚯蚓，在無底的深寂黑冷夜裡（〈蚯蚓〉）[19]。

隱喻的手法潛藏著作者一個或多個意圖，並且使詩意產生多重性與歧義性。在陳育虹的詩中，她以小詩的呈現，把題目與內容視為隱喻的主體與喻體，使得詩意在隱藏中呈現特有的精緻感，此種隱喻的手法在提供語意隱藏的空間，並且在陳育虹的許多詩中突顯她喜用此隱藏語意手法的寫作方式。

三、藏與現——《索隱》詩集中的月亮隱喻

女性的角色總有許多不可言說或不想言說的心事，這心事可能是某段記憶、往事、想法、情感，甚至化為內心的秘密。陳義芝評陳育虹的詩：「陳育虹創作的元件是生命中飄飛的光影，難以磨滅的瞬間美；其配件為遠古詩人的詩句或自己所寫的書札，在殘存不全的追憶中詩人進行召喚，也吸引讀者涉身一漫長的時間『回憶』。」[20]在試圖言說的詩句中婉轉表達情感與潛藏的意念，在表達（顯）與隱藏（隱）中反復辯證、拉扯、拿捏，最後，終於在表現與隱藏中找到彼此的平衡。語言的隱藏讓語義產生多重性的詮解，羅蘭・巴特《戀人絮語》說：

---

[14] 陳育虹：《其實，海》，頁72。
[15] 陳育虹：《其實，海》，頁76。
[16] 陳育虹：《其實，海》，頁80。
[17] 陳育虹：《其實，海》，頁85。
[18] 陳育虹：《其實，海》，頁111。
[19] 陳育虹：《其實，海》，頁118。
[20] 陳義芝：《現代詩人結構》，頁176。

> 跟隨在獻辭之後的東西（即作品本身）與獻辭並沒多大關
> 係。我的饋贈不再是同義詞的反覆（我送你這件我送你
> 的東西），而是有待詮釋的；它有一個（或幾個意義），
> 遠遠超出了致詞的範圍；我徒然將你的名字題在我的作品
> 上，事實上這是為「他人」（別的人，讀者們）而寫的。[21]

語言本身存在著多重指涉，表現上的某物不是真正所要表現的物，它實際上用來暗指背後隱藏的真正意圖，因此語言本身是需要透過詮釋的，以重現可能的原本的意義，或者是幾個意義。

詩集《索隱》意在於尋索與隱喻，這是詩人早已預定書寫的方向；〈索‧隱──代序〉說：「索，是尋索；隱，隱喻。索尋，隱喻。」所以，尋索並隱喻，是兩大主題，亦說：「於是月是隱喻。／莎弗是隱喻。／嗔愛欲求是隱喻。」、「索尋是隱喻；隱喻或亦是隱喻。」頗有隱之又隱，索之又索的哲思。但索之又索，隱之又隱不也是隱喻嗎？這世間的隱藏或顯現或者只是一部份的世間象而已，所有隱藏的或許是真實，所有眼見的真象或許才是假象吧！所以藏與現也許不再那樣重要，索尋只是開始，隱藏也只是一個開始。

序中提到這本詩集的三個隱喻，「月」、「莎弗」、「嗔愛欲求」，是隱也是索。但詩人究竟尋索的對象為何？詩中透出的集中的尋索意象又為何？總是可以透過詩意的流動看出端倪。本文即從「月」的意象與隱喻探求其詩中的意涵。

「月」的意象一直是文學創作者不變的籌碼。《詩經》裏的月亮有著務實的生命態度，李白的月亮充滿浪漫的想像，李商隱的月亮是嫦娥悔恨的象徵，「月」是文人們永遠的想望。陳育虹的詩集中，把月亮寫成一個隱藏的君子，追索的盼望，藏在詩

---

[21] 羅蘭‧巴特（Roland Barthes）著；汪耀進、武佩榮譯：《戀人絮語》（台北：商周出版，2000），頁110。

句之中的幻想。月亮自古以來是以陰性的女性特質的象徵。《易經》中的月與日對應，分屬陰與陽的不同特質，陰性的月亮性屬陰柔，是女性的、與陽性相對的，往往有隱藏的一面而不全然示人。因此，在文學上也多以月亮為描寫對象而少以太陽為意象，主要也是因為陰柔的「月」給予文人更多的想像空間。而對應於文學的潛藏與朦朧的美感，「月」的意象顯得有多變的面目與詩意的空間。

（一）月亮身份的轉變

《索隱》詩集中，詩人似乎有意透過對月亮意象的對話，透顯出詩人內在對某中夢想的企求，首先，月與詩人產生的融入；〈之六‧隱〉：「月亮進入你／像某種礦物質／隨著牛奶、水蜜桃」，「月亮進入你／佔有你、改變你──／主導你」[22]。月亮代表的陰性特質，詩人在隱中把月亮「隱」入「你」之中，宣告著月亮與詩人產生互動的開始。

〈之八‧隱〉：「月亮今晚又逼近／更逼近／潮水漲起」、「你把湖水飲盡／也填不滿，那心／有一個黑洞」[23]。〈之十‧隱〉：「每一次猛然回頭／你都看見月亮／逼視你／透視你／」、「月亮說我要／看著你直到你／不再逃避」[24]。月亮的意象對詩人而言是重心、是如心臟般重要的部位：〈之十四‧隱〉：「月亮位於拼圖中央而／偏左，彷彿心臟」[25]、「你被困在月亮／在自己的／錯亂意象裡」[26]；

但月亮有時成為詩人困惑的對象，偏離日常軌道混亂的所在：「因為月亮偏離軌道並且永遠偏離」（〈之十五‧

---

[22] 陳育虹：《索隱》（台北：寶瓶文化，2004），頁38。
[23] 陳育虹：《索隱》，頁48。
[24] 陳育虹：《索隱》，頁52。
[25] 陳育虹：《索隱》，頁68。
[26] 陳育虹：《索隱》，頁69。

隱〉）[27]，而這枚月亮並不是正常該出現的對象，「你最好不出現——／你，一枚多餘的月／天空已經太擠」（〈之十六‧隱〉）[28]。

天空只有一枚月亮，在詩人的想像中卻多出一枚「多餘的月亮」，這個多餘的月亮讓天空太擠，也讓生命有著一些新的衝突「你，一枚獨角的／藍色的月，不可能的／我的——」（〈之十六‧隱〉）、「所以你最好不出現／你最好出現／在最夜的黑夜」（〈之十六‧隱〉）[29]這枚月亮成為詩人想望又不希望出現的一枚多餘的月。月的意象指涉著某個想要而不敢想或是不能想的對象或事物。

然而，詩人又想從月光中找到些什麼呢？〈之十七‧隱〉：「你想從月光煉出些／什麼呢」。詩人對月疑問著，月光可以煉出些什麼？詩人說：「一夜又一夜／你對著熾熱的鍋爐持咒／作法，祈求——而月亮是頑石」、「拒絕成為你渴想的／靈藥」[30]。李商隱的詩〈嫦娥〉：「嫦娥應悔偷靈藥／碧海青天夜夜心」。偷靈藥的嫦娥備嘗孤單之苦，長生不老的咒語像是無法解脫的枷鎖，讓愛情的雙方不能相守。現代的詩人卻透過月光的形象化，問著月光可以煉出怎樣的靈藥呢？最後，月亮如一粒不動的頑石，拒絕煉出你渴求的靈藥。詩人始於求索，最後終究落空。〈之十八‧隱〉：

> 我可以分析、歸納
> 動詞與名詞
> 分析、歸納血紅素或
> 葉綠素

---

[27] 陳育虹：《索隱》，頁72。
[28] 陳育虹：《索隱》，頁74。
[29] 陳育虹：《索隱》，頁75。
[30] 陳育虹：《索隱》，頁78。

分析、歸納時針與秒針

春天或秋天

記憶⋯⋯⋯識

但我該怎樣分析

歸納

你

一枚野生的月（《索隱》，頁84）

無論如何分析，動詞、名詞或是時間、季節，在詩人的尋索中，這一枚讓天空很擠的「月」是一枚「野生的月」，偏離軌道、不合邏輯，我行我素，自在任行，所以詩人無法分析、無法歸納。這樣的「月」代表怎樣的事物呢？從詞性、質素、時間、連記憶與意識都無法分析歸納，這究竟是何種事物呢？而這事物是詩人所索求的，所隱藏的，秘而不宣的某種企望之事物。

從另一個角度看，正面來看看月亮的臉可能像何物呢？〈之十九・隱〉：

月亮有許多臉對著許多你

琥珀的臉大理石的臉蜜蠟與火的臉

天使或撒旦的臉李白的臉柏拉圖的臉（《索隱》，頁86）

月亮如果有許多臉，也意味著你的臉有很多種面目。像鏡子一樣，月的臉也是你的臉，折射出彼此的神情。〈之十九・隱〉：

月亮不是月亮是遠遠的影子遠遠的

眼遠遠的你——

月亮是你，你是最初的看（《索隱》，頁86）

你是月亮，月亮似乎也是自己。所有的追索與隱藏像是一場遊戲，你找自己，你向內在的自我尋求，並對外隱藏，那一個多重面目的臉與多重的眼睛正在看望自己，向自己尋索。但尋索的結果，〈之二一・隱〉：「你想潛逃／往地心往水底／　往月亮構不到的外太空／想找所有藉口」，無論是失蹤或是病變，任何一個可能都是詩人想要「你想叛離背棄」，不想面對的真相，最後一段說：

> 殲滅種種神諭
> 定律，你想閃躲一個字
> 的追索
> 你想遁走（《索隱》，頁96）

尋索月亮之後，自己的心意是一個自己不願面對的結果，詩人於是寫出「逃」的所有可能。潛逃，成為對現實的逃避與叛離，但究竟為何潛逃？詩人卻沒有直接說明。也許是對人群的潛逃，如〈之十二・隱〉：「你喜歡冷／無聲／一個人獨行／你喜歡落英／落實、落空的」[31]；詩人喜歡獨自一人遠離人群，享有孤獨，也可能是對現實的潛逃。

然而，對月亮的追索之後，卻發現失去更多，〈之二三・隱〉：「浪花總想帶來什麼／卻總帶去」，「月亮也是／總想帶來什麼／卻總帶去，更多」[32]。月亮帶給詩人何種暗示或是啟發呢？月亮好像帶來發酵的想法，也帶來生命的啟示，又好像帶來一些什麼東西，其實失去的更多，至於月亮到底是指涉何處何物？詩人也並未直接說明。

等待月亮，等待時間，當葉子轉黃，轉機也因此而生，〈之

---

[31] 陳育虹：《索隱》，頁60。
[32] 陳育虹：《索隱》，頁106。

二五‧隱〉：「秋葉不等好比／風不等／你說你總還在，還等著／從來不遠／是啊，我笑著說／你從來就在」，那個一直都在的「你」，是一個老靈魂：

> 你是冷靜以待的
> 老靈魂
> 你是冬月
> 而我，搖搖欲墜的秋（《索隱》，頁116）

當「秋」面對著老靈魂時，你是冷靜的，而我卻是哀愁的蕭殺的悲涼的秋。等待著時光流逝，月亮帶來春天，沒想到卻帶走更多，秋天的來臨使得對月亮的期待轉為一種「搖搖欲墜」、不穩實的、無法堅信的理念。而當月亮向你走來時，詩人又害怕了，轉身躲藏，「你害怕了／月亮向你走來／你拾起鞋，奔跑，離開／甚至忘了拿背包／甚至忘了方向」。[33]

汲汲尋索不得的月亮，當月亮面對著詩人時卻又讓人害怕而逃離，「月亮」的形象既是想望又是不敢想望的矛盾，對詩人而言，那是一個陰性的存在，只藏在夜裏不能光明張揚的某種念頭或是某個事物、某個人或是某種情感。既想要又害怕得到之後所產生的後果，月亮是詩人求索與隱藏的對象。但是，月亮時而為詩人追索的唯一，時而彷如在眼前，時而追不到，時而沒有出現，而最可嘆的是月亮無心，讓等待的人心中充滿失望。在此種追與尋，得與失的過程中，詩人善於運用月亮的意象書寫內心起落紛亂或清理的各種情緒。

而月亮與愛情牽起一條可疑又相似的線索。如〈之二七‧隱〉：「你懷疑愛情是／貪婪的吃角子老虎」、「一千次／愛情

---

[33] 陳育虹：〈之二一‧隱〉，《索隱》，頁118。

吞沒你全部」、如果愛情是月亮，也是欲望的渴求，顯然欲望沒有達到。因為：

> 欲望的儲蓄
> 那傳言中的完整月亮
> 從沒出現
> 一次都沒有（《索隱》，頁124）

傳言中的月亮是愛情的象徵，月亮沒有出現，欲望無法完成。否定之後，肯定的那些事都是否定的結局。〈之三十・隱〉：「你找不到月亮／……之間……已然／封鎖／只剩……告示……空地」[34]，找不到的月亮也意味著某種渴望或是期待的落空。因為月亮的無心，花只能美麗半個夜晚。〈之三四・隱〉：「那花只開向三更／月白的裂葉／月見／在月下」、「那花只美麗半個／夜晚，就老去／在月落的／無心」[35]，求索「月亮」不得而不只是找不到月亮，也因為月亮的「無心」更美麗的花也只是短暫開放，向者欣賞自我美麗的對方開放，無心的欣賞則使得花開得沒有意思，很快便謝了。

（二）月亮愛情的隱喻

月亮的意象與特質隱隱指向「愛情」的特質，〈之三六・隱〉：「月亮在門外／你在門裡／你不想開門」、因為「你說你知道一隻候鳥／的習氣／來了去了」[36]，愛情來的時候你想接受，又不想接受，愛情是一隻候鳥，來來去去，詩人對於愛情這樣的特質，是以成熟的女性的態度面對，而不是少女的憧

---

[34] 陳育虹：《索隱》，頁136。
[35] 陳育虹：《索隱》，頁154。
[36] 陳育虹：《索隱》，頁158。

憬，因此語氣肯定，「你在門裏／你說月亮你走吧，時間／不對了」[37]，錯過的的時間裏，愛情也許可以開花，但結不了果，這是作者的判斷與決定。

可是，如果愛情真的來了的話，隱喻的月光：「月光／散彈般朝下穿射／樹葉驚得發抖」、「那曾經堅固的／護殼，你的意念／即將被擊碎」（〈之四十・隱〉）[38]，愛情張開翅膀真正降臨時，「驚嚇」反而成為唯一的反應，本來已經決定不再接受愛情的，堅固的意念卻在情感下瓦解。

但愛情的索求或是接觸之後，月光就產生新的意向。〈之四一・索〉：「那麼，那一個你更真／可觸摸的，或／臆想中的你」，月亮不但是愛情，也是一個追索的對象，猜測與推想不就是人心嗎？「你說其實都一樣／你曾有酣熱的身體／現在你凝視／現在你是一枚蒼老的／月」你是月，是愛情，是理想中想像中活著的一個「你」，而這個你是一枚蒼老的月，蒼老而歷經生命的滄桑後，不再是年輕的愛情，是在生命生活與種種思考下的現實與愛情。如果愛情不僅是單純的愛，而有許多現實的考量，愛情就會成為難以實現的夢想，因此，詩人心中的愛情註定不會完成的，「你不想做我的神／不預警，不顯聖蹟／不給任何應許／你要我慣於夜行／沒有月亮」、「沒有月亮／是真的」[39]。沒有月亮代表著沒有了愛情，也失去了夢。求索不得的愛戀，沒有月亮。因此，拒絕愛情，不要月亮，〈之四三・隱〉：

告示牌上寫著
偌大的

---

[37] 陳育虹：《索隱》，頁158。
[38] 陳育虹：《索隱》，頁176。
[39] 陳育虹：《索隱》，頁180-181。

月亮止步（《索隱》，頁188）

「月亮止步」，愛情不再。詩人主動制止對愛情的進一步推演，所以封閉內心，「那一畝一畝／連月亮」、「也不讓分享的／幽暗」[40]。內心不再有月光，封閉的心情是拒絕愛情之後的沮喪心情。〈之四五·索〉：「所以我什麼都不說／不說院子裡海棠開了又開／不說紫藤上那窩麻雀昨天剛離巢」，對於生活中的細節詩人不再說話，熱戀中的情人總是把生活的小細節可以說成呢喃的戀語，但詩人不再說了，拒絕了愛情之後，說也沒用：

　　不說冥坐著，而見到你
　　不說這會兒燭芯已冷，夜更靜了
　　什麼都不說

　　　月亮聽不見的（《索隱》，頁196）

不說而獨自冥坐，即使見到愛情，「燭芯」已冷，夜靜心也靜了，過去沒有什麼好說的，未來也是，愛情離去後，什麼也聽不見了。愛情萎縮，尋索不得，〈之四六·索〉：「尋你／你是一枚／銀幣在黑色掌心／晶瑩誘人，我永遠／走不到的／泉眼」[41]，「月亮」是一枚在手心的銀幣，但最後仍然走不到握不住了。而這樣的愛情，〈之四九·隱〉：

　　不是背叛。是
　　兩匹風箏一路追逐愈離愈遠
　　兩隻蟻交換了體味又錯身而過

---

[40] 陳育虹：《索隱》，頁188。
[41] 陳育虹：《索隱》，頁202。

兩片對生羽狀葉在秋至分飛

　　兩滴露珠相擁著卻蒸發（《索隱》，頁212）

兩個人兩片兩對兩匹……，愛情發生在兩個人身上，卻無法發展
為美好圓滿的存在，這是無奈，不是背叛，詩人以「風箏」、
「蟻」、「對生羽狀葉」、「露珠」隱喻愛情終究無法修成正果。

　　因此，淡化彼此是一個正常的過程。〈之五四・隱〉：「逐
漸你變成／氫或氧／或其他未名氣體／幽浮月的周邊」[42]，你逐
漸從愛情中退出，有形漸成無形，淡化而日漸模糊。最後，詩人
說〈之五五・索〉：

　　並沒有你

　　你只是一個代名詞

　　我甚至不想為你

　　命名（《索隱》，頁246）

否定之否定，愛情消失之後，你也僅是一個名詞，甚至只是剩下
一點記憶而已。愛情與你的消失也是作者尋索與隱喻的部份，當
一切都不存在時，「那樣也就沒有地獄／天堂，沒有我／沒有命
名／沒有錯誤」（〈之五五・索〉）[43]。「沒有」本身是否可以
否定曾經擁有？讓曾經成為消失的記憶。

　　在種種的糾葛中，迎、觸、拒、錯、愛，等等各種起伏拒絕接
受的來去過程中，月亮的意象與詩中的圖象演繹把詩人對愛情的
詮釋表現出來。經過這些起伏後，詩人提昇意念的層次，以逆向
的否定的思考重新問道：「月亮有存在的必要嗎？」之如「愛情
真有存在的必要嗎？」〈之五六・隱〉中說：

---

[42] 陳育虹：《索隱》，頁238。

[43] 陳育虹：《索隱》，頁246。

你敞開——
月亮自你內裡升起
月亮。欲望。

你終於知道
月亮真正的名字

你終於知道月亮
不是月亮
是　另一個你（《索隱》，頁250）

最後終於揭曉，月亮是欲望。月亮是另一個你。情感的追索最後的根源是欲望，而不是真正的愛情，苦苦追索的欲望與愛情其實不是愛情本身。在索與隱之後，愛情真正的本質不是愛情，是人性根源中的欲望，陷入愛情時當下癡迷，但是醒悟時，那愛的人不是真正所愛，愛情也不過是在追求一個像自己的影子，一場夢，一場追逐的遊戲。

　　月亮意象既是愛情的意象，也是自己的影射。詩人從重重追索中提昇並體悟到生命的真締，是自己的欲望創造了一個愛情的捉迷藏。醒悟之後，對於愛情有新的認知，〈之五八・隱〉中說：

便是，自那夜
匆匆出奔
向月

你就變成傳說
一再消失
又現形……（《索隱》，頁260）

愛情終究剩下「傳說」。消失或現形已然不是拘限詩人之物，愛情的起落與浮沉在覺醒的詩人眼中只是一個傳說，曾經有過，卻不再是現實的追索。

當一切都不在時，存在也許只是作者意識、想像或者是作者故意製造的「求索」遊戲，透過對愛情的追索，追逐本身就是一場遊戲，「月亮」是訴說的對象，愛情的個性或特質是圍繞詩意的核心，對「月」的訴說，迎拒之間，錯亂或存在之間，對月亮的許多言語的訴說，表達愛情至熱時的種種情狀，求不得苦的尋索與最後決定淡化消亡的結束，這本是一場男女的情愛遊戲，也是詩人特意從詩集的開始到最後所特意安排，讓情感有著高低起落的變化，把詩集排列成一場有故事情節的戲劇。

詩中哲理的體悟在於人的覺醒，尋索不得的想法到最後成為一個更高的提昇，月亮是愛情的象徵，最後又回歸平靜，這詩集的安排呈現詩人寫作策略的高度手腕。在尋索的過程中，月亮的意象是愛情的隱藏，或隱喻或象徵，時而在詩中呈現對話與角色。從對月亮的尋索中，最後體悟深刻的人生哲理，而尋索與解答，是詩人在對此意象的玩賞遊戲中創造的詩中世界，透過月亮意象的隱藏，完成一場對愛情的情狀描繪與提昇。

四、遊走的詩──那些關於愛情的種種不確定性

愛情的不確定性在詩中被悄悄隱藏起來，卻又隱隱透露出來。對於愛情的過程，詩人是隱而不顯的，「對於感情的『現實歷程』，她也採取隱藏的方式，存而不論」[44]，內在情愛的潛藏可以透過詩句與意象展現。〈之四・隱〉：「你只是追逐一個／意象／在意識與潛意識底／在無意識／第七第八識」[45]。詩集中

---

[44] 凌性傑：〈隱藏是她最好的表情──專訪詩人陳育虹〉，頁30-31。
[45] 陳育虹：《索隱》，頁26。

運用大量的「月亮」意象，以月亮隱喻愛情的特質，對愛情的依戀或是想望等都被放在潛意識中，以詩與意象包裝。

「陰性」的月是隱藏的影子。躲在雲間，偶而才亮出，愛情的不確定性像是躲躲藏藏的影子，也像光朗獨照的月色。〈魅──94〉中說：「沙特叔叔說戀愛是掉進半液體半固體黏滑不穩定但也不流動不抗拒的柔軟的可壓縮的蜂蜜裡讓人失去邊境，那黏性像水蛭是個陷阱。」[46]這是愛情的特質，黏膩卻無法令人抗拒。

〈魅──156〉中說：「喜歡待在那最隱密的地方沒有密碼就打不開的不給別人窺探的兩人的地方在那地方沒有禁忌沒有面具只有兩顆裸露的心晴天的下午風裡雨裡雲裡霧裡是不是夢裡的下午什麼都好怎麼都好的下午」[47]詩人既想接受愛情又想躲藏起來，在只有兩個人的世界裡享有個人的愛情。那過度的曝光與人群就是一種阻礙。

詩人在《索隱》書後〈序〉說：「凡絕美的都留下印跡」。「都成傳說」、「都成詩：都成不死的神話，潛入族人們的意識」[48]。「愛情」也是，潛入意識的或潛意識的內在，絕美的足跡沉入生命中潛意識的大海，藏起來，不使人知道。詩人把愛情的一切在書後都藏起來，成為潛意識中的一部份。愛情藏起來之後，愛情就不在了，只剩美好的走過後留下的「記憶」。一個意念與衝動形成詩的創作起源；詩走過了，記憶也走過了，敘述的內涵可能如禪思，無風無雨，故世間的愛情起於尋索，終於潛藏。〈魅──188〉中也透露出這樣的訊息：「一秒鐘的短暫。生命的與時俱逝。快樂的不可或留。啊但至少讓心在活著時留住這美與記憶不然還剩什麼。」[49]〈魅──266〉說：「其實一生只

---

[46] 陳育虹：《魅》，（台北；寶瓶文化，2007年10月），頁94。
[47] 陳育虹：《魅》，頁156。
[48] 陳育虹：〈凡絕美的都留下〉，《索隱》，頁262。
[49] 陳育虹：《魅》，頁188。

是一個過程。生命所擁有的僅是這過程中或多或少的記憶。沒有記憶生命也就沒有意義了是不是。所以我們用文字色彩音符種種可能符號去記憶。」[50]記憶存在心中，未必向外人訴說，詩人說：「但至終我們的心並不對任何人開放。不對父母配偶情人開放，不對孩子及朋友開放。我們頂多開一扇窗，自己卻仍然孤獨留在屋裏。」[51]其實詩人的作品潛藏著濃密的氛圍，像一個女子對於愛情的想像，以詩的舞台所經營出來的愛情觀。

因為無法全然開放的心事，適合以文學的包裝，歧義或是空隙的填補，讓文字的內涵指向模糊的語義，佛洛伊德《愛情心理學》中提到文學是潛意識心靈的發揮，文學家「他們敏銳的知覺，常能透視他人的潛在情感，他們也有勇氣批露其潛意識心靈」，又說：

> 他們在影響讀者情緒的同時，還必需挑起智性與美學的快感。因此他們不能直言無諱；他們不得不分離真相的某些部份，割離一些與之有關的擾亂部份，再填補空隙，粉飾全局。這種特權，也就叫做「詩底破格」（Poetic License）。[52]

潛意識的內在展現以文字粉飾，以藝術手法重新塑造，意象則充滿多義性與擴充，詩意的內涵指向的也許就不再是單一的個人情感之指涉，則可能是廣義的、普遍的情感關照。從這個角度看，詩人在擴張詩的意象時，把抽象的愛情概念注入詩的意象中，並透過「月亮」隱喻的手法，讓愛情的特質與月亮結合，讓月亮意象為愛情發言，潛意識或詩的表現質素就融為一體，而體現文學在創作上心理的多重呈現與意象的可能指涉。

50　陳育虹：《魅》，頁266。
51　陳育虹：〈序〉，《魅》，頁8。
52　佛洛伊德著、林克明譯：《性學三論・愛情心理學》（台北：志文出版社，1988），頁137。

月亮的意象，自古以來的傳統理解，在陳育虹的筆下成為愛情的代表物。這就是在詩的隱喻中，以單一主體做為抒情的對象，而不斷呈現各種面目與意涵的變化。追索一個高掛天空而摘不到的情感——愛情，這是詩人對於「愛情」的詮釋與主觀的思想，透過詩句展現出來，詩不一定是真實的表現，卻可以是詩人對某個事件某個想法的詮釋。當這些抽象的想法以詩句的意象表現時，詩就產生了，而有趣的是詩人本身如何在詮解與演繹中將心中的意念表現得鮮活而有特色，這就成為詩的藝術價值。

　　筆者之所以詮釋月亮隱喻是「愛情」的具體化事物，理由之一是因為《索隱》中月亮的身份轉變按照詩的順序，從追索、擔心、害怕，月亮現身、求索不得、希望落空、昇華離去，按著詩的排列順序依序演變，此可以說明透過月亮的意象代表愛情的多變，是詩人有意的安排，同時，在詩中也透出詩人尋索的對象是與「愛情」一樣特質的東西，當然這個抽象的意念代表的可能是一個人或是一個抽象的概念，在詩的暗示中，雖以第二人稱的「你」為書寫對象，但這可以解釋為寫作技巧，不能確定就是一個真實存在的對象，因此，詩人以抽象概念的「愛情」尋索則較為可能的解釋。

　　其二，詩的語言具有暗示曖昧的特色，詩意的詮解也僅能透過詩意的暗示與訊息的指涉，試圖尋繹出詩人的書寫意圖，因此，僅能就詩集中提到月亮意象與愛情的聯結，定義詩人創作企圖是將「月亮」當成「愛情」的象徵，月亮的不可捉摸不可獲得與詩人認為的愛情的特質相似，月亮陰柔多變的本性與詩人認為的愛情具有相通之處，月亮的出現與詩人的躲閃，又形成詩人認為的愛情是這樣捉摸不定的遊戲特質。如羅蘭・巴特《戀人絮語》中說：

　　　任何以愛情為主題的談話（不管表面看起來多麼冷漠），

必然包含某中隱祕的演講（也許你並不知道我是在對某一
個人說話，但他確實就在那兒，我的格言警句就是對他而
發的）。[53]

假設一個對象而以如同戀人般的語言生發出一個似有若無的情
感，這種如同戀愛般的語言讓詩意模糊而具有詮釋的空間。

　　詩集《索隱》中，詩人把愛情透過「月亮」的對話與想像，
創造虛擬的對象，在對話與旁白、情節與劇情的變化起伏中，理
解詩人對於「愛情」的反覆、掙扎、陷入、提升、解脫，從中探
索情愛的本質是一種幽微的情感變化，充滿期待與失望、歡喜與
悲傷等種種對立的情意。愛情成為詩人解構之物，從對愛情的種
種探索、變造、想像、扭曲、詮解之中，愛情的本質慢慢浮現，
愛情的意義與內涵就在意「象」的畫面裏被理解被說明。

　　而最後那些過去的情愛起伏只剩下「記憶」。她在〈凡絕
美的都留下〉中說：「『索』，尋什麼？『隱』，喻什麼？」、
「而最終莫非一個記憶：記憶的搜掘、補捉或遺漏。最終莫非
一個凝視；凝視，以至形之於象。」所有愛恨起落之後剩下是
記憶，刻鏤在生命的軌跡裏，只是一個「敘述的可能，與枉
然」[54]。羅蘭・巴特將愛情視為一個故意創造出來的故事：「作
為敘述，愛情是一個自我實現的故事：這是一個計劃，一個必定
會完成的計劃。」而這個計劃產生的種種語詞的變化可能與心情
的起落：

　　　戀人的狂喜（純粹的催眠時刻）發生在表述之前和意識前
　　　臺（即清晰明確的意識）的後方；戀愛事件帶有聖事的特
　　　徵：這是關於我自身的傳說，是我對自己誦讀的、我個人

---

[53]　羅蘭・巴特（Roland Barthes）著；汪耀進、武佩榮譯：《戀人絮語》，頁105。
[54]　陳育虹：〈凡絕美的都留下〉，《索隱》，頁264。

的聖潔的小故事，而誦讀一件已告完成的事情（已經凝
固、塗上香料保存起來、並且脫離了一切實踐行為）就是
戀人表述。[55]

戀人表述的愛情已經不再是真實或假想的問題，而是透過語言的
表述，事件的發生而描繪一個狂喜的過程，語言因此而出現如戲
劇般變化，一個故事因此發生而也塑造了該有的情節與舞台。

　　詩集《索隱》、《魅》中的愛情，被陳義芝評為：「情愛不
再是單純的、平庸的、清晰的、安靜的，而是繁複的、神話的、
模糊的、騷動的，這是陳育虹對情愛事務的解構，也是她在物化
現實中的建構。」[56]對於詩人而言，愛情是複雜的心理工程，愛
情也是對某種生命事務的投射或解析。陳義芝對於育虹的瞭解更
多是複雜化詩人的意圖，而詩人對愛情的提出則是轉為更複雜的
詩的語言。

　　如果從這一個角度看來，「月亮」是詩人對於愛情的寄托
意象，把對愛情的憧憬、特徵、認定、詮釋，都化為對「月亮意
象」的種種說法。若此，那麼「月亮」的意象從文學既定的意義
中化為詩人特定的殊有意義，從自然物成為特定的意義，則陳育
虹對月亮意象的再造，使月亮產生新的象徵意涵，也是她個人獨
特的文學創作，換言之，育虹開展了「月亮意象」新的創作空間
與新的文學意涵。

五、結論──無名而有名

　　詩人以小詩的隱喻手法，書寫內在的情感。此成為善於隱
藏情感的書寫策略，此書寫手法在詩集《索隱》中發揮盡致。從

---

[55] 羅蘭・巴特（Roland Barthes）著；汪耀進、武佩榮譯：《戀人絮語》，頁128。
[56] 陳義芝《現代詩人結構》，頁176。

《索隱》詩集中看，其一，以女詩人莎弗的詩為主題，育虹的詩就是詩的隱喻。其二，隱喻既為書寫方式，此詩集中以「愛情」為書寫對象，透過「月亮」的變化、詩人對於月亮的感受、想法與種種的情感起落為主要隱喻，則詩集自成一部完整的，如小說般進行的，有次序，有變化，有情節的一場愛情大戲。因此詩人不再訂定每篇詩名，而以數字的記錄，或索或隱，做為詩名，其詩的內在意涵則是承接每一首詩而發展下一首詩。因此《索隱》是詩集，也是一部首尾完整的愛情尋索過程。

　　《索隱》詩集中對「自我意識」的覺醒，以月亮為隱喻的自我追尋與探索，書寫的美的渴望，愛情欲望的失落與期待，[57]此一面以莎弗詩作的自我探索為主體，一面以意象月亮為追索的對象，透過書寫對愛情的期待與失落，以寄生在莎詩集的主幹上衍生出來的月亮意象成為詩人育虹的尋索與隱喻。

　　《索隱》詩集中對「自我意識」的覺醒，以月亮為隱喻的自我追尋與探索，書寫的美的渴望，愛情欲望的失落與期待，[58]此一面以莎弗詩作的自我探索為主體，一面以意象月亮為追索的對象，透過書寫對愛情的期待與失落，以寄生在莎詩集的主幹上衍生出來的月亮意象成為詩人育虹的尋索與隱喻。

　　《索隱》是一種內在尋索與外在間力求平衡的翹翹板，從隱藏或表現之間，詩人以隱喻、圖象、音樂性等技巧不斷試煉她的詩句，把詩句的最佳狀態用來表現她細膩的心事或心情。隱藏的或是表現出來的就是由詩人自行決定最後的結局，詩也成為她最佳發揮的載體。

　　詩句的無名而有名乃隱藏之名，表象之名，實質的部份藏在詩句之後。「月亮」意象的尋索正如利用莎弗本身就是「謬斯」的暗示，以組成詩集的謬思的開始，詩人以「月亮」為尋索的對

57　陳育虹：《索隱》，頁266。
58　陳育虹：《索隱》，頁266。

象，一如愛情的不可捉摸，在愛與渴求中期待難以完成，但是，試探著生命的美好與絕美是詩人的任務，尋索之後也許只是一個空相的可能。

　　詩句的遊走是詩人的意念呈現，同時也是讀者的詮解，即如她自己說的在詩完成之後，公斷自由他人[59]，而詩句的詮釋則屬於閱讀的讀者們，那就讓評論者盡情評論；讓評論者賦予詩句新的詮釋的生命吧！無論詮解的對或錯，本篇論文試圖重新給予詩句更多空間更多可能，從後設的角度看，這又詮釋了另一個詮釋的可能，也許開了新的路線，也許也不過是在詩人的花園裏找到一朵開放的花而已。

---

[59]　凌性傑：〈隱藏是她最好的表情——專訪詩人陳育虹〉，頁31。

參考書目

【法】保羅‧利科：《活的隱喻》，上海：上海譯文出版社，2004年。

佛洛伊德著、林克明譯：《性學三論、愛情心理學》，台北：志文出版社，1988年。

蘇珊‧郎格著、劉大基等譯：《情感與形式》，台北：商鼎文化，1991年。

李瑞騰：〈序〉，收於張默《小詩選讀》，台北：爾雅出版社，1987年。

李瑞騰：〈序〉、張默〈晶瑩剔透話小詩〉，收於張默《小詩選讀》，台北：爾雅出版社，1987年。

凌性傑〈隱藏是她最好的表情——專訪詩人陳育虹〉，《文訊》260期：2007年6月。

陳育虹：《之間》，台北：洪範書局，2011年。

陳育虹：《其實，海》，台北：皇冠文化，1999年。

陳育虹：《河流進你深層靜脈》，台北：寶瓶出版社，2002年。

陳育虹《索隱》，台北：寶瓶文化，2004年。

陳育虹《魅》，台北：寶瓶文化，2007年。

陳義芝：《現代詩人結構》，台北：聯合文學，2010年。

黃慶萱：《修辭學》，台北：三民書局，2002年。

羅蘭‧巴特（Roland Barthes）著；汪耀進、武佩榮譯：《戀人絮語》，台北：商周出版，2000年。

淺論陳黎俳句詩的跨語際實踐

陳正芳（暨南國際大學中國語文學系）

摘要

　　歷來不少人都關注到陳黎的「文字遊嬉」、「語音遊戲」等新詩實驗，但摘舉的詩例多是《島嶼邊緣》（1995）及其後的多行詩或圖像詩，似乎忽略早兩年出版的《小宇宙：現代俳句一百首》（1993）。這本詩集預示詩人將日益壯大的文字嬉遊能力，更重要的是以「現代俳句」設限的詩創作，在展開國際視野的同時，也延續了前作豐沛的跨文化意象。本文將以2006年合併另一組百首的三行詩──《小宇宙：現代俳句200首》為研究主體，討論詩集中的跨與際實踐，因為詩中有日本俳句的影響，更有墨西哥詩人塔布拉答（José Juan Tablada）和帕斯（Octavio Paz）俳句詩的身影。實際上，陳黎、塔布拉答和帕斯不僅自己創作俳句詩，還翻譯引介日本俳句詩。而陳黎又翻譯了拉美幾位詩人的短詩和俳句詩。於是，藉由「翻譯的歷史條件，以及由不同語言間最初的接觸而引發的話語實踐」，本文將考察詩人們何以要選擇俳句作為僵化體制（詩形式）的機轉，並試圖揭示這裡面牽涉到的現代性議題。

　　全球化的臨到，早揭示了單一的、純種的或絕對的本質文學／文化生成之不可得，只是屆臨工業化發展百餘年世紀之交的文化樣態，顛覆又再顛覆，框架的打破重建又再打破，「我」與

「他者」的疆界早已重新界定，新的「族群」意識也該重新定位，本文以為世紀末的陳黎詩學，或許是我們切入問題核心的最佳樣本。

關鍵詞：陳黎、俳句、塔布拉達、帕斯、跨語際實踐、現代性、
　　　　《小宇宙》

一、「機車」書寫與文本複製

我在漫遊網路之際，偶得〈我愛陳黎〉一詩，詩末云道：

我只是不愛無聊，所以愛陳黎。
他湧詩多年，居然能不竭
驚喜而且始終那麼機車

這位詩迷在2007的觀察，甚可持續至今，甫獲台灣文學獎新詩金典獎的詩集《朝／聖》（2013年），正是陳黎湧詩不竭、「驚喜」、「機車」的最新力作。[1]只是我們好奇的是，負面用語的「機車」之作如何在眾多競爭者脫穎而出？陳俊榮（即為詩人孟樊）在〈陳黎詩作的語音遊戲〉一文中，指出「從《島嶼邊緣》、《貓對鏡》、《苦惱與自由的平均律》到《我／城》等詩集，不僅散發的幽默感或風趣性日益突出，而且進一步還可發現其所仰仗的文字嬉遊，尤其是後現代風趣性的詩作，大半都來自他精巧的語音遊戲（voice game）」（頁9）。詩迷使用的「機車」一詞恰恰是語音遊戲下的產物，先是將具形的交通工具轉為罵人難搞的二十世紀末的流行語，又在讀者意圖與詩人對話的情境下，成為另類的讚美，因為遊戲文字、語音的幽默和風趣，形成令人「不無聊」的陳黎「機車」風。

從詩迷的「機車」到陳黎的「機車」，我以為：若是以之視為「形容詞」，它所代表的是流行符碼、年輕化、大眾化，是擁有自我主見的展現；若以「名詞」言之，指稱的是一種發言位置的建構，是跨世紀（從二十到二十一世紀）在台灣的中文話語

---

[1] 評審渡也對此詩集評為：「引領風騷，具有示範作用，愈來愈有大師風範。」與網路詩迷的觀點恰好印證陳黎詩作雅俗共賞的特質。

建構的指標，於此，我們發現新的語彙或者語彙新意義的誕生，絕對不只是一種閱讀樂趣（不無聊），而可能是一種超黨派、宗教、地域與血緣的「新族群」的勢力開展，新的文化身分認同。其實全球化的臨到，早揭示了單一的、純種的或絕對的本質文學／文化生成之不可得，只是屆臨工業化發展百餘年世紀之交的文化樣態，顛覆又再顛覆，框架的打破重建又再打破，「我」與「他者」的疆界該如何重新界定？族群意識該如何重新定位？世紀末的陳黎詩學，或許是我們切入問題核心的最佳樣本。

歷來不少人都關注到陳黎詩作的特殊性，焦桐用「前衛詩的形式遊戲」、廖咸浩用「文字遊嬉」、孟樊用「語音遊戲」以及解昆樺用「情慾謔史」[2]等等，各採不同的析論語碼拆解、探測、偵辨詩中「機車」的元素，這些論述不斷翻轉、攪動原初的各類理論依據，如果說陳黎意圖強大、增加中文語彙的動能，那麼這些論述也隨之增強了理論語言的向度，例如：焦桐視陳黎的〈腹語課〉為聽覺的戲耍，並從聲韻學的角度解剖詩中文字「代表的是發生器官的表情，模擬的是人內心的情感」（王威智，頁141-142）；廖咸浩認為陳黎詩是詞意的「再啟動」（re-motivated），每個字都曾是全新的馬賽克，因而建構了「陳黎的『馬賽克理論』」（王威智，頁146）；奚密用馴獸師形容陳黎，在他的訓練下，文字「作出讓人嘆為觀止的特技表演」（頁17）；孟樊羅列各式修辭語法，諸如同義或異義的複詞連用、諧音遊戲、近音詞連用、同音排比法、倒置複說等闡釋詩人語音遊戲的修辭學或風趣性。寥寥數例，已可看出彷彿連坐法的文字（義）創生，在詩論的草原蔓延開來，這是抱持「詩也是加法乘法」（《小宇宙》，頁142）的陳黎意料外的風景。簡言之，這

2　相關文獻分別為：廖咸浩的〈玫瑰騎士的空中花園〉、葉振富（焦桐）的〈前衛詩的形式遊戲〉、陳俊榮（孟樊）的〈陳黎詩作的語音遊戲〉，以及解昆樺〈情慾腹語——陳黎詩作中情慾書寫的謔史性〉。

些論述將原已解鎖的語言寶盒，用力打開，對於閱讀詩的理解深度確實發生作用，可惜的是，評論界大多侷限在個案賞析而淡忽此話語轉型在跨世紀的意義，而摘舉的詩例又多是《島嶼邊緣》（1995）及其後多行詩或圖像詩，似乎忽略了早兩年出版的《小宇宙：現代俳句一百首》（1993）已經大量進行實驗文字遊戲。

　　陳黎不竭湧出的新詩，總有舊作的遺跡脈絡，本文將以《小宇宙》為研究的主體，除了因為這本詩集預示詩人將日益壯大的文字嬉遊能力，更重要的是以「現代俳句」設限的詩創作，在展開國際視野的同時，也延續了前作豐沛的跨文化意象。[3]有意思的是，二十一世紀初（2006年）陳黎另作一組百首的「小宇宙」三行詩，兩組現代俳句合併出版，既是一個小宇宙的合體，又是相互對照、較勁的兩組小宇宙。[4]因此，我的研究文本自然得擴大到《小宇宙：現代俳句200首》。[5]跨世紀的《小宇宙》對應了台灣歷經前現代、現代、後現代的多重性，在現實的關切上，凸顯了相隔十二年的日常與語言的變異，從「小宇宙I」的立可白、保險套、大哥大到「小宇宙II」低溫宅配、轟趴、視訊，顯示生活的日常如何細微地轉化時代洪流的走向，詩人「始終那麼機車」的意涵，指涉的是新世代看世界的角度。若再上推八十個年頭，陳黎和上田哲二所譯的《日據時期台灣短歌選》，集中短歌詠物寄情的自然風，恰與《小宇宙》分庭禮讚了近百年的台灣風土變化之玄妙，說是「機車」的《小宇宙》，其時代感性不言而喻。然而從嬉遊、特技般書寫引發的感性觀察，只能片面建構《小宇

---

[3]　跨文化意象是指過往曾受討論的「閱讀上的嫁接」、「發現藝術」或「潛文本」等陳黎詩作之特色，我們除了可以說他是對古典或是外國文學的互文，更可以說是一種對外來經驗的文化翻譯。筆者拙作〈陳黎詩作的「拉美」：翻譯的跨文化與互文研究〉曾對此作進一步的釐析，不過，《小宇宙》顯然有其更複雜的身世，有待本文稿後詳論。

[4]　參見陳黎於《小宇宙——現代俳句200首》一書中「後記」所言。頁214。

[5]　在論述過程，引用詩句將以「200首」的版本為主，若欲兩組小宇宙對照時，各以「小宇宙I」和「小宇宙II」標注。

宙》的文學價值，或許正如學者楊雅惠對《小宇宙》的評價：

> 前輯如一現代人生之網，露珠滿綴，重重映照在世之中的塵影天光，後輯則放浪於語言激湍，窺向水溶於水的前岸。自由飛濺的視角，瞬間起滅，頃刻舒卷，讓我們體驗生命如露如電的震盪。[6]

我們還需追索「露珠綴滿」、「水溶於水」的奧秘。多年閱讀陳黎的經驗告訴我，詩人總是「不滿」現狀、「不甘」孤寂，他總要在詩裡召喚他人的詩魂，或可名之「閱讀上的嫁接」、「發現藝術」、「潛文本」及「互文詩學」等。[7]水溶於水的《小宇宙》自不可免此特質，陳黎甚且多次撰文自承兩輯的現代俳句多有「奪胎換骨」、「整型移植」之實[8]，對詩人而言，這彷彿是一次詩的家庭之旅，寫詩之人都是家人，我的存在只是「前已有之的存在」，正如「我們的詩作只是賡續並且重複」。[9]我以為這不是對「抄襲」的合理化，而是更為誠實地去面對文學生命的循環轉化，想必陳黎極為看重這個概念，他在《小宇宙》的「後記」最後段落禁不住再次說道：「我的詩覆蓋前已有之詩，且被後來之詩覆蓋；我的詩複製被不同世代旅人詠歎的生之況味，且被不同世代旅人複製。」（頁217）被眾人推崇為新潮的詩語，其實也只是古老的複製，這裡的玄機妙思，將引領我們走向何處？我以為如何在前世今生，或是重新活過一次的概念中，另創生機，才是陳黎更為關切，並且一直在思索與實踐的命題。[10]

6　參見楊雅惠，〈瞬間文本：台灣「俳句式新詩」文化解讀〉。

7　可參見徐國能、廖咸浩、奚密、鄭智仁、陳正芳等人相關論作。

8　紛見《小宇宙I》的序、《小宇宙II》的後記，以及《台灣四季——日據時期台灣短歌選》的後記。

9　陳黎在《小宇宙——現代俳句200首》的後記視此詩集為詩的家庭之旅最溫熱的一環，本文由此連接到陳黎在《家庭之旅》的跋，遂得此斷語。

10　《小宇宙——現代俳句200首》之後，詩人在2009-2013年間又陸續出版四本新創

楊雅惠曾在〈瞬間文本：台灣「俳句式新詩」文化解讀〉一文，以《小宇宙》為樣本，點出「台灣俳句新詩一方面取法於對日文俳句的閱讀與翻譯，一方面則接受經日本俳句影響的歐美或第三世界（拉美）的俳句詩」（頁14），這是一則重要的資訊，礙於論文主題，她只是羅列陳黎的模仿來源，而未深加探究「複製」的輪迴之道。一直以來，文學的用典、互文已非創作殊樣，並早有文藝理論，但是用陳黎詩作與影響源的對照來展現陳黎的模仿系譜，或是檢驗其中偷換文字的證據，都只是現象表面的評點，更重要的是能夠揭露詩人的對話框架，從而探測作家的深度。本文則希望能從《小宇宙》與日本、拉美的複疊關係，建構一種非西方中心的跨文化比較觀點。

二、文化翻譯下的俳句創生

　　無疑地，古典日本俳句是全球寫作俳句的基礎範本，但是之於陳黎，不僅著迷、閱讀，更重要的是翻譯了松尾芭蕉、小林一茶、小野小町、和泉式部等傑出的短歌和俳句作品，並且藉由翻譯進行跨文化的詩創意，除此以外，《小宇宙》中還有詩人文化翻譯墨西哥詩人塔布拉答（José Juan Tablada, 1871-1945）、帕斯（Octavio Paz, 1914-1998）的俳句，以及智利詩人聶魯達（Pablo Neruda, 1904-1973）的簡短如俳句的短詩，我認為這與拼貼、嫁接、發現藝術的寫作模式不可一視同仁，更非過去詩壇辯爭的「橫的移植」，而是一種文化對話，是海島文學跨展疆土的詩學。

　　陳黎對拉丁美洲現代詩的重視，從其翻譯可證：早年拉美譯詩成輯的《拉丁美洲現代詩選》，計有超過拉美八個國家、二

詩集，其中《妖／冶》雖為三行的短詩集，但陳黎不以俳句詩命名，而定名為再生詩，例如他從《小宇宙》挑出詩句將三、四首詩圈貼重組成新的三行詩。由此除可見詩人從須要讀者「發現」的嫁接，到可透明直視的原版和再生版的後生命（afterlife），還可旁證是現代俳句或是三行詩的拿捏，有他自己的分寸。

十九位詩人近二百首詩作，另有如密絲特拉兒、帕斯等獲諾貝爾文學獎詩人之專家詩的單行本，其中智利詩人聶魯達顯然是其最愛，其譯詩至少結集有六本之多。[11]眾多的拉美詩當中，選譯在《拉丁美洲現代詩選》塔布拉答的六首俳句、《拉丁美洲詩雙璧》帕斯的「亂石集」、〈靜物練習〉等短詩和俳句，以及聶魯達的〈疑問集〉可以說是著迷於日本短歌和俳句的陳黎，轉向寄情的對象。在探究陳黎與拉美俳句和短詩的因緣之前，我們須要先理解拉美詩人的俳句影響。

　　翻開拉美文學史將可以知道俳句在西語系國家引發風潮有兩個階段，一是十九世紀末到二十世紀初的現代主義（modernism）風潮[12]，此階段以塔布拉答為主要推動和代表人物。另一為二十世紀八〇年代，由於俳句的翻譯引進，吸引年輕詩人的仿效，主要的譯介人物為帕斯和卡貝薩斯（Antonio Cabezas）。相較帕斯和聶魯達兩位頭頂諾貝爾文學獎桂冠的後輩，塔布拉答最受人矚目的是他詩中的墨西主義（mexicanismo）和俳句詩美學。他於1890年開始發表詩作，歷經了三個文學創作階段：現代主義、前衛主義和墨西哥主義，早年學畫的他受到立體派藝術很大的影響，他大量的具體詩（圖像詩）寫作，即是成果；他也深受來自中國和東方文藝哲思的啟蒙，尚未引進俳句的1900年代，早有俳句美學的新詩作品。儘管如此，歷經墨西哥內戰的生活經驗，使他的詩作飽含對政治與社會的關切，詩風因而本土與前衛兼具，這與陳黎詩作沿革不謀而合。但是真正引起陳黎注意的還是他的俳句寫作，在拉美詩選集中他只翻譯了詩人的俳句詩，並在解釋一九一〇年代意象主義運動受俳句影響洗禮詩人，以其為三位代表中之一位，更將〈西瓜〉──「夏日，豔紅冰涼的／笑聲：／

---

[11] 陳黎在〈在語言間旅行〉自承聶魯達的影響更明顯，因為至少翻譯有三本聶魯達的詩集。頁155。

[12] 本文將以modernismo和modernism指稱拉美的現代主義和歐美的現代主義，modernism在拉美文學史等同前衛主義（vanguardismo）。

一片／西瓜」和龐德最膾炙人口的〈地下鐵〉──「人群中這些臉一現：黑濕枝頭的花瓣」並置，可見他對塔布拉答這個詩句的激賞，我們尚且可以從《小宇宙》讀到詩人的唱和之作：

> 冰棒般，自夢的嘴角
> 溶化開來的
> 夏夜的微笑　　　　　　　　「小宇宙I-20」

　　一如松尾芭蕉的名詩「古池／青蛙躍進／水之音」，陳黎評析第一行是靜止和永恆的意象，第二行是瞬間、跳動的意象，「而銜接這動與靜，短暫與永恆的橋樑便是濺起的水聲了。」（《偷窺大師》，頁72）循此理解途徑，我們可以說：銜接〈西瓜〉靜與動，煩躁與開心的橋樑便是豔紅冰涼的西瓜，陳黎詩中動詞「溶化」既是來自冰棒，也是熱的相似聯想，銜接靜與動，冷與熱的橋樑是夏天的夜晚，如此看來，似可牽起兩詩與松尾芭蕉的因緣。然而，芭蕉詩中更重要的是捕捉到大自然的禪味，類似〈古池〉這般發揮禪意的日俳不可勝數，陳黎在〈俳句的趣味〉已舉證歷歷，此處不再贅言，反倒是從這一點，我們可以看到塔布拉答和陳黎的在地轉化，換言之，西瓜和冰棒都是消暑聖品，都是帶來笑聲／微笑的因子，一方面受限於季語，但食品名稱已區別世代差異，冰棒絕對是工業化下的產物；另一方面兩詩均無追求禪味的意圖，只是採取新的語言表達對季節（溫度）的感受。
　　其實塔布拉答和陳黎都不只創作俳句，還翻譯俳句，若從上例來看，陳黎似是對塔布拉答的名句致敬，但是名句實是陳黎的翻譯，原詩為：

> Del verano, roja y fría
> Carcajada,

Rebanada

De sand<u>í</u>a!（為標示押韻，底線為筆者所加）

　　為使明白原文，不加修飾的直譯可為：從夏季起，紅且冷／開懷大笑／剖開切片／從西瓜，這是粗淺的翻譯，很難讓讀者進入詩意，兩相比較，陳黎的翻譯確實把俳句的意境翻出來，可是語音的樂趣就很難共享了，因為塔布拉答用了ABBA的韻腳，很難找到同時契合韻腳和語意的對等中文。實際上，翻譯俳句也可能面臨同樣的困境。

　　俳句（haiku）原是日本的文學／文化產物，也是世界最短的詩形之一，全詩只有十七個音節，各以五、七、五個音節分三行，俳句在明治以前被稱為發句，本來是長連歌的起句，距今已有八百多年的歷史，後來因為現代化的影響，傳統排句詩也有了變化，簡言之，就是不再受限於季語、五七五音節、客觀寫生以及切字等傳統規矩，相對地更看重俳句短小和留白的本質。俳句在十九世紀進行革新運動，但傳統詩人如松尾芭蕉等的創作魅力並未因時代的演進而減弱，甚至影響了二十世紀初在新詩界的意象主義興起，英美許多詩人都受其影響。[13]張士方曾在〈絕句為何被俳句擠出國際詩壇〉的文章中指出俳句受到國際重視的原因，在於其形式在世界各種詩體是獨一無二的，因此易於形神一體的翻譯，但在蘭絲・羅斯（Nancy Wilson Ross）的析論，俳句中的擬聲字、雙關語、俏皮話、佛教信條、社會風俗以及歷史插曲引發的聯想是不可譯的，而這些元素卻是俳句「日本性」的存在（頁64-67）。事實上，發音模式的差異，要將俳句的十七音節用中文表現，的確非常困難，有人嘗試用「字」來取代音節，

---

[13]　做為代表日本文化之一的俳句，雖在十六世紀受到中國絕句和律詩的影響，但因其興發過程嚴令詩作規則，且與日本語言、氣候、地景、人文緊密扣連，使得俳句的定義明晰可辨，我參考了日本、台灣、大陸及西班牙的俳論文章書籍，不脫本文的敘述，故不另標出處。

即是用五、七、五個字的三行詩來表現俳句的分行，創作或許可行，但要合乎意境的傳譯，有限的字數會讓翻譯更加窒礙難行。雖然西班牙文詩作，亦有音節（sílabas）的限定，比方十一音節的十四行詩，但面對翻譯，其困境與中文雷同，譯者們似乎唯有採取三行、非格律做為解決之道。[14]翻譯絕非易事，翻譯學界爭論不休的一大難題就是不可譯性，由此，我們可以探討的是陳黎如何跨越此不可譯性的障礙，並且從自己的翻譯轉化為創作。

　　過去翻譯講求信、雅、達，「信」早受到質疑，譯文永遠不可能全然忠實表現原文，因為翻譯不屬於語言森林的中心，而只能如同班雅明所言：「在外面望著林地，對著它呼叫卻沒進去，瞄準的那個單一地點，是外語作品在己方語言引起的迴響」（頁258-259），或者說，在翻譯中真正作用的語言力量是譯體語（target language）而非本源語（source language），如何在自我語境尋找「他語言」的對等詮釋，常常在過程中，介入文化的概念。Steve Bradbury曾就詩人與譯詩簡單化這個命題，他認為幾乎所有詩人會在某個時期轉向譯詩，「把它當成一種專業的實踐，一種語言的練習，一種刺激創作的動力，或僅僅是深入另一個詩人作品世界的方式。」[15]他雖指的是西方的詩人，但也適用於本文提及的詩人。塔布拉答會刻意翻譯日本俳句，與其生存的年代興起的現代主義運動息息相關，他將俳句引進詩中就是「作為對當時已失去生命力的現代主義詩的改革方法。」（引自〈說故事的詩人：帕斯的〈流沙〉世界〉）陳黎的開始俳句的創作，也是因應一個時代的需求（或者說風潮的建構），根據詩人在《小宇宙I：現代俳句100首》的說明：「詩人楊澤為了替人間副刊注入新活力，問我作現代俳句的可能。我覺得這個主意很好。」不可

---

[14] 陳黎在提及翻譯日本俳句、短歌的經驗，也認為循俳句5-7-5十七音節翻成三行的自由詩，是不錯的方式。若是5-7-5十七個字，或以西方的雙行體（couplet）譯俳句，則恐有僵硬難化或削足適履之弊。（〈甜蜜的辛苦—譯詩雜記〉，頁132）

[15] 參見〈序言〉，頁9。

否認地，俳句在多年的傳播與引介，已經成了世界性的文化資產，但是正如杜國清的定義：「俳句是由十七個音節的日文所構成，表現詩人對自然或人生之認識或洞察的一個關照的世界。」（頁69）如此簡單清明的一種詩形，涵括的是東方恬靜淡遠的生活哲學，而這正是吸引西方的美學概念，深沉浸潤西方文化的拉美詩人也將俳句視為「美學現象、人生哲學、以抒情譯介的美學創作活動」（見María Esther Silva）。塔布拉答曾為駐日代表，帕斯為印度代表，他們想像東方，也親歷東方，雖然無法閱讀日文，透過英文、法文的翻譯，他們同時擁有西方建構西方，以及東方觀察建構東方的視角。[16]如此一來，日俳翻譯只是詩人文創經驗的過渡，觸發詩人的「外來」文化，可能也是詩人「內在或是在地經驗」，甚至我們可以說這種借鑑他山之石的作法，不再是一種潛移默化的影響，而極可能是作者以自身的文化自覺所認同的接收他者，所以作品的「有所本」所觸及的經驗世界，可能是自己的本土經驗。其次是，從本質上的被殖民經驗，不管台灣或是拉美的文學創作必然蘊藏著異文化的衝撞，經驗疆界的跨越，或是陌生字彙的出現。這些內部的異質經驗要如何外化，恐怕需要借助陌生的形式進行翻譯，或言之，「外來」經驗對創作者而言，成了形式與語彙的利器。[17]適巧，我們在帕斯談論詩與翻譯的文句中，得到類同的論述：

> 世上唯一可能存在的翻譯是詩的變形
> 或隱喻。但我也得說在書寫
> 一首原創的詩時我們其實也在翻譯世界
> 在轉變它。我們所做的每件事都是種翻譯

---

[16] 曾有論者質疑陳黎、帕斯等人不諳日文，自寫三行詩形，其原點可能來自英譯後的日本俳句，而非日本俳句（阮文雅，頁70）但翻閱詩人們談譯詩的經驗，都曾就教日本朋友針對原詩提供解釋，所以本文不在非中、西文的語言作討論。

[17] 詳細論述過程，參見拙作〈陳黎詩作的「拉美」：翻譯的跨文化與互文研究〉。

而任何翻譯就某種層次而言都是創作（轉引自柏艾格，頁20）

　　這種翻譯創作←→創作翻譯的迴圈運轉，萌生陳黎的「讓芭蕉寫他的俳句，走他的／奧之細道：我的芭蕉選擇／書寫你的奧之細道」（「小宇宙II」第60首），這是陳黎對俳聖的致敬，也是創作俳句的宣示，而在翻譯帕斯的〈芭蕉庵〉則把帕斯的致敬和對帕斯的致敬疊合在他對松尾芭蕉的認同。先就日俳強調的5-7-5個音節分三行，帕斯除在譯芭蕉作品時極力遵守限定，創作〈芭蕉庵〉時也尋求音節對等的形式，陳黎則是突破前文提及的困難，用五－七－五個字的三行詩來對應帕斯的5-7-5音節。帕斯的整首詩，表達了對俳句的理解，先是強調音節、發音、分行形式的重要：「整個世界嵌／入十七音節中／你在此草庵」。繼之在第四段寫道：「母音與子音／子音與母音的交／織：世界之屋」，最後以「我說出的這／些，勉強湊成三行：／音節的草庵」作結。其次是用在樹幹和稻草間穿梭的佛與小蟲，在松樹林和岩石間清風作的詩，以及經過數百年，愁苦化為岩石，連山都沒有重量，來詠歎大自然的禪味。從看重日俳的美學到精神層面的啟發，恰好分別是拉美兩次俳句風潮的關注點，這也是班雅明何以要說翻譯是向山林中心喊話的回音，站在外緣的塔布拉塔、帕斯或陳黎，其實是站在自己的土地向日本呼喊，回音不單是翻譯，更是他們的俳句創作。

　　當以俳句傳統守門員的態度嚴格檢視其他語言和文化創生的俳句，顯然忽略了翻譯的主方（host）和客方（guest）在跨語際實踐（translingual practice）中，曝顯的文化異質性，常常是為了滲透主方語言和思想系統的必然，又或者是劉禾藉由翻譯讓我們考察的可能是「新的詞語、意思、話語以及表述的模式，由於或儘管主方語言與客方語言的接觸／衝突而在主方語言中興起、流

通並獲得合法性的過程」（頁36）。如是之故，限定詩型雖是個框架，表面看來與追求自由的詩人格格不入，但詩人刻意在框架中尋找變異，凝練語言，卻是為自身湧現的意念尋找一個更為適切的表達形式。詩的變形就是一種翻譯，詩的創作其實是對世界的翻譯，日本俳句「藏身在你／裡面，像水溶於水，被／全世界看見，又沒有人發現」（「小宇宙II」第8首），也只是一種語言的借代。

陳黎的〈在語言間旅行〉一文，將俳句的翻譯轉化用了兩兩對照的十首俳句，標示創作的「有所本」，其中正岡子規的「他洗馬，用秋日海上的落日」，被陳黎更新為「他刷洗他的遙控器，／用兩棟大樓之間／滲透出的月光」，看似透過古典俳句而重建現代中文的趣味。實質上，陳黎自認「用『遙控器』翻譯、更新正岡子規孤寂清麗的生命風景」（頁167），我以為採用極具現代感的材料，投射出現代都會共相，反倒讓子規個人的孤寂擴張為現代人的孤寂，可以說陳黎是從本土的立場出發，投以國際視野、翻譯世界。於是陳黎的提問：「寫作就是翻譯嗎？在不同語言間旅行？或者所有創作者創作的是同一件作品，反覆被覆寫的純粹的空白，虛空的豐滿？」（〈在語言間旅行〉，頁167）在他的《小宇宙》我們已經看到解答，而且與帕斯的看法不謀而合。

若以本土環境造就了我們的思想、感知、遣詞和解讀的進一步詮讀以俳句為框架的跨文化實踐，先是進行翻譯活動時，譯者會受意識中潛存的歷史、語言、文化等的制約，而這些思維、語言的模子就不斷圈定意義的範圍，陳黎的俳句詩就是「以三行為囚室，至之絕處而後生」[18]。所以詩人是「寂靜的囚犯：我們用言語擊碎／透明的牆，又被迫／用呼吸夾回每一片被打破的沈

---

[18] 參見《小宇宙——現代俳句200首》，頁214-215。

默」（「小宇宙I」46首），一如葉維廉指稱「語言和思想都是一個牢房，不斷的在一個『封閉的』思維系統裡、語規系統裡反覆成規、解規」（「小宇宙II」頁52），由寫詩到語言到思想，陳黎進而感悟：「人啊，來一張／存在的寫真：／　囚」（「小宇宙II」58首）。

　　但另一方面傳譯中的對話，「又使思想和語言完成為一個『開放的』系統，在不同歷史和時間的相遇與交談下，不斷生長，不斷變化。」（葉維廉，頁52）以此翻譯世紀之交的現實，囚的意義新枝蔓生：「囚：／個人睡個人的榻榻米／個人吃個人的棺材板」（67首）、「囚：你看到與你視訊對話的裸裎／的我嗎？遙遠時間空間的窺淫者／透過文字進行網交的共犯」（68首）由此正可以銜接我在前文指出前世今生，或是重新活過一次的概念。如是之故，與其說陳黎的現代俳句是日本俳句的變奏，還不如說《小宇宙》潛藏他個人的詩論，我們從「小宇宙I」到「小宇宙II」依序讀到下列詩行：

> 　　我喜歡你留下來的購物袋：／我用它裝新寫好的俳句，檸檬餅／雨後山色（I-91）
> 　　吾不如老圃：我畫地／自限，以筆翻鋤，為／幾株新品種的惡之華（II-19）
> 　　山水／家庭之旅：／凹山凸水磨合後／回歸的巨大空白（II-15）
> 　　從人間取材／和天和地排排坐／排出我的俳（II-41）

這彷彿是詩人對這本詩集的俳句限定提出的聲明，形式上採取俳句是一種劃地自限，但在傳統俳句寄景抒情的巨大空白，詩人從生活取材，像是塔布拉達、帕斯等人的詩作都成為詩人的購物袋，他要在袋內裝上自己俳，就像在舊園圃種植顛覆文字，

讓現代俳句產生新的象徵意涵。而新意的生發，詩人也自有一套說理：

> 辭典裡夾了一隻死蟲：／陽光下翻閱，變成了／一個新字（I-33）
>
> 在剪髮時醞釀詩：剪髮／是減法，減掉蕪雜的／思想，剩下安靜的絲／詩（II-28）
>
> 詩也是加法乘法，加／少女們為眾妙，乘銀河：／胡亂道列車到不可思議之境（II-29）
>
> 幹什麼把粗話變成詩話？幹什麼／生活回收成情歌？幹什麼讓幹部插入／備幹部？幹什麼讓現實插入虛構（II-73）

上述最有意思的是：艱澀的理論觀點，在字行精算的極短形式中，仍能掌握俳詩的意象性、即物性，變換修辭策略，產製古今雅俗雜燴的詩美學，並依然保有詩人原初的詩觀：「詩的樂趣在它的創意，而不在它傳達的政治訊息或道德教訓」。[19] 除了詩觀，他對詩界某些對形式的守舊亦有感觸，禁不住寫下：「我們對詩的形式愈陷愈深，而世界／依然向拔地而起的巴別塔愈築愈亂／依賴虛構，我們維持了一本傾斜之書」（II-99），似乎提醒我們語言的多樣性，應該是讓形式成為創意的發端而非限制。詩集最末一首，則是包含上述兩大要項的結語，以及「從人間取材」、敘事語言與時俱進的現代性：

> 我要縮小我的詩型，比磁／片小，比世界大：一個／可複製可覆蓋的小宇宙（II-100）

---

[19] 參見陳黎，〈尋求歷史的聲音（下）〉，頁60。

三、文化翻譯下的俳句現代性創構

　　透過日本俳句和拉美俳句的重新活過一次，我們知道客方語言在走向主方語言時，意義發生了改變，或者說客方語言在主方語言獲得合法性的過程，被迫和主方語言一決雌雄，「權威被需求或是遭到挑戰，岐義得到解決或是被創造出來，直到新的詞語和意義在主方語言內部浮出地表。」[20]換句話說，面對歷史問題時，詩人的主方語言將有翻譯異質經驗的強大能動力，去重構客方語言的文化驅力，於是，接著我們可以進一步探討的是在現代文學創作中，翻譯異質經驗的歷史問題是不是可以引領我們進入「現代性」的討論？回到詩人引介、接納、在地化，乃至融入日本俳句的文化脈絡，產生實質或象徵意義的影響，以文化翻譯、移植、轉化本國新詩創作的脈息，因應的時代氛圍讓不同國家，不同世代的詩人都為了改革、提供生命力和新活力而選擇了俳句作為僵化體制（詩形式）的機轉，這無異是一種現代性的表現。

　　林盛彬在反省台灣現代詩時，引哈伯瑪斯解釋現代性的觀點來解釋台灣從日據時代開始的詩的「現代性」問題，哈伯瑪斯認為現代性為歷史關係中的時代概念，其精神與現存世界中各種理念大多有所牴觸，所謂的新時代或現代世界往往帶有革命、進步、解放、發展和危機等精神徵兆。接著林文再借用馬庫色的美學觀點，亦就是藝術作品在風格和技術上表現根本的改變，就可說是革命；廣義來說，以美學方式轉化一己命運，表現出缺乏自由，以及對那種不自由的反抗力量，在神化或僵化的社會現實打開一條生路，展現變革或解放的寬廣視野，這種作品也可以算是革命的。依此論述台灣現代詩的現代精神可以不完全以西方的框

---

[20] 參見劉禾，《跨語際實踐：文學，民族文化與被譯介的現代性（中國1900-1937）》，頁36-37。

架來解釋，並以上述革命性格得以說明每個世代台灣新詩的現代性。（〈台灣現代詩的反省〉，頁101，103-117）如此一來，我們更可以相信不管是20世紀初、八〇年代的拉美，或是台灣的二十一世紀初，當詩人們以俳句表達生命的關照，除了在形式上要與過去決裂，在意識上要跨越文化疆界，並以此決裂和跨越為創作的新起點，似乎更展現了羅伯森所指的「一個世界體系的創造」《全球化：社會理論和全球文化》）而這正是透過文化翻譯創生俳句的極大的價值，過往我們總以為在新舊文化交接或西方文明介入東方之際，啟蒙論述透過翻譯引介讓我們進入時代或國家現代性的文化生成。解殖民學者米格農羅（Walter D. Mignolo）提醒我們：對西方說「不」的人與日俱增。他的論述起點在於現代性往往被視為過去世界秩序隱含邏輯中重要的一環，所以要從被遮掩的殖民性來解讀百分之八十的非歐美人經驗，殖民性是一種內在邏輯，非由殖民主義產生。對拉美的歷史而言，這是現代性／殖民性同時出現的歷史，沒有殖民性做背景，我們無法理解非歐美國家意義上的現代性。但是本文藉助俳句的東方性，探討詩人如何在世界主義之中，藉以發揮民族主義與個人主義之間的關係，東方思想、文化又是如何具體而微的跨界、轉化與創造，這種不以西化為框架的跨文化詩學，已經可以去殖民性地討論「現代性」的議題。

社會學者張君玫談到十九世紀末到二十世紀初年的跨越，「中國知識份子對於現代性的想像始終離不開文字的反思，對他們來說，中國的『現代性』乃是繫於『新文化』，而『新文化』一定要有『新書寫』。」（參見〈德希達、魯迅、班雅明：從翻譯的分子化運動看中國語文現代性的建構〉），我們或許不能將其複製貼入二十世紀末到二十一世紀初的跨越，但是陳黎在語言創造的激進意圖倒是頗能呼應百年前的文藝革新，他的跨世紀語言實驗持續進行，從他的翻譯和創作活動即可檢視當代語文現代

性的建構；我們若將之放在拉美的脈絡，亦可以看到一個時代的轉折（例如：從十九世紀末二十世紀初以來拉美現代主義到前衛主義），新書寫的多重表現（例如：創造主義和極致主義等）。當然從「現代中國」和拉美兩地文化及文學革新思潮在時間點上的呼應性，應當可以印證第三世界現代化的共同問題，最重要的是我們可以從現代性話語的建構，回到非西方脈絡的具體歷史時空和近代思想演化的環節，進行根本性的對話，挑戰「東方想像」本身的框架。姑且以陳黎和兩位墨西哥詩人的現代俳句為例：我們從陳黎的「石榴，在雨中／潮濕地綠著／彷彿有話要說」（I-87）、帕斯的〈遙遠的鄰人〉「昨夜一株白楊／本來打算說──／卻沒開口」（頁79）和塔布拉塔的〈猴〉「小猴注視著我／彷彿要對我說／一些忘記的話」[21]對照比較，將會得到從陳黎往上溯源的路徑，最終站不是〈猴〉，而是東方的「忘言」，一方面回應了上文陳黎的提問：寫作就是翻譯、在不同語言間旅行、同一件作品反覆被覆寫的的空白，虛空的豐滿。另一方面，如同食物鏈的詩句與詩意的再生循環，雖繞經是西方也非西方的拉美，終究還是讓東方回到東方，營造新詩美學的現代性。

此外，我想借用「他者論述」來補充說明文化翻譯的現代性。首先，「文化他者」在當代文化論述中是個重要的概念，「我」的主體建構往往需要一個（或數個）文化他者的參照（或區隔），誠如梁秉鈞所言：「只有當一個人以另外一個文化來反省自己的文化時，才會最終發展出一種『雙文化』醒覺。」（頁146）事實上，不管是拉美或是台灣，都有被異國殖民的經驗，這使得我們相信雙文化的醒覺是閱讀和書寫兩地的重要基石，特別是拉美當代許多文字創作中都蘊含了我與他者（la otredad）或雙重我的辯證，帕斯就曾直言：「在墨西哥我覺得自己是歐洲

---

[21] 此詩為筆者譯自塔布拉塔俳句集《花瓶》（El Jarro de flores），見http://terebess.hu/english/haiku/deflores.html。

人，在歐洲發現自己是墨西哥人，『別人／他者』是我命運的一部份，少了『他們』，我無法了解自己，也無法真正存在，…我所有的作品均在闡述與『他』共存的關係。」（見〈帕斯的時間觀〉，頁92）就政治或經濟的不同殖民經驗，我們發現歐洲和美國會是拉美和台灣在吸納和排除的歷史過程中，必須壓抑清除的異己，以及欲望的對象，而此對象也可能是自我意識的反射。所以在前文中，反覆處理的閱讀含有異國世界互涉本文的本文，「他者」成了勢必討論的重要課題。若以日本俳句的互涉本文來思考陳黎和塔布拉答和帕斯，我們本該見到之於陳黎的殖民文化和之於塔布拉答等的東方文化的差異，雖在「小宇宙II」第一首「生中繼──／我的母親電話中問我：／要不要回來吃飯」，用日本語跟的母親，讓人聯想陳黎母親受日本殖民的經驗，但是「生中繼」原是實況轉播，英文為live show，又儼然只是詩人與母親的互動，日常生活的一景。《小宇宙》的風格完整，正如詩人在《小宇宙》的「序」文中，比對十九世紀的正岡子規師法（或說模仿）十八世紀的與謝蕪村寫出的俳句，是「在有限的形式裡做細微的變化，是俳句的藝術特質之一。」陳黎在他的現代俳句裡，也嘗試「借此一密度極高的詩型，探索詩的新可能」。若與早期作品〈擬泰雅族民歌（五首）〉相較，「生中繼」這首俳句，正如《小宇宙》一般，完全超脫了後殖民的情境，而是與後現代主義接軌。楊雅惠曾用後現代的文本間性（多元拼貼、文本交互）和延異書寫（時間意識的懸宕、視角無定、取消空間深度、無限世界、視角無定、多音交響等）近十個論述觀點來解釋《小宇宙》的後現代狀況，我們發現詩人凸顯文字物質性的各種實驗，也改變了「他者」被壓抑、剝削的殖民性，而是相互對照、意圖共生的「他」，簡言之，此詩內緣的他者是宇宙、是詩，詩外緣的他者則是作者吸納、融混並且轉化的日本、拉美或者他自己，如此創構了現代俳句一種獨特的現代性。

反觀，拉美詩人的文化養成，在先人超過三百年殖民經驗的內化，本土的語言和文化從本質上產生了變化，甚至不可逆地替換成「歐洲」模式，「他者」遂成為附身的精靈，只能從壯大「我」的民族性（如墨西哥主義、阿根廷的高喬文化等）來與他者共存，比方塔布拉塔的〈孔雀〉：「孔雀，巨大的輝煌，／自民主的難產，你穿過／像一列遊行隊伍」，從二十世紀初延燒許久的墨西哥革命[22]，是墨西哥民眾爭取民主對抗政權的行動，孔雀是邊緣化的他者，代表群眾的力量，得以成為遊行隊伍，暗藏政治的揶揄，墨西哥革命持續經年的基本問題——得權者與中下階層支持者的革命意識斷裂，人民時時轉換支持的對象以爭取權益，於是社會永遠處於不安的狀態。因此藉由吟詠大自然，詩人仍要說「半陰影的小路／蟾蜍跳躍。」自承「『別人／他者』是我命運的一部份」的帕斯，雖身為後墨西哥革命的世代，但是他的後殖民關切，始終存在，特別是身分認同的難題，所以在〈兩個身體〉，我們可以讀到我與他者的共存經驗：「面對面的身體／有時候是兩片浪／而夜是海洋」、「面對面的身體／有時候是兩條根／盤纏入夜」、「面對面的身體／有時候是兩隻小刀／而夜敲擊火花」。但是陳黎轉化了帕斯國族的身分認同，為性別的身分認同寫下了：「兩個肉體，四面斷崖：／一個女人與一個女人／決絕的愛的風景」（「小宇宙」II-4），再次證明陳黎將俳句的意境指向了資訊化的世紀之交，是對帕斯思惟的世紀末「革命」。

　　就文化翻譯的角度來看，不妨套用周蕾的敘述話語來理解，陳黎的翻譯（包含用俳句翻譯世界），是一個把自己的轉運者命運作為生產起點並重新創造的基石；這個翻譯運載的不單是話語結構，也是把話語結構作為機會的實踐。在這種實踐中，另類的

---

[22]　1910年開始的墨西哥革命，雖在1929年告一段落，但革命本質並未結束。

價值觀藉著充滿寓意的並置，及不傳統的對話得以產生，譬如陳黎這首俳句詩是相當好的例子：風的公寓：準備讓／一萬個伴侶集體／受孕的花粉的轟趴。陳黎用時事媒體建構的流行用語和概念，敘說大自然的繁殖生態，但在現代話語材料的使用之下，意義加倍擴展。

四、結語

　　翻譯也是一種閱讀經驗，在譯寫的過程，必然有接受的問題，也就是說譯者自身的文化養成和美學概念都主導了他的閱讀／翻譯，所以文化他者正是以文化符號的虛存，等待譯者將意義填入。拉美詩之於陳黎，是翻譯和創作的一個迴圈，他的翻譯和挪用翻譯與重新裝配，或許是他個人創作求新求變的契機，但是當中的複雜性，已經讓我們體悟到詩人在固定形式間的語彙更新，牽涉到翻譯異質經驗的能動力，進而產製了二十世紀末與二十一世紀初的詩美學的現代性，米格農羅由拉美經驗建構的「去歐美中心」視角，在陳黎的創作文本已經先行發生，或者說當拉美詩人向日本俳句借鑑，又被陳黎「翻譯」時，讓我們看到權力中心的移動。進一步來看，在俳句詩的跨語際實踐中，我們不僅發現創作形式的更新，更由於文化混成中在地化干預的強大動能，使詩人的作品如岐出的枝枒，內存的日本或拉美文化物質形式也隨之轉型。

　　整體而言，以俳句為師法對象的拉美詩人和陳黎，有其各自的時代感性，在「翻譯」日本的基礎上，不管是拉美在二十世紀初期和中期對詩的美學革命，或是陳黎的稼接，都是為找到一個更為適當的表達形式，而接收「他者」的文化，有意思的是，因著東方的「非西方」存在，使我們經由現代俳句在檢視詩人的現代意識時，得以向西方說不，又因著俳句的在地化生成，讓詩和

語言的創意無限開展，讓我們看到台灣／拉美的文化成形，是在迎合／抗拒時代和潮流中擺盪所致，並且在收放之間，文化的異質性，漸次混生。我憶起劉紀蕙評述陳黎詩中的花蓮想像與陰莖書寫時，曾結語：「台灣若期待新文化與新藝術形式的誕生，便不能永遠以原初母體以及想像父親的象徵系統為縫合的對象……詩人必須如同母神，自成創造源頭，將文字推離口腔，以創造新文字……產生新的意義與形式。」（頁363-364）我想《小宇宙》正是朝向這個未來美學前進，但建構的不只是台灣的新文化新藝術，而是能立足國際的跨語際實踐。

引用書目

方長安，《中國近現代文學轉型與日本文學關係研究》，台北：秀威資訊，2012年。

艾青，《詩論》，上海：復旦大學出版社，2005年。

吳昭新，〈台灣俳句之旅——以漢俳、灣俳、客俳、嘩俳維繫俳句在台灣的革命〉，《臺灣文學評論》第10卷1期，2010年1月，頁75-93。

巫永福，〈中國絕句和日本俳句〉，《淡水牛津文藝》第2期，1999年1月，頁98-100。

阮文雅，〈中文俳句——俳句記號的移植與變形=中国語俳句における俳句記号の移植と変形=The Haiku Signs in the Chinese Haiku〉，《南臺應用日語學報》第7期，2007年11月，頁63-77。

柳文哲，〈現代詩的形式與內容〉，《鹽分地帶文學》第32期，2011年2月，頁124-129。

奚密，〈世紀末的滑翔練習——陳黎的《貓對鏡》〉，《貓對鏡》，台北：九歌，1999年，頁7-33。

張士方，〈絕句為何被俳句擠出國際詩壇〉，《文學世紀》第4卷6期，2004年6月，頁59-62。

莊裕安，〈甜蜜的觸電〉，《在想像與現實間走索——陳黎作品評論集》，台北：書林，2000年，頁103-106。

陳正芳，〈陳黎詩作的「拉美」：翻譯的跨文化與互文研究〉，《文化研究》第13期，2011年12月，頁81-128。

陳俊榮，〈陳黎詩作的語音遊戲〉，《台灣詩學學刊》第18號，2011年12月，頁7-29。

陳黎，〈在語言間旅行〉，《想像花蓮》，台北：二魚文化，2012年。

陳黎，〈甜蜜的辛苦——譯詩雜記〉，《中外文學》第29卷1期，2000年6月，120-133頁。

陳黎，〈尋求歷史的聲音（下）〉，《東海岸評論》第86期，1995年9月，頁57-61。

陳黎，〈尋求歷史的聲音（上）〉，《東海岸評論》第85期，1995年8月，頁55-61。

陳黎，《小宇宙——現代俳句一百首》，台北：皇冠，1993年。

陳黎，《小宇宙——現代俳句200首》，台北：二魚文化，2006年。

陳黎、上田哲二合譯，《台灣四季——日據時期台灣短歌選》，台北：二魚文化，2008年。

陳黎、張芬齡譯，《世界情詩名作一百首》，台北：九歌，2005年。

陳黎、張芬齡譯，《拉丁美洲詩雙璧》，花蓮：花蓮文化局，2005年。

陳黎、張芬齡譯，《拉丁美洲詩雙璧》，花蓮：花蓮文化局，2005年。

陳黎、張芬齡譯著，《拉丁美洲現代詩選》，台北：書林，1989年。

傅士珍，〈燦立於生活角落裡的詩〉，《陳黎詩選》，台北：九歌，（增訂版）2010年。

彭恩華，《日本俳句史》，上海：學林，2004年。

彭恩華，《日本俳句史》，上海：學林，2004年。

賀淑瑋，〈音樂陳黎：陳黎視覺詩的音樂製作〉，《國文學誌》第10期，2005年6月，頁273-302。

楊雅惠，〈瞬間文本：台灣「俳句式新詩」文化解讀〉，頁1-36，發表於「台灣文化論述──1990以後之發展」研討會，國立中山大學文學院，2006年5月20日。

葉振富（焦桐），〈前衛詩的形式遊戲〉，《中外文學》第24卷4期，1995年9月，頁104-137。

葉維廉，《歷史、傳釋與美學》，台北：東大，2002年。

解昆樺，〈情慾腹語──陳黎詩作中情慾書寫的謔史性〉，《當代詩學》，2006年9月。

廖咸浩，〈玫瑰騎士的空中花園〉，《島嶼邊緣》，台北：九歌，1993年。

劉禾，《跨語際實踐：文學，民族文化與被譯介的現代性（中國1900-1937）》，北京：三聯書店，2002年。

劉紀蕙，〈燈塔、鞦韆與子音－陳黎詩中的花蓮想像與陰莖書寫〉，《孤兒・女神・負面書寫：文化符號的癥狀式閱讀》（臺北：立緒文化，2005年）。

簡白，〈短詩獨木橋攀架俳句陽關道〉，《中國時報》，開卷第42版，1993年11月4日。

蘭絲・羅斯（Nancy Wilson Ross）著、徐進夫譯，〈俳句裏的禪味〉、《中外文學》第10卷6期，1981年11月，頁62-88。

Bradbury, Steve.（柏艾格）著、葉德宣譯，〈序言〉，《中外文學》第29卷1期，2000年6月，7-44頁。

JR，〈我愛陳黎〉，（2007年5月10日）http://ccred.pixnet.net/blog/post/23954657-%E6%88%91%E6%84%9B%E9%99%B3%E9%BB%8E--jr

Lin Sheng-Bin(林盛彬). *José Juan Tablada y El Haiku Hispanoamericano*. Madrid: Universidad Complutense. 1993.

Paz, Octavio. *La tradición del haikú*. http://terebess.hu/english/haiku/paz.html#4haiku Rodríguez-Izquierdo, Fernando. *El haiku japonés: Historia y traducción*. Madrid: Ediciones Hiperión. 1ed.1972. 2010.

Tablada, José Juan. "El jarro de flores." http://terebess.hu/english/haiku/deflores.html

Tablada, José Juan. "Un dia." http://terebess.hu/english/haiku/deflores.html

從媒介轉換論白靈的詩

鄭慧如（逢甲大學中國文學系教授）

摘要

本文先綜述詩史事件中的白靈，即將重點放在白靈詩創作中的媒介轉換。「媒介轉換與意象展演」探入媒介轉換一詞的界義與由來、白靈詩中的虛實相濟、詩作中的文字與圖象；「超文本召喚的記號系統」討論收錄於網站「象天堂」的超文本詩作，藉以探討白靈詩作在媒介轉換下的藝術主體性、媒介轉換中圖象與文字的主從關係、意象的虛實轉化。

關鍵詞：白靈、媒介轉換、超文本

一、前言：流星的後裔

　　白靈（1951-　），是詩教的推廣者，也是台灣1950至1960出生的詩人中，少數作品和理論並行的實證者。[1]在形式、題材、結構、語言各方面，白靈步步為營，建構自己詩的城堡。其詩常把外在紛擾默劇化、深層意識卡通化；其詩論深入淺出，化入、潛入或溶入情采動人的分析。白靈透視了詩在當代的傳播孔隙，而以形式的便利編織意象，詩與論互證，擺脫目的論的寫作，主張媒介轉換，唱起文體變革的先聲。

　　白靈的當代詩創作生命中，多方嘗試各種題材、主題、形式。對於前輩詩人，白靈不乏典範摹習之作；對於時下流行的公式作品，白靈也會練練筆力。白靈自己說過，硬詩、軟詩、實驗詩、圖象詩、朗誦詩、酬庸詩，都是他習作的範疇。例如〈及時雨〉的片段，即頗有當年羅青的手眼；[2]〈歌聲使我眼淚上升〉

---

[1] 不含編著，迄今白靈在台灣出版的個人著作有詩集、散文集、評論集等文類，包括詩集：《後裔》（台北：林白，1979）、《大黃河》（台北：爾雅，1986）、《沒有一朵雲需要國界》（台北：書林，1993）、《白靈‧世紀詩選》（台北：爾雅，2000）、《白靈短詩選》（香港：銀河，2002）、《愛與死的間隙》（台北：九歌，2004）、《女人與玻璃的幾種關係》（台北：台灣詩學季刊社，2007）、《白靈詩選》（北京：作家，2008）、《昨日之肉——金門馬祖綠島及其他》（台北：秀威，2010）、《五行詩及其手稿》（台北：秀威，2010）、《詩二十首及其檔案》（台北：釀出版，2013）；童詩：《妖怪的本事》（台北：三民，1900）、《台北正在飛》（台北：三民，2003）；散文集：《給夢一把梯子》（台北：九歌，1989）、《白靈散文集》（台北：河童，1998）、《慢活人生》（台北：九歌，2007）；評論集：《煙火與噴泉》（台北：三民，1994）、《一首詩的誕生》（台北：九歌，2006）、《一首詩的誘惑》（台北：九歌，2006）、《一首詩的玩法》（台北：九歌，2004）、《桂冠與荊棘》（北京：作家，2008）等等。

[2] 如〈及時雨〉以下詩行：「新店溪的血壓正低／水龍頭們在我洗澡的當頭忽然／氣喘，太太守候門外的消防車旁叫著／水呀水呀／而昨天還住在山上的／青潭直潭翡翠谷／今天都坐在報紙上爬進屋來／／一道金鞭猛地抽了我眼睛一下／窗外千里之遠的山上馬蹄雷動／瞬間便殺到我浴室的窗前／為首的一匹，定睛看去／唉呀，好個宋江」。見白靈：《後裔》（台北：林白，1979），頁50-51。該詩發表於1978年。

就非常「反共文藝」；[3]〈1984〉節奏、氛圍及語調有瘂弦〈印度〉的身影；[4]〈雙子星〉（1983發表）的敘述、語氣和題材與余光中〈雙人床〉隱隱呼應；[5]〈黑洞〉、〈大黃河〉放大聲勢的排比句法有羅門的習性，其中刻意鋪張的聲勢和呼告反映了戰鬥文藝的朗誦模式；《後裔》和《大黃河》兩部詩集中，時見以空格指示節奏與頓挫，1970、1980年代台灣當代詩常用的技法。

我在〈遊戲的假面——白靈之詩與詩論〉一文曾針對白靈前此的詩藝成就而結論為：

> 白靈以長詩崛起而著力於小詩、以遊戲說提倡詩教而追求藝術的完美、以詩的聲光呼喚讀者而堅持詩的書面語，其中的矛盾與一致，造就白靈成為戴著面具的嬉遊者。他對時代、詩潮及讀者的迂迴迎合，以及他對文學語言的銳利判別、對詩本質的溫暖期待，則形成他詩風中的內自省與閃躲特質。[6]

分項條列以後，當更清楚白靈在台灣當代詩史上的位階：

1. 兩首得獎長詩：白靈連續於1979、1980兩年，以〈大黃河〉和〈黑洞〉兩首長詩分獲國軍文藝長詩銀像獎、[7]中國時報敘事詩首獎。這兩首各超過百行、歌頌文化母親及控訴天安門事件的長詩，可說為白靈正式「擄獲」了「詩人」的身份證；側面說明白靈初試啼聲即獲得詩壇權力

---

[3] 〈歌聲使我眼淚上升〉，參見白靈：《大黃河》（台北：爾雅，1986），頁49-50。
[4] 〈1984〉，參見白靈：《大黃河》（台北：爾雅，1986），頁51-62。
[5] 〈雙子星〉，參見白靈：《大黃河》（台北：爾雅，1986），頁139-141。該詩發表於1983年。
[6] 鄭慧如：〈遊戲的假面——白靈之詩與詩論〉，收於鄭慧如：《台灣當代詩的詩藝展示》（台北：書林，2010），頁247-291。
[7] 當年的金像獎從缺。

核心認同的成功嘗試。[8]有志於名留詩史的詩人，常態下先練習短詩，終以重量級的史詩、長詩進入詩史；白靈先寫敘事長詩，然後長時間專注於短詩，且幾乎不再碰觸長詩。此現象非常特別。

2. 推廣小詩：除了以五行做為小詩的創作實踐，白靈從編詩選和策劃專題兩方面推廣小詩。首先，因參與詩社之便，白靈兩度推廣小詩運動：第一次在1997年擔任《台灣詩學季刊》主編期間，在《台灣詩學季刊‧第18期》推出「小詩運動」專輯；第二次在2014年，在蕭蕭擔任社長、方群擔任主編的《台灣詩學學刊》，承擔「小詩運動」的「幕後黑手」，策動詩運。其次，白靈與向明合編過小詩選。值得留意的是，白靈推廣小詩，詩藝的琢磨與精粹並非首要考量；在多元傳播媒介與圖象感染力超過文字的文化環境中，為詩爭取發表園地才是推廣的初衷。[9]在相當程度上，推動小詩彰顯了白靈身為詩人與詩運家，這兩種身份的共謀與妥協。

3. 苦心孤詣的詩教者：白靈在《一首詩的誕生》獲得國家文藝獎之後，撰著《一首詩的誘惑》、《一首詩的玩法》，寓教於樂，以誘導、遊戲的方式降低一般讀者與當代詩的

---

[8] 在台灣中生代的詩人裡，白靈可說是獎金獵人。詩、評論、散文都得過獎。包括國家文藝獎、梁實秋文學獎、新世紀中興獎、中國文藝協會文藝獎、中山文藝創作獎、金鼎獎、全國優秀青年詩人獎、創世紀詩獎、新詩金典獎等等。

[9] 白靈撰著多篇文章討論詩的長度，包括〈小詩時代的來臨——張默《小詩選讀》讀後〉（《文訊》，第32期，1987年10月，頁225-228）、〈詩獎和詩的長度〉（《台灣詩學季刊》，第12期，1995年9月，頁12-16）、〈畢竟是小詩天下〉（《台灣詩學季刊》，第14期，1996年3月，頁135-141）、〈閃電和螢火蟲——淺論小詩〉（向明、白靈合編：《可愛小詩選》，）等等。其中，白靈在在〈小詩運動‧前言〉提到，在網路文化國際化、智能化的時候，詩有必要領先「逆流」，並呼籲各大報主辦文學獎者重視小詩的發展性。參見《台灣詩學季刊》，第18期（1997年3月）。〈閃電和螢火蟲——淺論小詩〉一文中，白靈提出小詩因字數簡省，特具因閃爍不定而來的變化性及新鮮感，容易引人好奇而接近，亦容易因此成為新詩大宗。

隔膜，增加當代詩的親和力。《愛與死的間隙》以後的幾部詩集，如《五行詩及其手稿》、《詩二十首及其檔案》等等，更不吝度與金針，把詩作誕生的修改過程公開給讀者看，讓讀者具體參與寫詩的想像、創造與琢磨，以刺激更多寫詩、讀詩的人口。這種為詩教折腰的精神與胸襟，令人欽佩。

4. 詩的聲光：「詩的聲光」原本是白靈、杜十三、羅青等幾位詩友共同發起、因應傳播媒體變遷的「詩的立體化」運動。[10]在「詩的聲光」之前，羅青的《錄影詩學》實為之奠基。但是白靈參與最深、持久不懈，又設立網站儲存「詩的聲光」的表演影像，因緣際會，成為「詩的聲光」的擎旗者。自1986年到1999年，白靈與詩友轉戰各國、各地，舉辦多次的「詩的聲光」展演，為許多名詩做立體化的多元表現，嘗試集文字、繪畫、戲劇、朗誦、相聲、裝置藝術等各種形式的跨界藝術表演。

5. 超文本詩、影像詩等結合多元藝術元素的詩創作：2001年開始，因應傳播模式的改變，白靈架設個人文學網站：「白靈文學船」，以杜斯・戈爾為超文本創作時的筆名，以Flash的動畫模式，在網站的「象天堂」與學生合作許多數位詩作；在《昨日之肉——金門馬祖綠島及其他》、《五行詩及其手稿》、《詩二十首及其檔案》、《被黑潮撞響的島嶼——綠島詩、畫、攝影集》等集子裡，則結合影像與手稿學，表現以文字為中心思考的創作導向。

6. 借重詩社推動詩運：台灣詩學季刊雜誌社成立二十二年來，白靈始終是該社的最大公約數；除了五年任內的主

---

[10] 「詩的立體化」發想之端起於1985年羅青在《草根詩刊・復刊號》的序言。後來白靈在〈從躺的詩到站的詩〉發揚並擴充羅青的想法（參見「詩的聲光——一場詩影像的紀實」，網址：），又發表〈火樹夢——詩與聲光〉（收於白靈：《白靈散文集・卷四》，台北：河童，1998年，頁281-283），逐漸發展成為自己的意見。

編之外，更長期擔任隱形社長、地下主編、通知開會及會議紀錄者、每年替詩社向政府申請經費的義務勞工、調節社員流動的靈魂人物、包辦台灣詩學季刊雜誌社所有詩活動的最大「幕後黑手」，可謂無役不與，是詩社中無可取代、幾乎隨時待命的「備胎」。隨著1990年代以後，台灣詩學季刊雜誌社的崛起與重要性，白靈與一群詩友推動潮流興替中的許多詩活動，掀起兩岸詩壇、本土民間、學界論述、文化媒體對當代詩的重視。因為積極投入，白靈比1992年共同創社的其他社員來，更有效見證台灣詩學詩社主導下的台灣當代詩發展。其實白靈的詩社活動與詩創作一路相依，從早年參加過的葡萄園詩社、草根詩社，到壯年時期籌組的台灣詩學季刊雜誌社，以及開闢專欄的藍星詩社，都可看到白靈的影子。

以上這些「詩史事件」製造了表面的熱鬧，足以誘使讀者注意到靄靄內含光的真珠。然而使得白靈之所以為白靈的，仍然是堅實的詩藝。在台灣中生代的詩人裡，白靈長久、持續而堅持地同時致力於當代詩教學、當代詩創作、小詩推廣、媒介轉換論述、超文本實驗，弄潮而不沒於潮，成績斐然可觀。白靈詩作的多元藝術導向，或隱或現地灌注到個人詩集裡，成為他在中生代詩人中獨具一格的風貌。鑑於白靈推廣詩運、致力詩教、投入以五行為主的小詩創作、以多元藝術媒材作詩的特質，本文聚焦於白靈詩創作中的媒介轉換，討論白靈在台灣當代詩史上的特殊位階。

二、媒介轉換與意象展演

「媒介轉換」是白靈收在《煙火與噴泉》的想法，文章的題目為「媒介轉換──文學書寫與空間展演」，寫作動機主要基於

資訊時代來臨、電腦日漸普及之後，文學書寫固有的印刷與出版模式受到前所未有的挑戰，因而主張善用電子媒介等新的傳播形式，為新詩延續傳播空間。白靈在該文的收尾，提出文學書寫因轉換媒介而來的五個願景：書寫工具由二元而多元、文學範圍由統一而分歧、媒介形式由單純而繁複、媒介轉換由劣質而優質、轉換方向由單向而雙向。[11]

白靈提出媒介轉換做為因應時代的創作戰略；在技術上，在白靈的個人詩創作裡，媒介轉換的效力主要依賴圖象與文字互相詮釋的程度。依照時間順序，其創作實踐表現於插畫與詩作的關連、詩的聲光，以及超文本詩。戰略搭配技術，整體而言，媒介轉換在白靈個人創作上的具體落實頗見成效。其中，「詩的聲光」大多是眾志成城的成果，白靈個人在媒介轉換的成績有限；再者，當時「詩的聲光」依賴舞台演出，詩意象經小腳放大，在面對觀眾、以室內為主要表演環境的條件限制下，詩文本的意象展演受到相當程度的變形。因此本文暫不討論詩的聲光，而以白靈個人詩作中的文字與圖畫關連、網路上的超文本詩作這兩者，討論白靈詩作的意象展演與媒介轉換。

依據〈媒介轉換──文學書寫與空間展演〉的內文，〈媒介轉換〉副標題的「空間展演」指的是記號藝術的表演方式，而不是原始意義的space，或虛擬的發表園地。就當代詩而言，轉換媒介後的藝術成敗，仍決定於獨立於其他文類的最大因子：以意象為記號的效應上。故而單是轉換媒介，把詩的文學書寫轉為立即的視覺或聽覺感受，多半貼著詩的主題或意境著手，從事再次創作，非常考驗再創作者的藝術品味與功力。[12]

---

[11] 白靈：〈媒介轉換──文學書寫與空間展演〉，收於白靈：《煙火與噴泉》（台北：三民，1994），頁157-208。

[12] 白靈顯然也體認到這一點。〈媒介轉換──文學書寫與空間展演〉就以「詩與新環境」藝術展為例，說：「詩是時間性的、繪畫是空間性的，前者表現相繼排列的事物，後者表現並列的事物。因此造形藝術只能選擇最令人心動的一刻來呈

回溯白靈的詩創作，媒介轉換所需的虛實相濟，一直是白靈詩創作的特質；早年的〈本事〉、〈弄笛〉就是成功的例子。[13]白靈詩中的虛實相濟用得機妙靈巧而切中要害，如：

1. 〈寺院〉片段：

> 偌大的空，中間，孤單單
> 一隻香爐，黑黑似誰的肚臍
> 昨日千百隻手（老的，少的）
> 插下的心願，今晨遍餘半截
> ——火已盡香落著
> 那些煙，不知佛陀可都接住？[14]
> ……

2. 〈隧道〉片段：

> 前進，向圓錐之頂
> 尖尖的牛角，前進……
> 猛抬頭，方知每個現在都最寬敞
> 過去與未來，萎縮在兩頭
> ——尖尖的橄欖
> 欲起步，卻茫然，不辨方向[15]

現，詩則可以直接呈現行動的演變過程。在此項展覽中，很多畫家都很難把一首詩整體地轉換成功，大多只能轉換詩的一部分，甚至只是一句詩的意象。」

13　〈弄笛〉，見白靈：《大黃河》（台北：爾雅，1986），頁30-32。〈本事〉，見《大黃河》，頁49-50。

14　〈寺院〉，見白靈：《大黃河》（台北：爾雅，1986），頁11-12。

15　〈隧道〉片段，白靈：《大黃河》（台北：爾雅，1986），頁87-88。

3. 〈衣帶漸寬終不悔〉片段：

　　　晨起時仍對著去冬的鏡子
　　　仍是伊，為他慢慢梳理
　　　梳著梳著，卻起了霧
　　　隔著什麼了
　　　猶似後院低垂的柳條兒
　　　仍浸在舊時的情境裡
　　　卻叫一場雨給偷偷換了水[16]

4. 〈插花詩小集：7.結〉：

　　　蝴蝶如何老去
　　　鷹蒼了是不是墜海
　　　楓，又怎麼開始紅的
　　　憂傷啊它是怎麼住進來的[17]

5. 〈蜂炮〉前兩句：

　　　諸星抖顫，於城市上空燃著孤寒
　　　一頭年獸又來這城裡雄壯[18]

6. 〈誰主浮沈〉第一段：

　　　風搖桅桿，浪起甲板

---

[16]　〈衣帶漸寬終不悔〉片段，白靈：《大黃河》（台北：爾雅，1986），頁104-105。
[17]　〈插花詩小集：7.結〉，白靈：《後裔》（台北：林白，1979），頁80。
[18]　〈年獸〉，白靈：《愛與死的間隙》（台北：九歌，2004），頁156。

誰能把大海頂在鼻尖之上[19]

7. 〈石〉：

　　幾億年一塊石頭
　　幾天一朵花
　　幾秒鐘一樹蔭
　　一隻蟑螂走來，坐在石上
　　下了一窩蛋後走了[20]

8. 〈塑像──北京所見〉：

　　驕傲需要適度的封閉性
　　幾億人的腦漿都注入
　　同一顆頭顱，以致他挺出的
　　額頭飽脹得如斷崖，如一方青史
　　──羽翅都容易打滑的高度[21]

9. 〈鼾聲〉：

　　弟兄們的鼾聲，是巨大的地雷之網
　　綑我的夢於其中如口令被鎖在喉嚨[22]

[19]　〈誰主浮沈〉，白靈：《愛與死的間隙》（台北：九歌，2004），頁114。
[20]　〈石〉，白靈：《五行詩及其手稿》（台北：秀威，2010），頁133。
[21]　〈塑像──北京所見〉，白靈：《五行詩及其手稿》（台北：秀威，2010），頁183。
[22]　〈鼾聲〉，白靈：《昨日之肉──金門馬祖綠島及其他》（台北：秀威，2010），頁74。

10.〈口號還在〉：

> 人走了，口號還在
> 口號模糊了，嘴形還在
> 嘴形僵在石壁上，日子還在
> 日子停留在歷史的某一行
> 只有翻書的手影
> 飛翔其上[23]

這些例子的通感和虛實轉換，是白靈常用的技巧。各種感知與虛實的變更、置換中，可以留意到白靈對視覺意象的敏銳構設：包括時空的壓縮、疊合、跳躍，角色的顛倒，敘事觀點的變化，意象的翻疊與重組等等，各種日常事物的創造性變形，關係到異場域碰撞下的圖象衝擊。[24]

白靈在第一本詩集《後裔》中，有幾幅配著詩作的插畫，情致雋永、婉約而幽默，詩與畫的主從關連煥發著節制而溫厚的美感。如〈畢業生〉、〈新詩〉等作。〈畢業生〉共兩段，每段四行，結構規整。詩云：

> 你不是自天堂至少也是
> 自樓閣，跌下來
> 空間被削成平面
> 本是小鳥，現為工蟻一隻罷了
> 該把這樣的話打成領帶

23　〈口號還在〉，白靈：《昨日之肉──金門馬祖綠島及其他》（台北：秀威，2010），頁120。

24　「異場域碰撞」，觀點參考黃智溶：〈從繪畫語言出發──訪羅青〉，收於羅青：《不明飛行物來了》（台北：純文學，1984），頁11。

任年華流入江海
你底靈魂是傲岸的山頭
終年積雪[25]

詩末配圖

詩行化入「象牙塔」和「空中樓閣」的常典，比喻畢業生即將脫離學校的羽翼，赤手空拳到社會工作，從此體會人在江湖的各種法則——即使內心深處還有某些不願妥協的理想或不屈服的傲岸。插圖以硬筆黑白素描表現，樸拙而有景深。一個人見不到表情，身著大學服，兩手插口袋，兩腳足尖一朝前一朝外，立在畫面正中央。後方儼然是磚瓦蓋成的樓房，循梯而上，二樓的樓台僅見輪廓的幾個人或側坐或朝向彼此，成為著大學服者的背景。插圖右側是刪去逗號的該詩其中兩句：「空間被削成平面／本是小鳥現為一隻工蟻罷了」一氣不斷的句子更為斬釘截鐵。詩與圖相得益彰，各自獨立而又彼此支撐，頗令人回味。尤其白底黑線、隱去面目的幾個人形，在一向喧騰的畢業典禮中，彷彿冒現麗日下水波拍打或叢林交擊的聲音，計量著人間有限的經濟前景和難測的心靈旅程。

又如同詩集裡的〈新詩〉。該詩共三段，以第一段為例，詩行為：

你愛不愛看我都是山
我的肩上掛著的瀑布你聽都沒聽過
唐的平原宋之丘陵就別再提[26]

25　〈畢業生〉，白靈：《後裔》（台北：林白，1979），頁63-64。
26　〈新詩〉，白靈：《後裔》（台北：林白，1979），頁91。

下為該詩插圖：

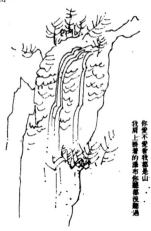

你愛不愛看我都是山……
我肩上掛著的瀑布你離都沒離過

以瀑布比喻中國文學史長河中，在現當代文學的文類裡特具「影響焦慮」的新詩，並與平原比喻的唐代文學、丘陵比喻的宋代文學並置，意涵上轉了兩轉，已令人拍案叫絕；再以素描輔翼，詩畫共構下，寧謐無滯的氛圍中透著冷冽而渾成的超現實藝術效果。畫面是以抽象線條呈現的壯碩右臂，臂上配合詩行畫出的瀑布水流、波浪、峭壁上隨意生長的樹木，倘若定睛一瞧，又何妨不是人體的筋絡、刺青、枝節橫生的聳立體毛？正無語而有力地映現創作者勇於挑戰的反骨與未經整頓的繁茂表象。插畫將詩行的比喻更具象化；「我肩上掛著的瀑布」則富含插畫未完全表現：新詩創作者瀟灑不羈與拖泥帶水糾纏交錯的矛盾氣質。一個勇者下定決心往前走，原不需因為牽掛身外之物而丟三落四，成為前進的羈絆；然而「肩掛瀑布」的無理而妙，卻與下一行詩句結合而有了完整的意謂。以平原、丘陵、瀑布等地質現象比喻唐宋文學與新詩，顯然的較勁味道充滿螳臂擋車的幽默、自嘲、自期：這些「山」的苦惱。

這兩首白靈早年的例子促使我們進一步思索媒介轉換中的文字與圖象關係。圖象以超越文字的技巧召喚中國字的記號系統，

而形、音、義三者合為一體的中國文字本以各種形式與品質的線條組成為基本要素，文字與圖象，或文字與圖象延展而成的影像之間，其關係或綿密，或緊張，而益發耐人尋味。

三、超文本召喚的記號系統

超文本詩創作因「互動性」包含的遊戲，吸引讀者在電腦螢幕上瞬間的專注力。對於「滑鼠控」而言，作者控制的部分越少，讀者參與操作的部分越多，超文本詩作就越有趣。[27]正因為手握滑鼠的讀者在超文本的涵義開展中扮演重要角色，詩人如何運用數位媒體的程式性，引導讀者在體驗數位設計程式的同時彰顯詩作意涵，進而促使超文本詩不停留在泛視覺經驗的層次，又能召喚紙本創作所不及的美感經驗，便是超文本創作令人期待之處。

另一方面，相對於傳統的印刷文字，棲居網路的超文字改變讀者對紙本詩作的認知與體驗，藉助科技重鑄了新的審美觀。網路一則解構了紙本印刷文學的文學性，一則建構屬於數位的文學性。但是當詩作只見網路而不見文學，或只見作品而缺乏文學性，技術取代藝術，遊戲替代審美，超文本詩便成為過剩的文學。這方面，多位學者已有相關論述。[28]問題的關鍵在數位詩作中的文字與圖象關係。

以杜斯‧戈爾為數位創作的筆名，白靈在「象天堂」收錄

---

[27] 在極端的情況下，假如作者的控制趨近於零，等於把整個文本的基本組成交給隨機因素決定，那麼詩人運用數位技術，做的是類似「剪貼機器」的工作，運用電腦技術，詩人可以輸入文字，讓機器隨機斷句重組，得出不受文法限制的句子。夏宇在《摩擦‧無以名狀》以後的詩集，便以自我剪貼重組，或採集各方的片語為素材為主。

[28] 參見謝偉仁：〈網路對文學解構的影響〉（彰化：彰化師範大學國文研究所國語文教學碩士論文，2005）；歐陽友權：〈數位媒介對文學性的消解與技術建構〉，《吉林大學社會科學學報》，第47卷，第4期（2007年7月），頁106-111。

許多視覺藝術的實驗詩作。例如與網站同名的〈象天堂〉一詩，即是由五十四種不同形態與方向的「象」字組成，從甲骨文、金文、篆書、隸書、行書、草書，各種象的字形與圖案或坐或臥，扭轉變形，綠色線條在黑色底襯托中益發顯著，最後類似字形的「象」逸出畫面右上角，而在正中央呈現滿格的象圖示，於是曲終奏雅，展演完畢，詩作乃現。截圖如下：

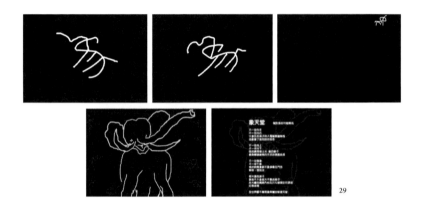

[29]

　　〈象天堂〉文字之部共五段，副標題為：「關於文字的可能構成」，詩行為：

　　　　不一定向左
　　　　不一定向右
　　　　大象的長鼻子伸入電腦無緣無故
　　　　自動當了我的詩的班長

　　　　不一定向上
　　　　不一定向下

29　白靈：〈象天堂〉，收於「白靈文學船‧象天堂」，2013年7月18日。網址http://
www.cc.ntut.edu.tw/~thchuang/e/flash/Movie%20elephant-ok.swf。

我的詩頁騎上大象的鼻子
摸黑觸碰嗅聞向茫然的黑暗延長

不一定很象
不一定不象
我的詩是象跟不象爭霸互鬥的
草原，或荒原

你大象的鼻子
跟我不大象或大不象的鼻子
在光纖的網路內相互打勾碰頭扔石頭或
如是我聞

全世界像不像眾象奔騰的快速天堂[30]

作為自己數位網頁的代表作，〈象天堂〉展示了從文字閱讀到圖象閱讀的轉向，發揮了象形文字在圖象與文字之間的對話性。所謂「象天堂」，其實是充滿各種意象和多元意義的文字世界，「象」字在「象與不象（像與不像）」之中進行文字遊戲。於是〈象天堂〉象徵了接下來詩人將在這個網頁上進行的各種數位詩創作實驗，其精神是在光纖的快速網路世界碰運氣，運用圖象與文字的「像與不像」，在似是而非的縫隙中穿梭。文字視覺化的圖象表演是〈象天堂〉昭然的創作目標，無論就數位技術或純文字的表現，其表演功能均大於表意功能。白靈取中國象形文字「畫成其物，隨體詰詘」之意，從「象」字的圖畫性發想，創作了兼具純文字與數位形式的間接圖象。在「象」的形象轉變裡，

---

[30] 見http://www.cc.ntut.edu.tw/~thchuang/e/flash/Movie%20elephant-ok.swf。2013年7月18日。

文字的「象」在時間的長流裡給出圖象，繪畫的「象」在空間的阡陌中展開圖象。「象」的擬象在相當程度上呼應了部分後現代主義者的說法：藝術作品呈「象」的本身，也蘊含對意義的抵制和消蝕。[31]

　　白靈的超文本創作，文字與圖象雖相輔相成，但是也可以各自獨立，圖象或影像不必然是詩行的插圖或詮釋，文字也不為影像或圖示預留表現的餘地，而兩者仍可呈顯對應與和諧。以〈象天堂〉為例，撇開詩行，數位圖象的〈象天堂〉蠻有趣，但未必有詩行中：「我的詩頁騎上大象的鼻子／摸黑觸碰嗅聞向茫然的黑暗延長」那樣的詩想。當數位的〈象天堂〉由綠色光纖般的線條延展各式各樣的「象」，讀者一邊凝視，一邊可以不受制約地也開展腦波所及，電光石火的各種想像；出於純文字版〈象天堂〉的開放性，不同讀者的相異閱讀可望建立新的詮釋，而「跨越」純文字所代表的書寫或傳播體系的閱讀成規。這時候可以發現，文學性也者，呈現虛位以待的主體性。

　　數位創作裡的白靈，相較於自己的平面、純文字書寫，更接近一個守候者、觀察者，白靈詩畫相發，擅於把外象變成意象，再讓文字或圖象的意象與意象之間，透過平行對比、並置轉喻等手法，傳達言外之意。觀賞白靈的超文本詩創作，讀者可以從圖象的形象中讀出畫外之意，感受詩一般的啟發；或從文字的意象中讀出詩外的畫意，聯想圖象的情思。畫外之意與言外之旨可以恰巧湊泊，則水乳交融；假使讀者自由驅遣理解力和想像力的結果，圖象和文字沒有重迭之處，則詩與畫各自獨美而不相傷。就在若即若離、互有增減的關係裡，超文本為詩帶來另一種寬闊的表現空間。

---

[31] 參見金惠敏：〈圖象增殖、擬象與文學的當前危機〉，收於金惠敏：《媒介的後果：文學終點上的批判理論・中篇》（臺北：臺灣商務印書館，2005），頁35-82。

再就白靈〈月亮與露珠的關係〉為例。以下為數位截圖：

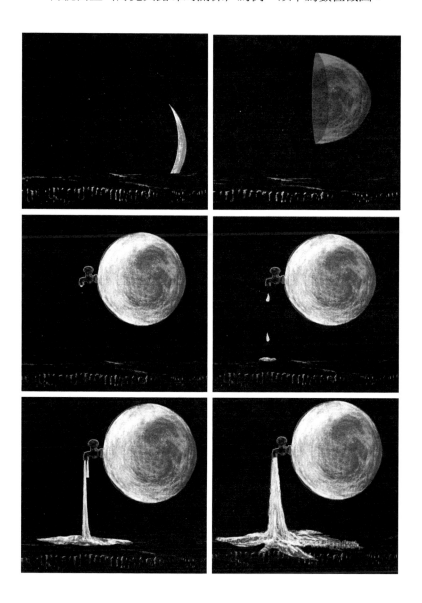

〈月亮與露珠的關係〉原詩為：

> 所有露珠的身上
> 都裝滿了水龍頭
> 這是他們勇於消失的原因[32]

〈月亮與露珠的關係〉是動畫。初始的畫面，廣漠夐黑的荒野上，遠處星光點點，近處，一彎弦月竄起。升至高空後，弦月變成滿月，佔據一半的畫面而成焦點，豔黃鮮澄的明月燒活了闃寂的夜空，月中光影似火焰旋轉。此時滿月的左端緩緩長出一隻水龍頭，氛圍怪異，似臻象徵之境。完形的水龍頭擠出一滴澄黃色的水珠，欲下不下，接著水滴墜落的速度越來越快，從水滴，到水流，到水柱，灌注到地面以岩漿奔瀉之勢迸放流淌，然後動畫靜止，詩行出現。於是讀者恍然：原來從月亮中流下來的，不是金黃色燃燒般的岩漿，而是清涼透明的露珠。露珠與習知中月亮清冷的調性相當，宜於追摩聯想；但是白靈在用色上反冷為熱，重塑了月亮的質性，再由此聯想「月亮與露珠的關係」，那麼動畫呈現的目標也就不會是對自然的模擬再現，而是以月亮為引子，捕捉內心感受到的外在真實。參照原詩行，畫面上的「露珠」最終幾乎吞噬大地，甚具毀滅力。原來月亮是露珠的水庫。答案如圖示，但在明晦之間。

張漢良討論過數位文學的主體問題，表示數位文學的主體若非「相互易位」，就是「完全消逝」。[33]須文蔚提出，在二十一

---

[32] 〈月亮與露珠的關係〉，見白靈：「象天堂」，2013年9月30日，網址：http://www.cc.ntut.edu.tw/~thchuang/e/flash/moon.swf。

[33] 張漢良說：「生產工具的改變，非但使得參與文學創作的主體（意即傳統所謂的作者與讀者）或相互易位；或因與工作結合成人機系統，而完全消逝。」張漢良：〈電腦‧人機界面〉，林耀德主編：《當代臺灣文學評論大系‧2‧文學現象》（臺北：正中書局，1993），頁498。

世紀以前，臺灣數位環境下的當代詩作集結在1997年成立的「妙繆廟」1998年陸續成立的「歧路花園」、「觸電新詩網」、「臺灣當代詩島嶼」、「臺灣網路詩實驗室」、「全方位藝術家聯盟」，所收作品反應傳統文學缺乏的三個特質：多媒體、多向文本、互動性。[34]李順興指出程式性數位文學主體的核心特徵。[35]時至今日，數位環境更趨普及而數位文學的盛世已過，以歷史事件檢視臺灣當代詩的數位書寫，因應傳播媒介轉換後對於詩的定義變遷，則數位語境下的詩創作，如何跳出數位機器的制約而運用數位技術的便利，在「後拼貼」（拼湊）、「後隨機」（亂寫）、「後互文」（剪貼）的「後」美學時代中殺出一條生路，擺落「有趣而平庸」、「怪異即成功」，表現圖象（或影音）與文字形塑的程式之美，才是數位書寫進入詩史的要件。

　　〈吉他〉很適合解說白靈數位詩作的程式性。其數位截圖為：

說明：
圖中凡會動的，均可移動滑鼠；請按「心檯鍵，直至吉他長出尖 V）腳、長尾、長毛為止。

說明：
圖中凡會動的，均可移動滑鼠；請按「心檯鍵，直至吉他長出尖 V）腳、長尾、長毛為止。

34　參見須文蔚：〈邁向數位新詩紀〉，收於須文蔚、代橘主編：《網路新詩紀——詩路2000年詩選》（臺北：未來書城，2001），頁2-13。

35　李順興在〈程式文學‧文學程式：談數位文學主體的核心特徵〉一文中，從張漢良談論〈沉默〉一詩的觀點出發，肯定媒體物質性，泛視覺經驗及主客物易位或消逝為數位文學的特徵，而進一步探索程式詩的美感生成，以為程式性為數位文學的核心特質。文收於徐照華主編：《臺灣文學傳播全國學術研討會論文集》（台中：中興大學臺灣文學研究所，2006），頁283-300。

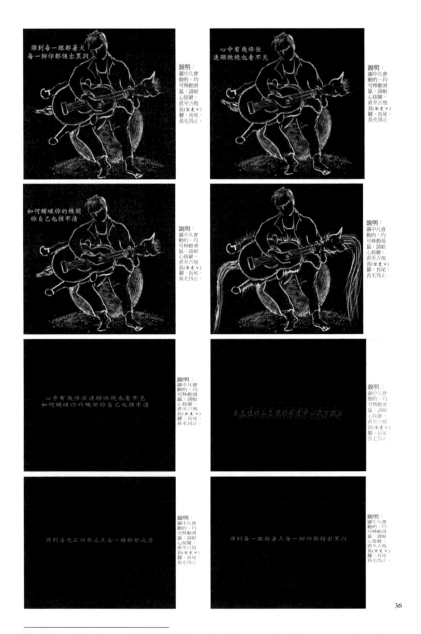

36 白靈：〈吉他〉，收於「白靈文學船·象天堂」，2013年7月18日。網址：http://www.cc.ntut.edu.tw/~thchuang/e/flash/gita.swf。

〈吉他〉是動畫作品。在連動的畫面裡，以上十個截圖代表作品遞進的十個階段。畫面正中央始終「座落著」一個以白色線條構圖、面目模糊的吉他手。在作者程式性的制動下，讀者與此詩的互動方式，是點擊畫面上會動的部分。剛開始會動的是吉他手的右手和左腳。點擊右手，畫面左上方閃現綠色線條的文字：「要怎樣的山怎樣的水／才甘心流下指尖」，但立刻不見；點擊左腳，畫面上閃現：「彈到每一眼都著火／每一腳印都捅出黑洞」，又立刻不見。這四行詩句必得讀者點擊才會出現，每次點擊又會重複閃現。畫面漸漸變化，吉他長頭，長角，生出怪獸般的手腳（蹄）和戈矛也似的尾巴。這時點擊吉他位於畫面上方的腳，瞬間出現：「心中有幾條弦／顯微鏡也看不見」，文字一閃而逝；倘若點擊吉他下方的腳，閃逝的詩行為：「如何觸碰你的機關／自己也說不清」。這四個地方出現的詩句，每次點擊都會隨時閃現，若讀者從不點擊畫面，這些畫面上的句子也就不出現。動畫仍持續發展，吉他逐漸變形，沒有嘴巴也看不清眼神的吉他手兀坐如故，右手和左腳仍維持原先的晃動。直到點擊吉他的尾巴，動畫就進入最後表演的階段，漸漸吉他頭上的短毛變成長髮，腮邊長出鬍鬚，身體有刺樣的須毛，短戈般的尾巴也變長。至此畫面停止，淡出。然後完整的詩行逐段以淡入淡出的綠色字體漸次呈現。原詩為：

心中有幾條弦連顯微鏡也看不見
如何碰觸你的機關你自己也摸不清
要怎樣的山怎樣的水才甘心流下指尖
彈到每一塊石頭都成灰每一株樹都成煙
彈到每一眼都著火每一腳印都捅出黑洞[37]

---

[37] 〈吉他〉，見白靈：「象天堂」，2013年9月30日，網址：http://www.cc.ntut.edu.tw/~thchuang/e/flash/gita.swf。

接著淡出，變成以「象天堂」字體置中的重播畫面。

超文本的〈吉他〉，其張力與遊戲性表現在吉他和吉他手的主客易位上。純文字的〈吉他〉，焦點是彈奏吉他的心理感受，以敘述者為主體；數位的〈吉他〉，焦點是魔怪化的吉他，動畫在先，文字在後，魔怪化的吉他便成主體，而彈奏吉他的感受變成對魔怪吉他的抵抗與辯詰。

就程式性而言，〈吉他〉一詩的數位巧思表現在：1.運用超文本的互動特質搭配原詩內含於文字的語言節奏；2.隱藏在詩行裡、做為與詩中人同位格的吉他手，對藝術的不安和渴求。如果讀者完全不按滑鼠，超文本的〈吉他〉仍可以視覺上的變化來欣賞，隨著動畫中吉他手晃動的手腳和吉他外型上的變化，停止在吉他變成長髮妖怪的畫面而看不到任何詩句。點擊滑鼠，詩句出現的順序兩兩成對，且搭配動畫設計的圖象；圖象消失後呈現的完整詩行則經過重組及排序。點擊滑鼠的頻率與節奏同時也是作者賦予讀者的「被制約的創創造力」。假如讀者點擊畫面上會動之處，且按住左鍵不放，那麼原本只會短暫出現的詩行也就停駐在畫面上；而動畫一邊持續發展，則讀者按住滑鼠的手指與畫面上停駐的詩行具有同樣提醒及強調的效果。假如文字出現之後，按著滑鼠左鍵的手指鬆開，文字頓時消失。在同樣的地方不中斷點擊滑鼠左鍵，則文字就閃爍不斷，迅疾的節奏呼應詩行對吉他彈奏的描述：「彈到每一塊石頭都成灰每一株樹都成煙」、「彈到每一眼都著火每一腳印都捅出黑洞」，彷彿也戲謔了點擊滑鼠的讀者。同時因為此詩將點擊滑鼠的順序交給讀者，畫面上四個不同地方的詩句出現順序決定權也落在讀者手中，因而顛覆了傳統平面詩作的固定讀取順序。不同的讀取順序對文本也將產生不同的閱讀效果。

白靈的超文本詩改變了一般情況下的文字與圖象關係，符號中的實指或虛指因表象與思想的互滲而流動，以上三首作品可為例證。

四、結語：流星砥礪的火花

白靈的第一本詩集《後裔》中，註記寫於1978年、做為序詩的〈致讀者〉說：

> 這年代寫詩
> 彷彿在滿佈星辰的夜空
> 再安插一顆星
> 永恆，卻夠擁擠
> 我無心於那樣的光熱
> 願是人造衛星小小一顆
> 悄悄守候祖國的上空
> 今日與你的腳程同步
> 明日也許墜毀你底窗前
> 為您做流星的表演
> （啊，一瞬離永恆多遠）[38]

此中，「明日也許墜毀你底窗前／為您做流星的表演」，與註記寫於1976年〈訣〉的「我好江湖的風險，愛划拳／時代不時掛在腰間」、寫於2006年〈永遠兩字的寬度〉的「避開不如看開／框住不如不框／能存在的／唯永遠兩字的寬度」[39]，有意無意與長達三十年之間，白靈一貫的創作旨趣與詩藝走向合拍：與現實保持適當的觀察距離、對文化或文學潮流的態度包容而觀望、經謹慎選擇與多方嘗試而努力投注的目標；以及「小小人造衛星」與「流星墜毀」所暗示，懸命於兩極的奔突不安。

---

[38] 白靈：《後裔》（台北：林白，1979），頁1-2。
[39] 白靈：《昨日之肉》（台北：秀威，2010），頁91。

以意象的虛實轉化為基礎，白靈的詩畫共構凝聚主觀的焦點，做為思想和情感的出口，以建立經過選擇、重組之後的秩序。撿取人間的萬家燈火，白靈藉由童趣的視覺意象發揮假面效用，掩護某些不欲告人、不可告人或不知如何告人的心象，逸離現實或瞬間的心靈壓力，或反襯生命的莊嚴。在每一個臨界點上，白靈以理智的了解對應感情的激動，諧謔裡表現人事的乖訛。以既依附主題又枝蔓迭出的意象，進行左衝右突、反覆辯證，抽象的情感及思緒和具象的隱喻並置，意象與陳述纏綿並進以召喚閃亮的詩思與人生厚度，幾乎成為白靈的註冊商標。

以白靈早期詩作的圖文並置與後來的超文本詩創作為例，可以看到，就意義的展現而言，雖然以文字為主、圖象為客，然而為主的文字等待圖象裝扮而落實詩中的意涵，呈現懸浮的虛靈感；而就意象的呈顯而言，又因圖象的擬象功能大於文字的擬象功能，而容易誘使讀者產生對真實的幻覺，甚至被當作事實本身，因而在圖象與文字並存的超文本創作中，圖象經常反客為主，而為主的圖象等待帶著修辭光采與思想軌跡的文字深化泛視覺的感官認知，本為認知主體的文字被景觀化，依賴讀者認可為有意味的形象。

以白靈的媒介轉換詩創作為例，我們看到圖象如何從審美上重構而不是解構了當代詩。數位媒介透過改變文學的傳播及表現等外部存在條件，改變了文學的性質，但是經過數位實驗和許多遊戲性的操作，仍保存詩之所以為詩的本質。白靈以多元傳播為流星般的砥礪火花，藉著詩創作的媒介轉換證明：臺灣當代詩在數位語境下的主體，迭經形式、技術、手法，水遠山迢，仍回到文字的詩意呈現。

試論嚴忠政詩中的敘事人稱

陳政彥（嘉義大學中文系副教授）

摘要

　　嚴忠政的詩時常以敘事凸顯現實關懷，但是我們要如何清楚
說明嚴忠政詩中的這種特色。敘事學的角度讓我們更貼近嚴忠政
詩中的妙處。

　　以嚴忠政詩中敘述者與所敘述的故事來區分，大概可以區分
成詩人自述，以及面具代言兩類。第一類中，詩中的敘述者就是
詩人本人。在詩中以第一人稱我來敘事，講述的是詩人自身的生
命經驗與心情轉折。

　　但同樣是以詩人第一人稱的敘事，嚴忠政有時會以第一人稱
向詩中第二人稱的「你」、第三人稱的「他」說話，其實這是嚴
忠政透過敘述對象的轉換，透過向講述的故事主角致意，曲折表
達自己對故事的看法，並且加深打動讀者的力量。

　　第二類中，詩人則是戴上面具，借用故事主角作為第一人
稱講述自己的故事，這類的詩例最多，但是在少數例子當中，詩
人也會幻想自己作為動物或器物，間接闡述自己對環保與詩的看
法。代言體的第三種變化，則是以「我們」作為詩中的人稱敘
述，講述關於台灣族群的故事。透過敘事學的分析，我們更能了
解嚴忠政以詩說故事的特長。

關鍵詞：嚴忠政、現代詩、敘事、現實關懷

一、前言

　　嚴忠政曾獲第24屆、第25屆「聯合報文學獎」，第27屆、30屆「時報文學獎」，第5屆、第6屆「宗教文學獎」及文建會「台灣文學獎」、教育部文藝創作獎等，以及各種地方文學獎，堅實的創作實力可見一斑。多年來的創作集結成《黑鍵拍岸》、《前往故事的途中》、《玫瑰的破綻》三本詩集。現在仍然在報紙與各種詩刊上持續發表詩作。是台灣詩壇中生代詩人當中不可忽視的一道風景。

　　嚴忠政的另一個身分是創世紀詩社重要的中堅詩人。嚴忠政最早出身警察而後投身建案廣告，回到學院取得博士學位之後，近日又轉戰文創產業。多方面廣泛的社會經歷養成了高出一般詩人，對文學議題與社會風向的敏感度，擔任創世紀的編輯委員更全力發揮創意，規劃出各種專題企畫與專欄，讓創世紀詩刊在詩壇始終保持著高能見度。身為企劃人員的嚴忠政是最常被人忽略，實則居功厥偉的推手之一。

　　嚴忠政無論從創作實力或者詩社活動來說，都十分重要的詩人，但是目前關於嚴忠政的研究成果卻很單薄。到目前為止沒有碩士、博士論文專門研究，或者以其中一章的形式討論。在學術論文方面，目前也還沒有任何一篇關於嚴忠政的學報期刊論文，只有詩刊上的幾篇簡單介紹，相對於詩人的成就顯得不成比例。因此本文嘗試掌握嚴忠政最顯著的詩歌特色，並加以分析闡發。

　　統觀嚴忠政三本詩集，很難不注意到詩中無處不在的現實關懷。舉凡遠方國際性的人道事件盧安達種族屠殺、南亞海嘯；近在台灣的各種社會事件，例如大園空難、921大地震、八掌溪事件等等。乃至日常生活中隨處可見的尋常百姓，朝九晚五上班族，住養老院的老人，同志戀情等，各種不同面向的事件，各種

不同階層的心事，都在他筆下一一出現。但這些貼近現實題材的詩作，卻能不流於直陳淺白，仍堅持詩之一貫高度，讓嚴忠政的詩作能夠獲得廣泛肯定。賴芳伶教授曾指出嚴忠政詩的特色就在於：「以現實主義為體，現代主義為用，透過別致的心靈節奏與意象，知感交融，堪稱獨到。」[1]所刻劃的都是大家熟知的社會事件或者社會問題，如何透過詩的方式來表現，以詩的節奏來訴說故事，正是嚴忠政詩風獨到之處。嚴忠政自己也表明：「而我做的，只是再次介入他人的故事，或者我自己的故事，特別是另一個隱而不見的自己。」[2]應該如何分析嚴忠政以詩前往故事的動向，適可成為我們分析嚴忠政詩藝的切入點。本文嘗試援引敘事學對嚴忠政的詩中的敘事人稱進行分析。首先我們要先思考，敘事學的理論能否套用在現代詩的分析上。

二、反思詩的敘事分析

雖然敘事學多用來分析小說，但是並不表示不能夠用來分析詩歌。詩與小說的文類界線是研究者後設的區別，從文學的本質上來看，小說的敘事與詩的意象徵，更類似於座標圖的兩軸，在每一篇文學作品中，敘事與象徵兩種文學質素都是同時存在。

雅各布森提出詩歌功能的確立，在於語言當中隱喻與轉喻的對立，構成歷時性向度的轉喻構成了基礎的句法敘述，而共時性向度的隱喻，則構成語言中象徵的部份。因此由語言所構成的文學作品，必定都具有隱喻、轉喻兩面向。羅鋼說：「以語言為材料的文學，無論是何種體裁，何種類型，都離不開隱喻與轉喻二者在不同程度上的相互協作和相互滲透，儘管可能有不同的側

---

[1] 賴芳伶：〈若遠處的距離等於青春〉，收錄於嚴忠政《黑鍵拍岸》（台中：綠可，2004），頁8。

[2] 嚴忠政：〈自序〉，《前往故事的途中》（台中：台中市文化局，2007），頁12。

重，但卻不可能截然分離。」[3]在小說敘事當中，時有詩意的象徵。而現代詩當然也有無法或缺敘事的成分。

完全沒有敘事功能的詩不是沒有，但畢竟屬於前衛實驗的極少數。大多數的詩仍然有最基本的敘述行為，支持讀者瞭解詩人想傳達的信息。也因此透過敘事學觀點考察現代詩的技巧以及詩人意欲傳達的觀點，也並非全無可能。

但是詩與敘事文體之間畢竟有所不同。西方學者曾對詩與敘事文體下了以下界定：「敘事被理解作一種模式，突出了能動地運行於時空之中的一序列事件。抒情詩被理解作一種模式，突出了一種同時性，即投射出一個靜止的格式塔的一團情感或思想。敘事以故事為中心，抒情詩則聚焦於心境。儘管每一種模式都包含著另一種模式的因素。」[4]也因此，如果我們希望能針對具有敘事功能的詩進行分析，可能無法套用對小說的傳統分析方式，例如關注事件的時序因果關係，討論人物形象塑造等等。而敘事理論對於敘述者人稱的討論，則更能切中詩的特質。

詩不同於小說，篇幅有限無法詳細描寫時空場景、人物形象、設計對白，敘事則主要表現在詩中敘述者的獨白。過去我們往往簡單地認定詩中獨白的敘述者就是詩人本身，因此李白、蘇東坡等偉大詩人的詩詞都成為詩人生平際遇的註腳，詩中的事件與詩人生命史被認定緊密相關。但是在敘事學當中，W. C. 布斯很早就提出作者、隱含作者、敘述者三者間有著錯綜複雜的關係，不是那麼容易視為完全等同。如果詩中的敘述者不完全是詩人本人，那麼詩中敘事的「我」，就可能是某個故事當中的角色，而由詩人代為表達心情。這樣的表現方式在東西方詩歌當中都時常可見。這種方式，以西方詩歌中常見術語來說，可稱為戲

---

[3] 羅鋼：《敘事學導論》（雲南：雲南人民出版社，1994年5月），頁11。
[4] 詹姆斯・費倫、陳永國譯：《作為修辭的敘事》（北京：北京大學出版社，2002年5月），頁6。

劇性獨白，張錯說明道：「戲劇性獨白（dramatic monologue）戲劇性獨白為詩歌中的一種表現手法。詩中發言者對著未現身的另一人傾訴，所傾訴的對象則沉默無言，於是全詩有如戲劇中人物的獨白，發言者在故事情境中對著不在場的角色，表白自己的心情。」[5]詩雖然無法明確刻畫人物與時空，但是從獨白所留下的線索，仍然可以讓讀者瞭解背後的故事，並且進一步體會。

　　回到嚴忠政詩作討論上，嚴忠政善於描寫各種事件，但要寫到讀者能夠理解事件，並且進而同情，靠得是嚴忠政以人稱述說故事的特色。嚴忠政在詩中善於巧妙利用人稱，讓故事更有真實感，賴芳伶談到嚴忠政的這個特色：「詩人擁有千萬張變形的面具，可以擇取任何其一，以便為自己或為眾庶發聲。往往作為詩中敘述聲音的『我』，也許是詩人的現實我，也可能是眾生裡的複數我，難以確指；適因如此，使我們讀詩解詩的空間得以更舒緩寬裕，不至於黏滯在意識型態的對立緊繃上。」[6]不同人稱的變換，就像戴上面具，讓詩人的故事更加動人。回到敘事學的相關討論上來看。詩句因為富含象徵、語法變化以及富有音樂性的特徵，使得篇幅偏短，在敘事時間與敘事空間乃至人物的外在形象等敘事上都無法深入著墨。因此人稱的轉換成為詩中敘事最複雜也最饒富討論空間的議題。敘述故事中的人稱，正是敘事學的重要課題。敘事學的重要奠基學者之一簡奈特（Gérard Genette）曾經在其敘事學名作《辭格III》針對人稱有過詳細討論，可以作為分析嚴忠政詩中人稱變化的依據。以下我們分別就嚴忠政詩中不同的人稱敘述者來看故事的變化。

---

[5]　張錯：《西洋文學術語手冊》（台北：書林，2005），頁78。
[6]　賴芳伶：〈若遠處的距離等於青春〉，收錄於嚴忠政《黑鍵拍岸》（台中：綠可，2004），頁7。

三、嚴忠政詩中的敘事人稱

　　戲劇性獨白是現代詩敘事的主要方法，張錯進一步說明其效益：「在詩歌的表現上，戲劇性獨白是一種強烈有力的表達手段。第一，它建構出一個懸疑故事的主角（歷史或虛構人物），讀者彷彿在觀賞一齣戲，對主角所知尚不多，好奇地靜觀他想說什麼，從而揣摩出他的性格，因此讀起來興味濃厚。第二，由於採用獨白的形式，故語調（tone）極端誇張而戲劇化，非常適合朗誦，使抒情詩（lyric）增添戲劇氣氛。第三，發言者（或詩人的聲音）必須就其歷史時代背景、地點、關鍵事件有所交代，不然讀者便如墜五里霧中，因此亦具有敘事詩功能（narrative poem）。」[7]這種戲劇性獨白在嚴忠政詩中時常可見，而其人稱敘述者變化也很多元，不易整理。簡奈特曾經分析人稱與故事之間的關係。簡奈特說：「本書將把層次區別界定為敘事所講述的任何事件的紀事層為第一層，產生這敘事的敘述行為是第二層。」[8]第一層也就是指真實的作者提筆寫下故事。第二層則是文本中，說明故事的敘述者所說的故事。簡奈特繼續說明，第一層敘事稱為外記事，第二層敘事稱為內敘事。外記事可視為作者直接對讀者說話。內記事則要看真實作者與故事中的敘述者二者是否有為同一人的狀況。根據簡奈特的分析，以嚴忠政詩中敘述者與所敘述的故事來區分，大概可以區分成兩大類。首先詩中的敘述者就是詩人本人。在詩中以第一人稱我來敘事，講述的是詩人自身的生命經驗與心情轉折。也就是簡奈特所謂第一記事或外記事。在這種狀況下的敘事，有時並非針對讀者。詩中第一人稱向第二人稱的「你」、第三人稱的「他」說話時，其實是

---

[7]　張錯：《西洋文學術語手冊》（台北：書林，2005），頁78。
[8]　傑哈・簡奈特著，廖素珊譯：《辭格III》（台北：時報出版，2003），頁274。

嚴忠政向所講述的故事主角致意，曲折表達自己對故事的看法給讀者聽。

第二種則是直接戴上面具，借用故事主角作為第一人稱講述自己的故事，這也就是簡奈特所說的內記事。這類的詩例最多，但是在少數例子當中，詩人也會幻想自己作為動物或器物，間接闡述自己對環保與詩的看法。此外還有就是以「我們」作為詩的人稱敘述，講述關於族群的故事。以下分別說明：

（一）敘事以抒情

古人云詩言志，大多數的詩不特別設計人物，因此我們會直覺認知詩中的敘述者就是詩人本人，同時也朝著詩人抒發個人心情的方向去理解詩的意義。因此嚴忠政詩中的「我」的第一種面貌仍然是表達詩人的心情。

1. 我：闡述個人感知

如果詩中的「我」就是嚴忠政，那麼詩中的「我」所經歷的，我們也能想像就是詩人的日常寫照。例如「我和我的朋友喜歡在寫詩的生理期／見面，遞給對方一顆普拿疼／一切就像口香糖的問候語」[9]詩人為創作所苦，詩人的偶然聚會竟是交換普拿疼來代替口香糖。讓人窺見詩人的生活特色。

但是貼近詩人的生活仍然可以述說故事，例如這首〈盧安達〉：「風和影子在透明膠帶背面……／死亡的質感，急切燥熱，固定在口譯與不同膚色的臉孔間──我看見，種族誇大的爆裂聲／沒有影響，沒有離開電視畫面／兒子走來要我抱抱，問我非洲好玩嗎／有果醬嗎？我不清楚要飛幾個小時／但轉台器一轉便能遠離的非洲／那裡有許多小孩，躲入雜訊──神與神的邊界

---

[9]　嚴忠政：《黑鍵拍岸》（台中：綠可，2004），頁40。

／鐵絲網上的蜘蛛吐出他們的掌紋，並佔領／久久無人打掃的天堂」[10]搭配詩的後記，我們可以理解這首詩是寫詩人入住飯店後，無意間在電視上看到影片《盧安達飯店》，紀錄了1994年盧安達發生種族屠殺，約一百萬人喪生。慘絕人寰的事件轉化成電影，沉默在電視上撥放，詩人的小兒子天真的詢問，與戰亂中死去的無辜兒童成為鮮明對比。從中我們可以看到詩人的震驚，小兒子的童語更加深人惆悵情緒，最後冷靜反省人性的結尾。

詩的語言始終追求新的可能，因此對所描摩的故事不見得都寫實，卻更多了想像的力道。詩人在自家陽台讀報讀到南亞海嘯，內心的沉痛感覺時間的流動也趨緩了：「之後我讀報，一個字、一個字在／十三樓漂浮，彷彿巨浪也漫過這個高度／大水剛剛退去那麼感同身受／貓不吃魚，魚也拒絕回到洋流／整個世界被思考的速度撥慢／據說是許多驚慌卡在地球軸心所致」[11]

敘事就是說故事，故事是由一連串的情節所組成，所謂情節則是某一狀態向另一狀態的改變，表示隨著時間流逝，敘述者的狀態也隨之改變。但是如果改變的是內在心境，即使外在狀態沒有變，也仍然算是一個事件。以此來看，這首〈此後，不及於其他〉就饒富趣味：「我在喝南瓜湯的小館／想起單身的父親。那時他還不知道／我的模樣、我的味覺／乃至現在，他的不在／／他那時還不知道／就像我有一天也會不知道／兒子搭幾點的班機，飲食起居／雲霧，世界各地的天氣／凡備忘錄上的，從我的忌日算起／全都是雲豹，牠們矯健，不喜人煙／更不用欄位」[12]詩人在小館喝南瓜湯時，突然意會到從小看到的父親，是已經當父親的父親，但是這樣的父親是否也有過單身輕狂的時候。就像已經當父親的自己，會不會在將來的某天，也同樣被兒子憶起想

---

[10] 嚴忠政：《前往故事的途中》（台中：台中市文化局，2007），頁76。
[11] 嚴忠政：《前往故事的途中》（台中：台中市文化局，2007），頁88。
[12] 嚴忠政：《玫瑰的破綻》（臺北：寶瓶文化，2009），頁24。

像年輕的樣子。但是想像只是想像，就像自己的想像，單身時的父親也永遠無法得知，一樣飄渺。此間的想法轉了兩折，從自己想到父親，再想到自己是否也會被如此想像，最終歸結到想像只是想像，畢竟不可知。雖然詩人的外在狀態沒變，但是詩人的內心世界，卻經歷懷念、猜測、想像未來、最終回歸到人與人之間，即使父子也無法逾越的孤獨。讓讀者清楚看到內心轉折並引起共鳴。

當我們詩中的第一人稱敘述者就是詩人時，就可能陷入一種先入為主的陷阱。即使看來很真實的敘事，也可以涉入想像。嚴忠政在南華大學攻讀碩士、在逢甲大學完成博士學位，並且長年有大學授課經驗，職業說起來是老師，但是這首〈說謊的必要〉是否就是真實發生的事件：「同學，來，一起把論語讀完／在我可以掌握的圓周餵食你的耳蝸／比劃比劃，春風化雨／粉筆灰和口沫最後也能灌注成石膏模／然後，你也會跟著寫幾個斗大的／仁義道德／當你周遊幾個財團，剪裁一些地平線／發現一切都不是那樣／請不要，怪老師說謊／因為所有的司馬光都需要一尊／等著讓人擊破，看人成名的水缸」[13]詩中的我是老師，預先設想學生將來經歷社會洗禮後，恐怕要回來怪滿嘴仁義道德的老師說謊，但無奈的是，說謊是無法避免，即使歷史上被當成典範的人物們，又何嘗不是謊言包裝出來的呢？我們要知道，這正是嚴忠政借老師學生的身分，對社會現況的犀利諷刺。此處的「我」便開始由真實作者，慢慢傾向詩中虛構的敘述者。

2. 你、他：寄託傾訴的對象

敘事必定是由敘述者、故事、聽者三個要素所構成的三角關係。也就是敘述者將發生的故事說給聽者聽。在多數的現代詩當

---

[13] 嚴忠政：《黑鍵拍岸》（台中：綠可，2004），頁150。

中，看不到明顯的敘述者以及敘述接受者，這時我們先認定詩人就是敘述者，而詩中看不到的聽眾就是正在看詩的讀者。但是這種三角關係卻非必然固定不變。簡奈特說：「敘述對象並不先驗地與讀者（即若是虛擬讀者）混而為一，如同敘述者不必然為作者一樣。」[14]，也就是說，詩中娓娓道來的故事，可以是說給另一個虛構的人聽，並非是說給詩外的真實讀者聽的。這種情況在嚴忠政的某些詩篇當中，則透過「你」或「他」的人稱代詞凸顯出來，成了詩人對故事主角講述故事的特殊情境。例如這首〈在和平的長廊讀畫〉：「你走後，為了貼補家用／她們從彈孔篩過的花生和龍眼乾／賺取一九四七年以後的沉默／是的，沉默是一家人的柴米油／唯獨不缺的是你留下的遺言／鹹鹹的，像北回歸線切割後的壯志／醃漬成一尾惜以扮飯的和平／比鹹魚還鹹的，和平」[15]此處詩中的「你」是指陳澄波，日據時期出身嘉義的台灣重要畫家，但卻在228事件中被殘忍殺害。因此這首詩的敘事可以理解成詩人在對陳澄波說明解釋故事的始末。但這首詩是沿著陳澄波的四幅代表畫作依次寫下。畫家筆下那些嘉義風景，處處都與畫家日後遭遇息息相關，由於畫的順序恰巧與畫家生平順序顛倒，也因此詩中陳澄波的故事變成倒敘，由死後家中處境，逆推到陳澄波從日本得獎光榮返台的時刻結束。詩的讀者的角色成為嚴忠政向陳澄波陳述故事的旁聽者。

另一個以故事主角的「你」，作為敘述接受者的例子是〈回到光中〉：「以魂以魄。終於你又回到了岡吐斯／回到河畔的方言民歌裡，聽／萬仞山壁繞出河谷／狩獵者低迴撥開林麓」[16]這裡的「你」是指莎提‧巴特曼（Saatjie Baartman），詩中故事就是莎提的遭遇。莎提在1978年生於南非剛吐斯河畔。但卻被荷蘭

---

[14] 傑哈‧簡奈特著，廖素珊譯：《辭格III》（台北：時報出版，2003），頁300。

[15] 嚴忠政：《黑鍵拍岸》（台中：綠可，2004），頁112。

[16] 嚴忠政：《玫瑰的破綻》（臺北：寶瓶文化，2009），頁88。

人拐騙成奴隸，又被賣到巴黎馬戲團供人觀賞身體器官的特徵，僅僅五年就疾病折磨至死的莎提，死後身體仍被福馬林浸泡保存，存放在法國博物館中供人觀賞。詩繼續說：「當你的器官／躲進比森林更陰森的福馬林／巫醫必然感嘆／神靈不曾有過頹敗如此／／從一紙謊言開始／去時的路，謊言全都貿易去了／那是被錨沈重過的故事／疾病是唯一的行李」[17]直到2002年，各方人權人士爭取之下，莎提的遺體才得以返鄉安葬。下葬時，部落首領在他的棺木上放了一把弓與折斷的箭。這是帝國主義海權時代發生的人權悲劇，而詩人浪漫的懷想莎提回到故鄉該有多高興。同時以人稱的「你」表示沉默的莎提聆聽詩人描述故事的始末。嚴忠政詩云：「終於，你又回到格里克部落／和族人一起感謝動物捨身提供食物／雙手可以撫在胸口，稍息之後／不必立正／不必僵直／不必把自己站成草木不生的峭壁／沒有福馬林該為政治負責／終於你也可以將整個夜拉開／一如弓弦／在天狼星奔馳過的大草原／狩獵一頭失犄的夢」[18]至此，詩中的「你」就退場了，美好的意象暗示故事有了美好的結局。但是詩人在接下來的篇幅中反覆述說，在現代，人權與和平是否以真實存在。嚴忠政繼續批判：「是的。我們還沒回到光中／一把弓，一支折斷的箭／世界是否就此熱愛生命／熱愛和平／我們可以輕易推倒銅像／卻在廣場上／豎立更堅固的立場」[19]是否我們並沒有從莎提的悲劇中獲得啟示，仍然視非我族類者為仇敵，持續在生活中複製更多的莎提，製造更多悲劇。〈回到光中〉是嚴忠政篇幅最長的詩作，也可以看出詩人敘事的功力以及對罔顧人權的強權批判之深。

當詩中敘事的接收者是故事的主角，以第二人稱「你」在詩中出現的場合，嚴忠政在詩中彷彿忽視真實讀者，逕自對著故事

17　嚴忠政：《玫瑰的破綻》（臺北：寶瓶文化，2009），頁91。
18　嚴忠政：《玫瑰的破綻》（臺北：寶瓶文化，2009），頁92。
19　嚴忠政：《玫瑰的破綻》（臺北：寶瓶文化，2009），頁92。

的主角講話，或者聊天。真實讀者變成未被允許，卻在一旁偷聽故事。簡奈特說：「敘事在此並非針對此聽者而發。但他卻在房間隔牆後偷聽，由此申之，越是栩栩可感，敘事越是含沙射影的受訊主體，自然會使真實聽者對虛擬讀者所產生的認同或替代行為更容易接受，或說更難抗拒。」[20]讀者透過一種類似隔牆偷聽的狀態，反而更能感同身受故事本身動人之處。

另外一種狀況則是將故事中的主角以「他」來代稱。這表示敘述者對著聽眾說明主角的故事。但是以第三人稱而不以人物名字稱呼，則給讀者一種，敘事者與故事主角親暱熟悉的感覺，彷彿描述的歷史名人，就是詩人的好朋友。但這其實仍是嚴忠政拉近讀者與故事角色距離的巧妙安排。例如〈小蔣和我在大雨那天〉這首詩，談到蔣經國早年流亡俄國的困想必受了許多不為外人道的艱苦：「室溫六度的小酒館／他帶著幾塊肉走出來／他將手上的錶與國籍留給庭樹／／這是最後一次和他苦中飲酒／說當年如何如何／沒人想逃。沒軍刀和有軍刀的／穿西裝和穿越西伯利亞的／反正都是從馬桶回來／是糞土也有過漂亮的雄辯」[21]詩人設想自己與蔣經國是能夠把酒暢談往事的好友，而詩人把蔣經國不為人知心路歷程說給詩的讀者聽。

另一個有趣的例子是〈如果遇見古拉〉：「如果遇見古拉／請收起胡桃鉗一樣的照相機腳架／不要問她，這些年好嗎／不要問她，大陸型氣候的天使有什麼壞脾氣／讓頭巾繼續遮掩，夢繼續偏蝕／那冷光又在暗中將一切重力塌縮／如黑洞的邊境／一排眼睫像哨兵忘了口令，反正／政客和入侵者的禱詞同樣溜滑」[22]著名的攝影記者史蒂夫·麥凱瑞（Steve McCurry）在1984年的納西爾巴格難民營為12歲的莎巴特·古拉，(Sharbat Gula)拍攝了照片。

---

[20] 傑哈·簡奈特著，廖素珊譯：《辭格III》（台北：時報出版，2003），頁300。

[21] 嚴忠政：《玫瑰的破綻》（臺北：寶瓶文化，2009），頁86。

[22] 嚴忠政：《黑鍵拍岸》（台中：綠可，2004），頁100。

這張照片在1985年6月在登上國家地理雜誌封面後，世人為巴勒斯坦的戰事與少女的美感到震懾，使照片廣為流傳。18年後麥凱瑞重回巴勒斯坦找尋古拉，千辛萬苦找到後再拍了相同角度的照片，找尋過程再次登上國家地理雜誌。看似溫馨的故事背後其實潛藏著世人對巴勒斯坦長年的戰亂落後罔加聞問。這種寫法使故事的主角不再是遙遠冰冷的歷史人物，而是一個朋友（嚴忠政的敘事主體）的朋友，在閒談中，故事主角被拉到距離我們較近的心理距離，這樣讀者感受到的情感力道也更強烈。能以詩把故事說得動人，背後其實有詩人精準的用心設計。

（二）面具代言

　　以上分析我們可以在詩中判斷出敘事者仍然是詩人，只是敘述接受者有時變化。但是嚴忠政詩中更多的故事是透過面具的代言所寫下來的。簡奈特說明敘述者與所敘述的故事的關係時，說道：「本書在此釐清兩種敘事類型，一為敘述者不在他所講述的故事中……，另者為敘述者為其所講述的故事之人物。……根據顯然的理由，我將第一類型稱為異記事，第二類型為同記事。」[23]當詩人不是講述自己的故事心情，講述的是別人的故事時，第一種方法就是表明敘述者說出一個不是自己親身經歷的故事，也就是簡奈特所謂異記事。另一種方式就是化身為故事中的主角，讓主角現身說法說自己的故事，簡奈特稱為同記事。嚴忠政筆下有豐富而精采的代言體詩，詩人所代言的，除了可以是個別故事當中的單一主角，也可能是特殊情境中的動植物或者是整個族群的代表。以下分別說明：

---

[23]　傑哈‧簡奈特著，廖素珊譯：《辭格III》（台北：時報出版，2003），頁288。

1. 故事之我：面具下的寄託

　　現代詩敘事的方式是透過戲劇性獨白，而在詩中讓故事主角以第一人稱的身分，在詩中以「我」的人稱，娓娓道來整個故事，如此可以讓故事顯得更具真實性，讀者如同觀看戲劇一樣，也更能夠感受到情感的轉移。例如這首〈老人與牆〉：「生活對答如流，而且越砌越高／高過了夢可以攀爬的高度／這就是我的家，籬下沒有菊花。籬外確實有一座南山／人壽保險公司所屬的玻璃帷幕，一再賠償伯勞鳥／巨額的天空，像理賠了我手術後的矽膠乳房」[24]在這樣的敘述中，讀者必須思考詩中的我，其身分與場景，而字裡行間暗示了這是被送到養老院的年老婦女的獨白。如果能從詩人留下的線索判斷出詩中的我的身分，故事就隱然浮現，詩的最後點名老婦的心事「我笑了，像被碰觸的含羞草／如果還有甚麼／那僅僅是闔眼時想到兒子與媳婦親熱時的模樣／至於媳婦孝順否，比我的假牙還不重要／重要的是，兒子的童話有了續集／沒有女巫，沒有婆媳住在同一個薑餅屋／他們正在量產更多的公主與王子」[25]這裡詩人戴上了女性的面具，透過這層掩飾，反而更貼近老年人與女性的心靈。孫康宜將這種「通過虛構的女性聲音所建立的託喻美學，稱之為「性別面具」（gender mask）。」並分析男性詩人在詩中以性別面具傳達的涵義。孫康宜說：「這種藝術手法也使男性文人無形中進入了「性別跨界」（gender crossing）的聯想；通過性別置換與移情的作用，他們不僅表達自己的情感，也能投入女性角色的的心境與立場。」[26]另一個刻畫女性用情至深的詩作是〈再致亡夫〉：「吉祥／我要帶著你的氣息往故事裡逃／前世的前世，我們是破

---

[24]　嚴忠政：《黑鍵拍岸》（台中：綠可，2004），頁52。
[25]　嚴忠政：《黑鍵拍岸》（台中：綠可，2004），頁55。
[26]　孫康宜：《文學的聲音》（臺北：三民書局，2001），頁268。

墳而出的蝴蝶／墓碑是結婚的證書／我們沿著隔世押韻的聲母斜飛／這樣一條路，我塗炭／帶著你的火種／我們要走得比大雪還遠」[27]2005年連長孫吉祥被爆衝戰車輾過殉職。新婚妻子大膽要求死後取精，希望能生下兩人愛的結晶，但是事涉雙方家族的考量，甚至是人工生殖的道德議題，政府對此態度反覆舉棋不定，新聞鬧得沸沸揚揚。詩人不對事件本身對錯下判斷，只是以同情的心理寫出新婚妻子不顧一切，希望能夠留下愛人部分生命的心情。

以面具代言的寫法其實古來有自，嚴忠政繼承了這點，並且給予當代的詮釋。例如這首有趣的〈老人與牆〉：「記得嗎，我是你忠實的讀者／那個透過拾荒拜讀到你的友情的／你所謂生命中一張夾在沒有頁碼處的書籤／現在，我又要搬家了／搬到一處沒有門牌的堤防邊／這次，真的失去了頁碼／但待續的故事仍然要讓孩子翻閱，讓社會局眉批」[28]從詩句所布置的人物描述與場景來看，描述者「我」是一名拾荒、撿破爛的人，耐人尋味的是詩中的故事接受者，也就是「你」。詩中的「你」是一名詩人，而銷路不好的詩集，往往成為資源回收者最常接觸的垃圾之一，長期接觸之下，拾荒者荒謬地成為詩人的好朋友。因此詩中的拾荒者親切地與詩人交談，說自己悲慘的處境。最後更進一步點出，或者拾荒者也是詩人：「我也寫過詩／但拾荒的詩人，我絕對不是第一個／該學習你，學著讀出靜謐而翻湧的節奏／如同掌紋綑綁荒蕪的聲響」[29]如果拾荒者也是詩人，那麼到底誰是詩人，誰是拾荒者，此詩有完整的故事情節與人物設定（家中老母以及兩個兒子）、詳細的場景描繪（沒有地址的河堤邊），但是故事是為了諷刺詩人此一身分的特殊狀態，嘲諷大量詩集最後都

---

27 嚴忠政：《前往故事的途中》（台中：台中市文化局，2007），頁61。
28 嚴忠政：《黑鍵拍岸》（台中：綠可，2004），頁136。
29 嚴忠政：《黑鍵拍岸》（台中：綠可，2004），頁139。

集中在拾荒者手中，逼拾荒者也成了詩的讀者乃至詩人。以敘事來看，結構完整鋪陳有高潮，同時結局耐人尋味，雖是敘事詩，不失小說的架式。

2. 抽象之我

除了以我來指稱故事的主角，在詩中以戲劇性獨白描述故事之外，嚴忠政偶而也將植物或大自然擬人化，成為故事的主角，在詩中以第一人稱發言，〈台灣藍鵲〉道：「我以長長的尾巴撥弄竹林／管弦繞著溪頭低迴／當有些音階變成石階／甚麼開山撫番，什麼實驗林區／彷彿山豬的獠牙掉落一地／滿山滿谷的抒情，從此變奏／轉折如九族文化村那具搗著夕陽的杵臼／當水土的關節，變成柴灰／落於蛇窯一缸歷史的坯體／最淒美的那一段／我曾經棲息」[30]大自然在文明的開拓下，節節敗退，生物棲地受破壞，台灣特有種的生物也一一滅絕，但台灣人對此似乎毫無聞問。嚴忠政於是借台灣藍鵲之口，道出動物的悲傷淒涼。這種代言是為完全無法發聲的對象代言。這種特殊的角色扮演，也凸顯出人類本位的思考模式，漠視安靜的大自然被人類耗損殆盡的狀況。

除了動物之外，有時無知覺的器物也可以是說故事的主角。例如這首〈斷刀〉：「曾經我也是愛的門徒／今日鑄雪，斷句，打造一把半截的刀／刀面折損，恰似退也不能再退的傾斜／以及陷人於狂歌的坑洞／然而你要高興什麼／在下只露出蹉跎的一小節／真正的山勢還在雪地裡猶豫／你讀我，你攻，你找不到致命／的心跳／因為我的短暫」[31]詩中的我說明自己打造了斷刀，詳細說明斷刀的形狀相貌，看似失敗，不起眼的外表，其實隱含殺機。那麼斷刀究竟指的是甚麼，以詩的脈絡來看，詩中敘事的主

---

[30] 嚴忠政：《黑鍵拍岸》（台中：綠可，2004），頁79。
[31] 嚴忠政：《玫瑰的破綻》（臺北：寶瓶文化，2009），頁132。

角就是詩。因為詩人無法被讀，無法短暫，詩想描述的故事，其實這是一首嚴忠政說明自己創作理念，後設的論詩之詩。

3. 我們：族群發聲

嚴忠政的詩並非全都是敘事詩，大多數的詩仍然如同前述詩歌的模式一樣是「投射出一個靜止的格式塔的一團情感或思想」，所謂格式塔式的情感指的就是不能分割，全面式的情感。但是這樣的情感卻仍然透過或多或少的敘事方式呈現，例如這首〈未竟之書〉，以五小節詳細刻畫台灣的發展歷程，從南島語系原住民落地生根開始，經歷荷蘭人與海盜的統治，唐山過台灣大陸遷徙的移民，乃至漳泉械鬥等階段，一直到現在。講述大陸移民唐山過台灣的段落時說：「湘夫人啊，錫白的儀式才剛開始／距離千禧還有二百多年，距離亢奮的汗腺，我們只要再向苦楝走近一步／天神將讚美：我們舞雩的姿態。／如果湘君已經離開安平港／康熙末年可能來到彰化，或許在八堡圳／或許大里杙的小木樁正牢牢繫住一頭白髮」[32]詩以九歌為典故，描述中國文化進入台灣過程，值得注意的是，此詩是以「我們」作為全詩的敘述者。這裡的「我們」不再只是單指詩人自己，也不是單指哪一段故事裡的哪一個人，而是遍指所有在台灣生活的人們，由於詩本身隱然有史詩企圖，詩中的「我們」更顯得有為族群發聲的意義。這樣的情感是詩人長年生活在台灣油然而發的情緒，透過「我們」的發言也讓人同時反省。

孫康宜說：「這是因為詩歌中所展示的故事，具有一種框架式的特點，而無明確的頭和尾，因而製造了一種強烈的重塑世界的主觀色彩。在作為詩人自我延伸的人物眼光中，故事情節很少演進、變化。這一詩歌策略將抒情自我身於複雜的環境中；一

---

[32] 嚴忠政：《前往故事的途中》（台中：台中市文化局，2007），頁24。

方面詩人在創建一種由『戲劇／敘事』的表面形式所提供的客觀性；另一方面，他在戲劇化的面具背後不斷地寫下他所經歷過的情感。」[33]這裡可以看出詩的敘事與小說敘事的不同。同樣處理台灣史的題材，小說家往往必須要大河小說、百萬字以上篇幅才能鉅細靡遺描寫複雜糾葛的台灣發展歷程。但是詩以一種格式塔式的方式抒情，反而帶來一種全面性的效果，這種全面性的情感體悟則正好透過「我們」此一人稱來凸顯台灣人特有的族群情感。

例如討論漳泉械鬥的一段：「你有木柵，他有竹圍／我騎在土牛的脊背，遠眺是五堵、七堵／我們曾經械鬥，重重傷及日月／時間停在銃眼伸出的日晷／像年號呀，一天比一天晦澀／那年，羅漢腳走進九曲巷／風沙蹲在隘門前面磨牙／不知道是相處太難，還是覺醒太慢／我們總在行將黎明的胸口構築槍樓／忘了無須瞄準，僅僅是把槍放下／便有曙光攤開天涯」[34]如果一直區分「你」和「我」，忘記其實在島上生活的人都是「我們」，那麼紛爭內鬥的過去就永遠不會平息。詩人指出為什麼台灣人不能理解，「我們」不用急著互相爭鬥，只要擁抱彼此，黎明就會前來。此中深沉的感觸更顯得有動人力量，這不只是詩人調動意象的能力，更源於詩人用詩講故事的天賦。

四、結語

嚴忠政的詩充滿現實關懷，但是我們要如何清楚說明嚴忠政詩中的這種特色。敘事學的角度讓我們更貼近嚴忠政詩中的妙處。

根據簡奈特的分析，以嚴忠政詩中敘述者與所敘述的故事來區分，大概可以區分成詩人自述，以及面具代言兩類。第一類

---

[33] 孫康宜：《文學的聲音》（臺北：三民書局，2001），頁268。
[34] 嚴忠政：《前往故事的途中》（台中：台中市文化局，2007），頁25。

中，詩中的敘述者就是詩人本人。在詩中以第一人稱我來敘事，講述的是詩人自身的生命經驗與心情轉折。

但同樣是以詩人第一人稱的敘事，嚴忠政有時會以第一人稱向詩中第二人稱的「你」、第三人稱的「他」說話，其實這是嚴忠政透過敘述對向的轉換，透過向講述的故事主角致意，曲折表達自己對故事的看法，並且更加深打動讀者的力量。

第二類中，詩人則是戴上面具，借用故事主角作為第一人稱講述自己的故事，這類的詩例最多，但是在少數例子當中，詩人也會幻想自己作為動物或器物，間接闡述自己對環保與詩的看法。代言體的第三種變化，則是以「我們」作為詩中的人稱敘述，講述關於台灣族群的故事。透過敘事學的分析，更能了解嚴忠政以詩說故事的特長。

在這些詩當中我們可以看到嚴忠政透過不同人稱，來講述各式各樣的故事，從以上分析我們可以瞭解到這點。而作為台灣中生代重要詩人之一，同時也是創世紀的中堅詩人。目前相關嚴忠政的學術討論還是太少。他的詩中有著眾多令人著迷的故事。無論是現代詩的敘事分析，或者是嚴忠政的詩藝，都還有相當大值得研究的空間，有待現代詩研究者進一步加以思考釐清。

手套與愛與戀人絮語
——渡也《手套與愛》的「符號－情感－身體」結構意欲

解昆樺（中興大學中文系助理教授）

摘要

　　1970年代渡也《手套與愛》以「符號」作為切入點，一方面機智地表述與戀人間的情感互動，另一方面也挑戰情詩固有的表述策略，這連帶呈顯後現代在1970年代台灣已然發微佈展的實況。具體來說，詩人以漢字造字原則，檢視英文單字「LOVE」，對此一符號進行象形、拼組等觀看、拼字方式的介入。這樣創發對「LOVE」新的文字符號建構軌跡，並在此構字軌跡中增添詩人獨有的情感意義。於是共有、穩固的英文符號體系，在被東方詩人在引涉新的運用方式過程中，被顛動解構出了一字多義的現象。除此之外，詩人也關注到符號如何與身體結合，特別是在現實性別論述將女性異化為情慾感官物件時，符號與身體便產生共同異化狀況，此亦成為詩人操弄符號進行情慾詩書寫所要批判的現實主題，也呈現後現代符號遊戲內在的真義。在此基礎上，詩人亦透過符號與主體之同化，展現戀人之間以符號護守彼此存有的美學。

關鍵詞：渡也、《手套與愛》、符號、情詩、感情主體、身體、
　　　　異化

Glove and Love and the Whispers of Lovers: Structural Intention of "Sign-Emotion-Body" in Du Ye's *Glove and Love*

Hsieh Kun-Hua

Assistant Professor

Department of Chinese Literature, National Chung Hsing University

Abstract

Du Ye's *Glove and Love* was published in the 1970s. The collection starts from a "sign" to, on the one hand, wittily narrate the affection of lovers, and, on the other hand, challenge the inherent narrative strategies of love poetry. This testifies to the development of postmodernism in 1970 Taiwan. Based on the methods of creating Chinese characters, the poet examines the English word, "LOVE." The analytical approach of pictographs and deconstruction constructs a new trajectory for "LOVE," in which the poet's unique emotions are infused. Consequently, the shared, solid English semiotic system is deconstructed, thereby resulting in polysemy as the Eastern poet incorporates a new method in the process. In addition, the poet is aware of how the sign is combined with the body. When gender discourse has alienated women as a sensual and sensory object, co-alienation occurs between the sign and the body. This phenomenon not only becomes a real-world issue criticized by the poet's manipulation of signs in his sensual poem writing, but also demonstrates the true meaning of the postmodern game of signs.

Keywords: Du Ye, *Glove and Love*, sign, love poetry, emotional subject, body, alienation

一、遲到的後現代性？──1979年渡也《手套與愛》的詩史論述效能

後現代浪潮於西方1960年代發生，至於一般論述台灣現代詩史的發生，向來設定於1970年代末與1980年代初之間。我們該如何理解其中存在的時差？在戰後台灣現代詩史中，1950-60年代西方現代主義傳播至台灣，因轉譯、誤讀、在地化已然存在遲到[1]的現象。是以，在台灣，如此遲到的現代性「自然連帶」延誤了後現代性的抵達。然而這種現代而後現代帶次序、階段性的結構框架，是便捷認知知識的手段？還是知識發生現場的實況？胡佛〈後現代導圖〉曾指出：

> 現代主義對我們來說，不在只是單線性的歷史進程，依既定的邏輯朝某個想像的目標發展，而且基於實際上的需要，必需排除依連串的觀念與可能性；我們開始懂得去探究現代主義本身的矛盾與四周相關的因素。後現代主義的作用根本就不是讓現代主義過時；相反地，後現代其實挪用了許多現代主義的美學策略與技巧於新的角度裡，也重新詮釋了現代主義。[2]

在現代主義開始廣泛發生影響形成公眾接受的美學之一後，其自身也開始典律化，形成一權力機制的運作。現代主義與後現代主義間共用了「前衛」的概念，對於這藝術突破精神以及彼此的關係，依舊可以透過布魯姆（Harold Bloom,1930- ）《影響的焦慮》進

---

[1] 事實上現代主義在戰前台灣已有初步發展，但在戰後隨著政治結構轉換，而產生暫停接續的現象。

[2] Jeffrey C. Alexander, Steven Seidman主編，吳潛誠總編校《文化與社會》（臺北縣新店市：立緒文化，1997），頁457。

行理解。布魯姆《影響的焦慮》援用聖經，將與上帝征戰挫敗而被排除、放逐的撒旦隱喻為詩人。中心看似為正典，但卻是透過典律「排除」的方式完成，藉此凸顯詩人本身如何位處於邊緣，並就此與中心劃清界限，義無反顧地完成對典律中心反叛性的實踐。

不過「中心－邊緣」並非對應「傳統－現代」的框架，亦即：中心恆屬於傳統，邊緣恆屬於現代，而應從「凝止－前衛」去理解「中心－邊緣」。因此儘管現代主義在「發生」上，以前衛之姿顛撲了傳統美學系統，以及支撐傳統美學的政治文化經濟結構。可是當現代主義也步入傳統美學建構中心的進程時，其本身也開始成為一個「意義凝止」的系統。後現代主義對現代主義美學策略的挪用，便是拒絕那意義的穩定，恆保對結構挑戰的衝力。所以後現代主義不只不是截別於現代主義的概念，反而更應該視為翻動、刺激現代主義持續前衛動能。

在戰後台灣現代詩史發展中，1950年代末現代詩論戰固然點出「現代主義」在文學場域中的邊緣位置。但在1960年代中期以後，現代主義對現代感覺的表呈，以及對文字形式實驗的翻新，乃至於詩刊、詩選的編輯策略，都使得現代主義開始自成典律中心。1970年代儘管有關唐事件、鄉土文學論戰，「持續」著對現代主義詩作的批判。但實則少為論者注意的是，在1970年代躍登現代詩壇的戰後第一世代詩人，亦即1950年世代出生之詩人，可能才是真正對台式現代主義發揮辯證力量的因子。他們不只重檢前行代詩人與1960年代美學手段，提出強化現代詩文體現實表述功能的聲明。在創作上，他們亦推動、更新現代主義表達，以實際詩作進行在地化社會表現，完成自我世代詩美學，這同時也是刺激台灣後現代詩詩作的發生脈絡之一。

具體來說，1970年代戰後第一世代詩人不再以建構各種詭變晦澀的詩境為宗，除了開始以詩書寫台灣城鄉政經結構問題，也開始以各種符號「結構體系」本身，作為寫詩的表達主體。例如

羅青《吃西瓜的方法》（1972）中，具台灣後現代詩預示意義的〈吃西瓜的六種方法〉（1970），以「吃西瓜」這件日常小事啟動方法論式的詩書寫，其內在翻轉出的後結構與幽默詩語言，都已帶有後現代特質。[3]至於渡也匯集1970年代詩作於1979年出版的《手套與愛》，更透過符號物件方式處理愛情命題，藉著「符號」對戀人與戀人關係的指代、置換與掩蓋以探述愛情體系。可以發現渡也《手套與愛》中，符號在戀人之間的運作，不只在對情感進行指涉，更及於戀人彼此在社會脈絡中的身體。因此渡也《手套與愛》以符號探述戀人的愛情體系，實也與戀人所落置於社會現象結構，交互孳息出對戀人主體存有意義的辯證，並細節化地呈顯台灣後現代詩史發生實況的文本效力。

二、「Love」的文字學：符號與身體的體系置換

「愛情」往往是詩人年少初啟詩創作的動機，然而對愛情重複、高張力表達的試探，使得指陳愛情的語言體系不斷擴建，但也難以翻陳出新。指陳愛的語言於是成為鈍化、疲憊的詞彙系列，難以言詮每一份獨一無二的愛情，表達內中的愛欲糾葛。以詩表述「愛」的策略，大抵有二：

其一將愛與自然物像結合，最經典的莫若以兼具火豔花瓣與帶刺枝莖的玫瑰，比喻愛情的甜與苦，例如愛爾蘭詩人羅伯特・伯恩斯（Robert Burns）〈一朵紅紅的玫瑰〉：「啊，我的愛人象紅紅的玫瑰，／在六月裡開放」乃至於智利詩人聶魯達（Pablo Neruda）《二十首情詩和一首絕望的歌》亦曾寫到如此經典名句：「最後的纜索，你牽繫著我最後的渴望。／你是我荒地上最後的玫瑰。」然則後續不斷反覆援引這樣的能指勾勒愛情之所在的結果，

---

[3]　換一個角度來看，也正是因為羅青在1970年代詩語言所顯露的後現代特質，使之在1980年代積極引進西方後現代至台灣。

卻使得每一朵玫瑰儘管嬌豔，但在語言符碼的表達上卻已然腐朽。

其二則為援引經典進行擴展、應用，例如葉慈〈在學童中〉懷想初戀戀人，援引希臘神話「麗達與天鵝」象徵對初戀戀人永恆的渴求。至於戰後台灣現代詩中則可以一系列對漢樂府民歌〈上邪〉，進行詮釋性的改寫、延伸的詩作品為代表。例如羅智成〈上邪曲〉：「上邪 在最黑暗的時刻醒來，祝福妳。／誰也看不見眼前的深淵呼吸。／我投下一枚石子，去探測妳美目的深度／回響在一片森林裏迷失。」夏宇〈上邪〉：「垂首的女子細緻像一篇臨行的禱文。／類似愛情的，他們是彼此的病症和痛。」林燿德〈上邪注〉：「好雪片片／當妳我深吻成一扇迴轉的銅扉／在上位的妳便浮成負片中的幻島」。詩人在詩作權藉對本文〈上邪〉的發抒，拉展出對現世情感或深情或戲謔或情慾的表述，使得文本產生古今辯證的多重張力。

在過往既定的語言策略之外，對於永恆的愛，詩人還能如何以語言突圍，更新愛情的細節、想像，以及內在所涉及的時空間、現實命題？詩人渡也從「語言符號」形式本身，開創對愛情結構新的探掘路徑。羅蘭・巴特（Roland Barthes）《戀人絮語》曾如此論及：「我要扯開對方密封的實體，迫使對方進入意義的撞擊交流：我要讓對方說出來。在戀人的境界裡，不存在具體實施：沒有衝動，也許連快感都沒有——只有符號跡象，語言的狂熱活動：在每一次的悄悄的情境中，構成一個應答的系統。」[4]羅蘭・巴特以《少年維特的煩惱》與戀人間的「情話」為文本，透過符號學分析情感主體間如何操持情話的能指、所指，對彼此內在裹藏的情感／慾層層進逼。澄明符號軌跡的本身，即呈顯愛是如何透過語言而得以發生，並得其存有。渡也《手套與愛》在1970年代出版後所以成為戰後臺灣情詩經典之一，最特殊之處便

4　羅蘭・巴特（Roland Barthes）著；汪耀進，武佩榮譯：《戀人絮語》（臺北市：桂冠，1994），頁65。

是有別一般陳腔濫調的華文情詩，渡也透過「Love」此一符號的關注，引動對戀人、情境的詩語言探索。

戰後華文現代詩中，對「文字符號」本身進行關注，以啟動對世界的探看，最具代表者莫過王潤華〈象外象〉組詩，王潤華分別透過對「河」、「武」、「女」、「早」、「暮」、「東」、「秋」、「井」的篆體字形進行鋪寫，這主要乃是漢字獨特的六書，又特別是象形、指事、會意、形聲的概念，使得詩人在凝視漢字符號過程中，以具象、抽象、聲音修辭發展對內外在世界的再現。如果「文字」是現世經驗的凝結，那麼，詩人王潤華的〈象外象〉無疑則是在重新組構遠古文字符號零件的過程中，滲透現下內外在世界的意義。渡也在《手套與愛》中，也有如王潤華〈象外象〉般的〈門門〉、〈情情〉，不過渡也是聚焦於愛情主題上，在字的組彙中進行對戀人的隱喻。渡也真正具詩語言突破意義的，還在以漢字組構概念檢視英文「Love」此一單字符號，發展出一系列具創意的情詩。〈鴿子〉此一小詩，即是以漢字「象形」角度檢視「Love」，詩人如此寫道：

> 我在每一封信上叫妳
> dove
> 妳常抱怨說
> 鴿子只是和平的象徵而已
>
> 其實你不知道
> love的頭一個字母上
> 站在一隻
> d
> 那就是鴿子
> 所以鴿子中心含著愛

洋人也認為鴿子就是

可愛的人

不信

你去問英文字典好了

　　詩人是對萬物命名者，其中也包括戀人與符號。詩人在情書
中呼喚戀人「dove」（鴿子），妳的抗議是「所指」對「能指」
的抗議。被愛的人，拒絕了「和平」的象徵，被愛的人渴望的不
是一個普遍（世）性的符號。身為被愛的人，她需要擁有一個詩
人心中獨一無二的隱喻，以確證這份愛的唯一。「獨一無二」不
只是「單一」，更是由「無二」這個排除動作完成。戀人要求的
愛情，不是博愛，是排除所有他者這樣帶有暴力意味的愛情。詩
人確實完成了戀人的託付，但他不是透過刪除dove這個符號，而
是以為dove添加意義的方式。在詩人漢字象形觀點中，「love的
頭一個字母上／站在一隻／d／那就是鴿子」「d」就像有著有著
圓圓肚腹、小巧嘴喙的鴿子。亞里斯多德《詩學》中在論模擬之
外，也論隱喻，其曾指出：「最難的事要數隱喻的駕馭能力。唯
獨這一項不能由別人傳授，它是天才的標幟，因為創造好的隱喻
蘊含著類似性之慧眼獨具。」[5]這世界就是一個巨大的謎語，而
隱喻成為謎語與謎底的修辭。或藉此指涉不能以語言清晰模擬的
世界奧義，或讓讀者自己主動去拆解、尋索謎底的意義，理解物
與物之間潛存的相似性。而在〈鴿子〉中，更是在符號與符號之
間。於是dove如樹開展枝節般，開展出love的意義。詩人對戀人
的答辯，是對「dove」的重新命名，使我們看到dove一字多義的
發生「軌跡」。在《手套與愛》中，這樣「軌跡」也發生在文字
符號的「拼字」上，例如小詩〈LOVE〉：

---

[5]　亞里斯多德（Aristotle）；劉效鵬譯注：《詩學》（台北：五南，2008），頁184。

LO

妳是那個英文單字的

頭兩個字母

我是其餘的兩個：

VE

我們要永遠在一起

愛

才有意義

你說，分開

就沒有感情和意義

我點頭靠近妳

我們要永遠相擁躺著

在所有英文字典裏

在世界各地

　　英文本身為由各字母逐一拼組而成的拼音文字，因此對字義的指涉，本身其實充滿隨機性。這也是索緒爾符號學的概念：符號是由彼此間的差異完成意義，但符號對物的指涉，以及彼此間的交互匹配上，則是隨機性的，由語言使用者的社會（群）約定俗成。詩人援引漢字「符」、「偏旁組合」的概念，將「LOVE」分成「LO」、「VE」兩部分，分別指涉戀人彼此；再融會原本英文單字拼組成字的動作，藉此隱喻唯有戀人彼此永遠相伴，「LOVE」這個字才具有情感上的意義。戀人合而為一共組成「LOVE」，不單純只是一個拼字過程。而是在這拼字過程中，為「LOVE」此一符號添入共組的意義，進而在收錄入英文字典的過程中，使得這份愛得以永恆性。不過此一歷程，也呈顯了詩人為凸顯自我戀情的獨特，不止鬆動既有英文單字拼字邏

輯，更以叛逆之姿介入了一約定俗成的話語體系。

三、我們、符號與身體之「間」：身體與符號異／同化中的情慾詩美學

　　因此詩人由拼字到造句，以被其重解、使用的「LOVE」發言。在〈中文系與英文系〉這首中型詩作中，詩人鋪陳了其構思如此寫到：

我是中文系書生
只喜歡在花間集
進進出出
不喜歡到英文裏去
偏偏她是一部善本英文字典
不是韋氏
亦非牛津
存放在英文系
只有我才能憑證借閱

她特別為我收容十萬個字彙
每一個字都長得一模一樣：
Love

這個單字人人懂得
不必解釋
不須翻譯
五代花間詞裏

也有

她要我畢業後跟她飛到英國去
倫敦多霧容易迷路
只有懂得英文才能看得清楚
這番道理人人懂得
我請她教我英文
她給我的課業總是太重
句型測驗
一周四次
每一次答案都長得一模一樣

我只會造一個簡單句：
拿她當受詞
我當主詞
讓love在我們中間活動
讓考試零分而愛滿分

中文系的「我」希望英文系的「她」教授英文，「我」當然是意欲藉此教學中能彼此交流，但同時「她」卻是希望「我」學會英文後能陪她一同到倫敦。但「我」在對英文句型學習中，卻將所有句型都造成「我love妳」，讓「love」在我們中間活動。活動的「LOVE」固然操作了擬人修辭引人注目，但筆者認為重點還在於凸顯那「中間」此一字眼。「中間」，代表我們兩個主體之間所存在的空間，甚至時間。我們習慣使用「空間」、「時間」這一系列詞彙，但與「空」、「時」相組合的「間」是什麼意思呢？又是因為怎樣的意涵，使得「空」、「時」得以落實，而具有指涉長、寬、高度的物質，以及過去、現在、未來恆續展演之光陰的效力？「間」代表一種量的規劃，但又不脫離於整體的量中。以「房間」來說，固然是透過「隔間」的方式，在家屋中規劃出一特有空間，但房間並不獨立於家屋之外，看似獨立的房間仍與家屋共有、共存。因此「間」，承載了時、空乃至於主體的在世存有，與世共存的事實。

　　可以說，「中間」雖隱喻了戀人彼此如何皆為一在世存有、與世共存的主體，但〈中文系與英文系〉中兩相獨立的主體卻各據於彼此的知識話語體系。儘管「我」學習英文試圖在語體層次進行交流，但其仍將所有英文句型都造成「我love妳」，依舊與〈鴿子〉一詩相同，自我叛逆地介入、攪亂一固定化語系，這始終是無法釐清由「倫敦多霧容易迷路／只有懂得英文才能看得清楚」所隱喻戀人間濃重難以明晰的距離感。詩中的我們「中間」，最終也只能期許「love」能照見界分兩個存有主體的知識界限，其下兩人所緊密共存的生活世界。如果說渡也〈中文系與英文系〉已透過符號呈顯主體與語體的關係，那麼，〈紅桃〉則透過符號探述主體、語體與身體的複雜課題，詩人如此寫到：

妳在床上玩撲克牌

妳說撲克牌是懂得我們的命運的

妳使自己是黑色的寂寞的梅花

讓我成為閃亮的鑽石

我裸著身體問妳

為什麼我們都不能是

熱烈綻放的紅桃呢

熄燈後我散著髮俯身問妳

我們只是兩張撲克牌

偶然重疊嚜

妳默默無語

只留下兩張撲克牌在凌晨的床上回答我

（後略）

　　這首詩是透過撲克牌符號體系來進行主體與符號交互指涉，以撲克牌符號系統做為界面，擷取符號指涉的物件、顏色。比起英文字母符號系統，撲克牌符號系統在形式上整合了數字、花樣、顏色、牌面圖像，特別是鬼牌與I～K的牌面肖像。在這方面，類似牌面形式的錢幣，也往往為詩人所應用，例如諾貝爾文學獎桂冠詩人托馬斯・特朗斯特羅默（Tomas Transtromer）〈詩三闋・II〉：「耶穌手裡舉起／帶皇上側面的一枚硬幣／缺乏愛的側面／權利的循環。」這首短詩便透過硬幣的正反兩面：皇帝肖像、幣值，隱喻霸權與利益間的一體兩面。在〈紅桃〉雖沒有提取J、Q、K牌面的武士、皇后、國王肖像進行意象製作，而主要以「梅花」、「鑽石」符號隱喻妳我。儘管啟動這樣符號與主體的能指與所指之匹配組合後，主體與符號體系彼此的運動都能產生一語雙關的多層次效應。不過，這首詩真正細膩之處，並不

在於此，而在於這「一語雙關」是透過「裸體」之我的「提問」觸發的。羅蘭・巴特於（Ro1and Barthes）《戀人絮語》曾論及：

> 言語是一層表皮：我用我自己的語言去蹭對方，就好像我用辭令取代了手指，或者說我在辭令上安上了手指。我的言語因強烈的慾望而戰慄。騷動來自雙重的觸摸：一方面，整個表述行為謹慎而又間接地揭示出那唯一的所指，即「我要得到你」，將這所指解放出來，供養它，讓它節外生枝，讓它爆炸（言語在自我觸摸中得到快感）；另一方面，我用自己的辭藻將對方裹住，觸摸他／她，輕輕的觸碰他／她；我沉湎於這樣的輕撫，竭盡全力延續這類對戀愛關係的議論。[6]

　　詩中我對妳的反詰，透過語言將彼此主體的意象產生由黑而紅，由梅花而鑽石而紅桃的戲劇性流動。這樣的移轉，除一再挑戰妳的愛情命運論、隨機論，更使得妳所界定的愛情色澤，從黑色梅花轉換成別名紅桃的紅心♥，自是意欲將兩者關係從冷漠的黑色，轉向為熱情的紅色。但這語言的刺激，乃至發語者的裸身，都使反詰充滿著引動身體情慾的意味，如同羅蘭・巴特所指意欲透過語言觸探戀人的耳朵與內在意識，在引動快感的同時延續、戀人間的心動時刻。而詩中藉著「我們只是兩張撲克牌／偶然重疊嚜」的再次反詰戀人，「偶然」自是呼應前面的命運、隨機論，但「重疊」則含蓄的隱涉戀人在床褥上身體擁抱結合。如此戀人身體的結合，恰可與前詩〈中文系與英文系〉互看比對。〈中文系與英文系〉以語言符號LOVE聯繫戀人你我之間，〈紅桃〉轉以撲克牌符號含蓄指涉戀人身體的結合，儘管縮減了戀人

6　羅蘭・巴特（Roland Barthes）著；汪耀進，武佩榮譯：《戀人絮語》（臺北市：桂冠，1994），頁70。

「肉身之間」，但並不縮減戀人的「精神之間」。因此詩題的「紅桃」終然只是一個符號，既不能代表戀人間怦然心動的心跳，也不能以紅桃此一根生大地的樹果，指涉戀人間共存感情一個存有上的開花結果。是以在此詩中，我們只能看到撲克牌符號浮泛牽引著沒有情感立基的身體慾望，於文本中、我們之間空匱地宣洩、流動。

渡也〈紅桃〉另外引我們省思的是，以詩書寫戀人時，在對戀人主體逐步以文字、意象落實時，必然連帶湧現對主體精神與身體情慾的探勘。此中，亦呈顯「我」－此一主體陳述的漫長發展歷程，與陳述方式之遷變。這轉化出以下提問：我們對以身體為形式的主體之存有是如何認知、想像？進而成為被語言思維表達的課題？

就中國文化系統來看，中國傳統由身體開展出形神論[7]、氣論、踐形論乃至於養生論，進而產生身體與宇宙萬化同一的存有概念。由此一系列概念交互擷取、融會，形成主體觀自身，乃至於觀萬化之觀點。具體以儒家系統來說，在宋代統合出融貫心體、性體討論的理學，便直接影響了主體對身體感知的表達。最具代表性的莫過於朱熹〈觀書有感〉：「半畝方塘一鑑開，天光雲影共徘徊。問渠那得清如許，為有源頭活水來。」一詩，表面看似在寫泊泊湧泉的水塘，恆存對天光雲影的回映、容納，實則另托喻心體性體的作用、道德性，進而呈現出宇宙與身體心性間的關係，由此進而發展出格物致知的功夫。朱熹如此以詩證內在湧然活潑的心性體與對萬化的鑑照容蓄，恰也可與禪宗神秀「身是菩提樹，心如明鏡台，時時勤拂拭，莫使惹塵埃。」與慧能「菩提本無樹，明鏡亦非臺，本來無一物，何處惹塵埃。」相互論證。檢視上述一系列中國傳統儒／理學、禪宗對身體所衍生出

---

[7]　例如南朝形盡神滅與神不滅之爭論。

心／性體的討論，可以發現皆對於身體感官所勃發的慾望忽略不予正視。如此現象並不僅止於中國，在西方近代笛卡兒「我思故我在」之論，以及康德重要的三大批判論述：《純粹理性批判》、《實踐理性批判》和《判斷力批判》都導向對主體知性、理性運作的關注。特別是康德的理性批判理論，後來成為李魁賢發展笠詩社初期之現實詩學理論的基礎。

上述東西方對主體的論述脈絡呈顯了身體情慾終至只是一種被主體論述排除的經驗，無法成為一價值論述對象，而官方、禮教論者亦假理性、心體倫理學，形成對主體的控管、壓抑。鄭慧如《身體詩論》曾論及：「性別和身體常常包裝在國家論述之內，以國家為主體的大敘述介入了以個人為主的小敘述，從文化核心出發的力量主導了庶民的力量，所以枝微末節的個人裝扮成為當時身體解放難以突破的關鍵。」[8]就一定程度來說，現代主義運動本身對潛意識、高感官意象、自動書寫的關注，不只在實驗文字表現的可能，而更在更新現代主體感覺的同時，解放被霸權機制規範的身體、想像力，以語言、感覺之奇變，以釋放被桎梏的情慾，表達被壓抑的主體內心視野。因此焦桐於〈情色詩〉一文中亦言：

> 詩人書寫情色或性愛描繪，不見得是好色齷齪，自然也不見得比較淫蕩。反而常是一種道德、良知的覺醒，更是一種叛逆，對道德禮教的反抗。他們試圖通過情色詩，號召受到壓制的族群如同性戀、戀物癖、自戀癖……揭竿起義，反叛霸權話語，這是一種關乎身體權力的爭奪戰。[9]

8　鄭慧如：《身體詩論》（台北市：五南圖書出版公司，2004），頁42。
9　焦桐：《台灣文學的街頭運動：1977～世紀末》（臺北市：時報文化，1998），頁118。

身體成為需要革命的領土，過往「不被言說」乃至為符號遮蔽的性器官，更是與禮教與霸權對決的戰場。在此角度來看，渡也《手套與愛》中書寫性器其所以「引人側目」，恰正是那宰制身體言說的時代氛圍所提供的連帶效果。詩人本身就意在讓性器得以進入話語言說系統中，點出其存在並進入語言思辨。例如〈美國化的乳房〉一詩，詩人如此寫到：

> （前略）
> 今晚妳俯身收拾掉在地上的禮記時
> 妳的乳房穿過寬大無私的領口看我
> 而禮記抬頭望妳的乳房
> 那一刻
> 我趕快用五千年道統
> 抵抗妳身上兩百年的美國
> （中略）
> 如果今晚妳非炫耀乳房不可
> 那麼念中文系的我也有一顆
> 比妳的還大
> 我五千年的中國文學就是一顆豐滿的乳房
> 妳知不知道

　　這首詩以衣著、作風洋化的妳，為我彎身撿拾《禮記》時暴露乳房的事件作為題材。固然全詩將中國文學隱喻為「一顆豐滿的乳房」最讓人印象深刻，但詩中引動肉身乳房轉向為象徵文化體系概念符號的《禮記》卻值得我們再予細看。在詩中乳房的「美國化」，代表女性主體已可以依循自身意願進行身體自主呈現，自有其健康面對自我身體的價值體系。相對來說，詩人與

之進行抵抗[10]時，運用《禮記》此一在中國傳統儒家禮教中的重要經典，實需高度寫作技巧與反思，否則極易落入男性霸權的窠臼。詩人在結尾巧妙再徵引「中國文學」，藉著抒情傳統調和可能存在的男性霸權視角，此亦使得「乳房」不只是一種肉身器官，而轉移為對文化體系孳乳作用的隱喻。是以在此詩中「豐滿的乳房」其質態，不在於勾引肉體的情慾，更指向於對主體的哺育，實飽蘊豐沛的生命力。這樣將女性乳房帶入對文化系統的哺育作用，在前行代詩人余光中〈白玉苦瓜〉：「碩大似記憶母親，她的胸脯／你便向那片肥沃匍匐／用蒂用根索她的恩液／苦心的悲慈苦苦哺出」中亦可得見，只是〈白玉苦瓜〉更透過故宮典藏玻璃櫃的阻隔，強化主體對隱喻母體之白玉苦瓜的吸吮意欲。可以發現，對於女性乳房渡也亦曾以瓜果為喻，不過是在〈隆乳〉這樣的脈絡之中：

　　從美容院買回來的
　　這兩顆三千塊的水梨
　　已裝滿了愛
　　我把它們
　　擺在床上
　　當你每晚的點心
　　（後略）

　　這首詩所召喚譬喻女性的水梨，是在商業交易的對價關係中呈現，特別是再就詩題與詩中女性的「我」與男性的「你」間的話語內容，可以知道其中更介入男性對女性乳房的意欲，由此也突顯出「商業－男性」間的權力體系。身陷如此體系的女性

---

[10]　在此抵抗亦有並舉、比對的意涵。

「我」，在渴求男性「你」的注目、關愛中，終得被迫以隆乳方式參與男性對女性身體的人為重製。巨大、異化的人造乳房，填充的終究只是男性對豐滿乳房的意欲。除了乳房，女性身體另一性器－子宮，同樣也被箝制於「商業－男性」的權力體系，在〈處女膜整形〉中詩人如此寫到：

（前略）

李四

這美麗的薄膜

我從婦科醫院買來

一張兩千

今夜就轉賣給你吧

一張四千

這世上最薄的一張

證書

能說出我一生的貞節

（中略）

親愛的李四

你不知道

這輝煌的證書

我已用過五張

十年後如果你再來

我仍然是

你永遠的處女

　　歸屬於女性子宮的處女膜，並非如女性乳房為外部性器。男性對處女膜的迷思，雖不像乳房的豐滿與否直接表現對女性身體視覺的意欲，但卻更赤裸地展現男性對女性性自主權的剝奪。對女性處女膜的要求，顯示了女性肉身的內與外，彷彿暴露、置身於全景敞視監獄之中，而為位處中心的男性霸權進行無所不在的監看。詩人將處女膜譬喻為四千元購得的證書，甚至已經用過五張，凸顯所被鉗入人工物件的女性身體如何被異化為資本主義價量交易的商品。如此看來，似乎符號化的女性身體，便等同於異化，亦即主體精神、身體多重層次的意義剝落，這也是一般既定女性身體書寫的策略。但若就《手套與愛》整本詩集來看，渡也並不僅止於此，詩人更能轉以「符號」體系將戀人身體美學化，例如經典之作〈手套與愛〉一詩，詩人如此寫到：

桌上靜靜躺著一個黑體英文字
glove
我用它來抵抗生的寒冷
她放在桌上的那雙黑皮手套
遮住了第一個字母
正好讓愛完全流露出來
love

沒有音標
我們只能用沉默讀它
她拿起桌上那雙手套
讓愛隱藏
靜靜戴在我寒冷的手上
讓愛完全在手套裡隱藏

　　這首詩的詩趣在於符號與實物（身體物件）的多重調動之上，不過讓我們暫從詩人渡也對「手套」的關注，移轉另一個人身部件－「煙斗」及畫家馬格利特（Ren Magritte）、哲學家傅柯（Michel Foucault）對之的再現與思索。

附圖1：馬格利特（Ren Magritte）「形象的叛逆」（1929）

馬格利特於1929年繪畫了一名為「形象的叛逆」的畫作，畫中以寫實為主的筆法，再現了一個煙斗。若這幅畫的內容只有一只煙斗實不具特別意義，是畫中「這不是一根煙斗」這串文字符號使這幅畫產生了符號學上的趣味。這固然可用前文以索緒爾符號學理論探析渡也小詩〈LOVE〉的方式，釋放其中能指與所指的隨機性。但曾親臨馬格利特原作的傅柯於《這不是一只煙斗》指出此畫中的圖像與文字，存在反覆、展開折回、逾越遊戲。就此來看，在筆者看來，馬格利特畫作中的圖文，成為作者專屬的語言資本後，形成了顛動歷史社會乃至於話語世界的動能。他攪亂了能指的層次，指涉實物煙斗的圖像與文字都被判定失效，使得符號反而在界面中形成恆常的靜默，促動我們去追索實物煙斗，並反思實質性的所在。所有符號都是「這」此一詞彙，在實存世界中只是個權且為之的代稱。渡也〈手套與愛〉中，詩人進行符號的拆字、遮掩與凝視，釋放的不是能指的脈絡，釋放的是實物所暗藏其中的愛。可以說，詩中「glove」、「實物手套」是一能指、所指的並現，但此一並現卻解構了符號體系的本身。被遮掩的glove符號儘管暫時被毀損，但經由遮掩而彰顯的love則續而為之，指向那戀人手套對戀人身體的保護，這靜默不需言語的愛情體系。

　　「隱藏」與「顯現」原是對立詞彙，但在渡也〈手套與愛〉中則因為隱藏，反而使愛（LOVE）得以顯現。我們要感嘆的不是詩人為萬物重新命名，更動字詞性能的能力，而是其中確實指涉了生命現場中盡在不言中的愛，特別在東方較為含蓄的情愛表達情境裡。關於愛的默默隱藏，也可擴散、對映於生命情境中的遠別、不在，特別是在死生介面上。例如〈寡婦〉一詩，詩人寫到：

　　　　每晚她都坐在孤獨裏
　　　　縫補丈夫的大衣

她把幾年相思
全部縫在衣上
每一線含著一句話
每一針藏著一滴淚

最後她把自己剪開來
密密縫在那件
寒涼的大衣上

　　這首詩以其本身潛在追溯了中國古典詩孟郊〈遊子吟〉中
的縫衣意象，但情境則轉為妻子與丈夫之間。妻子一針一線縫補
丈夫的大衣，並將相思之語、相思之淚交織其中。然而，這仍不
足夠，再下一段妻子將自身轉化為布匹，縫補於大衣之上。此自
然是超現實意象，在渡也同世代詩人蘇紹連〈七尺布〉亦有類似
表現：「母親仍按照舊尺碼在布上畫了一個我，然後用剪刀慢慢
地剪，我慢慢地哭，啊！把我剪破，把我剪開，再用針線縫我，
補我，……使我成人。」〈七尺布〉中已被異化為布匹的我，任
由母親剪裁製衣。由此隱喻大人依照自己對孩子預定形／想象製
作孩子，反而規限孩子的無限可能，而形成一模一樣的大人。而
在渡也〈寡婦〉中，妻子則是自身意欲將自我異化，將自我與大
衣同化。特別是詩中又含蓄地點出大衣的「寒涼」，更隱喻妻子
與丈夫間的距離，不在此與彼，而在生與死。是以，妻子才會強
烈地轉以與遺物同化的方式，企圖與亡逝的丈夫合一，在安妮‧
普洛（Annie Proulx）小說《斷背山》亦有類似令人動容的結尾：
「這件是恩尼司的格子襯衫，很久以前誤以為洗衣服時弄丟了，
如今沾了泥土的襯衫，口袋裂了，鈕釦掉了，被傑克偷來藏在自
己的襯衫裡，一對襯衫宛若兩層皮膚，一層裹住另一層，合為一

體。」[11]生命有限，妻子與丈夫遺物之同化，不只延伸了〈手套與愛〉企切給予戀人溫暖的想望，更以大衣的形式給予戀人無間的擁抱。可以說，〈寡婦〉中的大衣，不只是一件大衣，更是一座護養戀人的永恆家屋。

四、小結

後現代文化的發展在台灣雖是在1980年代開始穩固發展，但是在1970年代中已在戰後第一世代詩人文本中有初步成形。因此，特別是在20世紀以後工業文明加劇，若無意識以為「現代／後現代」為一帶前後階段性的發展，實在太具想像力。後現代與現代共用一組實驗性的概念，並且更著重於對符號的意識，但在不同地區實因各因地區歷史文化場域內在資源、傳統而有不同的差異。渡也1970年代出版的《手套與愛》即可提供理解台灣後現代詩發展上，在多被引為例證的陳黎、夏宇之外的另一案例。

渡也之詩觀「詩的內容不深奧；題材盡量廣闊」，連帶使之詩語言自然走向精簡，不刻意營構巨幅篇章，這也使其詩作以「小詩」為主要形式類型之一。在精簡形式中，精準運用語言勾連物象，形成隱喻聚焦主題，足見渡也詩語言掌握能力。而渡也在短小篇幅中處理愛情命題，特別加之以對現實的批判思考，則使其情詩走的並非溫婉柔情一路，而更帶有強大以自我話語概念顛動符號語系的叛逆性。在《手套與愛》中詩人特別以符號「LOVE」進行處理，透過漢字構形傳統、英文拼字，深入愛情的事件、現實，藉此渡也思索、辯證戀人之間，獨立但又緊密共存的時空間存有課題。渡也的現實意識使得其也關注「商業－男性」權力體系，如何使女性身體被異化為情慾符號。不過，綜整

---

[11] 安妮‧普洛（Annie Proulx）著；宋瑛堂譯：《斷背山》（臺北市：時報文化，2005），頁290。

這一系列對「符號－情感－身體」的結構思考，渡也更以同化方式將戀人身體美學化。由渡也《手套與愛》以符號對愛情話語體系的探勘可以發現，台灣的後現代詩作並不僅只於進行符號、解構的遊戲，更存在對現實情境紛雜樣貌的介入。

參考文獻

布魯姆（Harold Bloom）著，徐文博譯，《影響的焦慮》，臺北：久大，
　　1990年。

安妮・普洛（Annie Proulx）著，宋瑛堂譯，《斷背山》，臺北：時報文化，
　　2005年。

蘇紹連，《驚心散文詩》，臺北：爾雅出版社，1990年。

亞里斯多德（Aristotle），劉效鵬譯注，《詩學》，臺北：五南出版社，
　　2008年。

孟樊，《當代台灣新詩理論》，臺北：揚智，1995年。

傅科（Faucault），《這不是一只煙斗》，桂林：灕江出版社，2012年。

焦桐，《台灣文學的街頭運動：1977～世紀末》，臺北：時報文化，1998年。

解昆樺，〈現代主義風潮下的伏流：六〇年代臺灣詩壇對中國古典傳統的
　　重估與表現〉，《國文學報》第七期（2007年12月），頁119-147。

劉紀蕙，《孤兒・女神・負面書寫：文化符號的徵狀式閱讀》，臺北：立
　　緒文化，2000年。

鄭慧如，《身體詩論》，臺北：五南出版社，2004年。

羅蘭・巴特（Roland Barthes）著，汪耀進、武佩榮譯，《戀人絮語》，臺
　　北：桂冠出版社，1994年。

Jeffrey C. Alexander, Steven Seidman主編，吳潛誠總編校，《文化與社會》，新
　　北市：立緒文化，1997年。

有框與無框
──杜十三的跨領域實踐及其小詩例證

白靈

摘要

　　本文從媒介觀、左右腦的差異、德勒茲的生成觀和塊莖論探討杜十三一生一以貫之的跨領域行徑、文創的先覺認知，實乃人類在內在生命衝撞中藉助形式，使能量流在領域化、去領域化、再領域化三者中不斷流竄的自然趨勢，這是傳統文類和藝術界域所難消化的一塊碑石，此文從他的小詩及與繪畫的圖象之互動中，觀察其全方位也全生命地展開的全人行動之實踐力道，並探索其中所具備的可能意涵。

關鍵詞：杜十三、小詩、跨領域、左右腦

一、引言

杜十三（1950-2010）是不安份的，天底下幾乎沒有一個框框可束縛住他，也沒有任何一個形式他不想挑戰或衝破，他是火，沒有、也不想有固定的形狀。

他是以全方位的方式開始他的文藝生涯的，他就像個「藝術的過動兒」似的，在不同的領域中跳進跳出，沒有兩次他的藝術活動形式是相似的。他一生的藝術行動至少包括高中就開始的作詞作曲、大學時期就開畫展、創作劇本並演出，其後策畫1985現代詩季、詩的聲光、貧窮詩劇場、新環境藝術展、造型藝術展、洛夫詩歌新曲發表會、弘一大師紀念音樂會、文大詩牆、清水休息站公共藝術策展等等，他「火力四射」的幅度恐怕連前輩詩人藝術家楚戈都「望塵莫及」，他好像是四處放藝術煙火之人，以無比火的熱力觸及的領域至少包括了詩、散文、劇本、小說、評論、繪畫、編輯、造型藝術、環境景觀設計、作詞作曲等各方面。他是火，必須是進行式的、必須付諸行動、不斷燃燒才有形狀可言，即使那形狀為何長得如此他自己都說不清楚，而如何發出光和成為灰燼則或是他從事創作的目的。

如果1982年才算是他真正踏上藝文界開端的話，到他離開的2010年截止的近三十年之間，他就未曾規規矩矩出版過他的作品。即以他開創的「複數型創作集」《杜十三藝術探討展》（1982）來看，此集子包容了前述各項創作，封面是他走向一座門的背影，就隨著他連走進三道門才能打開這本書的第一頁，未打開前由第一頁隱約可以窺見後面還有兩個封面頁，這很像古厝的三進門似的，卻是創新的形式。他的這本書還要郵遞給選出的四百個藝術家、藝評家與文化界人士，請他們對其形式內容（詩歌、繪畫、劇本、歌曲與設計等五項三十件作品）做一回應，然

後再作統計，書寫報告，回信提出心得，這才算完成他的作品。杜十三如此行動，豈不很像今日在臉書（包括粉絲專頁）或部落格發表作品後，等待閱眾在網路上按讚或留言回應、臉書的粉絲專頁會以軟體統計成果，杜十三只是在三十年前做得更具體、更完整、更正式而已。

　　而他《地球筆記》在1986年初版時是有聲書形式，那時還無今日所謂的CD，他竟設計打開書，在書裡面的正中央挖一個長方形的洞剛好可以放一卷錄音帶，到了1987年第二版時名為「無聲版」，又回覆為一本書的正常形式，初版的創意成為斷版的「懸念」，這是今日「文創」概念的一種雛形。此後1993年出版《太陽筆記》第一部《愛撫》稱為「手製限量詩集」，同年出版《杜十三的詩與藝術》月曆型畫冊詩集，也同時出版《太陽筆記》第二部《火的語言》號稱「千行詩絹印限量詩集」，到了1994年又出版名為「文學版」的《火的語言》詩集。此種「文創行為」在1999年12月31日23時至2000年1月1日1時，在臺北誠品書店敦南店他又將之命名為「『詩的社會雕塑』行動創作」，亦即在跨進千禧年的那一刻，他廣邀愛詩人在那個夜晚為他出版「有聲版與手工限量版」詩集《石頭悲傷而成為玉》舉行了「世紀末詩篇發表會，那時筆者是主持人，當晚觀眾甚多，助陣的朗誦者詩人畫家音樂家亦不少，而杜十三亦以他精美的設計讓在場者驚艷，整本書是長卷似、可摺疊出一本冊子，裡邊果然手工地貼了許多他的彩色畫頁，封面是銀鋁製的，書名上方貼了一粒橙紅似的小玉石。整本詩集的質感可說達至了一般詩人的創意和詩冊再很難超的質地。等到2000年1月再出版「普及版」的同一冊集子時，則只附了一張朗誦的CD。再一次他又讓《石頭悲傷而成為玉》的「文創行動」成了後人不及趕上和及時收藏的「懸念」。他最瘋狂的行動是在弘一法一師的詩歌音樂紀念會上，將代表僧侶舍利身八米高的大骨架建築放在國家音樂廳的舞臺上，

這恐怕是音樂廳創立以來未曾豎立過的大道具。

　　他的跨領域行動浩浩蕩蕩，雖然早年被誤解和誤認，因「無法歸類」而為講究倫理輩份的各個不同領域所一一排擠，他卻不改初衷，從起初到終了均一以貫之，其跨媒介行徑、文創的先覺之起因、歷程、和何以有此認知，實值探究。本文擬從媒介觀、左右腦的不同功能、德勒茲的塊莖論和生成觀探討杜十三此中原因，並從他的小詩與其繪畫、造型藝術的圖象之互動中，觀察其全方位也全生命地展開的全人行動之實踐力道，並探索其中所具備的可能意涵。

二、不純粹、塊莖論、與解轄域化

　　杜十三因為「不純粹」，常被排擠在各領域之外，包括詩、繪畫、音樂、編輯、造型藝術、公共藝術等等均如此，因此難以「被充分閱讀」，也少有人願意細究其行徑之所由，於是「被充分閱讀前」的杜十三被認為（或誤讀為）是個「不講究專業，炫才傲物，善憑發想像譁眾取寵的文、藝工作者」，是個「到處放風點火，什麼都要出一手的人」，並進而「對他進行間歇的排擠與扭曲」，因為所有講究專業的人都直覺地認為無人可能樣樣皆行，理由無它，只因樣樣都行只代表「樣樣不深入」、講究「玩形式，但內容夠份量嗎？」因此高健（即高行健）就認為「被充分閱讀前的杜十三」是因其創作的種類龐雜繁多，乃自始至終都背負了自己的「原罪」，但卻可發現「他似乎是一棵不斷成長的樹，只因為被不斷的風吹襲而搖曳不停，讓人很難看清他的面貌」。[1]而除了極少數有心人如高健（高行健）者外，杜十三一以貫之的「不純粹」既是他的特徵，也成了他的負擔和「原

---

[1]　高健：〈發現杜十三〉，見杜十三：《石頭悲傷而成為玉》（臺北：思想生活屋國際文化事業有限公司，2000），頁194-195，

罪」，這恐怕是杜十三很難為一般閱眾和專業評論人所能「充分閱讀」的原因。

然而前輩詩人洛夫則仍肯定了他的「多方位操作」和「全方面的實驗手法」，並認為是「獨一無二」的：

> 杜十三富有多方面的藝術才能，這恐怕是許多詩人難以企及的，他的多方位操作充分顯示他的確具有一種詩性智慧，因而促使他的創作往往跨越了文字的領域，有人說他撈過界，其實他只不過是嫻熟地運用了全方面的實驗手法去寫詩，他並沒有逾越作為一個詩人的本分，反而是以一種前所未見的方式去體現一個前衛詩人獨特的美學思想。其實，這正是杜十三獨一無二，不可替代的最為珍貴的藝術資產。[2]

洛夫說杜十三「的確具有一種詩性智慧，因而促使他的創作往往跨越了文字的領域」，又說他「並沒有逾越作為一個詩人的本分」，等於肯認了「跨越了文字領域」是「詩性智慧」的一種呈現，而且此種「全方面的實驗手法」反而能「體現一個前衛詩人獨特的美學思想」，而「前衛」與「跨越」卻又「沒有逾越」「詩人的本分」之其中緣由，以及「詩性智慧」究竟何指，洛夫並未說明。我們或許可從杜十三行徑之軌跡及其媒介觀、和現代科學關於左右腦的觀察，加以蠡測。

杜十三「貪多務得」的一切特質說不定與他生於食指浩繁的貧農家境排名第十三、乃不得不過寄成為隔濁水溪的黃氏總舖師和私塾老師的養子命運有關，從小才有機會受到較好較嚴的教育。但來往於兩個家庭的孤遺感、不安感、親情匱乏感始終緊緊

---

[2] 洛夫：〈獨一無二的跨界詩人——懷念杜十三〉，《文訊》雜誌第302期（2010年12月），頁41-42。

跟住他。幸好書本是他的天堂，濁水溪是他終年可凝望、思索的地上銀河。初中時鄰居突然搬來一戶藏書兩千冊的人家，自此即擁有了不可能更豐藏的免費圖書室。初二時偶獲師長贈予的佛洛伊德《人格論》翻譯本，又開啟了他想親近思潮和經典的強烈欲望。進入臺中一中後，偶因在圖書館裡發現每一本文史哲書籍的借書卡上竟均簽有「李敖」之名，令他訝異震撼，於是更加發心努力閱讀，舉凡威爾杜蘭、馮友蘭、卡夫卡、海明威、杜思妥也夫斯基、艾略特等哲學、文學大家的作品，無不於高中時期虎嚥鯨吞似地讀完，那年十七歲他即在中央日報副刊發表第一篇散文〈玉山行〉，並在臺中一中校刊發表哲學論述〈論人類存在與本質的來去〉四萬餘字，轟傳全臺各明星高中。他也因緣際會的成為合唱團團長，並在年少時即自修作曲，曾以〈暮農曲〉聲樂曲和作曲名家許常惠同臺，並應邀於臺中中山堂參加「中國新曲發表會」，十九歲時還獲中視全國作曲比賽第一名。十八歲大學聯考以464分（可進臺大電機系，另考進國訪醫學院醫科），因家境故，選擇分發至師大化學系。大一暑假入成功嶺受訓，接受智商測驗成績為164分。大學時在美術系選修「美學」與「美術心理學」，十九歲至二十一歲（大二至大四）連續入選全省美展、全國美展、臺陽美展多次，大三入選第二屆當代名家畫展，並代表臺灣參加第九屆「亞細亞美展」在日本東京上野美術館展出。售出生平第一張畫，收藏者為美國著名收藏家。大三，在師大大禮堂舉行個人作曲發表會，由本校音樂系協力伴奏與歌唱。大四，經審查通過後，在南海路美國新聞處舉行水彩、水墨個展，廖修平與王秀雄等老師蒞場指教。

　　由以上杜十三年輕時的種種行徑和事蹟可以看出，他的「跨領域」其來有自，他看似天生的異類，其實並非刻意的譁眾取寵，他只是不宥於傳統循規蹈矩、自設框限的架構，而是將自己的各種可能性、各種潛能熱情地探索、盡情地予以發揮罷了，是

做為一個「全人」非常自然的展現。他後來沒有像他原生家庭四哥一樣的發瘋，或許也與他一生皆堅持展現一個「全人」有關。表面上他32歲才現身文壇，表面上他似乎甫出道開始，即一心要打破界線、模糊掉框框、乃至作掉所謂藝術邊界，其背後卻與他生長家庭、濁水溪的環境、諸多際會因緣有關，尤其他的情感被分割、兩個家自小被濁水溪分隔，宛似非一「全人」，「跨」不能不成為他一心想做一「全人」的命和運。

　　杜十三此種「多元並進」而非「擇一強化」的「全人」似發展，可說跳脫了傳統社會注重「專業」的思維，此種現象或可以德勒茲的塊莖論加以闡釋。「多元並進」很像「塊莖模式」，「擇一強化」很像「樹狀模式」，二者是相對立的思維形態。樹皆有主幹並由其上再作分枝，樹狀模式或樹狀邏輯是西方傳統一元或二元系統的思想形態，是一種具有中心、原點、基砥、以及層層規範化、等級制之特徵，因此指涉了一定發展領域、亦即所謂轄域化和相互歸屬關係。而塊莖的概念則類似橫歧旁出的薑、馬鈴薯、蕃薯之類的植物塊莖和鱗莖，沒有一定生長方向，其生態學特徵呈現的是無非中心、無規則、開放性、及多元化的形態，常常無法由地面枝葉直接揣測其地下成長的路徑和確切方向。即塊莖的結構既有地下的，也有一個顯露於地表的，形成由根莖和枝條所構成之多產、無序、多樣之生長系統和多元網路，卻沒有中軸、源點、也無固定的生長取向。像是各種碎塊聚攏之共生關係，此關係隨時又可切斷或割裂，從而創造新的塊莖或新的關係，因此是對外敞開的，有如地圖式可與其他轄地的異質互為聯結。塊莖也像地圖般有無數的入口和出口（類似鼬鼠洞或兔子多窟），隨時可由任一出口逃逸出去，有如相互連通的甬道迷宮，[3]可再與其他的塊莖另作連結。

3　雷諾・博格著，李育霖譯：《德勒茲論文學》（臺北：麥田出版社，2006），頁168。

由此可看出德勒茲的塊莖論乃非有固定的轄域，隨時可改變此轄域的形態，隨時因與其他轄域有所連結而再次擴展原有的轄域，於是「轄域化－解轄域化－再轄域化」的反覆循環成了一流動而不斷變化的過程。其路線對德勒茲而言是逃逸、是遊牧、是對原轄域的去化過程，對杜十三來說則是「領域化－去領域化－再領域化」的行徑，不拘一格而自能生長出擊，也或是洛夫稱賞杜十三有「詩性智慧」的呈現方式。而杜十三即使在詩領域的呈現上也不固守某一形式，時而散文詩體、時而小詩、一行詩、短詩、時而長篇大詩，又時而與音樂（音）配合成歌，與繪畫、人體、鍋碗陶瓷（影）、造形藝術、環境藝術等搭配而成視覺詩或相互發明而不知何以名之，也均與杜十三汲濁水溪之豐碩營養因而能不斷生長、沒有一刻停止的「心之塊莖」有關吧。因此當杜十三說：

> 　　沒有文字符號，詩仍然可能存在──以聲音、以圖象、以人的肢體、以人的「嘆息」。[4]
>
> 　　人是活的山、活的水、活的建築、活的玻璃和活的電視機……。[5]
>
> 　　所有的藝術──包括文學，必須正視不同時代的人，不同時代的環境而採取不同的美學觀念──不但要和山水鳥獸和平相處，也要和電燈泡、電冰箱……和諧共處。[6]

　　他說的是各種媒介在詩中的可能、或者說詩拓展至其他媒介的可能，乃因人是「活」的，必須與時俱進，既可與大自然相處、也可與人造自然共處，因而有了「不同的美學觀念」的可能

---

[4]　杜十三：〈詩想錄（代序）〉，《嘆息筆記》（臺北：時報文化出版企業有限公司，1990），頁20。
[5]　杜十三：〈詩想錄（代序）〉，《嘆息筆記》，頁14。
[6]　杜十三：〈詩想錄（代序）〉，《嘆息筆記》，頁14-15。

性。而當杜十三說：

> 詩應該用最少的說出最多，用最簡單的說出最深沉
> 的。詩如果是橋——無論是石頭砌成的小橋或是不銹鋼建
> 成的大橋，重要的是要擺對時間和地點，以及放對人走的
> 方向。[7]

> 「想像」和「感動」一樣，也是人類的救贖之方——
> 人類大部份的危機都是依賴「想像」才得以解決，「文字
> 符號」則是「想像的運動場」之一。[8]

「橋」只是「路」的一小段，目標明顯，造型各異，不同時代自
有不同材質和審美觀的橋，目的皆在溝通，溝通自然、社會和
人，而這三者百年來產生巨大的令人目不暇給的快速變化，因此
詩不但溝通著不同的現實也溝通著不同時空範疇的「宇宙級」乃
至「奈米級」的想像，溝通著不同的白天與黑夜之地平線與燈光
景致，溝通著不同的意識與潛意識出入的內涵，也溝通著不同的
實境與虛擬、不同層次的束縛與自由，由此他也預示了並且不斷
自我實踐著：詩走向「小詩」（最少的說出最多）和詩有能力變
化其身姿、與其他媒介共存乃至隱身成為「『想像的運動場』之
一」的未來趨勢。

三、杜十三的媒介觀、左右腦、與生成論

不少人對杜十三此種詩與各種媒介互動、甚至「搞到」不
見了文字符號的「全方面的實驗手法」，不是百思不解，就是不
敢苟同而站在堅守「有文字方是詩」的立場。做為一個洛夫所謂

---

[7] 同上註，頁18。
[8] 同上註，頁16。

「前衛詩人獨特的美學思想」，「全方面」就是「全方位」，不固有一株「樹」，而是任其像「塊莖」般自由生長，杜十三自有其個人的「美學說詞」和媒介觀：

> 藝術的形態是和人體的功能和人心的教養相互對應的，視覺藝術和聽覺藝術藉由「第一媒介」──直接訴諸感官的媒介進行傳達；文學藝術，尤其是詩，則是藉由「第二媒介」──透過符號媒介的想像與象徵進行傳達的。問題是，在文字符號出現以前，人類的詩則是以「歌」──語言和音樂的化合式進行傳達：而後是「筆墨」──語言和圖象的化合形式；而後才是「印刷」──純粹的文字「符號」。[9]

他說的是文字發展得比口頭語言（包含音）晚之外，也比音樂（影音）和圖畫（影）更晚。因此只要是「第一媒介」（影、音），皆訴諸人類感官，更接近人類的生理共感基礎，這是屬於人類生物體演進的部份，即使數千年不易驟然改變的。而生理共感也是現代科學屬於右腦之感性、不受教、不待學習、天生即具備的本能。而文字（包含音譜）等任何人為的符號為「第二媒介」，和「第一媒介」的最大不同是極易因人與時空的關係轉變而減弱甚至喪失傳達的功能，杜十三以數千年前的希臘古詩為例，說它們已難引起我們的共鳴，除了翻譯文字的隔閡和意義模糊外，也已再難引發如古希臘人對原詩在當時所引起的動人之處，他說的文字的使用即是左腦之理性、需受教、有待學習、非天生即具備的能力，而此使用的語彙語法語意均是與時改變的。然而屬於影音、訴諸人類感官的第一媒介卻大大不同，即使數千

9　同上註，頁15。

年前的名畫、數百年前的名歌，也能同樣帶給現代人有如當時的、鮮明的「第一現場」式的感受。其所憑藉的即因是「第一媒介」通常較「第二媒介」有更大的「生理共感」基石。[10]

以是「文」（第二媒介）都具備有向「圖」（影、音，第一媒介）轉換或成為「再創作」（Recreating）素材的機會，他的意思是一切藝術都有回到「生理共感」的趨向，或「第二媒介」幾乎都有向「第一媒介」回歸的宿命，卻也最易保有其「彈性」：

> 因此，在「第二媒介藝術」，諸如「文學」，接受現代科技多種媒介多層滲透、影響的今日，是否仍須堅守它在傳統地位上的獨立性或純粹性？亦或是勇於接受「第三波」時代傳播形式的革命，為迎合現代人接受資訊的習慣，而做適度的「解放」？筆者的態度認為：兩者可以並存，也應該並存。[11]

> 因此，文學藝術和其他的「第二媒介」藝術一樣，由於兼俱時間和空間的複合屬性，乃是一種最有「彈性」的藝術形式：退，可以用純粹的文字形式獨立存在；進，可以轉成「再創作」的素材，和其他多種藝術的形式相互整合（synthesis）。[12]

這是杜十三寫在1985年12月時的文字和看法，距今已經近三十年了，那時早就開始了詩與歌的合作（如楊弦的民歌）、「詩的聲光」也開始起步，但那時還尚未有「跨領域」或所謂網路、行動裝置、智慧型手機、平板電腦等幫助「第一媒介」（影、音）發

---

[10] 杜十三：《地球筆記》（臺北：時報文化出版企業有限公司，1988），頁227。
[11] 同上註，頁228。
[12] 同上註，頁229。

揚光大的科技產物，也無法預知所謂「海量資訊」竟可以靠彼等裝置快速傳輸、並將不同領域整合的電腦製作能力，杜十三此類看法及實踐方式今日竟成為「跨領域」、「文創」此類流行語的預見。當然更早之前，胡寶林於1976年也已提出將「光、音、色、舞、力」結合的觀念，但能將之一生皆不斷「全方位地」展開並付諸實踐，而非只是口頭喊喊或另闢一二蹊徑試試手腳而已的，杜十三是走在最前方的，他成了極端前衛的履踏者和實踐者。

　　而他對古老的、最早出現的詩的形式始終充滿了嚮往，當他說：

> 三千年前開始，詩溶入歌謠把一個人「吹」給另一個人；
> 兩千年開始，詩化入筆墨把一個人「流」給另一些人；
> 一百年前開始，詩藉由印刷把一個人「複印」給很多人。[13]

他對「吹」與「流」顯然比「印」更為心儀，因那是更面對面、更密切、更互動、也更人味的詩的傳達方式。事實上「印刷詩」給別人看應不只「一百年前」[14]，而關於可「複印」之影印機的發明人車士打・卡爾迅（Chester Carlson）發明影像傳導製作「複印本」，是在1938年才為過程技術申請專利。因此也不到「一百

---

[13] 杜十三：〈詩想錄（代序）〉，《嘆息筆記》，頁18。
[14] 雕版印刷術乃中國古代四大發明之一，其出現使書籍擺脫了人工謄抄的緩慢和容易手誤。但學術界對雕版印刷術究竟出現於何時眾說紛紜，莫衷一是。以出現於六朝、隋、唐三代的可能性較大，且以唐初（9世紀初）之說較為可信。比如唐朝元為白居易詩集作說：「而樂天（即白居易）〈秦中吟〉、〈賀雨〉、〈諷諭〉等篇，時人罕能知者。然而二十年間，禁省觀寺、郵候牆壁之上無不書，王公妾婦、牛童馬走之口無不道。至於繕寫模勒，炫賣於市井，或持之以交茗酒者，處處皆是，……長慶四年（825年）冬十二月十日。」模勒即模刻，炫賣就是在街上叫賣，甚至以刻印的白居易詩換菜酒，其時如果真、日本都曾搶著購買白居易詩，因此元氏所描寫的流行盛況並非虛言，可見9世紀初印刷術的應用已擴大到人民所愛好諷詠的詩歌了。見旋宣圓、林耀琛、許立言主編：《中華文化史500疑案》，參考http://ds.eywedu.com/500/index563.htm，2014年4月20日查看。

年」，不過杜十三只是強調詩的開始並非以文字取勝，而是與人類的「生理共感」（音、影）分不開的，也正是德勒茲強調的「景象與聲響」（visions and auditions）可以讓文學為生活發明新的可能性。[15]杜十三的「第一媒介」與「第二媒介」的分法可以圖一簡示之：

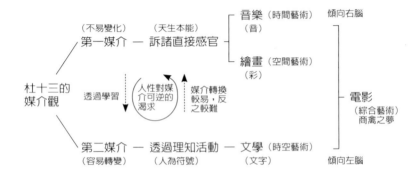

圖一　杜十三第一第二媒介轉換觀與左右腦的關係

　　圖中的「文學」因倚靠的是文字，而其實它的產生是一種「形象思維」（影音／右腦）加上「邏輯思維」（文字／左腦）的整理重排組合，故理應它是二者的合作，只是在傳達時「文字符號」並無法如「影音」可直接無礙的引發「生理共感」。而如果以「語言」（仍在左腦）加上節奏、語氣、表情、聲調（在右腦，根據雅可布遜的說法）則成為「口語體的詩」，至少可引發局部的「生理共感」，這也是人性對「媒介可逆」的渴求，可見圖一「第二媒介」向「第一媒介」作「轉換」活動──如詩畫結合、詩歌合一──乃自古即是必然趨向的天性。如杜十三者，不過是極力想使「媒介可逆化」（相互轉換更為順暢）的提倡者而已，因此他說：

15　雷諾‧博格著，李育霖譯：《德勒茲論文學》，頁35。

去除了文字符號的媒介之後，「口語體的詩」應該
仍能藉由言語本身進行有效而清晰的傳達──這種情況之
下，「符號」已然溶化於人之中，只剩下「人」

　　的聲音、嘴巴、耳朵和心──詩成了「嘆息」，是一
種呼吸，一種體溫，一種韻律，一種節奏，一種生命和一
種自然。

　　沒有文字符號，詩仍然可能存在──以聲音、以圖
象、以人的肢體、以人的「嘆息」。[16]

他所指「口語體的詩」不是指文字的，而是被表達、展演出來的
「口語體化」的詩，自然與以聲音、以圖象、以人的肢體、以人
的「嘆息」等「生理共感」更為接近。

　　杜十三此種要詩恆與人密切地連結、讓詩不只是文字，而是
將它永遠「置於行動」中，只有當它們處在「變化」之中、在與
人不停的互動中，才算存在才算完成，它們才有生命。這種「詩
的行動觀」，或可以德勒茲的「動態的生成觀」加以旁證。德勒
茲認為人們常錯誤地設想有一個真實世界隱匿於生成之流的背
後，那個真實世界應是一個穩定的存在，但其實並沒有，大千世
界除了生成之流以外再也別無他物，亦即一切始終在不可逆的大
小變動中，一切存在均不過是「生成生命」（becoming-life）之
流中的一個相對穩定的瞬間，生成有「變化」、「變成」、「成
為」等多種意涵，[17]不穩定不平衡才是恆定的。以是世間各種存
在均有其生存價值與多元性之意義，所謂人本主義和人的主體中
心論對此生成均具有大障礙。因而文學創造只在一個使生成不斷
地「再領土化」的寫作中發生作用，並使生成置於被固定的制度

---

[16] 杜十三：〈詩想錄（代序）〉，《嘆息筆記》，頁19-20。
[17] 吉爾・德勒茲著，劉雲虹、曹丹紅譯：《批評與臨床》（江蘇：南京大學出版，
　　2012），頁2。

化的表現之外，也因此「寫作是一個生成事件，永遠沒有結束，永遠正在進行中，超越任何可能經歷或已經經歷的內容」[18]。因此德勒茲說的要設法「從字詞中躍出色彩及音效」，甚至使整個語言都趨向於非語法和非句法的界限，才是獨有的創造性文學：

> 語言中的張力和言語活動中的極限……根據語調的無限變化得以實現，……言語活動的極限牽拉著整個語言，而被拉緊的富有變化或轉變的線條總是將語言帶向上述極限。……它是言語活動的外在，而不是言語活動之外。這是一幅畫或一支樂曲，然而是詞語之樂，是用詞語所作的畫，是詞語之中的沉默，彷彿詞語開始吐出它們的內容，即宏大的視覺與卓越的聽覺。[19]

德勒茲所謂「語調的無限變化」或「言語活動的極限」，其實正與人類的「生理共感」（音、影）有關，而且就位於右腦中。因此雅可布遜（Roman Jakobson，1896-1982）才會強調右腦與語言中之感情語調之識別關連，他曾指出：右腦掌管了語言中帶感情成分的感歎語調之識別工作。即如果一個病人的右腦功能受了損害，但左腦正常，則病人於聽取別人說話時，雖然對說話所報導的知性內容完全明白，但卻不能清楚地掌握別人說話中所帶的情緒和感歎語調，也難以對別人之感情作出適當反應，即病人喪失了常人透過調整語音之抑揚緩急輕重以表達自己的情感愛惡的能力。

德勒茲也才會說此種「言語活動」做到極限時「是一幅畫或一支樂曲」，這與杜十三所說到那個程度時詩成了「一種呼吸，一種體溫，一種韻律，一種節奏，一種生命和一種自然」，意義

18 　同上註。
19 　同上註，頁244-245。

是相近的。德勒茲即說當要挖掘「故事下方的東西」時，甚至「當需要毀滅自我時」：

> 那麼成為一名「大」作家顯然是不夠的，而方法必須總是不合宜的，風格成為無風格，語言令一種奇特的未知因素流露出來，好讓人們能夠達到言語活動的極限，成為作家以外的人，去占據裂成碎片的視覺，後者通過詩人的詞語、畫家的顏色或音樂家的音調得以顯現。[20]

表面上看，杜十三當年「複數型藝術」的方法豈不是「總是不合宜的」？而豈不是「有奇特的未知因素流露出來」？以使他自身達到乃至超出「言語活動的極限」、而「成為作家以外的人」？像是「裂成碎片的視覺」，卻又先後或同時「通過詩人的詞語、畫家的顏色或音樂家的音調得以顯現」？也因此等到詩沒有文字符號，又何嘗不能如杜十三所信仰的「詩仍然可能存在──以聲音、以圖象、以人的肢體、以人的嘆息」呢？

語言文字畢竟是左腦理性教化的一部份，「生理共感」是右腦感性、不願被教化的部份，是語言不易踏踩到的。因此當德勒茲說：

> 當語言處於一定的緊張狀態時，言語活動開始承受一種壓力，迫使它陷入沉默。[21]

這種「沉默」正是影音可以取而代之的部份，而且沒完沒了，「永遠沒有結束」，一如杜十三的小詩〈打電話〉所寫的狀態：

---

[20] 吉爾·德勒茲著，劉雲虹、曹丹紅譯：《批評與臨床》，頁246-247。
[21] 同上註。

黑暗中
遙遠的妳突然哭泣　　不再說話
只把話筒貼在胸口
用噗噗的心跳回答我殷切的呼喚

如此
我學會了從妳的心跳聲中
打聽宇宙所有的消息
卻逐漸的聽到了　　大水的聲音
　　　　　　　　　　砲火的聲音
　　　　　　　　　　　地球墜落的聲音[22]

此時言語是無力的，甚至容易陷入誤讀，「不再說話」是沉默，於是「噗噗的心跳回答我殷切的呼喚」，「生理共感」取代了語言，「我學會了從妳的心跳聲中／打聽宇宙所有的消息」，好像取得了另一種溝通系統，即使它可能仍是曖昧不明的，然則「一幅畫或一支樂曲」不也是如此嗎？因此當聽到了「大水的聲音／砲火的聲音／地球墜落的聲音」並非虛妄之言，而是指陳「詞語沉默不語」的可能和必然，畢竟詞語有其極限。「一幅畫或一支樂曲」與「噗噗的心跳聲」，不也有等值的意義與內涵嗎？

　　杜十三的另一首小詩〈橋〉說的也是對語言不可信任和有所不足提出質疑：

他把一句謊話吐在地上
變成一座橋
架在兩岸之間

22　原載一九八八年十月中國時報《人間》副刊，收入《嘆息筆記》，頁86。

河水不相信

從橋底走過[23]

既是「一句謊話」還可「變成一座橋／架在兩岸之間」，可見得「慌話」的威力和世人的深信不疑和愚昧，偏偏它往往是現實，而此現實經常建立在理性教化上，卻是非理智的、堅固如橋難以被拆毀。這說明了杜十三既使用語言，又不信任語言，挪動不了語言時他得常常挪動自身，使自己「成為作家以外的人，去占據裂成碎片的視覺」，在此詩中他既是「河水不相信」就不能不有所行動，便「從橋底走過」，製造德勒茲所謂的遊牧和逃逸線了，而遊牧和逃逸始終是「一個生成事件」、「永遠正在進行中」。

四、杜十三的「跨」與小詩中呈現的時空意涵

杜十三既擅長出入、整合、重構各種媒介，使之與詩產生或即或離的各種關聯，因此深知創作的目的在人，「人是所有藝術的源頭、河床，以及海洋」[24]，當然必然「人是詩的源頭、河床，以及海洋」[25]，因此他才說：「詩應像橋梁、道路、或河流，能引人去看更寬、更廣、更深的風景，而不是成為『風景』本身」，他的「詩的橋樑說」、「詩的道路說」正印證了他跨領域到各種媒介的目的和用心。他橋樑或道路似的「跨」充滿了「未來學」的味道，那不僅是「跨領域之必然」、「跨媒介之必然」的先行觀念，其後接續引發的則會是「跨語言之必然」、「跨地區之必然」、「跨種族之必然」、「跨族群之必然」、「跨弱勢之必然」、「跨性別之必然」、乃至「跨星際之

---

[23] 杜十三：《石頭悲傷而成為玉》（臺北：思想生活屋國際文化事業有限公司，2000），頁130。

[24] 杜十三：〈詩想錄（代序）〉，《嘆息筆記》，頁14。

[25] 杜十三：〈詩想錄（代序）〉，《嘆息筆記》，頁20。

必然」、「跨陰陽之必然」、「跨靈異之必然」、「跨質能之必然」、「跨色空之必然」等等諸種接近哲學玄學之可能，接踵地未來都似乎有理由成為了可討論可關注可感受的範疇了。

而若將此「跨」拉回藝術和詩來看，它們當然就橋樑似「跨」在你我與生活之間，表現時當然也根本離不開生活，不能撇棄讀者不管。於是「視覺化」和「聽覺化」成了杜十三創作詩時的兩大技巧、也是極易拉近閱眾的有力武器，可以左右開弓，加上他對愛情、弱勢族群的長期關注、面對人類未來的悵惘、末世情懷以及大時代的氛圍都有敏銳的觀照和感受，這使得在將詩作題材展現於語言時，常能兼顧視覺的畫面和聽覺的聲響和節奏。因此他的詩避開了某些詩人之「舉句」維艱、寸語難行的通病，反而能融口語、韻律、熱情、悲心於一體，尤其他寫起愛情詩或相關的歌詞，經常有令人驚心之感，語句簡潔、節奏輕暢快，意象構築的畫面自然而清晰，語到畫現，還難得的是常有哲思的寓意潛隱其中。他建構的超現實畫面，不論小詩或散文詩，雖構圖玄奇，卻多能宛在眼前，而這正是眾多詩人在創作中所不能達至的境地。

底下試就他的幾首小詩，討論呈現在杜十三諸多創作中所欲呈現的共同時空意涵，以見出其一生欲「跨領域以終」的緣由：

1.人恆存在於時空的中點

杜十三他在《杜十三主義》一書中談到高行健的繪畫藝術時，曾提及「『性靈所在』往往即是黑白交界之處」[26]一語，雖未再深入討論，卻可藉此語思索一下「黑白交界之處」與「跨領域」的關係、以及與「性靈所在」的關係。那「交界」應是有如黎明或黃昏，沒有一天是完全相同的，而且日日時間點均在改

---

[26] 杜十三：〈水與墨的戲劇——論高行健的繪畫藝術〉，《杜十三主義》（臺北：文史哲出版社），頁133-135。

變、景象也不停變化，沒有一時一刻不漂移其邊界、也無法看得清說得明其形式和內涵，而這正是「跨」的特性，於是「黑白交界」就如「虛實交叉」，難有定象定則，於是任何事物、媒介、領域當處在時空的遞嬗「中介」時，其質變或量變就都處於最大的可能性中。德勒茲也一再強調「處在中介」的重要，由此可避免枯竭、且能產生韻律，而且只有仲介物才能向混沌敞開，在藝術中，仲介物對混沌的回應就是韻律，只是能夠阻止仲介物枯竭的某種東西，混沌與韻律的共同點是，它們都是兩者之間或兩個仲介物之間的東西。韻律存在於晝夜之間、被建造物與自然生成物之間，於是只要有一個仲介物向另一仲介物的過渡，有一種異質的時空的組合，就會有韻律。如此可見「跨」與「橋」與「中介」的力道，人正是那個「跨」與「橋」本身，人就是那個「仲介物」。因此杜十三在很多小詩和短詩（100首）組合起來的長詩〈火的語言〉中就提及「人是萬物的中點」的看法，其95至97首的小詩中說：

> 人　是萬物的中點
>
> 火　是能的中點
>
> 島　是海的中點
>
> 在上端與下端之間　人向上航行見到了神
> 　　　　　　　　　　向下航行變成了獸
>
> 在極大與極微之間　火向天空燃燒化成了光
> 　　　　　　　　　　向地上航行化成了灰
>
> 在過去與未來之間　島向未來航行發現了世界
> 　　　　　　　　　　向過去航行則發現了──
> 　　　　　　　　　　茫茫的苦海　　　　（第95首）[27]

[27] 杜十三：《火的語言》（臺北：時報文化出版企業有限公司，1994），頁214。

「中點」即處於「中介」，或「仲介物狀態」，這很像化學反應中的「中間物質」或「活性物質」，介在初始的反應物和終了的生成物之間，是不穩定的，卻是活潑亂跳的、等待變化的。像上第95首所說是「人」，因此「是萬物的中點」，乃可「上」可「下」、可「神」可「獸」；是「火」，因此是「能的中點」，乃可「大」可「微」、可「光」可「灰」；是「島」，因而「是海的中點」，遂處「在過去與未來之間」，處於「發現」與「茫茫」之間。他說的不是別的，是人，是人性，每一種媒介、領域、發現因而皆是「中點」，既是易逝的，也是生命中最可注目的「焦點」，如火，即使一瞬，卻沒完沒了、向生或向死，不曾被真正完成。

第96首進一步將「中點論」由「島」推到「心」：

島　　是你們生命的中點啊
心　　是你們充滿慾望與仇恨的血中的島
心　　是易燃物　　是光與灰燼的中點　　　　　　　（第96首）[28]

「島」由上一首「是海的中點」到了此處則成了「生命的中點」，也如同「心」，一個幾千西西的「血中的島」，始終在跳動中，「充滿慾望與仇恨」，也如「火」的具象形狀、卻是「易燃物」、「是光與灰燼的中點」，其停下、不再「生成」（跳動）時即生命的終止。

第97首再進一步推衍到身體、心、與宇宙的關聯：

人身　　是宇宙的中點
　　　　是苦海

---

[28]　杜十三：《火的語言》，頁214。

心　是人身的島

在內心深處和宇宙深處所有來往的波裏

一定存在一個古老而堅強的頻率

叫做★──稱之為波中的島

趕快上岸趕快回到你唯一的島上用心

繼續燃燒

繼續用沉默航行　繼續

在千億劫波之中脫掉疤尋找共鳴　　　　（第97首）[29]

　　此處回到「人身　是宇宙的中點」，卻是讓人沒完沒了的「苦海」，而「心　是人身的島」，等於是「中點的中點」，如此往上推衍或往下推衍均會是沒完沒了的「中點的中點的中點的……」，於是他說「在內心深處和宇宙深處所有來往的波裏」，只能以「★」表示，那是「一定存在」的「一個古老而堅強的頻率」，不能繼續追究，只有「趕快上岸趕快回到你唯一的島上用心」，此處「唯一的島」可以指「人身」，用身體包覆的「心」去「繼續燃燒」、「繼續用沉默航行」，繼續以「火的語言」完成自身。這些詩彷彿經文似的，卻預示了向外或向內的「跨」，由此「中點」（仲介物）向彼「中點」（仲介物）過渡，乃人性使然、甚至乃是宇宙不可說、說不清的德勒茲的「生成論」或杜十三的「中點論」所欲觸碰之奧秘的一環。

2.藝術行進向時空的邊界

　　杜十三在他的《杜十三主義》一書多次引用了黑格爾的這幾句話以作為他「全方位媒介觀」的重要基砥：「詩和藝術不應在具體現實世界裡要求保持一種絕對孤立的地位。詩本身是有生命

[29]　同上註，頁214-215。

的東西，就應深入生活裡去」，「因此，詩可以不侷限於某一種藝術類型，它應該變成一種普通的藝術，可以用一切的藝術類型去表現一切可以納入想像的內容。」[30]就是「詩可以不侷限於某一種藝術類型」、「應該變成一種普通的藝術」、「用一切的藝術類型去表現」這些話，使得他對一切以「文字為主」的純文學詩期期以為不可，認為那終將造成「詩傳播的窄化和荒蕪化」：

> 因為資訊時代的來臨，日趨「混沌」的「後現代美學情境」也將昇高傳統文學藝術可以適應的溫層，而使得原本以固態形式劃清彼此界限的各類藝術開始互溶互浸，終至有如流體一樣的，只能維持各自不同的比重而不得不模糊相銜的邊界以求互存互榮。……純文學的詩作所能帶給人類的傳統想像形式的滿足，亦將無可避免的被新興的媒介所溶入、瓜分、推擠或佔領，以致亦將有如淹入了「海水」那樣的，喪失了一部份或大部份的版圖。……綜覽、分析宏觀的「詩歷史趨勢」和「微觀的詩變貌現況」之後，可以預期「純文學詩」在傳播上的日益窄化和荒蕪化則是必然的。
>
> ……詩的變化，即「人」的變化……
>
> 詩，其實就是「人」，讓我們大家從「人」重新開始，尋找詩的未來吧。[31]

杜十三之所以是臺灣後現代式「打破邊界」的急先鋒（從1982年起），有意鬆動世俗「分類的必然」，即因他認清了「固態形式劃清彼此界限」的不可能，乃自始至終皆堅持要破「純粹」的迷

---

[30] 見黑格爾著，朱孟實譯：《美學（第四冊）》（臺北：里仁出版社，1983），頁10、42。。

[31] 杜十三：〈論詩的「再創作」〉，《杜十三主義》，頁187-207。

思，回到多元，試圖還原人生的本質、反映生活複雜多面向的真實面貌，因為那才是現實的生活、人性的本然，如此才將弱勢的詩與其他或弱或強的媒介或形式結合，使其更符合人生本即是包含多領域、跨領域的內容。他在《嘆息筆記》的卷五以〈符號的嘆息〉為名，即帶有為文字符號「嘆息」之意，也有期望文字符號（左腦）以「嘆息」的方式出現，以符應人類「生理共感」（右腦）的渴求，比如同樣一名名為〈聲音〉的一行詩：

昨天的聲音匯成今天的潮汐，拍響明天的海岸[32]

杜十三在同一本書中卻畫了兩張圖，見於頁213（下列左圖二）及頁223（下列右圖三）：

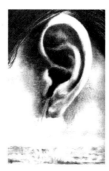

圖二　〈聲音〉[33]　　圖三　〈聲音〉[34]

兩張圖完全不同，是由〈聲音〉一詩「再創作」而得，卻似與原詩有一點關係，又好像完全沒關係，甚至另為題名均無不可。因此「再創作」的另一形式其實即原有形式似可觸及又不可觸及的邊界，比如圖二由點連成線、由線波動成面，點似特定又似非特

---

[32]　杜十三：《嘆息筆記》，頁212、222。
[33]　杜十三：《嘆息筆記》，頁213。
[34]　同上註，頁223。

定的任意符號，連接後搖擺起伏，宛若波濤潮汐，若有波即有頻率即有聲音，自左邊而來向右邊而去，宛如上下左右即是海岸。而圖中又有五根直線自波中射出或射向波內成為其成份，像是發出訊號又像埋藏掉訊號。如此「聲音」、「潮汐」（波）、「海岸」均似可在圖二中發現相關形象。

而圖三則與此圖二完全像兩回事，將人的側面耳朵予以誇飾，宛若小溪自耳洞傾注向下，下方是幅員不小的波浪洶湧，隱含了「昨天」過去（耳洞內），「今日」當下（小溪），與「明天」未來（波浪）的形象，則「聲音」、「潮汐」（波）、「海岸」自然隱身在其中。但兩種領域所呈現卻又似可另再解釋，其有無真正交集是模糊的、可自由心證的，此「邊界」既有（有明顯分別）又像沒有（有一些交集關係），即因許多不同「邊界」的不同召喚，使得由此領域「跨」向另一領域成為可能。

3.永對龐偉時空的沉默

前舉杜十三〈火的語言〉第97首的後半三行說：

> 繼續燃燒
> 繼續用沉默航行　繼續
> 在千億劫波之中脫掉疤尋找共鳴[35]

從「心」或「身」的生命「中點」出發，人不能不「繼續燃燒」，其目的有二，一是「繼續用沉默航行」，一是「繼續／在千億劫波之中脫掉疤尋找共鳴」，「疤」（苦難和考驗）是「劫波」所致，燃燒掉它以「尋找共鳴」成了重大目的，「共鳴」是與處在一種類似頻率相近的「共振」狀態，如果是「人與自然」

---

[35] 杜十三：《火的語言》，頁215。可與頁190，第61首參看。

或「人與社會」有「共鳴」，則是和平、和諧，無往而不自得。若是「人與人」，尤其是「男人與女人」，處在一種可「共同分享」的親密狀態。但最終都會發現前述三者（人與自然、社會、他人）皆只能有短暫片刻的「共鳴」，甚至很大一部份是想像成份居多或過度將關係理想化的結果。尤其「男人與女人」更是經常處在「糾葛共生」（symbiotic entanglement）的現象中，夾雜著自主與依賴、親密與距離、融合及抵抗等之間的掙扎，[36] 相互燃燒使生命更發光卻又燒痛了對方，以是最後必得是如〈火的語言〉末尾第100首的一行詩：

　　你所聽到的 是你自己的燃燒

最末仍必是「繼續用沉默航行」，像面對死亡一樣，那必是一個人的、只能是一個人的，必須永恆面對的龐偉時空的沉默，如同面對宇宙洪荒的沉默一般。

　　杜十三的小詩〈孵〉說的是「沉默」比「話語」更大的力量，看不見的力比看得見的力有更大的包容性：

　　一隻用謠言孵出的鷹
　　從他喉底深處的巢穴中
　　興奮的
　　飛出

　　謠言展開刀刃般的翅膀
　　殘忍的劃過天空
　　讓白晝的風景染成帶血的黃昏

36　Ulrich Beck, Elisabeth Beck-Gernsheim著，蘇峰山，陳雅馨，魏書娥譯：《愛情的正常性混亂》（臺北：立緒出版社，2000），頁121。

> 天空始終沉默
>
> 用沉默結成繭
>
> 孵出了太陽[37]

此詩以謠言、鷹、天空構建，或可以之分別代表人、社會與自然三者之間的關係，鷹是由人所孵出的「刀刃」，竟「殘忍的劃過天空／讓白晝的風景染成帶血的黃昏」，也可以說由人建構的理性秩序（由其可「展開」「翅膀」「染成帶血的黃昏」可看出其人為的力道），為所欲為，傷害了自然，連白晝都成了「帶血的黃昏」。德勒茲即說中理性秩序是男人的（左腦），必然要向「生成女人」[38]（右腦）前進，但「天空始終沉默／用沉默結成繭／孵出了太陽」，沉默的天空力量更大，而由男人建構的理性秩序卻是刀刃般的殘忍，二者要「糾葛共生」，其困境可見。

　　但這世界畢竟是男人與女人「糾葛共生」的世界，兩者的不同由杜十三的小詩〈女人〉一詩或可看出：

> 女人躺下來
>
> 夜色就
>
> 深了
>
> 男人脫光衣服
>
> 從夜晚的那一邊
>
> 游
>
> 泳
>
> 過

---

[37] 杜十三：《石頭悲傷而成為玉》，頁110。

[38] 德勒茲說：「寫作與生成是無法分離的，在寫作中，人們成為女人，成為動物或植物，成為分子，直到成為難以察覺的微小物質。」見德勒茲：《批評與臨床》，頁1-2。

來

女人站起來
太陽跟著
升起
男
人
開
始
工
作[39]

詩中的女人像大自然的指揮家，「夜色就深了」、「太陽跟著升起」說的是女人與自然更接近，男人則必須「游泳過來」、「開始工作」才能一步步跟上，而且女人不用什麼力氣，男人卻費盡了力量。怪不得杜十三會說「人世間最驚心動魄的風景，是女人」[40]，欣賞不盡，即說明女人的不易解甚至不可解，她們「生理共感」（右腦）的能力是比男人遠遠強烈的，而右腦不是用言語的、言語難以傳達的、是以圖象似的沉默呈現的，其中暗含的奧秘和能量迄今仍不可知，擅長理性左腦（其實是被教化）的男人面對的像是另一道系統，其中隱藏了龐偉時空巨大的沉默。

我們今後面對的即是以語言文字的左腦去面對詞語必須「沉默」的右腦時代，德勒茲說男人要想辦法「生成女人」、「生成動物」、「生成小孩」，因為其中詞語必進入「沉默」、是以「生理共感」（右腦）思考為主的，那是與宇宙時空的沉默（只剩影音）能相互共鳴的部位，「所有的藝術因此都向心航行／所

39　杜十三：《石頭悲傷而成為玉》，頁128-129。
40　杜十三：《嘆息筆記》，頁237。

有的心都向共鳴航行／所有的共鳴都向沉默航行」（《火的語言》第59首）[41]，杜十三的詩及「跨」預示了這樣的右腦時代。

4.流變成時空中的灰燼或光

當杜十三在他的詩作中說「淚珠的下半球和上半球擁有不同的時代」（見〈二十一世紀第一班列車來了〉）[42]，「我們喜歡在火中飛，我們喜歡在血中飛」（〈黑面琵鷺〉）[43]時，他說的是人身與心的「中點觀」不可能不「流變」，「流變」是為了與宇宙萬事萬物共鳴：

> 閃電是陰與陽的共鳴
> 共鳴超越速度　超越時空
> 因為共鳴本身就是到達
> 和候鳥共鳴可以到達天空
> 和鯨魚共鳴可以到達海底
> 和種子共鳴可以到達希望
> 和我共鳴　可以達到灰燼　或者
> 光
> 一句話　一首歌　一片風景　一顆樹　一段故事　一滴淚
> 一個手勢　一個表情　一雙鞋子　一聲哈欠⋯⋯
> 任何體內和體內的相同或相異
> 都有值得共鳴的頻率　　　　　（《火的語言》第57首）[44]

杜十三所作的幾乎是為了與宇宙時空中可能的一切產生「共鳴」，因此「燃燒」是必然的，「火了自己」是必然的，成為或

者「達到灰燼　或者／光」是必然的，他的「跨」的理念可以說是一種「共鳴哲學」、「火的哲學」、「灰燼哲學」。

　　而他在一行詩〈燈〉則曾以圖象展示了詩的文字所不曾呈現的意涵，〈燈〉一詩說：

　　我們耗盡人間的能源，是為了維持愛的亮度。[45]

圖四　〈燈〉[46]

「愛的亮度」暗示那是「共鳴」的外顯，「亮度」是「光」，「耗盡人間的能源」是成「灰」成「燼」，因此「灰燼」是「為了維持」最大「光」的必然趨向。成「光」成「燼」看似兩個方向，卻是「共鳴」的必然路線，宇宙可能的一切莫不如此。圖四中的圖象則隱含了一男一女互擁緊貼的的身體，加上圖中燈泡插在鋪滿石頭、寸草不生的荒地，代表能量維持的困難和可能極短暫，這些皆是「生理共感」（右腦）的形象，是詩中的文字「我們」、和「耗盡」兩詞（左腦）很難呈現的。

　　而在六行小詩〈石頭因為悲傷而成為玉〉中他說：

45　杜十三：《嘆息筆記》，頁228。
46　同上註，頁229。

文字涅盤之後送去火葬場

留下的舍利子是詩

石頭拒絕說話被斧鑿逼迫吐出真言

剖開的滿懷心事是玉

文字是因為歡喜而成為詩

石頭　是因為悲傷而成為玉[47]

「被斧鑿逼迫」是一種成為「灰燼」的命運，毀壞過程中可能有吐出「玉」，「涅盤」、「舍利子」是一種修練的極致，是對抗必朽之命運的抵抗，兩種得出的「光」（詩、玉）可能一瞬，卻才有「歡喜」才有「悲傷」。〈石頭因為悲傷而成為玉〉說的是人生悲喜的必要、成「燼」以「出光」（也有耗盡之意）的必要，石頭彷彿肉身，文字有如精神，得真言則一剖或有玉，能涅盤一焚或有詩，中間即是漫長又短暫的人生，不修不剖以面對真我則難有收成，詩僅六行，卻是杜十三對生命的辯證、也是他一生對自我的期許。

5.就是要在時空中曲折出痕跡

對杜十三而言，宇宙中的不可知到處皆是，因此人心與人身只是「中點」，必須到處「流變」、「沉默」地航行，成「灰」成「光」，尋找「共鳴」，以期對此宇宙奧妙的大能略知一二。但又何其不易，可說是處處皆是密碼，只能盡力燃燒即是，對他而言，最大的密碼在陰陽關係、黑白關係、男女關係之互動中，以是他擅長站在「黑白之交」、「陰陽之交」、「男女之交」、「文體之交」、「媒介之交」，借以反思人生各種困境、糾葛、共生的矛盾與掙扎中，卻又不試求永遠解脫。比如〈密碼〉一詩

---

[47] 杜十三：《石頭悲傷而成為玉》，頁68。

說出了他對女人的敬意：

> 才輸入一個密碼
> 整個世界便開始氧化
> 所有的女人充滿了愛
> 所有的男人充滿了欲望
>
> 才輸入一個密碼
> 整個世界便開始還原
> 所有的女人化成了水
> 所有的男人　　化成了爐[48]

「才輸入一個密碼」，表示「密碼」的普遍和無所不在，也即「氧化」（失去電子）和「還原」（獲得電子）的現象無所不在，其動力來源卻是宇宙密碼。「氧化」是朝向未來的面相，「還原」是回到過去的原貌，兩段詩卻說男人還原結果是「化成了爐」，什麼都不是，女人還原結果是「化成了水」，清澈澄淨，一如賈寶玉說男人是土女人是水，一垢一淨，而這正是「陰陽」最不可解的部份。然則「密碼」的目的無非就是要「氧化」要「還原」，結果卻截然不同，一愛一欲，一水一爐，一清一濁，無法合一，只能短暫「共鳴」，永劫循環，沒完沒了，也無非就是要在時空中曲折出痕跡。

又比如他的一行詩〈牆〉與現場裝置藝術形態（圖五）：

> 我是迷途的鐘聲，在妳冰冷的胸膛流下了苔痕[49]

48　同上註，頁86。
49　同上註，頁218。

此詩中聽覺的「鐘聲」無所歸路而「迷途」，最後化成具像視覺的「苔痕」留在妳的「胸膛」，以為有所所倚靠，卻是「冰冷的」，無論如何，總可「糾葛共生」相偎一陣，暫解「迷途」與「冰冷」，可見不同個體「共鳴」之不易。而圖五的造形藝術，係杜十三一九八九年「書型藝術行動藝術」個展的作品，三排磚走向一疊磚，像牆。疊在一起像是三排磚（如人的履痕？）最終目標，是要如「鐘聲」歸憩「胸膛」。至於其未來可能如何並非最重要，只要「流下了苔痕」使得你我最終有「痕」，才最緊要。

圖五　〈牆〉（環境藝術）[50]

又比如〈痕跡〉寫的是只要走過飛過皆有痕跡，卻不見得是有形的、看得見的，而常只是曾「共鳴」過的痕跡：

飛過的天空沒有痕跡
只是開始下雨
我躲在黑暗的山谷中叫妳：
妳用欲望想來的那把傘帶來了嗎？

[50]　杜十三：《嘆息筆記》，頁219。

> 天空繼續下雨
>
> 我的全身都是妳飛過的痕跡[51]

「飛過的天空」自然不易留下痕跡，「只是開始下雨」，則將如另一首詩〈傷痕〉所說分離後「千條雨絲是凝固的聲音／萬盞燈火／是醒來的昨日」，是因內在的「我們心中都藏著千山萬水／蜿蜒曲折　難以攀行」，而不是外在的「山崖水際／日出　月落」，此詩亦同，內在有痕，外在有痕無痕已不緊要，重要的就是要在時空中曲折出痕跡，此時空是主觀的，客觀的時空痕跡（如下雨）只是主觀時空痕跡（全身皆任你飛過）的外顯而已。「用欲望想來的那把傘」是男的希望女的獲得保護，不為雨所傷，即使兩方已各自帶著傷或痕跡分離，但卻是相互「共鳴」過所遭。因此相互「共鳴」過、或按杜十三的詩觀「曾感動過」成了任何互動、跨領域最重要的「痕跡」。

五、結語

　　杜十三是濁水溪之子，不安而不穩，卻是澎湃的，他一生致力於一心要打破界線、模糊掉框框、乃至作掉所謂藝術邊界，其背後卻與他生長家庭、濁水溪的環境、諸多際會因緣有關，尤其他的情感被分割、原生的養育的兩個家自小被濁水溪分隔，宛似非一「全人」，「跨」不能不成為他一心想做一「全人」的命和運。他曾以「濁水溪的倒影」為題，寫了一篇自剖式的自傳，並將之公佈於網路上。而在如此濁度高、滋養度高的溪水上，倒影不曾清澈過，是破碎的，也沒一秒鐘是一樣的，可以說濁水溪每

---

[51]　杜十三：《石頭悲傷而成為玉》，頁104。

天都不一樣，他「濁水溪的倒影」亦然，但濁水溪卻是他終年可凝望、思索的地上銀河。

他一生的跨領域行動雷聲大雨點也大，早年被誤解和誤認，因「無法歸類」而為講究倫理輩份的各個不同領域所一一排擠，他卻不改初衷，從起初到終了均一以貫之，其跨媒介行徑、文創先知的敏銳，是早早就走在前代前端的，本文即探討其起因、歷程、和何以有此認知。並從媒介觀、左右腦的渴求、德勒茲的塊莖論和生成觀探討杜十三此中原因，且從他的小詩與其繪畫、造型的圖象之互動中，觀察其全方位也全生命地展開的全人行動之實踐力道，並探索其中小詩與跨領域共同在時空中所具備的可能意涵，包括他的「第一第二媒介觀」、「中點觀」、「共鳴觀」、「沉默觀」、乃至「灰燼觀」、「痕跡觀」。他的「跨」非孤芳自賞式的，而是充滿了「未來學」的味道，那不僅是「跨領域之必然」、「跨媒介之必然」的先行觀念，其後接續引發的則會是「跨語言之必然」、「跨地區之必然」、「跨種族之必然」、「跨族群之必然」、「跨弱勢之必然」、「跨性別之必然」，乃至「跨質能之必然」、「跨色空之必然」等等諸種接近哲學玄學之可能，接踵地未來都似乎有理由成為了可討論可關注可感受的範疇，且又與人體左右腦結構、生理心理機能等均相涉，實值進一步探索。

卷二　大陸學者論中生代

給他光，於是他有了詩
——論向陽的燈光詩思

朱壽桐（澳門大學中文系系主任）

一、向陽：光的歌者

如果要探究來自南投的詩人林淇瀁，為何要取名為向陽，這可能會引起許多人的驟然緊張。在一定的政治語境下，這是一個俗之又俗俗得十分安全的名字，在一定的民族語境下，它又是一個喚起人們若干聯想的名字。顯然，這裡的安全感與詩人沒有直接的關係，種種聯想似乎也與詩人拉開了相當的距離。或許就是因為詩人喜歡陽光？至少，這是一個對於光特別敏感也特別傾心的詩人。

確實，向陽是一個光的歌者。他在「閃亮的羽光」中放歌內心的隱曲，在「風寒」的月光中高歌白日的憧憬，在「幽微的星光」（《對著一顆星星》）中低唱心靈的憂傷，當然也有在和煦的陽光中吟唱愛撫的溫慰（《驚蟄吟》）。除此以外，尚有《銀杏的仰望》樹上撒下的颯白的雪光，《在寬闊的土地上》匝然而起的「耀目的寒光」，發出優雅的《菊嘆》之時驀然驚見的「橙黃的月光」，《野渡》邊「鑑照遠帆」的「絲絲微光」，還有黎明之光的召喚：在《旅途》中被「卑微皎白」的野菰引領著「奔向黎明」，仰望「第一顆啟明」，以及那「一湖暗鬱而漣漣漾動的波光」，在《孤煙十行》吟詠的身後天際正放著的「百千萬億

大光明雲」所閃發的亮光，以及在《走過十行》中安排的上升的「三兩漁火」對於「星在浮雲間隕落」時所闡發的流光。

一切美麗的想像，一切美好的承諾，在向陽詩意的兌現中，都離不開月光或者燈光。如果同在《銀杏的仰望》等詩作中，詩人承諾「帶妳去看雪」，「帶妳去遠遠的山頭看柔柔的雪」，那麼，如果不是雪光的誘引，他就一定會尋覓浪漫的燈光或者溫柔的月光，以作映照，以作渲染，或者以作見證：「已是夜裡十點，但是當我們通過一列列燈光，並且檢閱他們時／幾乎那就是了，白天。／風寒，月光獨守著我們」，哪怕「雪光中，我們交握著手」，仍然顧盼著「林緣昇起一樓黯淡而熟悉的月光」。

是的，即便是在夜晚的雪地，也離不開光的歌吟，不僅是雪光，還有月光（雖然暗淡），還有燈光（雖然搖曳不定）。在向陽的詩中，很難遇見無光的世界，很難發出無光的吟誦。光有的時候是熱，是生命，《風燈十行》中詩人泣血般地垂淚：「給予光和熱是我眨眼垂淚的理由」，有的時候又是詩，是意境，《對著一顆星星》中，詩人不過是為了「見證著幽微的星光」：「它閃爍著，努力要打開／明日的天空，又得提防／不被烏雲隨時在不留／意間將它刷掉／它逡巡、它徘徊也憂傷」──是幽微的星光點亮了徘徊的憂傷，憂傷中貯滿了詩意的感嘆與想像。

對於光的關注當然不是詩人的專利，更不是向陽的特權。關注光，意味著關注生命的力量，也意味著關注詩的品質。魯迅當年曾鼓勵青年人：「有一分熱，發一分光，就令螢火一般，也可以在黑暗裏發一點光，不必等候炬火。」他宣佈：「此後如竟沒有炬火，我便是唯一的光。倘若有了炬火，出了太陽，我們自然心悅誠服的消失，不但毫無不平，而且還要隨喜讚美這炬火或太陽；因為他照了人類，連我都在內。」[1]這是一種帶有社會政

---

[1] 　隨感錄，《新青年》第6卷第1期。

治學意義的光與熱的期盼，雖然充滿了慷慨悲涼的詩意，但它本身，在抽繹了象徵意義之後並不是詩。向陽是個詩人，他對於光的熱感主要來自於詩意而非政治社會寓意。正因如此，他的詩性光感常常偏離了他的筆名的命意，較少表現出對於來自太陽的光與熱的追捧與謳歌，也沒有像魯迅那樣表現出對於富有衝擊力的火炬的期盼。他更多地習慣於幽微的光，譬如燈光之類。

顯然他不拒絕陽光，當然也不拒絕對陽光的歌詠。他欣賞《落雨的小站》前被烏雲「擁吻」的陽光，或者《庭階》之上「微寒午後」迎迓到的陽光，在《笛韻十行》之中清新地擁抱陽光初臨的荒山，讓所有鳥聲都來迎接這初臨的陽光。然而他並不像許多「向太陽」的詩人那樣以擁有太陽的光和熱為目標，為至境，他在選定「向陽」的坡面作難以陶醉的歌詩之際，已經意識到陽光並不那麼詩意，至少並不那麼符合他這樣的詩人的詩思和哲思。《在寬闊的土地上》，「當陽光愛撫我們疲憊的身體」，詩人感受到的不是溫煦的享受，因為他感覺到來自於陽光的溫煦「竟是好不容情的利刃」：「利刃同時在最黑最幽最暗處閃爍／耀目的寒光」，甚至連驅除黑暗的功能也都擱置了，陽光的愛撫構成了傷害。在一首《愛貞》中，詩人將「面對風雨」，同時「抗擊炎熱的陽光和陰冷的夜」當作人生的考驗。陽光成了負面的意象。《霧社》中，詩人鋪張揚厲地呈現陽光的肆虐對於詩意的侵擾，開篇《子、傳說》便展示出這樣的神話：渾蒙初開，天有九日，無情地取消了一切夜晚，當一個太陽接近地平線之後，另一個太陽早已接著升起在半空，誠然，「太陽每天複述偉大而且不死的軌跡，為世界驅逐黑夜，為人間散佈光明」，可是它們也廢止了歌唱的夜鶯，且「禁絕隱私、剝奪休息」。誰都知道，這被廢止了的，被禁絕了的，被剝奪了的，才是真正的詩性、詩意以及詩本身。於是一個名叫向陽的詩人與他所有漫不經心的讀者玩起了迷藏：他其實並不像他的名字所顯現的那樣，那麼傾心

或迷戀陽光。在詩性、詩意和詩的呼吸與陽光的光明和熱能之間，他願意選擇前者。

二、從陽光轉向燈光

　　向陽發現，高掛在空中的風燈照樣可以給自然以光和熱的裝飾，給人們以光和熱的想像慰籍，給詩意光和熱的燭照與渲染。他在《風燈十行》中這樣說：「給予光和熱是我眨眼垂淚的理由」。光與熱的賜予應該是太陽的專利，其他如一盞風燈，發出光與熱就需要付出生命的代價，這就是它眨眼垂淚的緣故。但在眨眼垂淚之際發散光與熱，在生命的付出中張揚詩性的魅力，這是燈之所以不同於太陽的所在，是燈的意象與詩歌之間構成天然聯係的奧秘，可能也是向陽終於將詩的感興轉向燈光的個中原因。

　　有理由判斷，向陽是將對於能夠發光發熱的陽光的傾心轉向了光熱幽微甚至略顯曖昧的燈光，為了詩的緣故，因為燈光的羸弱，特別是在沉寂的夜晚，渺茫的星空或是曠遠的原野，一星燈光宣示著只與遐想、希望、溫馨相關的力量，那是一種美麗也是一種悲壯，那美麗和悲壯遠遠超過陽光與月光。於是，向陽喜歡在最適合陽光出現的原野描畫燈的身影或者燈光的影像。《走過》所關注的不過是「原野亮出燈的身影」，而真正進入曠莽的原野——野原之後，詩人這樣描寫：

> 因你是遠行的山岳，只合我
> 舒坦仰望，以包容的野草遼夐
> 送你漸隱星燈的身影
>
> 　　　　　　　　　　　　　《野原》

遼夐萬里的野原，面對原型的山岳，在舒坦仰望之間目送，那遠去的身影，漸漸隱入星燈之中。星燈與野原構成了一種曠遠之美，一種空漠之美，一種孤寂與永恆相通的美，這是向陽所特別欣賞的詩意。面對曠遠，詩人需要明滅不定的星燈來點綴，來印證，面對黑夜，同樣如此。《夜空十行》中，詩人注意到「只有燈火閃爍的流彈，曖昧在北風裏」，那燈火與其說是為了標示光明和熱力，還不如說是為了點示那一種孤寂與永恆相通的境界，一種純粹的詩的境界。

　　果然，他對於燈的興趣在於曠遠、黑暗中那樣一種孤寂的詩意發掘。散文詩《閃亮的羽光》這樣寫道：

> 於是，每夜，世界靜寂下來時，守著孤燈，任黎明一步一
> 步，走向心之內裡，讓寂寞的鐘聲亮起羽毛，一剎的流光
> 走入血裡淚裡心裡和夜裡。

　　孤燈，寂寞，帶著傳統的感傷和現代感的泣血之淚，膠合成堅固的詩意，纏繞在詩人的情懷，積澱為一種揮之不去的詩性情結。

　　即便遠離了原野，來到喧鬧的都市，燈光依然是他關注的對象，是他的詩興藉以勃發的焦點。且看他的《倦鳥》：「撥開月臺濕漉漉的人潮，臺北雨落著。在廣場上，面對著滾動的街景，那些燈光，在雨著的夜裡，透過疾馳的車窗，真便是整池荷上的圓露了！」臺北的雨相當著名，在向陽的筆下，那雨渲染的乃是蒼茫的幽微，乃是寂寥的落寞，由於有滾動的街景中凸現的燈光，由於那燈光如荷葉圓露般的精美文飾。

　　在向陽的詩性比喻中，燈光依舊是光與熱的喻體，是希望和溫馨的表達，是愛與美的結晶。在這樣的意義上，向陽顯得真實而傳統。他希望在暗夜中有燈光的陪伴，於是有了這樣的《夜

訪》：「這時我來尋你，怕窗燈，皆滅了」。窗燈是那樣的孱弱而敏感，夜訪者的一切舉動都只能怯怯地進行：「怯怯喊你，隔著門，隔著雨露和微火」。惟恐驚擾了彌足珍貴的燈光與微火。燈是希望，更是溫馨，包含著詩美，包含著風雨如磐中所有可能的希冀與甜蜜。向陽一首《燈》表述的正是這樣一種溫情脈脈的主題：

> 此刻夜已深深
> 野原走入更為低垂的天際
> 我在昏暗的角落念著燈前的你

燈與等待，與溫情，與愛與美的企盼聯係在一起，對於邈遠的遠方是一種召喚，無論陪伴或守候在燈前的主體是你還是我。《野渡》強化了這樣的燈的意象：「讓你記得我的粉黛／我烏淤的唇色，因你的熱吻／留下一點點悲羞，留下／渡口擱淺著的長長的等待」；「你可還記得／這整片土地山河，我們都曾愛過／還有江邊數桅小舟／還有等你歸來暗中點燈的我。」

燈屬於夜晚，燈光屬於夜晚必有的詩意和美，無論是在曠野還是在鬧市。向陽熱衷於描摹燈光，謳歌燈光，甚至似乎在燈光中忘卻了陽光的明亮與熾熱。他是否並不真的「向陽」？其實，他的內心中對於燈光的認同聯想到的依然是陽光的品質，是光與熱的一種記憶或者轉喻。燈光所擁有的詩意和美都離不開光和熱，那光對於黑暗的燭照，那熱對於寒冷的驅散，這些功能本質上都屬於陽光，並且來自於陽光。再回到他歌唱的《原野》，聽聽他的燈光曲原來是那麼地傳統，那麼地「陽光」：「夜已靜謐，濃黑緩緩落下來，燈火／一旋身，便將秋燃成滿天稠墨」，於是，「醜陋且暗鬱的世界」得到了光與熱的救助。

光與熱，屬於燈光的品質，卻來自於對陽光的聯想。

三、燈光詩思與陽光詩思

一個本應該關注和謳歌陽光的詩人，卻將這樣的熱忱轉向了燈光。向陽帶著他詩性的奧秘走進了詩的世界和光的世界。對於陽光，他需要刻意去尋覓，需要小心翼翼地刻畫與摹寫，但對於燈光，那是一種俯拾皆是，信手拈來的意象。它似乎時刻準備著進入向陽的詩中，就像一盞燈隨時出現在曠遠之邊和黑暗之中一樣。相比於陽光，燈光是微弱的，人們有理由想到「一燈如豆」之類的雋語。但在向陽那裏，燈其實並不那麼微弱，它承載並宣告著詩意與生命的飛揚，它凝結著一個叫向陽的人對於陽光的信念與懷想。

向陽寧願將詩歌和詩人的全部意義交付於他心目中的燈光：「詩人如果是夜裏點起的一盞燈，他的責任即是要在最黑最暗處放光。」[2]燈就是詩意的全部，也是詩歌意義的全部，是詩的功能的形象體現。有時候，他甚至將燈徑直等同於詩。他的《夜過小站聞雨》，那麼清新柔美的感覺中，詩便如燈：

> 越過廣垠的原野無聲的夜
> 翻過暗黑的山巒無語的夜
> 靜靜落下是天空陰冷的臉
> 徐徐逼來是海洋鹹澀的淚
>
> 海洋的淚躲進窗中那臉上
> 天空的臉逃入眼前那燈內
> 燈在夜裏徐徐翻過那山巒

2　《歲月》代序，《歲月》，大地出版社，1985年。

夜在燈裏靜靜越過那原野

這是一首精美的現代迴文詩，構思的巧妙與表述的靈動組合成一個無可爭議的精品。詩中照樣有宏觀的原野，有鹹澀的海洋和暗黑的山巒，有天空陰冷的臉面，但所有這一切宏觀的景象全都納入了眼前的「燈」之中：帶著海洋的淚水，天空的臉逃入了燈中，又是這盞燈繞過了山巒，越過了越野，原來這個宏觀世界的真正主角是「燈」。毫無疑問，這「燈」裏凝結著詩人全部的感性寄託，它是詩之眼，詩之膽，它就是詩本身。燈在這首詩中將所有的一切串連起來，賦予所有的一切以詩性的靈魂。

向陽有另一本詩集題為《暗中流動的符碼》，充滿著詩人自己的私語，實際上是在現代詩思基礎上自己與自己的詩性對語，是自己為自己寫的一本詩，2003年九歌出版社重版此詩集，使人將其改名為：《為自己點盞小燈》。燈，再一次被他處理成詩的代詞。

也許是幽微的燈光的誘引，向陽的詩呈現出如此精巧而智趣的格局。巧構的現代迴文詩還有《從冬天手裏》：「從冬天的手裏　你黯然飄落／你黯然飄落　在疾走的街上／在疾走的街上　天空最寂寞／天空最寂寞　而你微覺悲涼……而你提供流浪　給燈前的我／給燈前的我　最冷冰的夢想／最冷冰的夢想　是打開窗子／是打開窗子　而你從此淪喪／／而你從此淪喪　在沉沉晚夜／在沉沉晚夜　你找不到故鄉／你找不到故鄉　冬天正嚴酷／冬天正嚴酷　而你升成星光」。纖巧得如燈下的雕琢，是典型的燈光詩思的結果。

燈光詩思顯然與陽光詩思並不一樣，甚至與月光詩思也迥然相異。陽光詩思熱烈而雄壯，卓越而高遠；月光詩思纏綿而清澄，豐富而唯美。燈光詩思精致而靈動，深邃而靈悟。向陽嚮往著這樣的創作境界：「在熱愛與冷智之間，在出乎其外與入乎

其內之間」尋求調和之道，[3]這正是燈光詩思的特點。那種集合於精緻與靈動的詩篇，常常帶有日本和歌、俳句的靈性和神氣，乃是向陽式的燈光詩思的自然呈現。在向陽的詩作中，常有俳句式的靈性表現甚至禪意展示，例如他這樣寫「蟬」：「只有在山林間的綠色盎然中，他才有歌」。這是一種充滿詩意的抒寫，也是一種帶有明顯禪意的闡發。《我獨自挾著西風》就更有俳句的意味了：「我獨自挾著西風／行人的眼色是那麼急」。正因為有了俳句的禪意，他的許多詩都能傳達出令人動容的冷智與哲理，充滿著詩性的靈悟與澄澈：他豁達地表述《當我死去》的意趣：「當我死去，我要驕傲我已活過。」正是循著這樣的一種辯證的詩思，他還吟唱出「你看我笑時，不知我為這笑付出過眼淚」之類意味深長而不乏幽美的詩句。也正是由於精緻幽微的構思路數，他能夠在《驚蟄吟》中設計出「清晨進駐林間的一陣鳥聲／把微曦與樹影咬成起落的／音階」的詩境。所有這樣的煉句煉字，展示的都是燈光詩思精緻靈動、深邃靈悟的審美特性。

然而，向陽畢竟是向陽，燈光詩思是他創作構思的特性，卻不是他恆定的風格。他的風格中有熱烈而雄壯的愴涼，有卓越而高遠的情緒激蕩，這屬於陽光詩思，或許這才是向陽的本色。向陽，一個自我的命名，不可能不與其詩性的追求有某種關係。

向陽的陽光詩思與宏大的情感抒發緊密相關。他的《悲回風》有力地顯示出屬於向陽者的精神氣魄，那是一種將歷史的沉雄和民族的浩歌做盡情抒寫的詩章，然而他並不滿足於這樣的宏大抒情，拒絕走向口號式的吶喊或宣洩式的控訴，他還是從燈光邪氣，將燈光詩思與陽光詩思和諧地圓融在一起。「我們是千古傳下一盞盞／油蕊不盡的燈」，對於向陽來說，我們知道，燈就是詩，於是在燈光詩思的籠罩下，詩人的激情沉鬱地爆發：

---

[3]　《歲月》代序，大地出版社，1985年。

我們不是，冬天的風雪
欺凌肆虐著草木人獸，也不是
風雪裏自求溫暖的爐火
在簷瓦下棄絕了野骨的畏縮
更不是，爐火中急切的
柴薪，只為短暫的發光而自焚
我們也是一個人，一個負載
光榮和恥辱、而且有點謙卑的
人，不幸而寫詩
燈一樣傳喚著歷史幽微的光影

這是中國人的詩性宣言，帶著歷史的悲風；然而又是詩人向陽的個我體驗，帶著燈光詩思。這一段從燈寫起，後面又回復到傳喚著歷史幽微的光影的燈。是的，他仍然習慣於燈光詩思，只是沒有忘卻融入陽光詩思的情緒感興。

以雄壯的陽光詩思牽引情感的波濤，讓婉轉而成熟的燈光詩思收拾詩興的遺落，這是向陽詩歌風格構成的線路圖。《悲回風》是如此，《在雨中航行》也是這樣。「我們努力航行！在黑夜與黎明不忍割捨的雨中，執筆為燈……」一切都凝聚於燈光詩思，他可以放膽表現陽光詩思的雄壯與卓越：他要晨雞喚醒沉寂的中國，要中國更加壯闊。要在每一寸血染過的土上耘出不再染血的田畝，要在每一分淚洗過的泥中犁下不再洗淚的道路！「我們不是睡獅，也不是遙遠／所謂「東方的一條龍」／我們是中國的，中國／土地就在腳下，血與淚／我們溫暖地踩過，整片秋海棠／我們無需夢中，也能緊緊擁抱／這五千年風和浪，千百萬里地家國。」蕩氣迴腸呼叫中，飽含燈光下寧靜的萃思，血染過的土地與不再染血的田畝，淚洗過的泥土與不再淚洗的道路，還有「溫暖地踩過」的「一整片秋海棠」，從宏大的民族意義上說那

是完整意義上的中國版圖，而在詩人的體驗中則是歷史的滄桑與生命的悲涼。家國之思的宏偉屬於陽光詩思的題材，溫馨而沉鬱的詩意，粘合著理性與徹悟，那時燈光詩思的品質。詩人習慣於將此兩種思維結合在一起，於是向陽的詩篇有陽光的雄奇，更有燈光的深邃。《向千仞揮手》這樣的詩篇是如何豪氣：「向千仞山，我們揮手」，但詩人有能力將這種豪氣收斂在燈光下的詩興之中：「揮別分貝與落塵糾葛的城市」更有，「且許高山聳崖俯視／放縱流水淙淙的溪谷／留鳥在林蔭中為我們啁啾／花草於幽暗處向我們注目／腳踩泥土、汗滴陡路」。連韻腳都是那麼精致而婉轉，在陽光詩思的照佛下，燈光詩思依然組織著應有的詩意的深沉與溫婉。

不過，對於一個叫做向陽的詩人，陽光尚且可以遠離，那麼，代表詩意的燈光也同樣可以疏離。《暗中的玫瑰》寫道：「所有燈火全部淪落／愛與恨分明都在子夜形成」。這是可能的情形，但在子夜形成愛與恨的格局之後，所有的爭鬥就開始了，所有的醜陋都會粉墨登場，而且覆蓋了所有的詩性。自然，所有的詩人都會發現，要是那樣，詩會隨著燈光消逝於空茫。

現代與現在，和解與對抗
──鴻鴻現代詩寫作倫理考察

王珂（東南大學人文學院教授、博士生導師）

摘要

　　鴻鴻是臺灣後中生代詩人中的代表詩人，是著名的「跨界」詩人，堪稱「知行合一」──將行動與書寫結合的「行動主義詩人」。他強調詩人的主體性和獨立性，他近年的現代詩寫作是直視生活的「廣場寫作」。受詩歌生態，特別是臺灣政治生態的影響，他的現代詩寫作經歷了從把寫詩視為一種生活方式到一種反抗生活的方式兩個階段，由傳統的文人的精緻性個人化審美寫作轉向現代的精英的通俗性群體化啟蒙寫作，甚至後現代的革命者的粗淺性大眾化宣傳寫作。這種轉變也是近年很多臺灣年輕詩人共有的。鴻鴻轉變最澈底，甚至完成了從「現代詩」到「現在詩」的巨變。對詩的現代與現在，與生活和解與對抗，呈現出鴻鴻現代詩寫作倫理的豐富性和特殊性，他的「現代詩」傾向與生活和解，「現在詩」傾向與生活對抗。鴻鴻改變現代詩的功能的行為具有一定的現實意義和歷史價值。他的一揮而就直抒胸臆式寫作，尤其是那些為了宣傳的「街頭詩」，缺乏必要的詩體意識，影響了詩的藝術品質。

關鍵詞：鴻鴻、現代詩、寫作倫理、詩歌生態、革命

2013年6月7日下午，在大陸著名的南京先鋒書店，舉辦了「『跨界的詩意』——臺灣詩人、導演鴻鴻主題分享會」。會議的宣傳海報如下：「鴻鴻簡介：詩人，劇場及電影編導。……歷任《表演藝術雜誌》、《現代詩》、《現在詩》主編，2004迄今多次擔任臺北詩歌節之策展人，致力於詩的跨領域交流。現主持出版社『黑眼睛文化』『眼睛跨劇團』。作多反思全球化現象，鼓吹社會革命。更以2008年創辦的《衛生紙＋》詩刊，持續號召現實性鮮明的寫作路向。」[1]海報上還附了鴻鴻三首詩，分別是《簡單世界》、《流亡》和《不管我在哪兒》。從海報不難看出，鴻鴻的身分主要是一位詩人，而且是一位「跨界」的詩人。他這次到南京確實是因為他是詩人才被邀請的，他的真實身分是「『中國新詩一百年兩岸詩會』特邀佳賓」。

　　百度百科的「鴻鴻」詞條淡化了他的詩人角色：「鴻鴻，本名閻鴻亞，1964年10月23日生於台南。為新生代的編劇、導演及詩人。臺灣『國立』藝術學院戲劇系畢業。曾至雲門舞集習舞。『漢廣』詩社同仁。演出舞台劇『過客』、『變奏巴哈』、『專誠拜訪』等。曾任舞臺劇導演、電影副導演、中時晚報新影藝版電影記者等。曾任『現代詩』雜誌主編、『表演藝術』雜誌編輯，1994年成立『密獵者劇團』，1998年成立『快活羊電影工作室』，為劇場工作者。」[2]

　　把兩個截然不同的「鴻鴻簡介」放在一起比較，是想說明鴻鴻不是一個傳統意義上的詩人，他的現代文人的生存方式及現代詩的寫作方式都不合常規。他的詩作從內容到形式都給人強烈的標新立異感覺，對讀者閱讀現代詩的習慣形成了巨大挑戰，甚至讓讀者已有的「期待視野」蕩然無存。這一點可以從2013年6月7

1　http://zhan.renren.com/njxf1996?gid=3602888498039990683&from=post&checked=true。
2　百度百科：《鴻鴻》，http://baike.baidu.com/link?url=y7PqPtigS6pNv43P5KsVqVlYh_Td_wCNfxF6wh2gLp2N1nfKqMQle_K-LbwLGmYq。

日晚上發生的事情得到證實。當晚舉辦了「舒婷、鴻鴻等知名詩人讀者見面會・暨百年經典詩歌誦讀會」，舒婷的詩作遠比鴻鴻的受聽眾歡迎。不僅因為詩人舒婷比詩人鴻鴻更有影響力，也因為兩人詩的風格上的巨大差異。前者可以說是「現代主義的傳統詩」，後者可以視為「後現代主義的現代詩」。這種衝突早在臺灣詩界就出現了，鴻鴻出道時就獲得臺灣元老級詩人瘂弦的欣賞，1995年鴻鴻的一篇論文卻引發了同樣是元老級詩人羅門的不滿。

把鴻鴻的詩納入世界現代詩序列中，不難發現正是這樣的詩體現了現代詩的精神。如林以亮所言：「現代英國詩人，後入美國籍的奧登（W. H. Auden）曾經說過：『詩不比人性好，也不比人性壞；詩是深刻的，同時卻又是淺薄的，飽經世故而又天真無邪，呆板而又俏皮，淫蕩而又純潔，時時變幻不同。』最能代表現代詩的精神。」[3] 鴻鴻的詩更多是深刻的和純潔的，也有天真無邪和俏皮的品質。也不難發現這樣的寫作在文體上的弱點，如果從關係主義視野考察他的詩，可以肯定其合法性與合理性；但是從本質主義角度，他的這種現代詩寫作不僅對已有的現代詩具有解構作用，而且具有較大的破壞性。他的寫作在現代詩寫作倫理上具有特殊意義。

今天的詩人生活在計畫沒有變化快的時代，與時俱進成了藝術家的一大特色，如同俗語所言「人在江湖身不由己」，也有一些藝術家始終如一地堅守著自己的信念。既堅守又變通是鴻鴻現代詩的一大特點。1993年8月，鴻鴻正式出版了第一本詩集《黑暗中的音樂》，收錄他八十年代詩作84首，瘂弦寫了一篇四千多字的序，題目是《詩是一種生活方式》。2012年10月，他出版了第六部詩集《仁愛路犁田》，吳晟寫的序的題目是《從一種生活

---

[3]　林以亮：《美國詩選》，臺灣今日世界出版社，1976年，第4頁。

方式到對抗生活的方式》。隨著年齡的增長和閱歷的豐富，尤其是隨著詩歌生態的變化，特別受到臺灣政治生態的影響，鴻鴻的現代詩寫作經歷了從把寫詩視為一種生活方式到一種反抗生活的方式兩個階段，由傳統的文人的精緻性個人化審美寫作，轉向現代的精英的通俗性群體化啟蒙寫作，甚至後現代的革命者的粗淺性大眾化宣傳寫作。這種轉變也是近年很多臺灣年輕詩人共有的，鴻鴻的轉變最澈底，他甚至還完成了從「現代詩」到「現在詩」的巨變。

如同兩個「鴻鴻簡介」，雖然各有側重，但是都顯示出共同之處：鴻鴻是一個詩人。前者顯示出的是「專業詩人」，後者顯示出的是「業餘詩人」。這兩個序的題目也有相同之處，都有「生活」和「方式」兩個詞。差異也是明顯的，前者把寫詩當成一種生活方式，如波德賴爾所言純粹為寫詩的快樂寫作：「只要人們願意深入到自己的內心中去，詢問自己的靈魂，再現那些激起熱情的回憶。他們就會知道，詩除了自身外並無其他目的，它不可能有其他目的，除了純粹為寫詩的快樂而寫的詩外，沒有任何詩是偉大、高貴、真正無愧於詩這個名稱的。」[4]後者把詩寫作當成一種對抗生活的方式。如雪萊所言：「一個偉大的民族覺醒起來，要對思想和制度進行一番有益的改革，而詩便是最為可靠的先驅、夥伴和追隨者。……詩人們是世界上未經公認的立法者。」[5]又如錫德尼所言：「詩，在一切人所共知的高貴民族和語言裡，曾經是無知的最初的光明給予者，是其最初的保姆，是它的奶逐漸餵得無知的人們以後能夠食用較硬的知識。」[6]前者

4　[法]波德賴爾：《再論愛德格·愛倫·坡》，波德賴爾：《波德賴爾美學論文選》，郭宏安譯，人民文學出版社，1987年，第205頁。

5　[英]雪萊：《詩辯》，伍蠡甫主編：《西方文論選》，下卷，上海譯文出版社，1979年，第56頁。

6　錫德尼：《為詩一辯》，伍蠡甫主編：《西方文論選》，下卷，上海譯文出版社，1979年，第227頁。

更多指詩人與生活的和解，後者更多指詩人與生活的對抗。兩者都對生活高度重視，都在「介入生活」。前者的「介入」更多是欣賞性和享受性的；後者的「介入」更多是批判性和反思性的，也不排斥享受生活的樂趣。所以鴻鴻在第六部詩集《仁愛路犁田》的後記中用了這樣的題目《革命與愛情》。寫「革命」時如雪萊所言：「凡是抱有革命見解的作家必然都是詩人。」[7]寫「愛情」時也如雪萊所言：「詩人是一隻夜鶯，棲息在黑暗中，用美妙的聲音唱歌，以安慰自己的寂寞。」[8]

鴻鴻的現代詩寫作顯示出他是身心健康和人格健全的現代人，具有強烈的「社會感」，重視「生命意義」，又具有強烈的「主體性」，重視「生活樂趣」。阿德勒在《生命對你意味著什麼》一書中把一切人類問題歸為三大問題：職業類、社會類和性類，認為三者構成了生命的三項任務。他說：「任何人的生活都受限於三個約束，而且他必須考慮到這三個約束。它們構成了他的現實，因為他面對的所有問題都源於這三個約束。……這三個約束構成三大問題：第一，我們的地球家園有種種限制，怎樣在此限制下找到一個賴以生存的職業呢？第二，如何在同類中謀求一個位置，用以相互合作並且分享合作的利益？第三，人有兩性，人類的延續依賴這兩性的關係，我們如何調整自我以適應這一事實？個體心理學發現，一切人類問題均可主要歸為三類：職業類、社會類和性類。」[9]阿德勒還認為：「在此，我們可以發現所有錯誤的『生命意義』的共同之點和所有正確的『生命意義』的共同之點。所有失敗者——神經病患者、精神病患者——

7　[英]雪萊：《詩辯》，伍蠡甫：《西方文論選》，下卷，上海上海譯文出版社，1979年，第53頁。

8　[英]雪萊：《詩辯》，伍蠡甫：《西方文論選》，下冊，上海譯文出版社，1979年，第53頁。

9　[奧]阿爾弗雷德·阿德勒：《生命對你意味著什麼》，周朗譯，國際文化出版公司，2007年，第10-12頁。

之所以失敗，就是因為他們缺少同類感和社會興趣。他們在處理工作、友誼和性生活中的問題時，都不相信這些問題能通過相互合作得到解決。他們所賦予生命的意義是一種個人所有的意義。那就是：任何人都不能從個人成就中獲益。這種人成功的目標實際上僅僅是謀求一種虛假的個人優越感，而他們的成功也只對他們自己有意義。」[10]從表面上看，鴻鴻的現代詩寫作有一點「玩詩」的色彩，追求寫作的輕鬆自由，實質上卻是在「做詩」，甚至有些「玩深沉」，常常用冷靜得有些冷酷的目光打量世界，挑剔社會。他根本不缺少同類感和社會興趣，如同他的戲劇一樣，高度重視詩歌寫作的社會意義和詩人生存的生命意義。所以他的詩格外關注職業類、社會類和性類問題。

近年臺灣生態書寫及生態文學發達，如林靜助所言：「十九世紀西方專家學者來台從事實地勘探，5、60年代開始經濟建設衍生後來生態環境的污染、破壞，激發社會運動的抗爭、環境生態意識的萌芽，8、90年代成為臺灣自然生態書寫蓬勃發展。……自然生態文學的書寫，縱觀海內外，無不是社會文明發展到一定的程度，具有遠見的作者，警惕到人類文明的過度開發，造成對地球的生態劫害，形成自然界的反撲，呼籲人類應當遵守『環境生態倫理觀』，尊重人類和自然的平衡與萬物和諧相處的平等觀念。」[11]鴻鴻是臺灣「生態詩」的重要詩人，他通過口語化的詩反對工業化帶來的環境污染，甚至通過口號式的題目直接喊出了臺灣大眾的心聲。如《不要到我家蓋工廠》，全詩如下：

> 媽媽　我們窗外有月亮
> 月亮的臉就像媽媽一樣

---

10 ［奧］阿爾弗雷德‧阿德勒：《生命對你意味著什麼》，周朗譯，國際文化出版公司，2007年，第12-13頁。

11 林靜助：《臺灣當代自然生態文學縱橫觀》，《藝文論壇》第9期，臺北文史出版社，2014年，第5頁。

媽媽　我們院子有花香
花的香就像媽媽一樣

媽媽我夢見院子裡蓋了工廠
濃濃的煙再也看不到月亮
飄來的味道又酸又苦又嗆
夢裡的工廠就像一匹狼

媽媽　狼在院子裡逛
媽媽　它跳進窗戶跳上我的床
媽媽　快把惡狼趕走吧
媽媽　快把惡夢趕走吧

我要媽媽的臉
我要媽媽的香
惡夢滾開吧！惡狼滾開啊！
不要到我家蓋工廠

他還寫了《風不要往這邊吹》，全詩如下：

東風吹　風車轉　電力滾滾送進化工廠
西風吹　風車轉　電力滾滾送進化工廠
風吹　越來越乾的溪水
風吹　越來越下陷的土地
風吹　風繼續吹
風車打斷候鳥的翅膀
讓它們再也不飛　再也不能飛

風　把濃煙吹進我的教室我的眠床

風吹　吹著這片變色的土壤

風越吹　我心越碎

風啊　請你不要再往這邊吹

風啊　請你不要再往這邊吹

　　如余光中所言：「和一切藝術家一樣，每個詩人都有其所屬的社會背景，甚至更代表了不同的意識或價值。」[12]臺灣的社會背景，特別是動盪的政局使臺灣詩人關注現實生活，尤其是政治生活，甚至不逃避政治鬥爭。如游喚認為「學者型詩人」簡政珍教授的詩「緊扣社會與現實的環節」[13]鄭慧如也這樣評價簡政珍：「因為騰空自我，簡政珍的詩特別關注陽光下的多數弱勢，他以正常而自然的視力，看到發生在一般人周遭而習於被忽視或不敢正視的一面，使如《市場》、《流浪狗》。」[14]臺灣詩人的政治生態及詩歌生態如簡政珍在《流水的歷史是雲的責任》一詩中所言：「我們要為失足的政客準備拐杖／我們更需要一口深井／去承載口水的回音」；「我們將以如下的言語作為生命的傳承：／雲的責任不是流水的歷史」。又如他在《失樂園》中所言：「成為詩人的充要條件是／看著海濤清洗檔時／能瞭解到／這是黑潮給島國帶來額外的溫度／讓他們醞釀另一次的白色恐怖。」他的《島國風暴》（149行）直接表達了詩人對政客的不滿：「看了政客們迷似的笑容／你怎麼還能和花園裡的小鳥對話？」詹澈的《海上旅館》也寫出了臺灣的政治生態的複雜性：「在小小的港口外面／一個自治的堡壘／大大的家庭，小小

12　余光中：《種瓜得瓜，請嘗甘苦──讀詹澈的兩本詩集》，詹澈：《詹澈詩選》，台海出版社，2005年，第339-340頁。

13　簡政珍：《當鬧鐘與夢約會》，作家出版社，2006年，封二。

14　鄭慧如：《意象逼視人生的美學深度》，簡政珍：《當鬧鐘與夢約會》，作家出版社，2006年，第3頁。

的政府／被擯除在制度外面／在一種不確定的主權上，／載浮載沉……」。「詹澈被譽為『目前最有潛力為中下層農民畫像的新寫實主義詩人』。（蔣韻語）其深受鄉土文學派的思想啟蒙，反對權威，反對專制，詩作具有濃厚的人道主義和理想主義的傾向。」[15]詹澈認為：「做為一個詩人應該有那個時代前進的號角或喇叭的使命感。」[16]他擔任了2002年11月23日「與農共生」十二萬農漁民大遊行總指揮。臺灣鄉土詩的代表詩人吳晟寫了大量詩作抗議政客對生態的破壞，「真誠」是他格外推崇的詩歌理念。

鴻鴻受到這些關注社會生活的前輩詩人的影響，尤其受到吳晟的影響，也強調真誠，關注現實。如他所言：「特別感謝吳晟老師盛情作序。詩人立足土地的本色，以及行動與書寫相輔相成的身影，是我在幽徑徘徊、驀然回首時，最可信賴的領航與庇蔭。」[17]他倆這種關注社會民生，將行動與書寫結合的寫作風格也影響了後代詩人。如新世代詩人吳宣瑩認為：「我以為俊穆亦承襲了自《笠》詩刊以降歷久不衰的社會詩傳統，縱使前有吳晟、鴻鴻等詩中具備濃厚社會關懷色彩的名家，但在他《這裡、那裡──菲律賓即景》、《天堂邊緣──至Banaue》等作品中我們能夠窺見年輕詩人對社會的疑惑與辯證，辯證的內容恐怕並不僅止於階級高低、開發／維持現狀（傳統）、外來殖民／當地原民價值觀之爭，而是二分法以外，生活於灰色地帶且不知時代將推著他們往哪裡去的群眾本身。詩中雖然以菲律賓為背景，所描述者與臺灣島上人們面臨的困境其實相去不遠，何況在敘事與社會批判外，詩人尚不忘於語言、情境、音韻等種種寫作時必須費

---

[15]　張羽：《土地請站起來說話──臺灣詩人詹澈論》，詹澈：《詹澈詩選》，台海出版社，2005年，第370頁。

[16]　詹澈：《探索的道路（自序）》，詹澈：《詹澈詩選》，台海出版社，2005年，第380頁。

[17]　鴻鴻：《後記：革命與愛情》，鴻鴻：《仁愛路犁田園》，臺北：黑眼睛文化，2012年，第245頁。

心折衝考量的層面,以滿足詩的美學需求,在同世代詩人作品中我以為並不多見。」[18]

2012年8月14日,在第六部詩集的後記中,鴻鴻坦言出他的詩的生態、功能和文體的相互依存關係及他的現代詩及「現在詩」的創作理念:「三年來得詩94首,一言以蔽之:革命與愛情而已。我們正處於傅柯所指陳的時代:『如果我們理解的民主是指全體人民沒有等級之分,沒有層級之分,可以有效地行使權力,那麼很清楚,我們離民主還遠得很。很明顯,我們生活在獨裁統治下,在權力階級的統治下,這個階級靠暴力來貫徹自己的意志,甚至這種暴力的工具已經制度化和憲法化。』到了這種地步,我也只能贊同喬姆斯基說的:『我們不僅得理解這些事實,而且要反對它們。』此集所收,近半可視之為政治上的反對聲音,因為政治已經令我們無處可逃。臺灣正處於一個貌似民主的進程當中,行為自主、言論自由,然而強權以『發展』之名,豪奪自然與生民土地身家之惡行,竟無日或絕。毋須聖經提醒,我們本當愛鄰如己,然而滿目所見往往背道而馳。包括民選的執政者……一旦官視民如草芥,民只能視官如革命,實乃捍衛最基本卑微的生存價值之不得不然。多次在街頭看著老農悲憤的臉孔,或是青年們在臉書上呼群保義的吶喊,不可能無動於衷。第一輯『簡單世界』,便多是這亂世所書寫的文本,我也只能草草謄錄而已。全球化時代,也是一個大旅遊時代。世界的不同角落唇齒相依,旅行猶如探親。親故久別重逢,歡悅一醉,卻不能不醒。第二輯『旅行的分析』即是在這個景觀化世界旅行的感思。政治既已綁架了我們,然而愛情,卻讓我得以自由。第三與四輯,便是友情愛情交織而成的生活餘緒。在茫茫尋愛之旅當中,楚蓁的出現,令彼此的心靈與性命都有所安頓,因特別感恩並志記。自

---

[18] 吳宣瑩:《針尖之上:疆界之緣——何俊穆論》,謝三進、廖亮羽:《臺灣七年級新詩金典》,臺北:秀威資訊科技股份有限公司,2011年,第47-48頁。

覺幸運的是，如今我已不再孜孜矻矻於把一首詩反覆雕琢至臻獨特完美，而是一揮而就，然後帶到街頭去檢驗成果。就像耕作，講究的不是姿勢優美，而是能否引入豐沛的濁水，滋養新鮮的稻米。筆耕於我如果仍屬必要，那是因為可以真實呈現一時一地的想法，與文字讀者、街頭聽眾、或是親密愛人相溝通。詩是拿來興、觀、群、怨的，不是拿來陳列玩賞的。革命與愛情，率皆追求群體美好生活的步驟。如果有一天我們可以不必再革命，世界可以不再需要這些詩，或許那才是一個時代最大的成就。」[19]

　　鴻鴻的這個後記堪稱主張「知行合一」——將行動與書寫結合的「行動主義詩人」的「宣言」。它讓「新詩」的啟蒙功能甚至宣傳功能「死灰復燃」，這個功能曾經是「白話詩運動」時期的主要功能，當時流行的風格就是「寫實主義」，新詩的功能就是「啟蒙」。如胡適寫了《人力車夫》，直面現實的苦難，揭示普通民眾生存的艱難。鴻鴻寫了大量針砭時弊的詩作，如《泥背龍的指環——致臺灣土地上的被侮辱與被損害者》，全詩如下：

> 每次下雨，指環就心浮氣躁
> 膨脹起來，將你的手指拴牢
> 以愛或依法行政的名目，水蛭般
> 把你吸到見骨
>
> 這些日子契約被雨水不斷塗改
> 只有指環還那麼堅決
> 儘管它命定轉手多少遍
> 牛在分娩，龍在冬眠
> 旁觀自己之痛苦，或夢見飛碟

19　鴻鴻：《後記：革命與愛情》，鴻鴻：《仁愛路犁田園》，臺北：黑眼睛文化，2012年，第242-244頁。

沒法跟揚長來去的外星人形容
他們色偏的眼睛看不見的新綠
也沒法叫那些爭奪神劍的人
關心插劍的樹在流血

是河就該有女妖，即使戴著防毒面罩
河底沒有黃金，也要守護魚群和水草
指環繼續冶煉，煙囪不斷嘔氣
不服氣的，只能去網路屠龍
去流失的沙灘噗浪，去總統府廣場
練習用卑屈的雙膝，或泥巴
把龍砸醒

那是一趟長途狩獵
少年一夜頭白，沒白的
也要你入獄十年，錘打成廢鐵
秋池水滿，歌聲遙迢
攻頂不成，車子還拋錨
雨停後，每個人都得搭公車下山
有人住雲林，有人住苗栗，有人住貢寮
有人把T恤反過來穿
準備塗寫下一回戰役的標語
你把最後一根仙女棒點燃
看序曲會不會響起，會不會整間夢工廠噴火
升空而去

　　生態和功能是理解鴻鴻的詩歌作品的兩個關鍵字。詩歌生態決定詩歌功能，詩歌功能決定詩歌文體。只有將生態、功能和文

體結合，才能理解鴻鴻的詩歌寫作的意義。「權力」與「自由」是考察鴻鴻的詩歌寫作倫理的關鍵字。只有弄清他的權力觀與自由觀，才能明白他的「革命」甚至「街頭政治」的含義。

鴻鴻的後記涉及到福柯的權力學說，探討他的現代詩寫作倫理，有必要提到福柯並討論他所說的權力。儘管福柯認為權力無處不在，權力可以轉換，權力甚至來自下層。「我不想把權力說成是『特定的權力』（le pouvoir），即確保公民們被束縛在現有國家的一整套制度和機構之中。……我們必須首先把權力理解成多種多樣的力量關係，它們內在於它們運作的領域之中，構成了它們的組織。它們之間永不停止的相互鬥爭和衝撞改變了它們、增強了它們、顛覆了它們。」[20]「權力不是獲得的、取得的或分享的某個東西，也不是我們保護或迴避的某個東西，它從數不清的角度出發在各種不平等的和變動的關係的相互作用中運作著。……權力來自下層。……哪裡有權力，哪裡就有抵制。但是，抵制決不是外在於權力的。……這些抵抗不從屬於一些不同性質的原則；但是，它們並不因此一定是讓人失望的誘餌或許諾。它們是權力關係中的另一極，是權力關係不可消除的對立面。」[21]但是福柯仍然堅持權力及社會秩序的相對穩定，認為任何社會的運作系統都是相互依存的：「起源於三個寬闊的領域：控制事物的關係，對他者產生作用的關係，與自己的關係。這並不意味著三者中的任何一組對其他都是完全無關的……但是我們有三個特殊的軸心：知識軸心、權力軸心和倫理軸心，有必要分析它們之間相互作用的關係。」[22]

鴻鴻接受了福柯的權力反抗理論，相信權力來自下層，推

---

[20] ［法］蜜雪兒·福柯：《性經驗史》，佘碧平譯，上海人民出版社，2002年，第68-69頁。

[21] ［法］蜜雪兒·福柯：《性經驗史》，佘碧平譯，上海人民出版社，2002年，第70-71頁。

[22] John McGowan .*Postmodernism and Critics*. New York: Cornell University Press, 1991. p.134.

崇自下而上的革命，一種來自民眾的革命，如「五四」時期李大釗宣揚的「庶民的革命」。他的詩作自然成了「革命的號角」。卻忽略了「改革」甚至「改良」在人類歷史進程中的力量，忽略了社會的相對穩定對社會發展的一些益處。如啟蒙主義大家蒙田鼓吹啟蒙，卻強調在社會禮義允許的範圍內把事情的真相告訴給大家。鴻鴻的政治抒情詩寫作較少考慮「社會禮義」，採用的也不是漢語詩歌寫作源遠流長的「詩出側面」的傳統，也沒有繼承古代文人長期崇尚的「溫柔敦厚」的做人方式。這種從內容到形式都比較極端的詩歌寫作如果從藝術上講，確實缺乏「寫作倫理」，但是從生活上講，它具有石破天驚般的真實，這「真實」正遵守了漢語詩歌，特別是現代漢詩的寫作倫理。古代漢詩主張「詩言志」，要求抒寫人的鴻鵠大志；還強調「詩緣情」，要求抒發人的倫理之情。兩者都可以讓詩人不得不「虛偽」說假話。但是很多詩人，尤其是才子文人仍然追求寫作的真誠和情感的真實。真實與真誠更是現代漢詩的重要品質，一些詩人甚至認為「真實」是詩人唯一的自救之道。現代漢詩不僅是用現代漢語寫的詩，更是具有現代意識和現代精神的詩。二十世紀是新詩詩人高度重視革命意識與民主意識，以革命為主要構成部分的「新精神」比打破無韻則非詩的做詩信條的「新形式」更重要。主張「新瓶裝舊酒」的胡適認為有「新酒」才需要「新瓶」，漢語詩歌的形式革命是為新內容和新精神服務的。1925年9月25日他在武昌大學演講說：「什麼叫做新文學？新文學是活的文學，能夠表現真情實感的文學，國家、社會和民族的文學……形式的改良，是解除那些束縛新內容新精神的枷鎖鐐銬，枷鎖鐐銬不除，新內容新精神是不會有的。」[23]「新文學固然是改革形式，內容尤應特別注意，不能說形式上解放了，便一切都會跟著

---

[23] 胡適：《新文學的意義》，杜春和、韓榮芳、耿來金：《胡適演講錄》，河北人民出版社，1999年，第250-251頁。

好。要解放形式的緣故，是拿這種解放的形式去歡迎新內容和新精神。」[24]宗白華在1941年11月10日指出：「白話詩運動不只是代表一個文學技術上的改變，實是象徵著一個新世界觀，新生命情調，新生活意識尋找它的新的表現方式。……創造一個新文體以豐碩我們文化內容的工作！在文藝上擺脫二千年來傳統形式的束縛，不顧譏笑責難，開始一個新的早晨，這需要氣魄雄健，生力彌滿，感覺新鮮的詩人人格。而當年的郭沫若先生正是這樣一個人格！他的詩——當年在《學燈》上發表的許多詩——篇篇都是創造一個有力的新形式以表現出這有力的新時代，新的生活意識。編者當年也秉著這意識，每接到他的詩，視同珍寶一樣地立刻刊佈於《學燈》，而獲著當時一般青年的共鳴。……白話詩是新文學運動中最大膽，最冒險，最缺乏憑籍，最艱難的工作，它的成就不能超過文學上其他部門原是不足怪的。」[25]這裡的「編者」就是宗白華自己，這段話說出了新詩詩人郭沫若「橫空出世」的原因，除他有詩歌天賦外，更多是「時勢造就」的詩歌英雄。

俗語說「秀才造反三年不成」、「百無一用是書生」。但是當代詩人是可以有所作為的，新詩堪稱一種「政治性」甚至「革命性」的文體，「先鋒性」是其重要的特質。在新詩史上，特別是在新詩草創期，很多新詩詩人都是革命家，如郭沫若、胡也頻、李大釗、周恩來、高君宇這樣的「職業革命家」也寫過新詩。大陸詩人在新時期改革開放三十年的最大功勞就是通過詩歌啟蒙了大眾，促進了思想解放，加快了民主進程。因為在社會權力結構中，詩歌寫作也是一種權力寫作。詩人通過寫詩來使權力得到轉化，寫詩是詩人向社會索取權力的一種方式，即對抗生活

---

[24] 胡適：《新文學的意義》，杜春和、韓榮芳、耿來金：《胡適演講錄》，河北人民出版社，1999年，第255-256頁。

[25] 宗白華：《藝境》，北京大學出版社，1987年，第142-143頁。

的一種藝術方式。如凱西爾所言：「政治生活並不就是公共的人類存在的唯一形式。」[26]「人的突出特徵，人與眾不同的標誌，既不是他的形而上學本性，也不是他的物理本性，而人的突出特徵。正是這種勞作，正是這種人類活動的體系，規定和劃定了『人性』的圓周。……因此，一種『人的哲學』一定是這樣一種哲學：它能使我們洞見這些人類活動各自的基本結構，同時又能使我們把這些活動理解為一個有機整體。」[27]藝術生活也是公開的人類存在的重要形式，通過鴻鴻的詩，可以看見人類活動各自的基本結構，特別是可以看清臺灣近年的政治生態。他的詩作具有反映時代變遷，傳達民意，促進社會健康及療治社會等功能。

生態決定功能，功能決定文體，自由精神是現代漢詩最重要的品質。如陳超所言：「詩歌作為一種獨立自足的存在，源始於詩人生命深層的衝動。……隱去詩人的面目，將生命的活力讓給詩歌本身吧！」[28]吳思敬的論述更為精闢：「『自由』二字可說是對新詩品質的最準確的概括。這是因為詩人只有葆有一顆嚮往自由之心，聽從自由信念的召喚，才能棄絕奴性，超越宿命，才能在寬闊的心理時空中任意馳騁，才能不受權威、傳統、習俗或社會偏見的束縛，才能結出具有高度獨創性的藝術思維之花。」[29]兩段話，特別是後一段話可以為鴻鴻的現代詩寫作倫理辯護。

鴻鴻的現代詩寫作在內容題材的自由值得肯定，在形式體裁上的過分自由卻應該批評。哈耶克認為「自由」原始含義更多是「獨立於他人的專斷意志」[30]，但是他強調社會人，特別是現

26 [德]恩斯特・凱西爾：《人論》，甘陽譯，上海譯文出版社，1985年，第81頁。
27 [德]恩斯特・凱西爾：《人論》，甘陽譯，上海譯文出版社，1985年，第87頁。
28 陳超：《詩即思》，汪劍釗：《中國當代先鋒詩人隨筆選》，中國社會科學出版社，1998年，第139頁。
29 吳思敬：《新詩：呼喚自由精神——對廢名「新詩應該是詩」的幾點思考》，吳思敬：《吳思敬論新詩》，中國社會科學出版社，2013年，第5頁。
30 [英]弗里德里希・馮・哈耶克：《自由秩序原理》，鄧正來譯，北京三聯書店，

代社會人的自由應該受到他者的控制：「自由意味著始終存在著一個人按其自己的決定和計畫行事的可能性；此一狀態與一人必須屈從於另一人的意志（他憑藉專斷決定可以強制他人以某種具體方式作為或不作為）的狀態適成對照。」[31]「我們對自由的定義，取決於強制概念的含義，而且只有在對強制亦做出同樣嚴格的定義以後，我們才能對自由做出精確界定。事實上，我們還須對某些與自由緊密相關的觀念——尤其是專斷、一般性規則或法律——做出比較精確的定義。」[32] 鴻鴻追求的自由，特別是詩歌寫作自由，更多是「獨立於他人的專斷意志」，他才會推崇直抒胸臆式寫作，甚至反對把一首詩反覆雕琢至臻獨特完美，把「一揮而就」視為寫作的一大境界而「自覺幸運」。

上個世紀八十年代初期，大陸出現了聲勢浩大的詩歌運動，「廣場詩學」盛行，政治抒情詩深入人心，寫政治抒情詩的詩人成為「政治明星」，1986年在成都《星星》詩刊舉辦的一次詩人與讀者見面會上，有讀者甚至高呼某某政治抒情詩人萬歲。1982年呂進給詩下的定義是：「詩是歌唱生活的最高語言藝術，它通常是詩人感情的直寫。」[33] 針對鴻鴻的詩，特別是政治詩，可以把這個定義改為「詩是批判社會的語言藝術，它通常是詩人感情的直寫。」也可以把鴻鴻的詩命名為「行為主義者的詩歌」或「廣場詩歌」。這樣的具有「現在性」、「在場性」的現代詩寫作確實具有合法性和合理性，這種寫作類似大陸曾經長期流行的社會化宣傳式寫作，當時的文藝方針就是文藝為大眾（工農兵）服務，採用他們喜聞樂見的藝術形式。這種極端大眾化的文藝方

1997年，第5頁。

[31]　[英]弗里德里希‧馮‧哈耶克：《自由秩序原理》，鄧正來譯，北京三聯書店，1997年，第4頁。

[32]　[英]弗里德里希‧馮‧哈耶克：《自由秩序原理》，鄧正來譯，北京三聯書店，1997年，第16頁。

[33]　呂進：《新詩的創作與鑒賞》，重慶出版社，1982年，第20頁。

針也嚴重影響了文藝作品的藝術品質，導致了新詩在藝術上的粗糙和在技法上的膚淺。

鴻鴻是「後中生代詩人」中的代表詩人，在臺灣詩壇，他處在承前啟後的轉折位置。如同新詩草創期郭沫若、俞平伯等詩人過分強調寫作自由影響了其他詩人。俞平伯詩在1920年12月14日寫的《詩底自由和普遍》說：「我對於做詩第一個信念，是『自由』。……所以要寫就寫，寫得出就寫；若寫不出或不要寫就算了。我平素很喜歡讀民歌兒歌這類作品，相信在這裡邊，雖然沒有完備的藝術，卻有詩人底真心存在。詩人原不必定有學問，更不是會弄筆頭，只是他能把他所真感著的，毫無虛飾毫無做作的寫給我們。」[34]鴻鴻的這種過分追求寫作自由，甚至是「跨界書寫」，會因為他在詩壇和劇壇等多種藝術領域的「名人效應」，對後代詩人產生一些負面影響。如比他更年輕的新世代詩人楊佳嫻很推崇鴻鴻的現代詩書寫方式：「對於跨影劇與文學創作的鴻鴻來說，這種生活、記憶與世態之間的濃縮拼貼剪裁，正是他最嫻熟。」[35]「拼湊」式「混搭」寫作方式確實受到了生活在後現代社會的臺灣新世代詩人的熱捧。

討論鴻鴻的現代詩寫作倫理，有必要回顧人類詩本體論的歷史。「縱觀和比較中外詩學發展史，發現有一個相同的發展趨勢：中外文藝理論家對詩的本體的觀照點都有一個由外部世界向內部世界轉化的過程，從重視客觀社會環境的外視點到重視創作主體和詩歌本身的內視點的轉變過程。即由關注社會向關注人的情感和藝術的形體回歸過程。」[36]但是詩人有些相反，特別是那些自我意識強烈的大詩人，「人的自我意識隨著社會生活的發展

---

[34] 俞平伯：《詩底自由和普遍》，《新潮》，第3卷第1號，1921年10月1日。《新潮》（影印本），第2冊，上海書店，1986年，第75-76頁。

[35] 楊佳嫻：《邊陲生活，市井觀察：鴻鴻與他的臺北縣》，《北縣文化》102期，第20頁。

[36] 王珂：《中西方詩本體論探微》，《社會科學戰線》1996年2期，第204頁。

而發展。」[37]他們更關注詩與時代的關係，更強調社會情感對個體情感的影響，甚至強調個人情感是社會情感的晴雨錶。「『阿諾德把詩稱為『生活的批評』（criticism of life），強調詩的有用性，反對無聊之作。」[38]鴻鴻的詩更多是阿諾德的「生活的批評」。

「對中西方詩本體論的嬗變過程，進行平行研究，會發現有許多異曲同工之處。在人類的共性和詩歌藝術的自主性作用下，中西方都不約而同地向以情感與形式為中心的詩本體論靠攏。」[39]不可否認鴻鴻的詩具有情感與形式，也不能否定他的情感與形式，尤其是粗淺的情感和粗陋的形式的價值。但是如果正視現代詩並不樂觀的接受現狀：公眾的詩歌觀念仍然停留在詩是最高的語言藝術層面，絕大部分讀者採用欣賞古代漢詩的「期待視野」，特別是「文體期待視野」來閱讀現代詩。如果考慮到百年新詩本來就缺乏藝術性，無法進入漢語詩歌的歷史長河，即考慮到新詩的健康發展，就有必要客觀公正地評價鴻鴻的現代詩寫作：在思想內容上高度肯定，在形式技法上適度肯定。甚至有必要指出他的詩與大陸出現的「梨花體」和「羊羔體」詩歌有相似之處。儘管這些極端的口語詩有必要存在，特別是在推崇詩歌風格多元的時代，更需要有人寫作。但是這樣的口語詩在大陸成了低級詩歌的代名詞，甚至被改名為「口水詩」，受到了大眾讀者的抵制，如在2007年出現了線民「惡搞」著名女詩人的文化事件。

應該用德索的這段話來考察鴻鴻的詩：「只要它是個好的藝術品，又具備詩的形式，我們就應當承認它是首抒情詩。對於內容的每一個限制都是與藝術理論之精神相違背的過錯。但我們必

[37]　Denys Thompson. *The Uses of Poetry*. London: Cambridge University Press, 1974. p.3.

[38]　David Bergman, Daniel Mark Epstein. *The Heath Guide to Literature.* Lexington, Massachusetts Toronto: D. C. Heath Company, 1987, p.419.

[39]　王珂：《中西方詩本體論探微》，《社會科學戰線》1996年2期，第207頁。

須要求，真實世界的各個方面必須完全從其日常生活的背景中轉移至永恆的精神領域中去，這些方面在這一領域中以相互的結合形式各依照其內在規律性而交叉起來。這一基本原則正是我們擯棄那種個人因素無限度壓倒一切的、原始情感為其根本核心的詩歌的原因。世上任何藝術都不能使我們的基本情感滿足。情感若強烈得逾越了藝術的形式界限，那麼它們縱使在抒情詩中也是不會再有任何地位的。極強烈的興奮與藝術無緣，這些興奮可能通過它們的以及由它們所釋放的東西的個性來吸引我們的注意。但在這些之外，我們應當要求情感之洪流必須進行修作和成型──即使當這種精製的產品與那種原始熱情之壓力在其中推進的詩歌進行比較時，有遭到輕蔑的危險。這種結結巴巴的，以姿式狂熱進行表白的抒情詩使我們想起了哭泣呼號的孩子。只有當這種病態的狂熱平息時，藝術之抒情詩才能開始。當然，這並非是要拒絕作者情感的加入。歌德說每一首好詩都是偶然作成的，這一斷語就體現出詩在形成之初的這種個人因素。但此處所說的抒情詩的情況也適用於其他藝術。在那些對過於公開表露情感持鄙棄態度的情緒的藝術品中，反省替代了活的經驗，甚至用新的事件去為記憶中的心靈狀態提供更好的基礎，偶發事件的可經驗的形式溶化在藝術形式之中了。」[40]不難看出，鴻鴻的一些詩確實缺乏流行的「詩的形式」，如《記得妹妹》，全詩如下：

妹妹　我老是希望你別再打擾我
卻不知為什麼　在你沒消沒息的時候
又老是掛記
我怕半夜接到你不開心的電話
把生活雜亂髒汙的一面忽然掀開

[40] ［德］瑪克斯・德索：《美學與藝術理論》，蘭金仁譯，中國社會科學出版社，1987年，第365頁。

像掀開凹凹凸凸的垃圾桶上生鏽的鐵蓋

我怕又聽到你抱怨

自己醜　沒人愛

但是美都會很快消逝（事實上醜也是）

你不知道的是　醜才可能得到真愛（但你又不夠醜）

而美只會被世界吞噬

那世界是誰呢？就是我們

不敢掀開垃圾桶蓋的我們

只敢吃沒過期食品的膽小鬼

不承認那些也同樣是垃圾

我們嫉妒美　購買美　撕爛美

我們是老闆　是員外　是缺乏自信的變態

把雜誌封面電視廣告網路八卦

當營養針打

好忘掉鏡中那個自己

好忘記這世界哪來的真愛根本和美醜無關

可是妹妹　我能夠忘記背後看不見的刺青

但在我躲避你討厭你耐著性子安慰你的時候

我卻真的愛你

那不是愛情　不是同情　而也許

只是一種感激

感激你留住了我當中那一點點可以稱之為人的東西

　　這首詩完全散文化，如果不把它分行排列就是散文，它可能真的是鴻鴻採用「一揮而就」的方式寫出的。實際上他熟悉傳統的詩歌寫法，如韻律，如《不要再對我打槍》的前一詩節是詩，在不經意間就押上了韻。全詩如下：

不要再對我打槍

我又沒偷翻你圍牆

不要再對我打槍

我可沒夠膽搶銀行

不要再對我打槍

我的言論還沒拿和平獎

不要再對我打槍

我沒有拿起鋼盔上戰場

我的憂傷只有21°C

我的失落還在等電梯

我的痛苦給健保去處理

我的寂寞已送去陪貓咪

再來一槍我就變無敵鐵金剛

再來一槍我就能透光

再來一槍吧，讓痛來證明

這個靈魂還沒被麻醉

讓愛展示最大的神跡：

死過，還可以再死一回

　　鴻鴻的一些詩採用口語寫作，仍然重視傳統的詩的形式，如有相對對稱整齊的形體，有「固定行數」意識，甚至不排斥意象。這些詩與「傳統」詩無異，取得了很好的藝術效果。如「一詠三歎」般的《好好愛我》，全詩如下：

愛我

不然我就會消失在空氣裡

讓我像深夜停靠黃線的車
在黎明之前苟活

愛我
讓我成為你指縫殘留的油彩
緊偎著溫暖的汗水
不願剝落

愛我
雖然愛像魚不可捉摸
我這具標本，卻只有在你注視時
才能重獲自由

愛我
不然我就要為你唱歌
歐買尬，保證讓你覺得還不如
不如愛我

　　2009年，洛夫在為《兩岸四地中生代詩選》作的序《大海誕生之前的波濤》中認為：「在『中生代』此一命名之前，先有大陸的『中間代』和臺灣的『中堅代』之說。『中間代』與『中生代』著重於時間性的代際劃分，而『中堅代』則強調詩人的主體性、獨立性，且意味著在取代行將式微的前輩地位之前便已卓然有成，頗能代表臺灣詩壇的中堅力量。他們大約出生於1949年（蘇紹連）到1969年（陳大為）之間，約於80年代出道詩壇，成為90年代至今的臺灣詩歌群落的主幹份子。……大陸評論界曾有這樣的看法：『在近年以運動為主要特徵的詩歌環境裡，詩壇幾乎淪為赤裸裸的名利場，詩歌的藝術之爭常變味為『話語權』之

爭。詩人的代際變化太快，如同長江後浪推前浪，一代又一代詩人各領風騷三兩天……』（王珂語），於是，有些社會責任感較強的中生代詩人面對如此惡化的詩壇生態，只有冷眼相對而抱持一種暫不作為的消極抗拒，其實是處在一種沉潛的，內視而深刻化的待勢而起的積極狀態中。王珂把他們的寫作特性歸類為『寂寞的個人寫作』，『自我玩味的藝術寫作』，『獨善其身的人生反思寫作』，與『哲理追尋的神性寫作』等。如從詩歌的內在精神和詩藝層次的角度來看，以上四類的寫作思路毋寧是正常的良性傾向，事實上也正是臺灣與港澳詩人長期以來寫作『路線』的幾個重要選項。」[41]

鴻鴻1964年10月23日生於台南，比1969年出生的陳大為年長5歲，是「中生代」中的年輕人，是洛夫所說的強調詩人的主體性和獨立性的「中堅代」。正是因為具有強烈的主體性和獨立性，他的現代詩寫作不是「寂寞的個人寫作」和「自我玩味的藝術寫作」，也不是「獨善其身的人生反思寫作」與「哲理追尋的神性寫作」，而是「直視生活的廣場寫作」。如果臺灣詩人如洛夫所言的四類的寫作思路是正常的良性傾向，是臺灣與港澳詩人長期以來寫作「路線」的幾個重要選項。那麼，近年鴻鴻的詩可以被稱為「異類」，他真正做到了「堅持在差異中寫作」（王家新語）。不管對他的詩，尤其是對他的現代詩寫作倫理有何異議，這種由主體性和獨立性產生的獨創性現代詩，都具有特殊的現實價值和歷史價值。

鴻鴻的「跨界寫作」也具有合理性。現代詩的一大特點就是「跨界」，如現代詩的祖師爺波德賴爾所說：「現代詩歌同時兼有繪畫、音樂、雕塑、裝飾藝術、嘲世哲學和分析精神的特點；不管修飾得多麼得體、多麼巧妙，它總是明顯地帶有取

---

[41] http://www.gjyhuang.com/News/YhShow.asp?id=259.

之於各種不同的藝術的微妙之處。」[42]世界已經進入後現代社會了，詩的本體論也應該與時俱進。今天的現代漢詩已經不能再極端堅持「詩是抒情藝術」，應該給它下這樣的定義：「新詩包括內容（寫什麼）、形式（怎麼寫）和技法（如何寫好）。內容包括抒情（情緒、情感）、敘述（感覺、感受）和議論（願望、冥想）。形式包括語言（語體）（雅語：詩家語（陌生化語言）、書面語；俗語：口語、方言）和結構（詩體）（外在結構：句式、節式的音樂美、排列美；內在結構：語言的節奏）。技法包括想像（想像語言、情感和情節的能力）和意象（集體文化、個體自我和自然契合意象）。……可以用一句話來概括這個新詩觀：新詩是採用抒情、敘述、議論，表現情緒、情感、感覺、感受、願望和冥想，重視語體、詩體、想像和意象的漢語藝術。」[43]今天，無論是大陸詩壇還是臺灣詩壇，都有必要強調新詩的藝術性：「詩是藝術地表現平民性情感的語言藝術。」[44]

　　但是有必要呼籲包括鴻鴻在內的「自由詩人」重視詩體。因為詩體是詩的語言體式及形式規範。世紀之交，臺灣詩人的詩體意識越來越少，出現新的「詩體解放」及「詩體自由化」傾向。前行代詩人還有人寫現代格律詩，如余光中，前期中生代詩人也有「固定行數」意識，但是新世代詩人更強調詩體的自由，只有少數詩人有「固定行數」意識，尤其是後期新世代詩人的詩體觀念十分淡漠。鴻鴻一揮而就的直抒胸臆式寫作，尤其是寫那些為了啟蒙宣傳的「廣場詩」、「街頭詩」，是不太需要詩體意識的。正是因為缺乏必要的詩體意識，影響了鴻鴻的詩的藝術品質，也影響了他試圖在「街頭」獲得的喚醒「革命」的宣傳效

---

[42] ［法］波德賴爾：《波德賴爾美學論文選》，郭宏安，人民文學出版社，1987年，第135頁。
[43] 王珂：《今日新詩應該守常應變》，《西南大學學報》2010年第4期，第27頁。
[44] 王珂：《詩是藝術地表現平民性情感的語言藝術——論現代漢詩的現實出路》，東南學術2000年第5期，第104頁。

果。鴻鴻「鼓吹社會革命」和「號召現實性鮮明的寫作路向」都無可厚非，甚至應該讚揚，但是必須以詩人的身分和詩的方式進行。當年「抗戰文學」風行時，梁實秋提出要重視文學性。1938年梁實秋在《中央日報・平明副刊》寫的編者按認為不必勉強把抗戰截搭上去，甚至認為空洞的「抗戰八股」對誰都沒有益處的。大陸長期流行的「宣傳」大於「文學」的「宣傳文學」曾經嚴重影響了文學，特別是新詩的健康發展。因為稍稍有點詩歌修養的受眾都有一定的詩體意識，他們會把這樣的詩視為「非詩」而拒絕接受。這不僅會影響詩人鴻鴻的詩歌前途，也會影響臺灣，甚至整個華文世界的詩歌前途。不管詩人的生存境遇如何，詩歌生態多麼惡劣；不管多麼強調詩的功能的特殊性和實用性，都有必要站在本質主義立場上，堅定地捍衛「詩是最高的語言藝術」，「詩要寫得美」，「推敲之功是現代詩人的基本功」等詩歌的基本原理和基本原則。

臺灣「中生代」的「新品種」
——論陳義芝詩歌的藝術特質

羅小鳳（廣西師範學院副教授）

在臺灣的「中生代」詩人中，陳義芝無疑是一位產量豐厚的詩人，迄今已出版七本詩集（《落日長煙》《青衫》《新婚別》《不能遺忘的遠方》《不安的居住》《我年輕的戀人》《邊界》）和一些詩歌選集。而讓他在臺灣「中生代」詩人中脫穎而出、卓爾不群的顯然並非其詩歌產量，而是其別具一格的詩歌藝術特質。楊照曾在為陳義芝的詩集《我年輕的詩人》作序時指出他是上世紀70年代出現並成長起來的「新品種」[1]，那麼具體而言，這所謂的「新品種」到底「新」在何處？陳義芝的詩歌藝術特質到底何在？一直以來系統而深入探究陳義芝詩歌藝術特質的研究似乎不多。事實上，在詩歌的藝術領地裡，陳義芝不斷地如波德賴爾所言的「獨自將奇異的劍術鍛鍊」（波德賴爾：《惡之花》），他從不拘泥於某一種詩歌表現藝術，而是巧妙地將抒情性與敘事性進行搭配，將古典詩傳統的優秀質素與現代化的時代語境與社會現實相糅合，將知性與感性相交融，構建了自己多元和合的詩歌藝術特質，從而構築了自己獨特的詩歌世界。

---

[1]　楊照：《浪漫補課》，《我年輕的戀人》序，第8頁、第15頁。

一、抒情性與敘事性的結合

　　抒情是中國詩歌自古以來的一個優秀傳統，陳世驤曾指出：「中國文學的榮耀並不在史詩；它的光榮在別處，在抒情的傳統裡」，這種抒情傳統始於《詩經》，「彌漫著個人弦音，含有人類日常的掛慮和切身的某種哀求」，注重「詩的音質，情感的流露，以及私下或公眾場合中的自我傾吐」，「以凝聚的精華從內在的經驗中，明快地點出博大精深的聯想」[2]。周作人則將抒情作為詩的本質：「我只認抒情是詩的本分，而寫法則覺得所謂『興』最有意思，用新名詞來講或可以說是象徵。」[3]確實，抒情在中國詩歌發展脈絡中發揮著極其重要的作用力，在中國詩歌傳統中佔據著極其重要的位置，因而，王德威呼喚，20世紀被壓抑的抒情今天應重新正名發揚[4]。

　　對於抒情傳統，陳義芝素來頗為注重，認為「不會抒情的人不是詩人」，並認為詩的本質是抒情：「不論是編年度詩選或編自己的詩集，我多次提過『抒情傳統』、『抒情精神』。抒情，是詩的本質，不僅有感性的滿足、結構的要求，還是一種能提煉出意義的經驗衝擊。」[5]在他看來，「情即心志，是寫之不盡的陳腔濫調，也是天地恒存的普世價值。」[6]他自己的詩秉持了這種抒情路向，楊牧認為他大半作品「總透露出一種嘗試宣說卻又敦厚地或羞澀地想『不如少說』的蘊藉，一種堅實純粹的抒情主

---

[2]　陳世驤：《中國的抒情傳統》，《陳世驤文存》，遼寧教育出版社，1998年，第2-5頁。

[3]　周作人：《揚鞭集・序》，劉半農：《揚鞭集》北新書局，1926年。

[4]　王德威：《現代性下的抒情傳統》，《復旦學報》2008年第6期。

[5]　陳義芝：《陳義芝詩精選集——一隻或許的手寫詩自述（1972-2002）》，《21世紀世界華文文學高峰會議特刊・書序專輯》。

[6]　金濤：《當時的現代　明天的傳統——訪臺灣詩人陳義芝》，《中國藝術報》，2011年11月7日。

260　台灣中生代詩人兩岸論

義，尤其植根於傳統中國詩的理想」[7]，陳俊榮則指出「他的詩作向來具有溫婉的抒情風格（尤其是早期作品）」[8]。事實上，並非僅僅早期作品陳義芝執著於抒情，新近創作的詩作亦復如是，如《我年輕的戀人》中詩人將抒情主人公「我」刻畫成「像一個流亡的車臣戰士」，顯示出抒情主人公對「戀人」之愛的深切、濃烈，而結尾的「只要夢在年輕的戀人就在／哪怕是最後一眼／在紛亂的人群錯車的月臺」更是抒發出詩人對「戀人」極其深摯、熱烈的愛。詩人以此詩的標題作為其詩集的名稱，詩集中的作品都是抒發了「我」對「戀人」的熾熱愛情，如《上邪》《我們一起》《孢子之歌》《喚心肝》等詩，均是對抒情主義的延續與徵用。

但陳義芝並沒有沉溺於抒情主義路向而不可拔，走向「濫情」、「宣洩」的泥淖，而是在注重抒情性的同時，亦注重敘事性，他認為「中國詩是抒情與敘事相容的，既有敘事，當然也就能承載情節」，因此他指出：「談到新詩的未來，我覺得『情節性』、『敘事性』應大加提倡」[9]。既堅持抒情傳統，又注重敘事性，將抒情與敘事相容，這才是陳義芝詩歌不同於其他詩人的特別之處。對此，楊照有著敏銳意識，他認為陳義芝的詩雖可歸為「抒情」一路，但仔細爬梳卻又不難發現「藏在『抒情』表面底下，一股堅持、近乎固執的敘事行動，反覆踴躍」，他認為在陳義芝的詩中，「即使是最熱情的情詩」，也「一貫有著一個太清醒的敘事者」，並且「逼近現實與擅用敘事手法」[10]。所謂敘事，孫文波認為「能具體到對一次談話的記錄，也能具體到對一次事件的描述。……使一切具體起來，不再把問題弄得玄乎，一方面強調某種一致性，一方面注意依據自身經驗使詩歌在結構、

7　楊照：《浪漫補課》，《我年輕的戀人》序，第8頁、第15頁。
8　陳俊榮：《陳義芝的家族詩》，《當代詩學》第7期。
9　陳義芝：《詩的表現與傳播》，《新地文學》，2013年春季號。
10　楊照：《浪漫補課》，《我年輕的戀人》序，第8頁、第15頁。

形式，甚至修辭方式上保持獨立性」[11]，張曙光則認為：「『敘事性』是一種認識事物的方法，以及對於詩歌的功能的理解：通過把詩歌引向對於具體事物的關注，從細節的準確性入手，使詩歌在表達對於語言和世界的認識時，獲得客觀上應有的清晰、直接和生動」[12]。陳義芝的詩注重「情節性」、「細節」，具有「臨場感」、「畫面感」，將抒情與敘事交融一體。如《出川前紀——秋天聽一位四川老人談蜀中舊事》，從標題看便充滿敘事性，且有一個清醒的「敘事者」，全詩共分十小節，每節另設小標題，從「家門」、「旗向」、「爐灶」、「三弦」、「山水」、「後土」、「流竄的風」、「軌跡」、「同袍」、「迴旋」等各個方面進行了敘述、描畫，有明顯的散文化傾向，既有抒情，又有敘事，將詩人對四川的一片鄉愁之情與老人所談蜀中舊事糅合在一起。《青衫》中的《四川水患》一詩亦是如此，既有敘事，敘述四川「山河決堤了／百姓跟著痛哭」，而詩人「掏出那副新配的眼鏡／在臺灣八月的早報上／在多霧的蜀地／梭巡／一個字一個字／忪忪惕惕／尋我家鄉的消息」，敘事之中又深含詩人對故鄉家園的牽掛、擔憂與鄉愁之情。值得注意的是，陳義芝筆下有大量的詩以「家族敘事」的方式敘述家族的歷史、生活、關係狀態、親人的親情、愛情、婚姻以及悲歡離合，與故事，書寫了不少關於家族的物事，展現他對家族的追尋、家園的護持和家人的眷戀，如《不安的居住》中的「家族相簿」等詩輯都是以敘事的方式呈現家族的歷史、生活與故事，同時又結合抒情的方式抒發內心對家族、親人、家園的深摯感情，在抒情與敘事的多維交織中建構了他獨特的「家族敘事」方式。

在將抒情與敘事相結合的藝術追求中，陳義芝還別出心裁

<hr />

[11] 孫文波：《我理解的九十年代：個人寫作、敘事及其他》，載《詩探索》1999年第2輯。

[12] 張曙光等：《寫作：意識與方法——關於九十年代詩歌的對話》，載孫文波等編：《語言：形式的命名》，北京：人民文學出版社，1999年，第363頁。

地援用了小說、日記、札記、戲劇等各種方法與策略，如《我年輕的戀人》中的「故事一輯」以「故事1」到「故事5」標號，援引小說筆調，以講故事的敘述方式敘述了「我」與「戀人」之間的系列「故事」與細節，內中潛藏著至誠至真的愛情與熱烈的情感。此外，陳義芝在《讀書札記》中採納「札記」方式，在《外星人日誌》中採納「日誌」方式，在《無夫無妻記》中採用第一幕至第七幕的戲劇形式，等等，都是將抒情性與敘事性巧妙地縫合、搭配，抒情中有敘事，敘事中有抒情，構築了陳義芝獨特的詩歌風味。

二、傳統與現代的交織

　　傳統與現代的交織是陳義芝詩歌的另一重要藝術特質。他始終懷抱著「肯定傳統，面對現代社會」[13]的姿態進行詩歌創作，因而其詩呈現出傳統性、古典性與現代性、現實性交織的多重特點。

　　對於傳統，陳義芝有他自己的看法，他指出：「我們都知道所有的文學發展一定都生在傳統之中，不可能置身於傳統之外。今天的現代就是明天的傳統；從前的傳統也是當時的現代。」在他看來：「上世紀70年代，臺灣接受完整教育的『中生代』，也就是我們這一代人起來之後，確立了向傳統回歸的方向。事實上我們從事新文學創作，從來不敢稍稍地輕視任何一個朝代的古典文學，甚至我們知道，從這裡可以得到很多。」[14]因而，陳義芝的詩充滿了「古典性」、「古典情境」。但同時，他又立足現代，尤其是現代化時代背景下的社會現實，具有「現代性」，形成了古典與現代交織的獨特詩歌風景。

---

[13] 張曦娜：《肯定傳統，面對現代社會》，《聯合早報網》，2013年6月6日。
[14] 金濤：《當時的現代　明天的傳統──訪臺灣詩人陳義芝》，《中國藝術報》，2011年11月7日。

陳義芝善於「古題新詠」和「古材新用」，重新啟動了「古題」和「古材」中暗含的情境和意蘊，從而將古典與現代交織相融。《思歸賦》《新婚別》《蒹葭》《上邪》《子夜辭》《靜夜思》等是他擬用古代詩題進行的創作，其中，《新婚別》是挪用杜甫《新婚別》的詩題，《思歸賦》是漢魏六朝時西晉向秀的原題，《蒹葭》之題則出自《詩經》；而《思君如滿月》《陽關》《讀書箚記》《醉翁操－寄東坡》等詩則是化用典故或詩句，創設了古典情境。這些古題與古材的重啟，不僅標題耐人尋味，詩行中的語言也平添幾分非同一般的厚度。但陳義芝並不局限於古題與古材的情境設定，由此展開空幻、虛無的生發、鋪衍，而是注入了現代化背景與社會現實。如《新婚別》，杜甫的《新婚別》書寫的是安史之亂背景下一個女子與丈夫新婚後離別的故事，塑造了一個深明大義的少婦形象，陳義芝沿用了杜甫的詩題，但內容卻已完全迥異。詩人在詩前小序中道白了詩歌的背景：「去年回四川，一位七十歲老婦託我帶信來台，尋當年形勢倉皇中她一去無音訊的丈夫。」《思歸賦》本是晉代向秀為懷念被司馬昭殺害的秘康、呂安而寫的，而詩題卻被陳義芝用來表現海峽兩岸未開放時去台未歸的大陸人的鄉愁；《陽關》化用了詩句中的「西出陽關無故人」；《蒹葭》則挪用了《詩經》中詠唱愛情的經典之作的標題，也借用了其內在的情境與詩意，傳達的是詩人自己對「伊人」的思念之情。

　　「韻味」是陳義芝將古典與現代進行交織所追求的獨特的詩歌效果。在他看來，「新詩的表現，『韻味』很重要，表達一個主題，若沒有韻味，不能叫詩，因同一主題經由別的書寫輕易就可以取代它。」[15]其中，語言的「精練」是具有「韻味」的重要步驟：「『口語入詩』，是要求我們用反應時代的感性方式表

15　陳義芝：《詩的表現與傳播》，《新地文學》，2013年春季號。

達，但必須要提煉、節選使之成為一種書面語言，只有精練的漢語，才能呈現出文化內涵的縱深，這是從事中文創作的詩人們，能夠展現作品藝術質地的憑藉。」[16]而「音樂性」亦是「韻味」的重要成分。陳義芝曾指出：「現代詩的音樂性一直在摸索。現在臺灣沒有人敢反對詩對音樂性的講究，但怎樣在新詩長度可以自由伸縮、輕重音可以調節的情況下將漢字的音樂美發揮到極致，是現代詩人必須面對的挑戰。」[17]因此，他的詩極其注重音樂性、精練。

　　「繪畫性」亦是陳義芝將古典與現代進行交織所追求的另一重要效果。「詩畫一體」是中國古典詩學的重要理論範疇，亦是中國詩歌傳統的重要理念，蘇軾所言的「詩中有畫」、「畫中有詩」（《書摩詰藍田煙雨圖》，《東坡題跋》下卷）主張詩與畫的互相滲透，並提出「詩畫本一律，天工與清新」（《書鄢陵王主簿所畫折枝二首》之一，《蘇東坡集》前集卷十六）。而具體在詩歌中，「詩畫一體」的詩學觀念最重要的體現便在於對色彩的講究。陳義芝的詩亦追求繪畫性，詩畫合一，善於使用鮮豔濃重的色彩語詞如「紅」、「金」、「紫」、「白」、「青」、「綠」等，調配各種色彩，呈現出優美、豐富的色彩與圖案，如《阿爾巴特之夜》中「花色高領毛衣」、「一頭金髮」、「藍晶的眼睛」、「密脂的臉頰」、「雪白的牙齒」等色彩詞語的調配將一個美麗、生動的「她」突現於詩行間；《七夕調色》中「月橘的春衫」、「湖青的絲裙」、「海藍的銀河」、「紫晶色眸子」、「雪擁的天山」、「霞紅的唇」、「黑夜的太陽」等組構成一個色彩斑斕的意象群，各種顏色薈萃交織成一幅美麗的七夕圖景。《三藩市灣區漫步》中「紅色的長橋」、「藍而更藍的海

16　陳義芝：《詩的表現與傳播》，《新地文學》，2013年春季號。
17　金濤：《當時的現代　明天的傳統──訪臺灣詩人陳義芝》，《中國藝術報》，2011年11月7日。

濤」、「暈黃的燈」、「紅色的郵筒」，《我嚮往》中「青焰的綠野」、「藍夢的窗臺」、「發光的薔薇」，《憂鬱的北海道》中「在紫光中徘徊」、「一襲憂鬱的紫色衣服」、「紫衣飄揚」等都以五色斑斕的色彩搭配與調和，逼真、生動地描畫圖案、色彩，增加了詩歌的形象性、畫面感，產生一種無可言喻的美。

正如焦桐所評價的：「陳義芝是黃昏的魔術師，善於玩弄光與影，溫度與空氣，他策動風、樹影和蟲鳴，調製音樂的酒香」[評陳的海岸詩]，如此，他將傳統與現代調配好，形成了獨特的詩歌特點，正如詩人瘂弦所言：「說來有趣，很多大題目像新與舊、傳統與現代、民族與鄉土等等的爭辯，到了陳義芝那裡，好像都不是問題。」[18]，陳義芝的創作積極「關切現實，接續傳統」[19]。

三、知性與感性的統一

在西方詩歌史上，感性與智性、情緒與理智一直以來處於二元對立的狀態。新古典主義呈現出理性主義的意味，反對非理性和神祕怪誕的成分；浪漫主義是對理性主義的反撥，認為理性和智性都不利於藝術和情感，宣導情感的宣洩、主觀的表達。因此，在詩歌領域裡，感性與理性長期是分離的。十九世紀艾略特試圖修復這種分離與脫節，認為詩應當「創造由理智成分和情緒成分組成的各種整體」，在理智與情緒的詩學關係中，「詩給情緒以理智的認可，又把美感的認可予思想」[20]；瓦雷里也指出：「詩歌與藝術都以感覺作為起源和終結，但是這兩端之間，智力的各種思維才能，甚至是最抽象的，同各種技巧才能一樣能夠，

---

[18] 瘂弦：《學院的出走與回歸——讀陳義芝〈不安的居住〉》，陳義芝：《不安的居住》，九歌出版社，1998年，第9頁。

[19] 陳義芝：《新婚別》，臺北：大雁書店有限公司，1989年，第3頁。

[20] 艾略特：《詩與宣傳》，周煦良譯，《新潮》第1期，1936年7月。

也應當得到施展」，詩歌是一個「感應、改造和象徵的系統」，是感性與智性的「融合」[21]。在他們看來，感性與智性只有統一協調，才能寫出好詩歌。

身為文學博士、大學教授的陳義芝，其學術背景、教育結構與經歷、知識型構與素養決定了他是一個典型的學院派詩人。而學院派詩人大多側重於知性、理性，但陳義芝卻既「回歸」學院派詩人的本位角色，又「出走」於這一角色，對此他曾坦陳：「學院派詩人，博學為文，富含文化意識與思辯傾向，這些特質都是成為一位大詩人的條件；學院派詩人不僅指在大學教書，還須以詩學研究享譽，兼融知性與感性，知感交融更是21世紀詩人的必備條件。」[22]可見，在他看來，「兼融知性與感性」、「知感交融」是21世紀詩人的必備條件。而他自己，一直就是這麼做的，在他的詩筆下，感性與知性達到統一，剎那間的人生經驗、哲理體悟被他用詩予以智性的傳達。

所謂「感性」，在余光中看來，「就是敏銳的感官經驗。」，「強調感官經驗，務求讀者如見其景，如臨其境，如曆其事」；所謂「知性」，則「可以析為兩端，一是知識，一是思考，知識而無見解，只是一堆死資料，思想得多而知識不夠，又淪為空想。」[23]陳義芝的詩既有敏銳的感官經驗和豐富生動的藝術感性，又有知識和思考，蘊涵深邃的哲理意蘊，將靈動的感性美與深邃的理性美相融合統一，具體而言主要是善於將瞬間印象與深邃哲理、具體的意象與抽象的思想、具象詞與抽象詞相結合。

首先，陳義芝善於將瞬間印象與深邃哲理相結合。瞬間印象是詩人對外在世界的第一反應與感知，擁有豐富的感官經驗，這

---

[21] 瓦雷里：《詩的藝術》，轉自陳力川：《瓦雷里詩論簡述》，《國外文學》，北京大學出版社，1983年，第84頁。

[22] 張曦娜：《肯定傳統，面對現代社會》，《聯合早報網》，2013年6月6日。

[23] 余光中：《中國山水遊記的感性》，《明報月刊》，1982年11月。

種瞬間印象是即刻的、直觀的、短暫的、表面的、感性的，詩人善於捕捉這些感受與細節，寫入詩中，如《三藩市灣區漫步》中的「漫步，清冷的早晨，寂靜的大街」、「漫步，空蕩蕩的電車軌，暈黃的燈」等都是直觀的瞬間印象、即刻場景，但詩人卻慢慢將之提升到富有哲理的感悟層面：「長長的海堤囚禁一聲呼號在Alcatraz島／白色的桅杆囚禁一句禱告在Alcatraz島」，引人深思與回味。陳義芝創作了大量短詩、小詩，如《山水寫意》《夢的顆粒》等組詩，這些詩都是抓住瞬間印象進行「速寫」的，感受與細節都是瞬間的、鮮活的、逼真的，但細細品味卻不無空靈、深邃的蘊涵，傳達著現代的人生觀、哲學觀、生命觀、宇宙觀，滲透著審美意識與現代哲理意識，充滿現代理性美與詩情美。

其次，陳義芝善於將具體意象與抽象思想融為一體，通過具體的意象傳達抽象的思想，具體的意象成為外顯的載體，抽象的思想潛藏於具體的意象與意象群之中。《有人問》組詩都是通過具體的意象傳達「我思索我焦慮」的問題與思想。組詩共三首，以《我思索我焦慮》為題，「之一」通過「獨留一朵紅花在枝頭」、「懸絲玩偶」、「背後也總有一雙手」、「設下一重又一重的門」、「一顆顆左顧右盼的心」、「一部汽車甲蟲般越過丘陵地／一列火車在海藍的天空下馳過平原／黃昏升起了倦意／港灣中的大油輪眨眼就／消失不見」等具體、生動的意象與圖景的描畫，所呈現的是「這世界，彷彿有人／其實沒有／我握筆沉吟中看到／心頭狂飛的蓬草」，傳達的是世界的無常感；「之二」與「之三」亦是通過夢境、枯樹溺死、紅旗失聲、骷髏迷路、教堂、煙囪等具體的意象與意象群的組合排列，呈現了工業文明背景下人文精神的失落等深邃的主題，傳達了詩人對工業文明之病的思考與體悟。思想雖然深奧抽象，但由於具有生動的形象外殼，因而並不滯澀、呆板和充斥著說教意味。

此外，陳義芝還善於將具象詞與抽象詞進行巧妙嵌合，從而實現感性與智性的統一，形成了他獨特的語言藝術。在詩歌語言中，具象詞傳達的通常是感官性特徵，而抽象詞所傳達的則是抽象思想、思辨性特徵，因而，將抽象詞與具象詞搭配，便能將物質狀態的具象化向精神狀態的抽象化轉化，從而將感官性與思辨性統一，達到抽象理性美與具體感性美的融合。如《我們一起》中「揉自己的發麵在愛情砧板／切雨點一樣的蔥花」、「知道砧板的道理與床／如愛情與廚房」等詩句將「發麵」、「蔥花」、「砧板」、「床」、「廚房」等具象詞與「愛情」這樣的抽象詞巧妙嵌合，且不顯造作，不著痕跡，將「愛情」本身所蘊涵的抽象哲理溶解在「揉發麵」、「切蔥花」、「燉豐腴的肉鍋」、「煮沸騰的魚湯」、「暖灶」、「做飯」等具體而生動的生活細節之中。《山水寫意》組詩從標題即可不難窺見詩人是通過「山水」的具象詞呈現抽象的「意」，如「在思想的額上種三棵樹」便將「三棵樹」這一具象詞與「思想」的抽象詞嵌合在了一起，這種語詞的奇妙組合，打破了語詞與語詞之間本來的邏輯關係，構成一種「詩意邏輯」，增加了語言的彈性與張力，擴展了詩的表現內涵，既不乏感性之美，亦深含理性之思。

陳義芝的詩以抒情性與敘事性、傳統與現代、感性與智性的多重疊映而呈現出與眾不同的詩歌風景，打造了獨屬於他自己的詩歌「新品種」，可以說，他所調遣的這些詩歌手法與策略中的任何一種都是值得深入探究的詩歌命題、創作經驗與詩學啟示，對於當下以至未來的詩歌創作與發展都具有重要借鑒意義，不失為臺灣「中生代」詩人群所貢獻的一份獨特個案。

李進文詩歌的現世情懷與終極關切

胡西宛（北京師範大學珠海分校文學院副教授）

摘要

　　李進文詩作藝術思考的主要對象，是人倫親情、社會政治和自我存在，具體體現為對親情的品味與人生感悟、政治觀察與社會批評和對自我生命存在的深刻體驗，由此形成了李進文詩歌創作的基本內涵：現世情懷和終極關切，這是漢語新詩的藝術傳統積澱而成的基本價值。對這些價值內涵的藝術表現，可以體現臺灣中生代詩歌的高度和份量，展現了臺灣中生代詩人承前啟後、開闢新局的藝術能量。

關鍵詞：人倫親情、社會批判、自我存在、現世情懷、終極關切、
　　　　中生代

臺灣中生代詩人李進文的詩歌創作生涯已有二十年以上，有人發現，將他已經出版的作品攤開，「此間卻奇異地幾乎不存在時序感。若有，也只是細微的技術變動，或許是文字的眉眉角角圓熟一點、形式的某些嘗試、風格的不同實驗、關注題材的轉換……，但整體底蘊、詩文間流動的意識，其實讓人難以辨識當中跨越的時間向度。」[1]這一評價應有兩個層面的意義，其一，說明了李進文作品基本內涵的穩定性和思考指向的統一性，其二，說明了李進文的詩歌創作從一開始就站上了較高的思想高度。本文認同這一評價，並嘗試通過考察李進文對家庭、社會和自我存在的藝術觀照，揭示李進文詩歌思想內涵的重要層面——現世情懷和終極關切，及其在當今漢語新詩寫作中的價值。

一、親情品味與人生感悟

　　李進文對親情的品味，以個人在家庭中的角色為支點，或作為父親，或作為孩子，角色不同，體悟出的內涵層面也不一樣。

　　初為人父，可謂生命中的標誌性節點，對一般人來說，新生命帶來無限生機和想像，欣喜與忙亂展開了新的生活和人生歷程。當李進文迎來第一個孩子誕生的時候，他的《小詩三首》（《孩子》、《誕生》、《授乳》）卻表現了不同於一般新晉父母的生命意識：

> 「太陽出來／由遠而近：你是粉紅的、彈跳的／你是圓圓的、泛著透明血管的瓷——」

　　新生的幼稚生命，新鮮，亮麗，是世間每一位父母面對自己

---

[1]　黃麗群：《淡漠而不冷漠的寫詩者》，《文訊》2007年3月。

新生兒時的感受，這種幸福感和舐犢之情是人所共有的親情的具體體現，是詩作贏得共鳴的基礎。

同時，詩中的另一類意象，如瓷、水晶、琉璃、陶器等卻有不同指向：生命固然亮麗，但從另一面看，它又「如此易碎」。這提示我們，李進文的詩思常常不是單向度的，他的現世情懷中總是蘊含著對生命的終極關切。而當銹蝕的十字架來印證的時候，我們終會意識到，現世情懷和終極關切是李進文慣常詩思的一體兩面。

> 「你自胸前將我放下——鏽得好瘦的／一枚十字架」

懷裡的孩子越來越重，時間在父親體內越來越輕，上輩人以愛、擔當、受難與救贖為孩子付出後，便是終須直面的人生終局，這是生命的困境，也是生命的真相。正面是「我抱著夢嗎？為何這麼灼熱」，反面卻是透徹的涼意。剛剛當上父親，初次面對自己的嬰孩，心境蒼老如此，確乎異於常人。可如果因此就認為，「孩子成長是越來越重，而父親是愈來愈輕，終至瘦成十字架。這種成長的反差對比，寫盡了生命的無可奈何」，[2]似也偏離了對李進文慣常詩思的把握，畢竟，「無可奈何」難以同時涵蓋詩作的現世情懷和終極關切。

李進文有不少詩作寫到孩子，每當他寫到孩子，溫柔的心和明媚的情總是佔據最大篇幅，他的現世情懷是十分動人的。

> 「尿片攤開，黎明走來／推窗，星期一探進來／進來進來！鳥鳴、香氣和愛」

---

[2]　落蒂：《透視人生的悲歡》，《創世紀詩雜誌》2007年3月第150期。

這是稍後的一首詩《在我們的公園散步》。嶄新的生活，快樂的忙碌，愛憐和希望，都在明快的節奏和和諧的音韻中傳遞出來。這時，孩子已在蹣跚學步，世界為新生命展開了它的生機和美：晨霧，種子，金甲蟲，貓咪，蟻窩，太陽，藍天，滿月，雲，雨……，營造出童話的境界，傳達出作者對世俗生活的愛，對當下所擁有的幸福的珍惜之情。李進文自己也說過：「愈來愈覺得除了親情、友誼和健康，彷彿沒有什麼是不能錯過的。」[3]

當我們享受著這個完美的親情世界的感染時，我們十分認同詩中所說的「我們真實存在而且一切美好」。但熟悉李進文的讀者應該意識到，這行詩句本身已含有鮮明的存在意識，它既認定了前述的現世情懷，也開啟了新的生命思考。接下來，我們再次發現，李進文的現世情懷中總孕育著終極關切的因數。從爬行到站起來、邁步，詩人看到了孩子的成長，同時即刻就意識到生命的背面的景象：

> 「輪到我們躺下，雙腳一蹬！／請勿翻動我們生鏽的骨骼，只要鼓掌／請望著窗外鼓掌！」

這首詩中再次出現「銹蝕」的意象，它與新生生命的新鮮美麗形成強烈對比。這固然無情揭示了生命的真相，卻並沒有傳達出無奈、悲觀的情緒，倒給了讀者一種豁達、積極的生命認知：生命是生生不息的，請為前輩的奮鬥喝彩，請對我們生命的輝煌完成報以掌聲。

> 「善於思索的雙足們能告訴我什麼？／除非生養過嬰孩且跋涉過責任／才能將雙腳擱在地球的小腹欣賞日落」

---

[3] 李進文：《尋詩細節──跋》，李進文詩集《除了野薑花，沒人在家》，臺北：九歌出版社，2008年，第198頁。

這是全詩的收束部分。「雙腳」一方面是承接孩子站起來的腳和父母停下的腳，一方面也是宣示腳踏實地的生活態度，同時也是反諷性的「不用思考也知道」的表達方式，以此告訴我們，為孩子付出是前輩的責任，是切實的人生作為，人生因此獲得價值而終老無憾。「欣賞落日」暗含李商隱「夕陽無限好，只是近黃昏」詩意，卻一反其負面立意，展示了認真負起人生責任、坦然面對生命終局的生命信念和原則。

　　讀者或以為，二人世界初遇孩子出世，這種人生突如其來的改變使詩人在震撼中獲得頗多人生感悟，是很自然的事。但兩年後，當李進文第二個孩子降生時，一首《女兒書》顯示，他的詩思不但敏感依舊，而且更加脆弱：

> 「你聽見了嗎？／一首在血中旅行的歌／充滿甜蜜的不
> 安，當／夢捧你在掌心／即將交給我，此刻／你加速苗壯
> 且侵佔我的空間／我樂於被你統禦／樂於惶恐」

　　親情和幸福感在面對嬌弱的女兒時尤其顯得強烈。而滿溢的現世情懷仍遮不住深層的生命意識，他總是有意無意地從生命的開端瞥見生命盡頭的景象：

> 「不，一點也不委屈，等你／芳齡十七，我還會再等／等
> 你二十七，三十七……我多麼／老了，總還留些許深情／
> 看你幸福」

　　而當詩人轉換視角，以孩子的身分面向母親時，讀者得以從另一角度體會到他對人間親情和生命的感悟。《對母親的看法》使用了一些特別的意象：打瞌睡的客廳，沙發的老舊彈簧，母親陷入沙發的身體像船吃水，乾乾癟癟地晾在嘴角的叮嚀，表現了

母親在付出一切之後，衰老、孤獨的晚景。

> 「能給的，她都卸貨了／整個空掉的母親留給故鄉／她不
> 虧欠什麼／但她愛的方式像債臺高築」

在有了自己的孩子之後，在親身體會了愛的付出之後，對母愛和親情的理解自然更貼切到位。

相信讀者已經熟悉詩人的思想方式，所以此時會生出慣常的閱讀期待：與現世情懷相伴，詩作必有另一面的生命關切——有的，「故鄉總是擱淺著各式各樣的母親」，就從母親對兒女的恩情轉換到母親的生存境況。這裡尤其揭示了現代人的生存境況：年輕時撫育兒女成長，待兒女成年步入社會後，父母不但垂垂老矣，而且變成空巢老人，在孤獨中度過風燭殘年。這其實是李進文從孩子的身影中瞥見的生命盡頭景象的現實版。

當下生活中的幸福與不幸，都包容在李進文的現世情懷中，他也正是從日常生活中的幸與不幸中展開進一步的思考，體會生命的意義和價值的。李進文曾說：「人生在有些年紀之後，一切體驗都是真槍實彈。面對親友的生老病死、工作的垂危與奮起、孩子的青春叛逆、創作的瓶頸及意義；杵在命運的十字路口面對風格、價值、信仰……等問題，這些都可以在堆疊的歲月中找到各種案例。」[4]

值得注意的是，在《對母親的看法》中，「銹蝕」的意象又一次出現了。李進文詩歌中的這一標誌性意象，成了與美麗生命相伴始終的陰影，它暗示了生命自身的自我否定性質。在表現世俗人生的幸福溫暖的正向價值的同時，詩人常會隨即掀開它的背面，揭示生命的困境和存在的真相。這就是李進文的現世情懷和

4　李進文：《雨天脫隊的點點滴滴・後記——分享之心》，李進文詩集《雨天脫隊的點點滴滴》，臺北：九歌出版社，2012年，第201頁。

終極關切，也印證了多年來李進文詩思的變與不變。

二、政治觀察與社會批評

李進文的現世情懷還有一個更廣闊的層面，就是對社會政治的關注，這在臺灣詩人中別具個性。不同世代的臺灣詩人，對親情、友情、愛情各有卓越的藝術表現，而對政治話題的關涉則程度不一，而李進文卻有數量較大而且介入較深的政治詩。這自然與他的個人背景相關，他做過七年記者，並且是採寫黨政新聞，但更具決定意義的，應該是他的現世情懷，是他對當代社會政治和民生的關心和自覺的責任感。李進文表示：「我喜歡生活最基底的素材，還有此時此刻發生的事情。為當代留下記錄是寫作者的責任之一。」「其實我很喜歡寫政治詩，忍不住想寫，每隔一段時間都會有跟政治有關的作品。你想想，還有什麼東西比政治更能代表當代臺灣呢？」[5]

有意思的是，最早獲得新詩大獎、為李進文贏得詩壇聲譽的，正好是一首政治詩——《一枚西班牙錢幣的自助旅行》。[6]評論認為，詩中的「『選舉』、『匯率』、『意識形態』，乃臺灣社會新聞中最常出現的關鍵字，牽動著各階層的生計，撥弄著各族群的思緒。那是社會現實的元素。」這枚錢幣「似乎想用她絕美的舞姿穿越、突顯臺灣社會的諸多亂象。」[7]詩人自己似乎也對這首意義特別的詩情有獨鍾，認為它表現了自己對臺灣社會的複雜感情，因而在出版第一部詩集時，特意選取《一枚西班牙錢幣的自助旅行》為書名，「除了喜歡其中的異國浪漫氣味，它同時反映這幾年我的生命情調——一種既想逃離，卻又真實紮根

5　黃麗群：《淡漠而不冷漠的寫詩者》，《文訊》2007年3月。
6　《一枚西班牙錢幣的自助旅行》於1996年獲第19屆時報文學獎新詩評審獎。
7　陳大為：《撞擊的聲音像黎明——評李進文詩集〈一枚西班牙錢幣的自助旅行〉》，《華文文學》2004年第2期。

於海島的複雜氛圍，或許，這是屬於我這一代年輕人的一種強烈的不安定感吧！」[8]類似的詩作還有《好好生活》、《我的丈母娘是深綠》、《迴轉‧壽司戰士們》等，多從日常生活角度切入時事、民生，對臺灣社會現狀和歷史作嚴肅的思考和評價。

與正向表現親情不同，李進文的政治詩多採用反向思考方式，常常呈現出政治諷刺詩的型態，這使他的政治詩以社會批判力量見長。

《一枚西班牙錢幣的自助旅行》以別致的錢幣意象貫穿臺灣社會世相，《選舉日》則以令人目不暇接的現代文化意象的拼圖，呈現了島內政治活動最高潮時的「盛況」：人群麕集如蛆蟲，旗幟如瀑布，口號聲掌聲響徹銀河，宣傳品，名片，晚報，選票，麥克風，握手，金錢，謠言，細菌，體香，短裙，啤酒罐……「乎乾啦！民主是不、醉、不、歸」，具有臺灣特色的政治文化生態突現讀者眼前，反諷的意味尤其濃烈。這首別開生面的《選舉日》可算作李進文政治詩的代表作，能體現李進文在政治詩寫作上的藝術水準和思想高度。

《陳情詩》一反詩人精心雕琢意象、講究詩歌內涵的自由、歧義的一貫追求，以口語直白地表達對政治人物的批評意見。

> 「再見不是漂泊的意思；／否則留下的人幹嘛也在流浪，／距離幸福還有多少遍望春風要唱。」

《望春風》是臺灣一唱再唱的傳統流行歌曲，以期盼情人為主題，詩人以情歌反諷政治人物對困苦中的大眾的承諾，表達民眾的不信任情緒和絕望心理，任何一個普通讀者讀來都會無奈地會心一笑。

---

[8] 李進文：《一枚西班牙錢幣的自助旅行‧後記》，李進文詩集《一枚西班牙錢幣的自助旅行》，臺北：爾雅出版社，1998年，第155頁。

《我極小的島嶼頒獎給誰》更公開向這類政客喊話：

> 「騙術不是國術／禁止納入傳統比賽項目／我極小的島嶼
> 偶爾發怒」

溫文爾雅的李進文只有在這時才露出一點憤怒的表情，或許他覺得憑藉詩歌意象的曲折表達已不足以痛快淋漓地喊出自己滿腔的鬱積。

「為了愛／愛臺灣。他靜不下來」，《功夫》調侃慣於作秀的政客，活畫出他們善變的面目。白靈曾評價說，「詩作中浮現出的臺灣政治人物影像相當明顯，在虛實掩映的文字中直指這位人物的失敗之處，那人卻又能抽離自身於政治本體混亂的泥淖，可見其『功夫』驚人之處。」[9]

李進文的不少散文詩都是政治寓言，在象徵的境界中蘊含社會批判意義。《犧牲》講一群「吃人實在吃膩了」的獨角獸的故事。其中一隻獨角獸「為民主而數度絕食」，「遂被選為獸界的民意代表」，「它自律甚嚴，不隨便為百姓奔走，有事就只能吼叫，其他什麼都不做。」諷刺的含義十分露骨。

散文詩《儀式》表達對政治亂象的不滿。「藍的綠的橘的各色妖精」「蓋著一張世界地圖取暖，卻不知道世界是什麼，因為她們只負責埋葬夢想」。

散文詩《活字》表達了對無休止的政治惡鬥的厭煩：「有一家經營『無用之物』的公司，產品包括：……灰塵、錯字、跌倒的動作、口吃、嘴角的唾沫、政治和內外痔……沒有人覺得這些東西有市場價值。」以荒誕手法對荒誕的政治現實作出評判。

在《自我介紹》一詩中，則已經表達了要逃離這種政治現實

9　傅天虹：《漢語新詩名篇鑒賞辭典（臺灣卷）》，北京：中國文史出版社，2010年，第274頁。

的意願：

> 「我的手，夜掰彎的靈魂。／我的腳，致民主一封長
> 信。」

　　無論是對民生的關心，還是對政治的批評，都顯示了李進文詩歌創作中對現實社會的熱切關懷，臺灣詩壇也多肯定李進文詩歌的這一價值，認為他「以詩作積極介入社會家國，關懷層面遼闊。」[10]

三、生命體驗與終極關切

> 「錶一直往前走，／我停了，無人知曉我和夢想活
> 著。除了你」
> 「親愛的請小心不要暗示我那些應得的／讓我獨自去
> 追尋。」

　　這是《祝你陽光，以玫瑰──to 2007》的新年祝願，祝願中透露了超越世間關懷和世間價值、面向自我心靈的終極思考的意向。在現實事務和心靈世界這兩度空間之間切換，是中國知識份子的文化傳統，對中國傳統知識份子尤其是士大夫知識份子來講，這種切換典型地體現在他們的「窮──達」、「出──入」的人生設計模式和信念中，「兼濟」、「入世」，或「獨善」、「出世」，視乎知識份子本人的生存境遇而定。我們從李進文的詩歌中隱隱可以聽到這一傳統的迴響。當然，對李進文來說，現實境遇已不存在「窮達」問題，他思考的價值層面也無關乎個人

---

[10] 「2006年度詩選」編輯委員會贊辭，李進文詩集《除了野薑花，沒人在家》，臺北：九歌出版社，2008年，第6頁。

境遇，他隨時都可以停下來，脫離世俗事務，進入他的夢想和心靈空間，獨自追尋存在的意義和個體生命的價值。在這種靈魂出竅般的狀態中，他觸及了深層的生命內容：對時間與生命、死亡、自我存在的追問與思考。

《以後》與《祝你陽光，以玫瑰──to 2007》同一思路：

> 「我知道時間已經打包遠走──／詩集裡有腳印一行，輕輕／淺淺的一行將乾未乾的旅程」
>
> 「三十歲以後，一切尚好／孩子聰明健康，我還可以關懷土地／還可以愛。依舊／有許多待解的謎在詩中糾纏……」

雖還在而立之年，詩人卻已感受到時間的壓力：「錶一直往前走」，「時間已經打包遠走」，時不我待之感漸起。但也因為只是而立之年，所以「一切尚好」。等到《詩人四十，夢待續》，時間對生命的消磨就頗有一些痕跡了：

> 「他移動寂寞需要更多器械／他進入身體要開更多鎖／他長滿鐵銹走路喔嘟叮咚像半桶水／眼光無緣無故地亮又熄／靈魂跌倒，他卻呆呆地踩過去」
>
> 「一尾水缸中的鱸鰻，上帝伸手一抓卻溜了手，像時光。」

讀者還記得那「銹蝕」的意象吧？它又出現了。導致生命銹蝕的因素是時光的流逝，但時光是留不住的，連上帝也抓不住它。那麼，生命的銹蝕就是無可抗拒的進程了。無可抗拒地，生命進入中年，《花花》在中年的感歎中，生起迷離之感。因為「老花眼朦朧」，生命的景象模糊起來，「教人看不清十字路口

是血漬／還是紅燈號誌／看不清一天與一生之間／有何段落中場休息」。雖然還遠在「中場」，但終局似已在望，「窗戶望著我快老了／心漸漸下山」。

對時光作聯想，常伴著對生命進程的預覽。李進文這樣解釋他詩中的時光聯想：「時光的速度太快，太沒耐性了。心態還來不及醞釀成熟，少年就直接跳到青年，青年直接躍入中年，之後老了，而且將變得更老。再之後呢？死亡會不會慢下來呢？肯定也不會。」[11]

從這裡連結到死亡主題，似乎順理成章，但我們能看到的李進文關於死亡的最早的詩篇，卻是1991年的《槨》。作此詩時，詩人還未到而立之年。二十多歲的詩人談起死亡，竟老氣橫秋地帶著反諷的口吻，「歡樂」、「精雕細琢」、「玩笑」、「遊戲」不諧和地與黑暗、恐怖、傷感和疼痛糾纏在一起：

> 「歡樂的蟻群紛紛趕來／赴一場前身的約，和磷火／在一幢精雕細琢的槨裡／爭食記憶」
> 「自槨裡拋出一束謎／一把憾或幾滴淚灑在／嗩吶的高音上，彷彿／一方墓碑斜斜插進地球的關節／夕陽拼命喊痛」

面對爬滿螞蟻的遺骨，人們對一個曾經鮮活的生命的想像——那些記憶、謎、遺憾、淚和痛，是對生存意義的豐富的解釋，但在這一基礎上，詩作意外地作了一個頗輕鬆的總結：生命無非是個小小的玩笑，或一場遊戲。憑藉二十多歲的生命經驗來理解死亡，可能不如中年以後更貼近，但年輕和死亡的對視，也產生了感知死亡的更新鮮的、有荒誕感的體驗，所以李進文說，

11　李進文：《靜到突然·自序》，李進文詩集《靜到突然》，臺北：寶瓶文化事業有限公司，2010年，第10頁。

後來再讀《槲》，「依舊有餘味敲擊心靈。」[12]

《槲》是李進文詩歌認識和表現死亡的高起點，從對死亡的理解出發，形成了他的生命態度：

> 「我們都在這裡，都得感謝／如果有一天／我們不一
> 定在……亦得感謝」
> 「此身的刻痕／如水紋靜下來，／教堂、管風琴靜下
> 來，心靜下來／只剩微笑」
>
> （《時間福音書》）
>
> 「世界叫土地把你抽高／開花結果當然好／最好你學
> 會優美地落葉／安安靜靜，化成泥」
>
> （《可是》）

《槲》的表現，可以理解為少年人突然對死亡發生興趣而產生的激烈反應；《時間福音書》和《可是》則表明，隨著作者生命經驗的不斷豐富，其詩作表現的生命態度自然歸於淡泊和平靜：不論生命的境遇如何，我們都應抱持感恩的心，以微笑面對，面對生命的展開，也面對它的凋落。

由此向前，李進文對生命的理解展開了更為積極的一面，這就是努力發現並珍惜生命的價值。《每一天都是最後一天》典型地體現了這一面：

> 「因為每一天都是最後一天／每一天只要全力以赴，
> 或者恬靜地走回內心／都等同經歷了美好的一生」
> 「即使，在世界結束的前一天／我毅然重新誕生，以
> 一生中唯一的一天／命名為生日」「我就這樣不多不少地

12 李進文：《一枚西班牙錢幣的自助旅行・後記》，李進文詩集《一枚西班牙錢幣的自助旅行》，臺北：爾雅出版社，1998年，第154頁。

擁有一天中的一生」

「把一天當一生來活／多美！」「純粹用心，未竟亦美」，這是哲人式的思考：從剎那體會永久，強調生命的品質。

這種樂觀向上的態度，表現了積極的人生觀和生命觀，這固然是一般人都應該認可的正面價值，但是，這裡揭示的價值內涵，意義明晰，消彌了內在衝突，以此結論示人，是否停留在勵志的層面呢？

《各種照明設備》證明，李進文的生命思考沒有那麼簡單，也同時證明詩人善於從庸常瑣碎的世俗生活細節中發現超越性的意義。他從商鋪陳列的電燈聯想到芸芸眾生生命的點點光亮，它們生生滅滅，抑或不生不滅……世間普通的物件，就這樣凝結了詩人的知性思考和審美經驗，正如李進文所說，「這些小細節日後則融化於生命的大意象之中。」[13]

就在這一刻，詩人洞見了生命深處的景象，披露了歷來的詩人、作家曾經面對並且還將永遠面對的人類生命的困局和無解的難題。當文學觸及這一神祕和敏感的層面時，方可說接近了根本的層面。而這也常常是勵志類的詩文有意無意迴避的層面。

面對困局和難題，執著的詩人會執著地追問。《長得像夏卡爾的光》體現了李進文出色地駕馭漢語的能力，他能用文字寫出畫筆描繪的畫面和氛圍，更重要的是，他能經由他寫出的那一團夢一般變幻莫測的光影，進入神祕、魔魅的生命內部，追問自我存在的本義：

「這是六月難得之午寐，沒有工作發現我／我是編號第幾的夢？在上帝的夢中／種了又砍了的」

---

[13] 李進文：《尋詩細節——跋》，李進文詩集《除了野薑花，沒人在家》，臺北：九歌出版社，2008年，第198頁。

「夢。一哄而散／我腦袋放生一群黃昏的野鴿子……／長得像夏卡爾的光孵著一顆蛋／蛋殼裂縫的紋路走勢用來占卜，你猜？」

這夏卡爾式的夢幻的、超現實的藝術表現。詩人營造這種境界的目的，是憑以發出對生命的追問：「我是編號第幾的夢」？和對命運的想像：「蛋殼裂縫的紋路走勢用來占卜」。

這一追問在《猜臉譜》等詩中一再進行：「你猜？」「你再猜一猜？」「你想再猜嗎？」「你還猜不猜？」令人猜到疲勞困頓的，正是「我的存在」和「存在的意義」。

這種追問會有像《每一天都是最後一天》那樣確定的答案嗎？如果有，大概就用不著占卜了。李進文在談到《討論時光》時表示過相同的意見：「最後《卷五‧討論時光》，又回到『時光』這一龐大的命題上，儘管，討論也未必有解。」[14]

因為「未必有解」，所以伴著這種追問的，是一種典型的生命思考狀態：對自我存在的疑惑，李進文的散文詩《蝴蝶夢》可以印證。

在日復一日的機械的工作中，突然有一刻，時間倒流，於是「他」看見了一分鐘前的自己，但可怕的是，那個「自己」宣稱「他」已經不存在了。在這令人迷亂的時刻，「他低頭一看，發現自己變成廢墟中的一根柱子，不不！他是停在柱子上的一隻蝴蝶。」

像《長得像夏卡爾的光》一樣，依然寫夢，但古典意象的使用在李進文的《蝴蝶夢》中產生了互文效果。莊子的蝴蝶飛進網路時代，在當代語境中找到迴響。雖然時空存在巨大差異，但人對存在的疑惑卻高度一致，夢幻般的生命體驗高度一致，而且更

---

[14] 李進文：《長得像夏卡爾的光‧跋》，李進文詩集《長得像夏卡爾的光》，臺北：寶瓶文化事業有限公司，2005年。

突顯了現代人在高壓下的精神病態和人格特徵。先哲的存在思考在當代詩歌中發酵，使《蝴蝶夢》形成歷史透視感和豐富的文化內涵。

也因為「未必有解」，才避免了雖然明晰卻一覽無餘的結論。《蝴蝶夢》和《長得像夏卡爾的光》這類詩作的價值，不在於交給人一個關於生命意義的明晰的結論，而在於打開了生命思考的廣闊空間，給人以連綿的聯想和觸發。正如嚴忠政對李進文詩歌的評價：「他的語言較輕所以能『飛』，間隙較大所以能填補的思考空間更多。」[15]

按兩岸四地詩壇的代際劃分，李進文屬於所謂「中生代」。僅從本文所關注的價值層面，我們也能感受到李進文詩歌創作的成績和臺灣詩壇中生代群體的份量。如果放眼當下詩壇，我們會對李進文及中生代的價值寄予更多想像。

多年來，人們總在憂心大眾文化和消費市場觀念對重視精神內涵的傳統文化的衝擊，但這種憂心並未改變現實，從當代詩壇的情形看，大眾文化依然持續擠壓著漢語新詩的空間。但我們仍有理由保持樂觀，因為中生代的力量也不容小覷，他們自覺或不自覺地擔當起了漢語新詩發展中承前啟後的角色。

李進文的詩歌創作可為一例。李進文的詩作獲獎，多在臺灣網路文化大興之前，這可算一鮮明的代際標記。決定性的因素更在於其詩作的現世情懷與終極關切，這是漢語新詩的藝術傳統積澱而成的基本價值，能夠體現臺灣中生代詩歌的份量和高度，也展現了將臺灣漢語新詩向前推進的藝術能量。

李進文也自承寫詩的態度是傳統的：「我年輕的時候從楊牧身上學到怎樣把詩句斷得漂亮，從洛夫身上學怎麼把意象煉得

---

[15]　林德俊：《大獎詩人面對面》，《乾坤詩刊》2005年夏季號。

精準，從瘂弦身上學到節奏感與音樂性」。[16]另一方面，他的詩中的現代後現代的文化氣息、詩學觀念和技法也是鮮明的，不少人都認為他的詩有後現代特徵，甚至說是融合了傳統和後現代的「第三類異音」，這又顯示了他的寫作對未來詩歌的意義。

李進文詩歌的藝術特徵符合人們對中生代的評價，「他們直接感知了並接受了前輩詩人的神采和智慧，他們對詩歌的歧途、蛻變以及新生，有深切的體悟。他們知道傳統，他們又不墨守成規。他們繼承了前人的智慧，但又是生機勃勃的創新者。」[17]

洛夫認為臺灣與港澳詩壇中生代對詩歌美學的認知與追求有著相當的一致性：「對詩意境界的深層次探索，多變的形式實驗，和表現手法的推陳出新，特別著重於意象的經營，使常用的文字建構成一個現實生活中感受不到的語言空間，讓其中充滿想像、神祕、情趣、盎然生機，以及崇高理想的嚮往。」[18]這既是對李進文等中生代詩人創作路向的肯定和指引，也寄託著前輩詩人的期待。

16　黃麗群：《淡漠而不冷漠的寫詩者》，《文訊》2007年3月。
17　謝冕：《承上啟下的中生代——《兩岸四地中生代詩選》序》，《當代詩壇》2009年7月第51、52期。
18　洛夫：《大海誕生之前的波濤——《兩岸四地中生代詩選》序》，《當代詩壇》2009年7月第51、52期。

與孤獨一起對刺
——羅智成詩歌論

孫金燕（文學博士，雲南民族大學人文學院講師）

沈奇（西安財經學院文學院教授）

　　羅智成作為當代臺灣中生代代表詩人，為兩岸漢語詩歌界所熟悉瞭解，已有不少年頭。寫詩之於羅智成，類似於他《夢中村落》中「那作著白日夢的男孩」，在故鄉厚厚的積雪中，一直向「他可能的成年形象之一」[1]踽踽獨行，皚皚白雪覆蓋了他的腳印，最終將他深埋。這是一次從開始就註定了的無法返回的走來，它使彌漫在羅智成詩歌中的失落與失敗的情緒，持續著漫長的歲月：比如自《光之書》（1979）開始，羅智成即持續展示的他在對混沌現世的無奈、批判，以及對精神樂園的嚮往中，「視夢想與神話為／無所遁逃的鄉愁」[2]的執迷與糾結。這種心靈路徑或許並不是他獨闢的蹊徑，而是所有企求精神生活者的共同道路，羅智成的不同，在於他總是與孤獨一起，尋找修辭得以「撼動世界的動能」[3]，並期待能以此探尋通往追求真正自我者的天地。

---

[1]　羅智成：《夢中村落》，《夢中書房》，臺北：聯合文學出版社有限公司，2002年，第52-55頁。

[2]　羅智成：《夢中情人‧40》，《夢中情人》，臺北：印刻出版有限公司，2004年，第112-113頁。

[3]　羅智成：《夢中書房》（序言），臺北：聯合文學出版社有限公司，2002年，第8頁。

一、「那急於否定孤獨的／孤獨的行徑」與現代詩的公共性

我們懷著自我邊陲感

向他們複製　靠近

就像由鄉村往城市遷徙

由舞池往舞臺推擠

蟲蛾往灼熱的光源

歡聚

那急於否定孤獨的

孤獨的行徑　　　　　　　　　　（《夢中情人・17》）[4]

　　詩人總是永遠的孤獨者。自1970年代正式發表作品始，羅智成的詩歌就「緊擁」孤獨。如他所言：「我的童年」，春夏秋冬都是「孤獨者的季節」[5]。孤獨使羅智成的詩歌隱藏著某些難以言傳的品質，但這不是他唯一的目的。無限的「否定」需要在無限的「靠近」中得以安妥，羅智成安撫孤獨的方式，就是在人類的文化理想中為自己尋找值得靠近的人格類型。

　　比如，詩人在《傾斜之書》（1982）中經由《問聘》、《離騷》找到了老子、屈原，隨後，他又在《擲地無聲書》（1988）中與《齊天大聖》、《耶律阿保機》、《說書人柳敬亭》、《荀子》、《墨翟》、《莊子》、《李賀》等相遇。他自稱「這些作品減輕了我在日益迫切的使命感上的負擔，使我更接近人們對我的期待。」[6]成為人們期待中的羅智成，或許並不是一種自嘲，

4　羅智成：《夢中情人・17》，《夢中情人》，臺北：印刻出版有限公司，2004年，第52頁。

5　羅智成：《黑色鑲金》，臺北：聯合文學出版社有限公司，1999年，第11-23頁。

6　羅智成：《擲地無聲書》（序言），臺北：遠流出版事業股份有限公司，1988

恰恰是一種欣喜，使他得以向其心儀的人格類型完成某種靠近。

羅智成為自己的文化理想致力模塑了兩種心儀的人格類型：荀子與耶律阿保機。在這二者身上，他一下子就看到了自己，並讓他們的心臟在自己的身體裡跳動：有時，是狂放不羈的草原狼，「逆著風／把風跑出一個大窟窿」（《耶律阿保機》）[7]；有時，是冷峻開闊邏輯縝密的智者，「握緊知識／睜大眼睛／胸懷天明」（《荀子》）[8]。

諸如此類心靈的連接，使一個人的作品激發起另一個人的寫作。羅智成對「諸子」的傾慕，更沉潛的企圖是將這種心靈的連接上溯到更高的追求。這在他「諸子篇」各詩章中也早已表露無遺：「沿著德行末落的方向／來到荒蕪的井田中央」，問一問「在好惡與事物的變遷中有沒有顛撲不移的雲朵」（《問聘》）[9]；「讓我們再把這個世界扳回來吧！」（《說書人柳敬亭》）[10]；甚至，「我將在流動的河水上／鑲下我的話語」（《離騷》）[11]。以此觀之，羅智成向古老文化回返追尋的，或許可以被稱為一種常在的「道」，像所謂「易有三義」，簡易、變易、不易，而最根本者是「不易」。

羅智成在工業文明甚至可以說提前進入後工業文明的臺北寫詩，他「對都市如何成為文明的墳場感到好奇」（《一九七九》）[12]。二十世紀的歷史伴隨著現代化進程，摧毀一切，也重

年，第7頁。

[7] 羅智成：《耶律阿保機》，《擲地無聲書》，臺北：遠流出版事業股份有限公司，1988年，第24頁。

[8] 羅智成：《耶律阿保機》，《擲地無聲書》，臺北：遠流出版事業股份有限公司，1988年，第69-70頁。

[9] 羅智成：《問聘》，《傾斜之書》，臺北：時報文化出版事業有限公司，1982年，第87、92頁。

[10] 羅智成：《說書人柳敬亭》，《擲地無聲書》，臺北：遠流出版事業股份有限公司，1988年，第56頁。

[11] 羅智成：《離騷》，《傾斜之書》，臺北：時報文化出版事業有限公司，1982年，第118頁。

[12] 羅智成：《一九七九》，《傾斜之書》，臺北：時報文化出版事業有限公司，

建一切。在喧囂的革命與戰爭之下，掩藏在二十世紀中國底裡的一直是現代化的主題。從十九世紀下半期的洋務運動開始，無論是中體西用還是西體中用，都體現了中國人的現代化努力。1897年嚴復「譯述」《天演論》，這一對中國現代歷史起了重大影響的歐洲思想輸入，更是通過漏譯選譯、有意錯譯，用斯賓塞的一元解釋沖散赫胥黎的反社會達爾文主義的二元複合元語言，使其變成一場關於社會達爾文主義的宣傳。在此後一個多世紀中，「物競天擇，適者生存」的進化觀，逐漸進入到中國人的主流思想意識，並改變著國人的生活方式。比如，實現國家統一過程中的權力角逐，以經濟建設為中心的「新叢林法則」以及商業主義、消費主義的盛行等等，它逐漸消解著傳統中「不易」的部分：「在大火現場／我們注視古老華廈的傾塌／觀者如堵。」（《寶寶之書》）[13]

然而，經濟與文化並不必然統一。誠如丹尼爾‧貝爾在《資本主義文化矛盾》中曾明確指出：「社會不是統一的，而是分裂的。它的不同領域各有不同模式，按照不同的節奏變化，並且由不同的，甚至相反方向的軸心原則加以調節。」他將「現代社會」分成三個服從於不同軸心原則的「特殊領域」：經濟－技術體系、政治、文化。經濟－技術領域「軸心原則是功能理性」，「其中含義是進步」。而文化領域則不同，丹尼爾‧貝爾同意凱西爾的定義，文化是「符號領域」，談不上「進步」，文化「始終有一種回躍，不斷回到人類生存痛苦的老問題上去」。社會是「經濟－文化複合體系」，但經濟和文化「沒有相互鎖合的必要」[14]，在生產力持續推進尤其是在現代化繼續發展之時，總會存在著兩套元語言對社會生產進行解讀。

---

[13] 羅智成：《寶寶之書》，臺北：聯合文學出版社有限公司，2012年，第30頁。
[14] 丹尼爾‧貝爾：《資本主義文化矛盾》，趙一凡、蒲隆、任曉晉譯，上海三聯書店1989年，第56-60頁。

而對「政治－經濟」現代化的「回躍」式解讀，便成為了現代詩人的一個公共的視角。在古老中國，傳統詩教提供了「詩言志」或「詩可以興，可以觀，可以群，可以怨」等公共視角，儘管緣於某種特殊的歷史語境，在現代化語境中成長的詩人普遍對「公共性」一詞持有特殊的警惕性，然而不可否認，關於這場現代化汲汲追求的反思，形成了內在於現代詩的公共性。

「為一個彷徨的社會尋求文化理想」[15]，羅智成的詩寫理想也展現出對這種公共性的回應。如他所自稱：「我所困處的島嶼，在幾個不是頂重大的偶然元素的誘發之下，硬是脫離了歷史與人性的正軌，而陷入分裂與文明的倒退……原先『文化理想』、『精緻中國』的鬆散憧憬被粗厲、粗暴的言行驚醒，一時之間便要煙消雲散──我不知道島內其他人的感受，但我必須以文字來見證自己的感受。」[16]或許他預知這一場回返式的靠近，不過是又一次「那急於否定孤獨的孤獨的行徑」，然而如同所有被內心引誘的探索者一樣，他抱著三分疑惑、三分警惕、三分憂慮，外帶一分執著的追問，開始了針對文化理想重建活動的逆水而上：

「這是一段寂寞的歷史／沿著喧鬧的人文景觀迸裂開來。／不合時宜的清醒，在喜宴中，必須躡足而行……」（《87年夏日寫下而未及修改》）[17]

[15] 羅智成：《擲地無聲書》（序言），臺北：遠流出版事業股份有限公司，1988年，第7頁。
[16] 羅智成：《夢中情人‧後記》，臺北：印刻出版有限公司，2004年，第173頁。
[17] 羅智成：《87年夏日寫下而未及修改》，《擲地無聲書》，臺北：遠流出版事業股份有限公司，1988年，第150頁。

二、「像道路／緊守湮沒的舊址」[18]：微宇宙與「奧德修斯之床」

在有關羅智成詩歌的論說和詮釋裡，有一個聲音格外響亮，那就是羅智成是一個構築自我「微宇宙」的高手。

比如，詩人林燿德曾尊羅智成為「微宇宙中的教皇」。他認為：「喜直覺、善隱喻的羅智成正是微宇宙中的教皇，他語言的驚人魅力，籠罩了許多八零年代詩人的視野，近乎純粹的神祕主義，使得他在文字中坦露無摭的陰森個性，以及他牢牢掌握的形式，同時成為他詩思的本質。」[19]而早在若干年前，這種透露出敏銳洞察力的評介，就見諸於另一詩人楊牧對於羅智成詩歌的指認之中：「羅智成構築自我微宇宙的大量詩作顯露了極鮮明的個人風格。」[20]

許多跡象表明，羅智成的詩歌語言及形式具有某種「純粹性」，他善於在對世界細節的直覺與隱喻把握中，實現自我微宇宙的構築。尤其對於細節，羅智成常常表現出一種溫情而一絲不苟的風度，從而捕捉住那些可以不斷延伸、甚至是捉摸不定的意象。

對自然世界細節的直覺把握，使他的詩歌常常舒展著某些靈活與親近的品性：

> 風是一種嗅覺，使得下午成為觸覺／仰臥。使得屋簷恍惚。／雲孕載潮濕的光／有遠處的雷聲，在其上搬動桌椅

---

18 羅智成：《寶寶之書》，臺北：聯合文學出版社有限公司，2012年，第55頁。
19 林燿德：《微宇宙中的教皇：初窺羅智成》，《一九四九以後》，臺北：爾雅出版社，1986年，第113-125頁。
20 楊牧：《走向洛陽的路──羅智成詩集序》，羅智成：《傾斜之書》，臺北：時報文化出版事業有限公司，1982年，第2-13頁。

／其後他探訪我的聽覺而恰好我有事出去了⋯⋯（《麻雀打斷聆聽》）[21]

在竹山有個美麗平靜的下午／山邊種有扶手瓜，軟枝黃蟬／雷聲在雲層的地板上游走／當天色漸暗而溪邊款款一亮／是成群成群的野薑花（《一九七九》）[22]

到午夜／天空終於佔領了整個出海口／和孩童的睡夢／剩下黑色的岬角／是我親昵的美神巨大的側面／和棲藏羽翼的，胎生的樹林（《河口之星・夜馳淡水》）[23]

　　空曠的景色和氣候，統統在羅智成這裡經歷物化的過程，成為實實在在的可以觸摸的美神的側面，成為雷聲遊走下款款而來的野薑花。對羅智成來說，似乎不存在遠不可及的事物，一切都是近在眼前，他賦於它們直截了當的親切之感。

　　而另外一些時候，對細節的直覺把握又使其詩歌發散出千鈞一髮的緊張感。比如：

在永恆強大的磁場下／鐘錶是不走的／但我們體內偷懷著／上緊的發條／伴睡。／等待永恆過去的清晨／去探望／另些孵化開來的事實（《燈前之書》）[24]

[21] 羅智成：《麻雀打斷聆聽》，《光之書》，臺北：天下遠見出版有限公司，2000年，第104頁。
[22] 羅智成：《一九七九》，《傾斜之書》，臺北：時報文化出版事業有限公司，1982年，第63頁。
[23] 羅智成：《一九七九》，《傾斜之書》，臺北：時報文化出版事業有限公司，1982年，第140頁。
[24] 羅智成：《燈前之書》，《傾斜之書》，臺北：時報文化出版事業有限公司，1982年，第16頁。

在暗夜與清晨之間等待，這是籠罩在高氣壓下的一晚，上緊的發條就像一隻嘲諷的眼睛，隱藏著不安的激情。再如：

> 他們在城堡外搭築陌巷／如墓石上的青藤，逐漸掩蓋我們……／我們舉止靜肅，步伐沉重／企圖逃避整個時代的注意與敵意／甚至把旗幟掛在遠離的彗星上／甚至刷牙也不敢出聲（《黑色筆記本五》）[25]

「他們在城堡外搭築陌巷」的行動，類似卡夫卡《城堡》中土地測量員K的到來，他使「我們」如同城堡中的村民們一樣，在城堡的已有制度裡出生、成長，並將制度的一切不合理當成它的合理，如今終於恐懼與不安起來。

貪婪地傾聽被造物的感歎和窺看事物的深淵，構成了羅智成詩歌的一體兩面。他在談這些事物時，是在自然世界的廓大與都市文明的狹窄之間，創造豐富的說話態度，表達對一切事物充滿無常性憂鬱的氛圍。

如同他兒時一樣，長大後寫詩的羅智成，還是會在所有人把眼睛緊閉上時，將眼睛睜大，注視著窗外的所有細節[26]。他對自然世界細節的親近與溫情，同時也隱藏著某種對凝滯的城市文明的逃避。這些細節，如同一棵大樹的樹根一樣被埋藏在泥土之中，以其隱秘的方式餵養著那些茁壯成長中的枝葉。讀這些詩，總會使人想起一個古老的隱喻：「奧德修斯之床」，它也是一個關於失鄉者何以返鄉的細節暗示。

---

[25] 羅智成：《黑色筆記本五》，《傾斜之書》，臺北：時報文化出版事業有限公司，1982年，第50頁。

[26] 參見《夢中村落》一詩：「我總是／頂著低壓的形雲／沿著清冷的街道／去窺看一扇扇窗內金黃的燈光／那作著白日夢的男孩，我相信／有時也從溫暖、金黃的室內／朝窗外張望」（羅智成：《夢中村落》，《夢中書房》，臺北：聯合文學出版社有限公司，2002年，第55頁）。

在希臘史詩中，「奧德修斯之床」是關於故鄉的祕密記憶。在外流浪二十年的奧德修斯，故鄉伊塔卡被女神雅典娜以霧籠罩，更早則已被乘虛而入的王后求婚者們佔領。好在一個唯有奧德修斯與王后才知道的細節祕密，從未被洞察，即「奧德修斯的床」：「我自己建造的那張床，誰能搬得動啊，你是知道的，它是由生長在王宮附近的一株巨大的橄欖樹的樹椿作為那張床的立柱的。是我親自去砍去了枝葉，用牆圍住，並用木椿做立柱，然後用金、銀、象牙等鑲飾了它。」[27]正是它的存在，使終回故鄉的奧德修斯，最終得以被自己的故鄉認領。

然而，即便如此，十年戰爭加十年漂泊的奧德修斯，在面對妻子「把床搬過來」的試探時，也不免遲疑：「可能在我不在的時候，誰鋸掉了（床的）樹椿，挪動了它吧。」如同羅智成的喟歎：「恆久的流浪／使我們成為自己的家鄉」（《光年3章・前瞻》）[28]。羅智成詩歌的細節書寫，也暗含著這樣的返鄉的試探與努力：他希望能借此返回那個「生活世界」（胡塞爾語）或「親在之在」（海德格爾語），因為它們已為政治、經濟現代化追求所遮蔽與遺忘得太久。

或者可以說，以對細節的直覺與隱喻，重建人與世界、自我的聯繫，是羅智成在敏銳懷疑政治與經濟現代化解構夢中家園之時，以溫情重新餵養那些被現代化砍伐的「奧德修斯之床」的枝葉的努力：「這是何等壯麗的心慌／去目擊自己卑微的生命／參與著生物演化的／遲緩艱難／不論成敗悲喜／你的每一步都在／實現永遠不屬於你的／希望」（《夢中情人》）[29]

---

[27] 荷馬：《荷馬史詩・奧德賽》，王煥生譯，北京：人民文學出版社，1997年。

[20] 羅智成：《光年3章》，《擲地無聲書》，臺北：遠流出版事業股份有限公司，1988年，第103頁。

[29] 羅智成：《夢中情人》，臺北：印刻出版有限公司，2004年，第6-7頁。

三、「歪斜的詞句」與不肯癒合的文字

　　詩，對於羅智成而言，「猶如一種『生活方式』」[30]。而在機械複製時代的當下，詩歌暴露在這從未有過的卑微感之中，一無遮攔，也正因此而充滿裸露的神祕感。在這種落差中，羅智成懷著他關於生活的意念走向語言，尋找現實，並驚詫於這現實。在詩之現實與生活之現實之間，羅智成在自己語言的牽引下，穿越於一個個矛盾的境地。

　　對「邊界」的肯定，是羅智成拼命保持住虛構與現實分隔狀態的首選方式。比如，他肯定地寫下：「我的書房是／我的文明的邊界／在室外／各式媒體猶在茹毛飲血／部落猶在草創文字／在室內／我以二十六種語言／縱橫於各種光怪陸離的作品中／包括四種鳥語、四種猿猴語和兩種鯨豚的方言」[31]。但對這種「邊界」的有效性，他同時又不自覺地懷疑：「一個從不曾作用過的邊界：在生活與童話之間、記憶與想像之間、過去與現在、充沛的感受與未成形的孤獨……」[32]。因為對於詩來說，現實並非某種確鑿無疑和已經給定的東西，而是處在疑問中的某種東西，是要打上問號的東西。同樣的疑問也會呈現於詩的內部：詩本身只要是真實的，就會注意到自己的開端裡包藏著的可疑性。

　　於是，這種對「邊界」的遲疑，又常常進駐羅智成詩歌的內部。比如這首《87年夏日寫下而未及修改》[33]：

---

[30] 羅智成：《詩，是生命的刻度》，《光之書》，天下遠見出版股份有限公司，2000年，第1頁。

[31] 羅智成：《夢中書房》，《夢中書房》，臺北：聯合文學出版社有限公司，2002年，第29頁。

[32] 羅智成：《夢中曆》，《夢中書房》，臺北：聯合文學出版社有限公司，2002年，第21-22頁。

[33] 羅智成：《87年夏日寫下而未及修改》，《擲地無聲書》，臺北：遠流出版事業股份有限公司，1988年，第150-151頁。

他們的聲量真大……………………………………

你聽得見我說話嗎……………………………………

這座城池需要……………………………………………

我說這座城市此刻需要一對……………………………

慈愛注視的目光…………………………………………

…………………………………………………………

但，你確定這是我們的城市………………………

　　無言的「……」構成言語的媒質。「……」裡是無數語言的
間歇，擱置，還是沉默？「但」被放置在詩行的前端處，像一口
張開的嘴。它讓人的視野變得比任何時候都更危險。

　　我們向前急駛

　　並隱隱然感覺到年輕時期被教導去期盼的理想世界

　　似乎愈來愈不可能被人們認真想去實現了。

　　詩之開始，「稀落的雨點／在急駛的車窗／像不存在的貓卻
留下了腳印」，以雨點使貓之不存在與「腳印」之實實在在得以
無限拉近；詩之結尾，以虛擬語氣收束，「隱隱然」與「似乎」
提供一種可疑性：在理想與現實的是與非之間，「實現」的動作
越擱置，「非」就越不會從「是」中分離出來，理想世界便離現
實愈遠。

　　諸如此類，虛構與現實之間「邊界」的難以捉摸以及難以癒
合，貫穿在羅智成的所有詩歌中。就像十年後羅智成創作的另一
首詩，帶有充滿希冀的一個標題「夢中村落」[34]。裡面有這樣的
句子：

---

[34]　羅智成：《夢中村落》，《夢中書房》，臺北：聯合文學出版社有限公司，2002
　　年，第54頁

現實世界裡
夢中村落只能在
過期的廉價耶誕卡上
扮演偏僻又
拒絕融解的冬季
但我仍一再虛擬
那幾可亂真的歸鄉的悲喜

　　夢中故鄉在現實中，被強行終止生命時間，只能面目全非地「扮演」；這道休止符唯有在虛構中，才能被重新喚醒。而又恰恰是「虛擬」中的覺醒，再次賦予「現實」中的沉睡以意義。如同接下來即將出現的「時間中的孩子」，在過去與將來之間，相互俘虜：

我總是
頂著低壓的彤雲
沿著清冷的街道
去窺看一扇扇窗內金黃的燈光
那作著白日夢的男孩，我相信
有時也從溫暖、金黃的室內
朝窗外張望
但他看不到我
外頭太暗
何況我只是
他可能的成年形象之一
踽踽獨行，在他長大後
便深埋內心的
雪地裡

在這裡，在某種返家的途中，時間中的孩子：我與自己未來的可能性之一相遇。幻影般的成長成了時間的核心，他們站在時間的兩頭，像兩頭時刻等待卻又在猝不及防中相遇的小獸，警惕地保持著距離，互相嗅著對方的氣味，陌生又熟悉。在這個現實與虛構的不斷回望之間，呈現的是成長的緩慢與困難，但它並非是一個勢所必然的康復過程。「我」作為成長之一種可能，是現實之一種；而對於那「作著白日夢的男孩」而言，又何嘗不是虛構之一種：「他不停添加我本來／不以為屬於我的事物／我也漸漸透過他來／看見我所／不曾是我的自己」[35]。

時間中的孩子，這個隱喻作為崩潰與重生的雙重存在，它是生死並存、亦生亦死的現實。時間的「視窗」即是認清自己的「邊界」，就像羅智成在語言中尋找現實的「邊界」一樣：他所企圖在詩中尋找與實現的現實，雖為生活之現實所傷，卻不得不朝向生活之現實：「我不曾在／詩裡與詩外預期／以文字去背叛／深深陷住我的／那躁鬱的時代」[36]。於是，抵達終點或重新返回起點的方法，唯有通過所謂「不合時宜的清醒」[37]，通過所謂「在不適當的時地／盲目飛舞啊你／歪斜的詞句」[38]，實現對詩之現實與生活之現實雙向打開。羅智成仍在以自己的言語和沉默做著尋找的努力。

[35] 羅智成：《夢中情人》，臺北：印刻出版有限公司，2004年，第71頁。
[36] 羅智成：《夢中情人》，臺北：印刻出版有限公司，2004年，第31頁。
[37] 羅智成：《87年夏日寫下而未及修改》，《擲地無聲書》，臺北：遠流出版事業股份有限公司，1988年，第150頁。
[38] 羅智成：《李賀・窗外嚴霜皆倒飛》，《擲地無聲書》，臺北：遠流出版事業股份有限公司，1988年，第78頁。

四、「幾乎不存在的／命定的讀者」：拒絕被解釋的獨語者

作為語言的一種表現形式，詩歌基本上也是一種對話形式，極可能成為瓶子中的字條。扔出瓶子的人，並非總是懷著那麼大的希望，但畢竟還是希望在某個地方，某個時刻，瓶子會沖上海岸，也可能會沖上核心地區。這個意義上的詩歌，也處在前進途中：它們是有所企圖的──它或者朝向一種可用語言表達的現實，或者朝向某位可直呼其名的「你」。但是，現代詩總是充滿堅決澈底的獨白的衝動，於是，是否需要通過詩歌尋找到一個傾聽的「你」，便成為一個悖論性難題。

羅智成的大量詩作，呈現出一種個人性、內向性、傾訴體的特徵，甚至在《夢中情人》、《寶寶之書》等詩集中更伸延為自說自話與自問自答。那麼，究竟是一個什麼樣的內心，造就了羅智成的寫作？

羅智成常常在他的詩作中表達一種「相遇」的困境。比如，困境發生在他與這個當下世界的相遇中，對現代化進程的反思，使他認為自己：「像一個努力要被粗心的文明校對出來的錯字」[39]。除此之外，困境還發生在他的詩歌與讀者的相遇中。如這首《93淫雨：致永不消逝的「最後讀者」》[40]，誰是注意到這一場春雨、一個城市的雪季、整個亞熱帶的風景與垃圾的人？詩人深知「只有我和兩天後／在潮濕的露店讀到這首詩的讀者甲」，但「我們」之間的關係極為微妙，它既親密又疏離：

---

[39] 羅智成：《黑色鑲金》，臺北：聯合文學出版社有限公司，1999年，第44頁。

[40] 羅智成：《93淫雨：致永不消逝的‘最後讀者’》，《夢中書房》，臺北：聯合文學出版社有限公司，2002年，第10-11頁。

我們，我和讀者甲，我們彼此之間的疏離

在於

我們並不曉得我們始終並肩列席

並在枯澀的眼底蘊藏著對彼此的期待

兩天後讀者甲在潮濕的露店

讀到這首詩，並短暫

被其中的訊息吸引

但他一直不知道作者甲曾和他相遇

在文明的每個險惡的時辰裡⋯⋯

一方面，羅智成表示：「有了完美的聆聽者，我們自然也會有說不完的／完美經驗」[41]，偶爾他希冀著某種體貼的聆聽：「在文字的兩端，不管是讀是寫的那一端，是不是總有人，總在一些時候，我們彼此貼聽著自己？」[42]但無奈的是，「我像被文明擲入／大海的瓶中書／帶著自己無從開啟的／訊息或體悟／佯裝尋找／幾乎不存在的／命定的讀者」[43]。最終，他不得不發出一股強烈的吶喊：「當美好質地與／感受質地的眼光／永久失傳／我們任由多種遺憾／在內心中相互／噬咬為蟲」[44]（《夢中情人・43》）。

但另一方面，矛盾在於對於羅智成而言，讀者也只能是他詩歌城堡的外來者：「當有人欣賞你的作品／很可能他誤解了／很可能你對自己經驗的發掘／還沒有深到只有自己理解的程度」。他總在一邊提防著讀者，一邊又向他們盡力做著表達，這

[41] 羅智成：《關於寶寶之書》，《寶寶之書》，臺北：聯合文學出版社有限公司，2012年，第1頁。

[42] 羅智成：《致讀者》，《黑色鑲金》，臺北：聯合文學出版社有限公司，1999年，第111頁。

[43] 羅智成：《夢中情人》，臺北：印刻出版有限公司，2004年，第28頁。

[44] 羅智成：《夢中情人》，臺北：印刻出版有限公司，2004年，第123頁。

使得羅智成詩歌敘述的核心，就像卡夫卡的「城堡」拒絕K一樣拒絕著他的讀者，使他們只能待在城堡的邊緣，因為「他們在城堡外搭築陋巷／如墓石上的青藤，逐漸掩蓋我們」（《黑色筆記本·5》）。

同樣，困境還呈現在他與自己的相遇之中。我總是我的第一個讀者，但是在文字的虛構與更堅實的現實中，「我」同樣是一個矛盾的存在：「我得像『我』一樣的站出來，被賦予特質、特徵和期待。而在更堅實的現實之前，這一切仍都是令人索然的。」[45]於是，存在的意義，尤其是在抽象的虛構與殘酷的現實之間的比照中，被懸置起來。

羅智成要傳達的全部消息，或許找不到理想的受眾來承接。最終，他只能宣稱：「我們／是隱隱然和每個既成的解釋相排斥的／因為，我們從不是、不能、也永不願被既成的解釋／解釋成那個樣子／我們比任何一『解釋』龐大得多」（《黑色鑲金》）。這是一種高傲的退守，更是一種無奈的以退為進。於是，他終於把自己變成一隻悲壯的「獨語」的漂流瓶，始終在等待一個能真正明白瓶中書的撿拾者。

五、結語

真正的詩人，都有另一個名字叫做孤獨者，他們的孤獨體現在必須如此：對現世、對自己、對可能的觀察者或稱閱讀者，能夠分享的不過是彼此不確定的肉體，以及一個戲劇化的共同困境。在喧嘩與騷動與歷史的一起前行中，詩人除了在能阻止呼吸、卻又開通由此岸通向彼岸的語詞的河水裡，以「語詞的意義」來躲避這難予解釋的世界之外，難道還有其他的途徑？

---

45 羅智成：《一意孤行的踾想者辭典》，《夢中書房》，臺北：聯合文學出版社有限公司，2002年，第116頁。

羅智成也正是借由這些「語詞的意義」，通過向古老文化精神的回返與對現世細節的深沉把握，逃逸出現實與自我兩個向度的逼迫，從而獨立於世。並最終，「讓世界／得以美滿地／在我們體內進行」[46]。

---

[46]　羅智成：《夢中拖鞋》，《夢中書房》，臺北：聯合文學出版社有限公司，2002年，第41頁。

陳克華，一個「敗德」的身體測繪學家

趙思運（浙江傳媒學院文學院教授）

　　陳克華以驚世駭俗的身體表達成為華語詩界的標誌性詩人。我之所以用「驚世駭俗」一詞，並不僅僅意指陳克華的詩寫行動本身具有行為藝術的性質，而更多的指向是陳克華詩歌接受過程中的震撼效果。他的詩寫具有很強的行動性和顛覆性，與根深蒂固的二元對立思維諸如「靈與肉」、「男與女」、「異性戀與同性戀」等的問題產生了強烈抵牾，這種強大的張力構成了「驚世駭俗」的文學場景。陳克華通過詩歌，對肉身尤其是男體進行了全方位測繪。可以說，身體美學是陳克華詩寫的出發點，也是最終旨歸。

　　陳克華的詩歌具有強烈的自我發現、自我認同意識。他的自我認識與發現，雖然也通過社會化存在來完成，但更重要的關注點在於對自我身體的生理、欲望、情感的深挖，通過身體建構來達到對自我的確認，正如維特根斯坦所言：「人的身體是人的靈魂的最好的圖畫。」[1]因此，他的幾乎所有文字都具有極其濃厚的那西色斯情結。他一天天在自己的詩歌的倒影中凝視自己肉

---

[1]　[法國]馬克・勒伯著《身體意象》，湯皇珍譯，周榮勝《編者的話》第1頁，瀋陽：春風文藝出版社，1999年。

體，通過身體鏡像釋放自己的靈魂，甚至與詩歌融為一體。陳克華的詩歌正是他的靈魂之河滋養的一朵搖曳生姿的納西色斯之花。

一、那西色斯情結：鏡像中的自我審視

早在1985年，陳克華有一首廣泛流傳的詩《我與我的那西色斯》：

最近，
逐漸體力不繼。我發覺不能夠
再只用我這一對枯乾下垂
塌陷的乳房
哺育自己。

「今天該理髮了吧？」我問
一種對美的質疑
陡然暴長，如一株造型兇惡的盆景

久久我與鏡子對峙
蓄起的鬢角釘掛在牆上，偶爾
可以窺見一種命運的小丑臉譜
正偷偷對我仔細端詳

「也愛過了吧？」
我說。是的，而且
早就疲倦已極了──我走過去
強吻我自己

在每一面鏡子上留下指紋

和唇印，一如我怪異的簽名

然而我是如此豐富地戀著（你自己看罷）

在相對獨立的空間裡存活著的

有無數種延伸與歧義

的可能──然而

我只選擇了你這一種

「而且連這選擇都可能是虛妄的。」我想

因為事實上

別無選擇。

在這首詩裡，「我」既是審視主體，又是審視客體，自己的身體也是一個「他者」。「自我」構成了一種虛妄乃至別無選擇的精神鏡像。這首詩歌所呈現的那西色斯情結，在很大程度上構成了陳克華詩寫的一種原動力。

作為一位同志詩人，找尋自己精神鏡像的時候，不可避免地會涉及到「父親」，父子兩代之間的肉身延續與隔斷、精神血脈的流淌與阻滯，是重要問題。陳克華的《父親節想到父親》裡的「父親」是又一個精神鏡像。當「我」面對「父親」的時候，忽然發現父子都是「內在冷漠」，互相感到不可交流的「惶恐」，然而，隨著「父親」的蒼老，隨著「我」的長大，隨著「我」找到愛的時候，是對於「愛」的追求和理解促使父子之間便達成了靈魂層面的「和解」。

屈原是陳克華另外一個精神共振的那西色斯人格鏡像。他在《河──端午寫給屈原》裡寫道：

在消失你的羅盤上

那曾經以你命名的方向

終究成為我宿命的漂移

無法覺察的漂移呵

當整個時代正漂離你

在無岸之河，我卻緩緩朝你靠近——

……整個時代也正逐漸漂離我，這一切

彷彿都只是旗的飄動

而　　又彷彿都只是時間之風

　　正是由於陳克華將屈原作為自己的精神鏡像，他才真正理解在歷史的河流裡反覆漂洗的屈原的精神境遇：「身體是甜的，河水是苦的」、「權力是甜的，詩詞歌賦卻是苦的」。被時代漂離驅逐的共同命運，使我「緩緩朝你靠近」。一位偉大的同志詩人屈原，成為陳克華的精神鏡像，具有情感認同和詩人角色認同的雙重意義。

　　那麼，是誰塑造了「鏡像法則」？是誰規定了合法的「欲望法則」？陳克華的《尋人啟事》有一句「你先替我穿上欲望／再給我一面鏡子」，動作的實施主體「你」很明顯是公共規則的擬人化。隨著「身體就開始發育」，公共規則給定的欲望法則不再合身，也就「深深厭惡著鏡子」，但是，無力澈底打破鏡子的束縛，無法擺脫給定的欲望的束縛，只好不斷增加補丁，以進一步限制身體。悲劇由此而生。他有一首散文詩《藏鏡人》，在這個「原是雌雄同體然而異體受精的洪荒時代」，他的欲望裡所含蘊的宇宙奧義，大腦與肉身談判最終破裂。鏡中的局限使肉體的生命欲望像火山引爆意義，從而對「鏡像法則」和「欲望法則」提出激烈示威、抗議。

因此，陳克華的身體鏡像表現主要有兩個意義：一、在對自我身體鏡像的建構中，折射自我的靈魂律動，以此實現自我確認；二、對營構身體鏡像的外在律令進行拆解。

二、自我主體的「肉身化」呈現

在中國歷史上素有捨生取義、殺身成仁之訓，反對軀體，敵視情感，視肉體為仇寇。一部人類史成了理性與感性的鬥爭史、靈與肉的衝突史。勞倫斯說：

> 軀體本身很潔淨，只有受困牢籠的頭腦
>
> 充滿污泥。它不住地污染著
>
> 五臟六腑、睪丸和子宮，把它們腐蝕得
>
> 只剩一具空殼
>
> 矯揉造作、十足邪惡、連野獸
>
> 也覺得相形見絀

肉體並不邪惡，關鍵是要解放頭腦，洗卻靈魂的污垢。周作人說：「我們真不懂為什麼一個人要把自己看作一袋糞。把自己的汗唾精血看得很污穢？倘若真是這樣想，實在應當用一把淨火把自身焚化了才對。既然要生存在世間，對於這個肉體，當然不能不先是認可，此外關於這肉體的現象與需要自然也就不能有什麼拒絕。」[2]

在歷史上，男性身體跟女性身體面臨著同樣的缺失命運，甚至男體更是忌諱。埃萊娜·西蘇說：「婦女必須參加寫作，必須寫自己，必須寫婦女。就如同被驅離她們自己的身體那樣，婦

---

[2] 周作人《讀〈欲海回狂〉》，見《周作人自編集：雨天的書》，北京：北京十月文藝出版社，2011年。

女一直被驅逐出寫作領域，……婦女必須把自己寫進文本——就像通過自己的奮鬥嵌入世界和歷史一樣。」[3]人的機器化進程越來越嚴峻的，正像十八世紀的拉‧梅特里在《人是機器》中說的，人的軀體已成機器，機器使人的軀體擺脫了自然的奴役，然後機器又開始奴役人，人已陷入機器的重重包圍中，理性化和機械化壓制著軀體本能的衝動、生命的燃燒。關於現代科技對人的身體和肉欲的壓制與異化，陳克華在詩中多有體現。《類固醇物語》寫道，借助類固醇針劑的手段雖然頓時成為肌肉膨脹的「猛男」，但是帶來的「雞雞委頓」的代價，著實是一個有力的反諷。當一座城市也打上類固醇，建築物也都陽具般紛紛勃起，最終會在地球的皮膚上留下「永遠美白不了的斑塊」。《天線》一詩表達了高科技的現代都市語境下肉身的虛幻感。陳克華有一首理性較強的《頭顱》，從空間和時間兩個維度狀寫頭顱內在的宇宙意識，揭示了現代高科技時代「電腦」的誕生使「肉體」正式消失，造成了肉體的異化。

　　在陳克華的筆下，身體不再充當知識和意義的預留位置和替代物，因為意指的身體為身體設置了符號和意義的陷阱。哲學的、神學的、精神分析學和符號學的「身體」將「肉身」緊緊裹住，「身體」成為「去肉身化」的身體，而脫開了身體內部的所有感官、知覺、直覺、欲望、記憶、觀念、意識等個性化的生命體驗。他勇敢地將自己的肉體放在十字加上，如《肉體十字架》：

　　　　於是我捨棄天地和屋宇，衣服如兄弟妻子
　　　　只定居在自己的肉身裡

3　[法]埃萊娜‧西蘇：《美杜莎的微笑》，張京媛主編《當代女性主義文學批評》第188頁，北京大學出版社，1992年。

日夜用賀爾蒙洗濯昏昧的大腦和性器
造訪小小隔絕的胰島
生養一些體毛和菜花

並殷勤練習如何膨脹大胸肌和血管叢
早晨趁市囂的瘴癘尚未隨風造訪
我便打開幽門噴門肛門閩門命門
澆灌逐日成熟復將委頓的松果體

湧泉穴有泉湧
便日日是好日

便　春有百花秋有月夏有涼風冬有雪
若無閒事掛心頭皆是人間好時節

地，徜徉在我自身的肉體宇宙裡
春有青春而冬有老病地

把一切閒事
掛在心頭。

　　究竟是意義的身體，還是肉身的身體？在道與肉身，道與
器的孰先孰後的二元對立思維中，陳克華選擇了後者，他以肉身
觸摸思想，以感覺觸摸理性，以身體的能指為出發點抵達身體的
所指。身體是一座活的廟宇。身體通過「感覺」的自在性而獲得
肉身意義。不是從意義出發，而是從身體的感覺生發出意義，拆
解符號學、症狀學、神話學、現象學對身體的劫持，才能分享身
體的存在，在身體的感覺中敞亮生命的意義。《我對肉體感到好

奇》以大量筆墨涉及到精液、唾液、痰液等各種體液，「真理原是如此猥褻而粗暴致死」的極端詩句，誇張地表達了作為欲望的身體釋放生命的意義。

身體「body」一詞，在梅洛龐蒂（Maurice Merleau-Ponty）的哲學中是一個核心概念。他的《行為的結構》、《知覺的優越性》、《知覺現象學》等著作中都涉及到「身體」一詞。在他看來，身體與主體（body-subject）可以互為取代，「我」即我的「身體」，並認為，「身體」並非只是一個外在的認識對象，它具有經歷知覺的能力，可使萬物在軀體感知中彰顯出潛藏的奧秘，進而在主客體的感知中確立軀體所屬的人的主體性。所以說，「主體」不是純粹理性，而是帶有肉身體溫的所有生命感覺的形成的統覺的釋放的的凝結。作為對象性object的身體與作為主體性subject的身體，並沒有決然的界限。陳克華的《我的肛門主體性》開門見山：「一夜之間，我的肛門，就突然有了他的**主體性**。」肛門不再只是一般的生理器官，而是明確發聲：「擁有絕對的主體性」：

> 他可以隨時擁有全身上下第一無二的
>
> 內外痔　　或
>
> 梅毒淋病菜花
>
> ……
>
> 強烈主張
>
> 一切的「經過」的主體性
>
> 只要帶來更強烈的抽搐、顫抖、撐裂、爽、還要更　爽——
>
> 雖然，我們的肛門只是個洞
>
> 雖然，他主張擁有一切主體性

他調動出所有的性體驗，渲染肛門作為性器官的主體性需求。有的時候，陳克華的身體描寫，還融入了詩人的形而上的生命思

考。如《植入》一詩，可謂是一部關於肉身的簡史。從植入子宮開始誕生與發育，一直到出生、成長，性器的植入（青春期的欲望享樂）、到皺紋、記憶、倦怠的植入，再到一切的植入開始鬆脫、瓦解、剝落，人的一生在時間的緩慢進程中，消耗殆盡。這首詩呈現了肉身主體性從建構到耗散的整個過程。

在越來越高度集約化的社會結構中，千差萬別的個體化身體都被一個共通的「意義」，整合到公共話語邏輯，從而使每個人都處於「身體政治」的規訓之下。社會化的規訓機制就是政治技藝，因政治的終極意義就在於規訓，要想治理得好，就要泯滅身體個體之間的差異，按照集約化的類別或地位高下之分，將異質的因素按相異的程度逐級剝離出去。每一個身體都有所屬的社會場域和文化場域，陷於一個律法空間，每一個身體規定了專有管轄權。陳克華確然走在與時代逆行的方向。他將個體化的身體進行了全方位呈現，讓我們逼視我們久違了的陌生而異己的身體，呈現出被切割、被標記、被規定的身體的受難圖景。他在《包皮》裡質問身分政治：「我必須割捨我的包皮／而換取高貴族群的身分證明嗎？」他有一組《狂人日記》，集中寫出了人的肉身的異化：或寫人肉相食的悲劇；或寫為逃避文明規約而主體性隱遁肉體；或寫人類與蒼蠅基因的結合異變；或寫垃圾製造者馬桶人；或寫「任意統計我預測我雜交我複製我」的豆莢人的悲劇；或寫幻想中在大自然裡播撒生命而現實中卻「逐日腐敗的肉軀」的植物人；或寫鏡中的局限使肉體的生命欲望像火山引爆意義產生激烈示威、抗議。尤其是《蛇人》揭示人的異化更深刻：「讓肉體化約再化約，成為概念」的蛇人，「為了以腹行走，他為自己的肉體設計出如此簡單的幾何。不可思議地讓生命臣服如此單純的定律」，「他弧形優美的身形，也將以無比的愚蠢，逼近死亡。」《透明人》則是另外一種異化，（男人）「他們透明化的身軀你無從確認器官的確實部位。包括翅膀、唇、髭、指甲、關

節、雞雞。」

　　陳克華在詩中就像戳穿皇帝的新裝的那個孩子，肆無忌憚的調侃著偽善的政治規訓和道德規訓。《肌肉頌》將身體拆解為「肱二頭肌」、「比目魚肌」、「肱四頭肌」、「大胸肌」、「陰道收縮肌」、「豎毛肌」、「肛門括約肌」、「腹直肌」、「提睪肌」、「吻肌」等二十種肌肉，每一種肌肉下拼貼了主流意識形態的話語，諸如「萬歲，萬歲，萬萬歲」、「人民是國家真正的主人」、「祖國的山河更是多麼壯麗」、「愛國、愛民、愛黨」、「勝利第一。情勢一片大好。」、「服從、服從，還是服從。」等，同時又夾雜了私密話語，諸如「你愛我嗎？」「快樂嗎？很美滿」，「正確的性愛姿勢」、「真他媽的虛無」。後現代拼貼的雜耍和戲謔風格，讓我們從嚴酷的政治話語的縫隙裡窺視到一絲私密的個人話語。他的組詩《不道德標準》乃是向著所謂的道德重整委員會用力擲出的第一塊巨石。其中《人人都愛馬賽克》批判了無所不在的壓制人性、實現道德催眠的「封建力量」；《我只好脫、脫、脫》，以脫的方式解除對「裸體」的忌諱，並以此諷刺貪官、汙吏、奸商、刁民。《如果我是封建小陽具，那你就是禮教小淫娃》，直擊封建禮教的性愛觀念。他們假宗教慈善之名，推行精神專制，精神獨裁。《第一塊石頭》對「道德重整委員會」的諷刺更是辛辣：「於是你們一千人等人多勢眾的道德重整委員會的委員們，唱完了道德重整之歌，做完道德重整的處女膜整形，抹上了道德重整的KV潤滑膏，噴完了道德重整之殺精劑，戴上了道德重整的保險套，叫完了嗯啊嗯唉道德重整之床，流了滿床道德重整的淫水，吞下了道德重整的精液，做完了道德重整之愛，洗淨了你道德重整的屁眼，穿上了道德重整之內褲，念完了道德重整阿彌陀佛，上完了道德重整的耶穌基督教堂」，偽善面孔昭然天下！

　　陳克華不僅蔑視偽善的道德對身體的戕害，而且對既定的

性別霸權進行了批判。主流視野中的「歷史」（history）是男人代表的歷史，男性視角、男性觀點、男性聲音成為普遍性，而女性視角、女性觀點、女性聲音被拒斥，被抹去，被忽略，被視為特殊性。歷史的話語主體是男性，女性只能被規定，女性的聲音被男性盜走了，整個歷史是菲邏各斯中心論話語（phallaogocentric），現代社會是陽具中心（phallaocentric）社會和詞語中心（logocentric）社會的交融。陳克華不惜以大量猥褻風格的語詞，對公共話語進行汪洋恣肆的撞擊！《閉上你的陰唇》一詩以惡之花的風格嘲諷那些已經爛熟了的公共規則：「性與權力的重新分配／頹廢的屄與神經錯亂的屄」，戳穿了謊言：「當正義之師策馬轉進圍城／這土地已被謊言包裹得無比光榮」。《婚禮留言》以第一人稱「新娘」的口吻給對方留言，批判了男女二元對立的霸權婚姻結構。男方贈送一隻指環，就作為交換而擁有了女方的身體。在一系列句子中，諸如：「你合法使用我的屄的權利」、「你將餵食我以中餐西餐日本料理……／還有你的陰莖和精液／你的腳趾和體毛，／你的性病和菜花」，「你」（新郎）成為句子的主格，而「我」（新娘）則是賓格。在《請讓我流血──愛麗絲夢遊陰道奇遇記》裡，陳克華則為女性代言：「我厭倦了繼續做一名光明的處女」，大聲疾呼「讓我流血流血」，盡情釋放肉體的感官享樂，批判了世界的偽善。由於世界在抑制生命，「陰道裡最深處神祕的光，竟照不亮生命終極的祕密」，所以，「我」才「渴望流血」，「快樂地流血」、「放心地流血」、「虛無地流血」、「趨於極樂地流血」，渴望失去完整性，渴望尖銳而割傷的陽具闖入摩擦的光。

陳克華正面表述過他的猥褻詩學：「猥褻原只是一種手段，無奈有人對其他視而不見。因為表面上的猥褻，喚醒的是他們自身人格裡更深一層的猥褻，那潛伏但永遠無法享用的快感。於是他們整齊方正的人格被深深激怒了──他們習於安穩的性格不容

任何輕佻的撼動。」[4]陳克華的意義正在於此。

三、異性戀霸權的拆解

通過身體描寫，陳克華以「敗德者」的姿態，勇猛地打破性別閾限，站在異性戀霸權的對面，倔強地表達著自己的立場。

由於被異性霸權的「陽光」壓制太久，「我們在黑暗中的祕密之花／終於在集體催眠出的聖潔光環裡／集滿了足夠登陸天堂的贖罪券」（《我們已在黑暗之中進化太久……》），在多數人的集體面前，「我們就是權力」的呼聲十分微弱。在異性戀霸權的壓制下，陳克華憤激地說：

> 我終於也移植了一個屄。
> 擁有貯制乳汁的雙乳
>
> 每月一次
> 倒立精神的子宮，傾瀉靈魂的月經
> 本能的腺體肥大
> 愛藏匿陰毛叢中的深穴
> 亞當夏娃不過是洞口囂時掠過的受驚嚇的小兔
>
> ——《我終於治癒了這世界的異性戀道德偏執熱》

他以「我是誰我不清楚」的代價，試圖消滅性別鴻溝，解構異性戀霸權。在《肌肉妹與鬍鬚哥——側寫名駿與Funky》、《女人的隱形陽具（啞鈴）》、《男人的陰道（慶典）》等詩作

---

[4] 陳克華：代序《猥褻之必要》，《欠砍頭詩》第13頁，臺北：九歌出版社有限公司，1995年。

中，他穿越了性別的閾限，對性別規定實行了僭越：「女人不過是一種偽裝」，啞鈴被視為女人的「隱形的、不帶體毛血管裝飾的陽具」。而男人以「肛門」為陰道，綻開的、鬆弛的、被敲打的、政治正確的、骨盆寬大的、些微傷風的、虛脫感裡的、徹底失望的……種種男人的身體，享受著女人般的快感。「在A片流行的年代／我們都記得一名擁有三個屄的女人／她的三個屄分別被稱作／現象　本質／和屄」（《在A片流行的年代》），呈現了性別的「非本質化」傾向。《我是淫蕩的》戲仿楊喚的詩作《我是忙碌的》，以肉欲之歡顛覆了楊喚詩歌中嚴肅莊重的理性。《一萬名善男子與一名善男子》、《住在我身體的50個情人》等詩作，澈底顛覆了道德重整之家。

他在詩作中，反覆表達同性經驗。《不道德標本》以五顏六色的性愛色彩，釋放出「先天缺少道德基因」的肉體體驗。尤其是那首驚世駭俗的《肛交之必要》，大膽顛覆傳統的性愛方式，宣洩同性戀體驗，公開宣稱自己是「敗德者」，「我們在愛欲的花朵開放間舞蹈／肢體柔熟地舒卷並感覺自己是全新的品種」。陳克華特別強調「感覺」的豐富性：「抽搐」、「感覺」、「狂喜」、「疼痛」。但是，背德者逐漸脫離了這支叛逆的隊伍，投入到多數人的隊伍，「肉體的歡樂已被摒棄」，多數者的暴力和多數者的集體邏輯的暴力，摧毀了敗德者的獨立與尊嚴。所以，詩歌不止一次地說：「肛門其實永遠只是虛掩……」。「肛交」，在基督教中，往往被視為「獸交」。因為，只有人類才是唯一面對面性交的動物。教會只認可一種所謂自然的交配方式，也就是湯瑪斯·桑切斯神父（Thomas Sanchez）在1602年所叮囑的姿勢：「女人仰躺在下，男人俯身其上，將精液射入專司生殖的器官」[5]，而其餘姿勢均被看做禽獸行為，因為直到十七

---

[5] ［法國］讓-呂克·亨尼希著，管筱明譯，《害羞的屁股——有關臀部的歷史》第192頁，北京：新星出版社，2011年。

世紀，教會視野中的性交實質意義在於生育，交媾的快樂只是附屬的東西，單純的肉慾之歡是罪惡的。「不可反面性交」，長期成為人類的規訓。伊斯蘭地獄的第一層即是肛交犯，而女同性戀者則受到以石塊擊斃的懲處。在現實生活中，肛門往往被視為通往地獄之門，但越是壓抑，越激發起藝術家詩人的靈感，成為一種儀式、節慶。約翰・彼得在著作《管口的特性》裡寫道：「屁眼就是如此重要，屁眼存在，故我們存在。」[6]；法國著名詩人阿波利奈爾以「玫瑰花瓣」詩意地描繪肛門。愕司多・德・波里尊（Eustorg de Beaulieu）以「屁股」為題，盛讚女人的屁股。拉伯雷（Rabelais）被譽為「糞便文學大師」。彼得覺尼（Pierre Janet）還主編了《糞便文學叢書》。對於同性肛交，幾乎沒有例外地認為是變態和罪惡行為，是道德淪喪者的表現。薩德（Sade）的薩德侯爵所著小說《索多瑪的一百二十天》（Salò o le 120 giornate di Sodoma）即是一個極端的集成體。克索斯基（P. Klossowski）評論道：「薩德作品中所描述的肛交行為，是所有墮落行為的主要表徵。」[7]安龍與凱福（J.-P. Aron et R. Kempf）也說道：「總之，肛交者純粹就是野獸的轉世。」[8]而陳克華的詩歌賦予了肛門一種哲學的主體性內容，本來作為生理器官肛門「擁有絕對的主體性」（《我的肛門主體性》），擁有巨大的生命欲望和生命感性的快樂主體。

同性之愛崇尚「快樂原則」，這種生命的快樂甚至具有超越生死的力量。熊熊燃燒的《肉身之焰》雖是發自靈魂深穴的欲望流泄，但生命之火最終還是借助肉身而點燃。《即使在情人的懷裡》寫道：

---

[6] 約翰・高登（Dr. Jean Gordin），奧立維爾・瑪帝（Dr. Olivier Marty），《屁眼文化 Historires du Derriere》第116-117頁，林雅芬譯，臺北：八方出版社，2005年。

[7] 約翰・高登（Dr. Jean Gordin），奧立維爾・瑪帝（Dr. Olivier Marty），《屁眼文化 Historires du Derriere》，第151頁，林雅芬譯，臺北：八方出版社，2005年。

[8] 約翰・高登（Dr. Jean Gordin），奧立維爾・瑪帝（Dr. Olivier Marty），《屁眼文化 Historires du Derriere》，第151頁，林雅芬譯，臺北：八方出版社，2005年。

天已經顯老而海水悄悄乾了
鑽石腐爛

我仍執意躺進你的懷裡
我執意我還是一個清醒完整的我
我執意孤獨必須如恒星照耀

即使，悲哀已達極限
自銀河氾濫……

這種愛欲超越了時空而抵達永恆，讓我們想起了古詩《上邪》「我欲與君相知，長命無絕衰。山無陵，江水為竭，冬雷震震，夏雨雪，天地合，乃敢與君絕！」《停車做愛楓林晚》：「我們於是停車做愛／做到直到身體裡的血也都流盡／只剩下黑……」「我們要在彼此身體裡／找到　　黃昏。」《蜷伏》，將愛人比喻為手臂圍成的陽光海灣，臉貼著海面，感受到「你體內最細緻的動盪／或是海底火山淺淺地睜眼轉眸／或是一株失根海草的無聲行吟／／我的蜷伏模擬著死／漂流在你陽光璀璨雲潮湧動的熱帶／是的，只有　當　模擬著死／／我才分明察覺／／我正愛著。」《半生之願》審視後半生的身體：「鬆弛，柔軟，渴睡、警醒，滿足，不滿足，虛玄，實際，欲念強大，心思縝密，感官化，心靈化，狂暴，脆弱，痛快，絕望，爽而又爽，對立統一的矛盾體，對生命欲念的頑強與執著。《重蹈》將愛情與身體剝離開來，試圖證明性愛高潮至上，「我如何向你說明我已不相信愛情」。《寫給那沒有救你的朋友》，送給公開同志身分的福柯，逼視福柯虐戀的快樂帶來的艾滋死亡。

雖然他在《保險套之歌》裡說「靈肉根本毫不相干的兩碼子事，如同／雞兔同籠／水火同源／屍屍同口」，陳克華其實還是

主張靈肉統一論的，他的《孤獨的理由》即表達作為聯結兩個肉體的媒介——靈魂的缺失帶來的孤獨。他有很沉痛的一首《蝴蝶戀》，前引夏丏尊《弘一法師之出家》的句子：「他的愛我，可謂已超出尋常友誼之外……沒有我，也許不至於出家。」這首詩可謂抒寫夏丏尊與弘一法師超越生死的一曲戀歌。「吾愛汝心／吾更憐汝色／以是因緣，情願／歷／千千萬萬／劫難，一如蝴蝶／迷途於花的暴風雨。」他苦苦執念於「終究一生不過是場漫長的辭別」，終究無法「捨下了情，捨下了癡，捨下了悲，捨下了欣」。《青春猝擊——寫給杜二》、《像你這樣的朋友——寫給梁弘志》、《在高處——伍吳國柱》，他與朋友們之間的共鳴，超越了肉欲，面對共同的話題，如青春、性別、記憶、寂寞、生死等，更是體現了情感和靈魂上的惺惺相惜。他於2012年12月出版的詩集《當我們的愛還沒有名字》對「愛情」和「肉體」的欲望之愛，已經走出異性戀話語霸權下的尖銳緊張性，甚至是拳交和捆綁之交等虐戀形式的愛欲，也不再是囂張與緊張，而是真正進入了自我內心的世界的探究。此時的陳克華，已臻於洗盡鉛華之境。典型之作是《男男愛諦》一詩：

　　終於，我來到長得和我一樣的男孩
　　的身邊　並肩躺下
　　如青鳥遺落巢裡的兩根羽毛
　　那般自然　那般華美
　　那般理所當然的對稱

　　且洋那般溢著幸福的暗喻——
　　是的，一個和我一般溫暖
　　心如處子　身如脫兔　的男孩
　　——我們相互愛著

超越生殖　沒有婚禮
也不會有花朵的盟約和節慶的祝福

……
我們或將在一下秒改變心意
但在僅存的此刻當下
我們斥退了異性戀熱症的囂張喧嚷
清明如菩薩
經歷十地　阿僧祇劫裡誓不成佛

要以俱足的無根六識　七識　八識　難得人身
證得佛陀在苦集滅道
之外不忍宣說的　男孩與男孩之間的

愛諦

　　但是，同性愛依然是弱勢群體，依舊籠罩在異性戀霸權的主宰下。詩集《當我們的愛還沒有名字》，書名便清晰地揭示了同性愛的尷尬處境。陳克華有一首《失足鳥》，引用《聖經》語錄「神看那人獨居不好」，表達的恰恰是人類在床底之間流浪、漂遊在眾多挺立的性器叢間，而靈魂卻得不到棲息的命運。由於叛逆了「不可反面性交」的告誡，人就像失足鳥被罰以失去雙足終身飛翔。這種命運令我們想起了王家衛導演的電影《阿甘正傳》中的臺詞：「這個世界有種鳥，是沒有腳的，它只可以一直飛啊飛，飛到累的時候，就在風裡睡覺，這種鳥一生只可以落地一次，那就是它死的時候」。陳克華的《失足鳥》即是同性之愛漂浪天涯的象徵性寫照。

四、《BODY身體詩》：男體的元構造學

陳克華剝離開公共話語邏輯的規訓，拆解異性戀霸權，釋放同性戀生命快感，最終綻放的是純粹的「肉身」之花。肉欲裸呈，讓「啞鈴」也唱出屬於自己的生命之歌，才是陳克華的目標。2012年，陳克華拋出詩集《BODY身體詩》，對於陳克華本人來講，是水到渠成的事情，而對於詩界，卻是一個重要事件。

這應該是第一本關於男體專題詩集暨攝影集。從來沒有一本詩集如此集中地展示男性身體意象，從來沒有人如此逼真而酣暢淋漓地揮灑男性人體的魅力。《BODY身體詩》集中收錄了陳克華2005年底至2006年間27首男體詩，分別描繪××處、恥毛、大腿、小腹、小腿、包皮、皮屑、肌肉、舌頭、尾巴、禿、肚臍、足踝、乳頭、背、胸膛、脊椎、痔、眼球、眼袋、痘痕、腿四頭肌、私處、皺紋、頭顱、龜頭、攝護腺等部位，堪稱男性身體的地形測繪學。

男體在主流藝術史、文學史中，一直是沉默的。陳克華曾為自己的一本詩集命名「欠砍頭詩」，即表明男體和同性欲望與傳統主流性文化的緊張關係。《欠砍頭詩》的第一首詩是《啞鈴之歌》。啞鈴即是男性生殖器的隱喻，也是詩人自我身體鏡像的隱喻。陳克華默默地傾聽沉默的肉身：「啞鈴彷彿／有一首歌／我也彷彿；／但我們都只是緘默」。「啞鈴輕輕唱了一首歌／他又啞又重／也聽不見我咬在牙床裡的歌」，「緘默」在這首詩中反覆出現了四次，可以說，「緘默」便是我們共同的生存境遇。他對於啞鈴的親近與凝視，具有自我靈魂回歸、自我尋根的意味：「我知道我總是回到啞鈴面前／像樹回到泥土，像雲回到窗前／光榮回到冠冕，口號回到／楗般矗立的拳頭／夢回到微濕的眼睫／回憶回到純潔的少年肩頭」。但是，最終的命運卻是「這次輕

輕唱了一首歌／我和這個世界都沒有聽見。」而在《BODY身體詩》裡，男體被觸摸到了，被感覺到了，被全方位打開了，色香味形神義統統被釋放出來！

女性的身體寫作目的是想摧毀菲勒斯中心話語體系，埃萊娜・西蘇說說：「幾乎一切關於女性的東西還有待於婦女來寫：關於她們的性特徵，即它無盡的和變動著的錯綜複雜性，關於她們的性愛，她們身體某一微小而又巨大區域的突然騷動。不是關於命運，而是關於某種內驅力的奇遇，關於旅行、跨越、跋涉，關於突然地和逐漸地覺醒，關於對一個曾經是畏怯的既而將是率直坦白的領域的發現。婦女的身體帶著一千零一個通向激情的門檻，一旦她通過粉碎枷鎖、擺脫監視而讓它明確表達出四通八達貫穿全身的豐富含義時，就將陳舊的、一成不變的母語以多種語言發出迴響。」[9]雖然，男性詩人也有過身體寫作，但鮮有對男性自身軀體性屬的描摹，更多的是把目光投向女性身體，「他」是一個對異性的觀察者和窺視者，古典繪畫中的女性裸體形象大都面向畫面之外，接受著一個虛擬的男性觀察者目光的審視。陳克華則將筆觸聚焦於男性身體，具有辟荒意義。

陳克華對男體被主流話語的命名所遮蔽的現狀表示了嚴正抗議。他拒絕打馬賽克的身體，在《××處》結尾發出質問：「但我真正想知道的是／／為什麼是××處？」他在《私處》裡高呼「私處吾皇萬歲，萬歲，萬萬歲」，「私處。人體惟一人人平等之國：每個人都有一個私處。」最原初的身體最具有人生而平等的民主的真意。他戳穿了為「大我」犧牲「小我」的公有思想制度的荒謬性：「公開公式公有公社化／統一管理並且集團共用／嚴格管理不容許一個人同時擁有兩個屁或兩個屌／或一個屁一個屌／／只能一個屁或一個屌（別無選擇）」。在詩的最後，以

9　[法]埃萊娜・西蘇：《美杜莎的微笑》，張京媛主編《當代女性主義文學批評》第201頁，北京大學出版社，1992年。

「永劫回歸無解矛盾」來對抗「大愛無言」；以「私處刺青如祕密組織背叛的旗幟」來對抗「大愛無私」；以「私處偉哉自在空性」來對抗「大我無我」。他為「體毛」正名，《恥毛》的批判鋒芒直指命名上的器官歧視：

> 恥？——
> 我親愛的恥毛
> 茂盛於恥骨之上
> 像一盤永遠不見天日的盆栽
>
> （為何不是禮毛義毛廉毛？
> 我們必須引此體毛以為恥嗎？
> 這要算是一種器官歧視嗎？）

陳克華還把筆觸刺向集體無意識的話語。當我們在用「圓潤　肥大　鮮紅　帶紫　多汁」這些詞語描述物體的時候，人們往往會想到「乳頭」、「嘴唇」、「鼻頭」、「腳趾」等性器。大眾話語其實代表了一種集體無意識的語言催眠，遮蔽了個人化的情感選擇，陳克華在《龜頭》一詩打破了大眾話語的禁忌，做出極其個性化的回答：「我還是最偏好／龜頭」。此處的單人稱「我」，代表著敏感於肉體覺醒的獨特的「個體」。

陳克華服膺心理學家賴希的名言：「你的身體就是你的潛意識。」他對身體這部「構造複雜的發電機」進行了拆解還原式的立體透視。每一個部件的拆解，不是解構，而是對肉身的重新建構。而且，這個「肉身」不是物理意義和一般生理意義的肉身，而是充滿著豐沛欲望的肉身。帶著對人類物種肉身的愛的眼睛去看，就會發現，人體的每一個局部都不是孤立的，而是內在充沛生命澆築一體的性欲對象。所以，陳克華筆下的肉身，處處

都是性器官，「去生殖器中心」主義貫穿了始終。如果說《××處》、《私處》、《龜頭》、《乳頭》、《恥毛》刻畫的是正面的性器官意象，那麼《大腿》、《小腹》、《小腿》、《包皮》、《皮屑》、《肌肉》、《舌頭》、《尾巴》、《禿》、《肚臍》、《足踝》、《背》、《胸膛》、《脊椎》、《痔》、《攝護腺》等刻畫的是「泛性器官意象」。「痘痕」明明是一種病理之相，但著實也在證明著「雄性」的性別確認。他消解了與舌頭有關的文化意義，諸如愛情、政治、權力、親情友情的的甜言蜜語，讓舌頭回歸到純粹的肉欲載體，「在吻過之後繼續懷想／／雖然其實／只是舌頭。」（《舌頭》）連普通的背部也成為驚心動魄的性意象，「所有人類的性器官都在正面／一種蕭簡嚴肅的人生觀／遺漏了廣大壯闊的／背」，他將「背」比喻為「無邊草浪波瀾起伏的／游牧人隨身攜帶的／一張　大　大　厚　厚　的蒙古毯」，比喻為「北國草原裡伏的裸獸」，比喻為「豪華瑰麗至驚心動魄的／大塊面呈現的」，比喻為「一隻老虎」（《背部》）。他將按照古希臘男體美的典範，描繪「足踝」，足踝猶如大理石般光澤（皮膚）和條理（血管），如「浮雕般被打磨過」，這種男體美最適合「吻」和「啃一啃」，彌漫著強烈的潛意識性意識。男人進化的殘留物「乳頭」，也被陳克華比喻為「戰場上遺留的未爆地雷」，蘊含著蓬勃的生命原欲，在手指叩訪或齧齒的造訪時，也會性器官一般「勃起」。《肚臍》一詩的詩藝處理，更加含蓄：

靜靜隨呼吸起伏的海面
我來到一處漩渦
中心
深陷

像小獵犬號無人太空船
來到宇宙中心的黑洞島嶼

「溫暖而脆弱的中心呵⋯⋯」
胃寒
而怕癢

我吻著漩渦了
被吸入黑洞般光線曲折底墜落——

此刻，我知道遠處有海嘯一般的戰慄襲來
是宇宙打了一個噴嚏。

「肚臍」作為性意象，蘊含著美妙的性體驗和澎湃的生命激情。
就是這樣，陳克華面對男體這塊廣袤的陌異土地，用生命去完成
他對身體的地形測繪學。我們也藉助陳克華的「身體詩」完成了
對自我肉身的省察和重新認識。

　　在陳克華的筆下，人的身體的主體性，首先不是純粹理性形
態的，而是感性形態的主體性。這一生命主體保持著絕對自足的形
態，與純粹大自然保持著和諧性。莎士比亞在《哈姆雷特》中對人
類給予了至高讚美：「吸天地之靈氣，汲日月之精華。人類是一件
多麼了不得的傑作！多麼高貴的理性！多麼偉大的力量！多麼優美
的儀錶！多麼文雅的舉動！在行為上多麼像一個天使！在智慧上多
麼像一個天神！宇宙的精華！萬物的靈長！」克雷爾沃的聖伯納德
Bernard of Clairvaux, St.（1090-1153）也說過：「火在眼睛裡；氣在形
成言語的舌頭上；土在以觸摸為己任的手中；水在生殖器內。」[10]

[10] Jean-Luc Nancy, *Corpus*, in *Corpus*, trans. Richard A. Rand, New York: Fordham University Press, 2008, pp. 1-121.

陳克華在《眼球》《皮屑》《皺紋》等詩中描寫身體的時候，經常敏銳地感受到身體與宇宙和大自然之間的共通體驗。他常常將裸體置於大自然之中，刻畫人與大自然的交媾：「他裸伏在每一叢月光的岩頂／接受和風與露水的愛撫，久久／再弓起身子，對著滿月／向著朝陽射精」（《盟誓》）。將性愛意象以大自然和宇宙意象出之，也是陳克華的慣用技巧。上述的《肚臍》充滿了宇宙語大自然的無限魅力，強烈的感性力量，呼應著宇宙的力量。再如《胸膛》：

　　我所嚮往的一種寬廣
　　厚實的泥土
　　與泥土下　大地優美舒緩的呼吸──

　　在男人頸項之下
　　小腹之上
　　大幅起伏　如山巒　如海洋──

　　我的心如帆　偷偷
　　在月全蝕的時刻　劃到寧靜的大海中央
　　空氣黑墨　群星扎眼
　　我躺平在一葉甲板　如漆的海面
　　輕晃我的暈眩

　　貼緊在地球的胸膛上
　　我分明覺察了那呼應著宇宙的龐大脈搏：

　　「我愛你至深
　　深至以你的呼吸　循環我的血脈⋯⋯」

當月光重返的時刻

我裸著的胸膛

刺滿星群墜落的軌跡……

「泥土」、「大地」、「山巒」、「海洋」都是人的身體的對應
物。走向「胸膛」，就具有了一種皈依大自然的終極意義。

結語

陳克華在《騎鯨少年》時期，初現那「西色斯情結」，開
始以內視角關注自我，以肉身承載情感和思考；《欠砍頭詩》凸
顯背德者的自我角色意識，顯示出自我與主流意識形態的尖銳緊
張關係；《善男子》時期則逐漸走向自我角色的張揚與積極肯
定；《BODY身體詩》聚焦於男性身體意象，開掘了一口深井。
他從「西色斯情結」出發，最終完成的是「西色斯情結」的身體
外化。而一個人的成熟，必須走出「西色斯情結」的閾限，達成
完整的自我。我們也在他的其他作品中，讀到關於社會公眾事件
的立場表達，但是陳克華給我們的感覺仍然是未能從「西色斯情
結」裡面走出來。

A・馬塞勒曾給自我下過定義：「一個完整的個人。」[11]完整
的自我，在西方現象學中，分為三部分：即「內在自我」、「人
際自我」和「社會自我」，三者處於對立統一之中，最良好的狀
態時三者協調互動。「內在自我」是「與孤獨中的內在體驗相伴
的心理狀態」[12]，它是維護個體自我的根本。但人類渴望完整存

---

[11] ［美國］A・馬塞勒等主編，任鷹等譯，《文化與自我》第98頁，杭州：浙江人民
出版社，1988年。

[12] ［美國］A・馬塞勒等主編，任鷹等譯，《文化與自我》第98頁，杭州：浙江人民
出版社，1988年。

在是人之本能，個體必須走出內在自我的自閉情境，尋求與人際自我、社會自我的交合點，孤獨才會消失。作為一位同志詩人，自我角色的實現面臨的壓力尤其艱巨，他所面臨的生存空間也許會更開闊而艱辛。

在《笑忘錄》中，昆德拉主張應學會談論自己肉身的希望，而不是整個人類的希望。尼采借助於查拉圖斯特拉的詩成功地將肉身重置於哲學的中心。他的七弦歌唱的是：我的存在徹頭徹尾只是肉身而已，造化的肉身造靈魂僅用它作為自己意志的一雙手。「肉身」問題是每個人的核心問題。「肉身」是我們的出發點，也是我們的歸宿。但是，從出發到歸宿，這之間的長長的拋物線或曲線，是十分豐富而複雜的。每個人既是「個體化生存」，也是「社會化」生存。身體的「在場」，是詩歌永葆生命的源泉。我在想：走出「西色斯情結」的陳克華，更大場域中的陳克華，又會是怎樣的？

天河中的「秋刀魚」
——論中生代女詩人馮青的女性歷史觀

傅天虹

（北京師範大學珠海分校華文所常務副所長、文學院教授）

摘要

　　臺灣中生代女詩人馮青在當代詩壇中，具有獨樹一幟的寫作風格。她從知性支撐的感性顯現，對女性在社會、文化、歷史長河中的形象和情感狀態，以及身分與悲哀命定等都做了形象的告白。在此基礎上所形成的女性力度美，猶如詩作所寫的「天河中的秋刀魚」，以特殊的自我顛覆性和凌冽的批判性，成就一種獨特的女性歷史觀。

關鍵詞：馮青、知性力度、自我顛覆、女性歷史觀

臺灣女性詩人在詩壇只占較小比例，雖然她們知名度不及男詩人，但她們還是在詩壇上留下了擲地有聲的作品。在這些女詩人裡，除了呈現婉約浪漫，或如鍾玲所言「追隨太陽步伐」般的模仿男性詩人的兩種書寫方式之外，也有著眼現實，並同時擁有女性書寫特殊筆觸的。中生代女詩人馮青便是明顯而成功的例子。她多年來一直堅持獨立寫作，頗具建樹。

　　馮青，本名馮靖魯，1950年出生於中國青島，祖籍江蘇，成長在臺灣，畢業於私立中國文化大學史學系，她先後在出版社及雜誌擔任過職務，也曾主持過電視臺節目，還曾受聘於淡水、板橋、三重等社區大學任「文學與閱讀」課程講師。一九七八年四月馮青的處女作發表在羊令野主編的《詩隊伍》週刊上，羊令野（1923-1994），是臺灣重要的現代派詩人，曾任《現代詩》復刊後社長等職。羊令野先生去世時，馮青寫了《暮年離去——詩送羊令公》並在詩的附紀中談及：「他（羊令野）挖掘和鼓勵的詩者包括：林燿德、向陽和我等人，令公辭世之時，身旁乏人，我人在台中，至今仍感唏噓不已！撫今追昔，常懷風木之思！」[1]一九七八年夏她還加入《創世紀》詩社，成為該社成員，時任該刊總編輯的詩人洛夫很欣賞她的作品《夏日詩抄》，說：「我國現代詩中的抒情傳統，曾為我們的詩運開闢了一個新的感性領域，自鄭愁予到葉珊，自敻虹到沈花末，現在我們又聽到了馮青娓娓的小唱。」[2]馮青數年後又脫離《創世紀》詩社，加入了「臺灣筆會」，由此可見這位女詩人天馬行空般的「率性」。馮青至今共著有詩集4冊：分別為《天河的水聲》（1983）、《雪原奔火》（1989）、《快樂或不快樂的魚》（1990）、《給微雨的歌》（2010），另有李元貞先生為其編的詩選本《馮青集》（2010）。馮青的長詩《和我意念的島嶼》，

1　馮青：《暮年離去——詩送羊令公》，《給微雨的歌》。臺北，允晨文化，2010年7月。
2　洛夫：《《夏日詩抄》小評》，《創世紀詩刊》第48期，1978年8月，頁39。

於1995年獲吳濁流文學獎新詩正獎。

從小在臺灣成長的經歷，讓馮青具有不同於戰後移入臺灣的新住民客居心態的情感狀態，這種狀態也在她的詩作中體現了出來。她的詩作中帶有一種俠女性情，有著與一般女性詩人的虛無縹緲並不苟同的質感和力度，尤其在她帶著這種心態參與臺灣的社會運動後，回過頭來又在很大程度上促成了她詩作中的那種凌冽的批判性和堅定的自我顛覆性，這種質素，呈現出當代女性詩壇少見的力度之美，成就了一種獨特的女性歷史觀。

一、感性氤氳中的知性力度

20世紀八十年代後，臺灣詩壇進入了多元化的發展時期。六七十年代統領文壇的主潮式詩學現象，在鄉土文學論戰後逐漸為生動多樣的共時性詩學形態所取代。詩壇感應著臺灣社會政治、經濟、科技、文化的飛速發展和社會結構、價值標準的變異，萌生出新的創作主體、內涵、思維方式和表現形態，詩人們都力圖在已有的藝術經驗和美學傳承基礎上，拓展出更富時代特色的視野建構。緣此，「中生代」（即當年的「新世代」或稱「新生代」，特指1949年後出生，於1970年代後期，特別是1980年代以來在臺灣詩壇取得突出成就的詩人群體）應運而生。對於中生代女詩人群，林燿德有過這樣一段評述：「馮青和夏宇、方娥真三位新世代女詩人，恰好是三種文體和詩思的典型，方娥真致力於古典語感與現代詩質的溶匯，夏宇一開筆就成為『後現代』、『新人類』的代言人，而馮青傳承的是現代主義、意識的存在主義以及中產階級的反中產階級社會批判。夏宇、方娥真都殘餘著浪漫色彩，而馮青一開始就抵禦了感性的橫溢。」[3]

---

[3]　林燿德：《永恆的魚拓——論馮青的詩》，《快樂或不快樂的魚》，臺北：爾雅，1983年5月，頁5。

馮青無疑是令臺灣詩壇動容的的角色，其創作力度並不遜於橫空出世的夏宇，所以伴隨著這位中生代女詩人三十多年來的創作足跡，一直有不少評論家針對其詩作的特色及本質，發表著不同的意見。有學者認為：「馮青最突出的作品是一九八三年之後的抒情詩，語調浪漫而深情，但內容卻對人生之滄桑，文明之毀壞，表現深刻的認知，因此在其語調與內容之間形成強烈的張力，表現一種矛盾的浪漫情懷。」[4]也有學者認為：「馮青的詩作明顯呈現出一條從傳統到現代、從感性到知性的運行軌跡，而並非如有的詩論者所言，馮青一開始就徹底抗禦感性的誘惑。處女詩集《天河的水聲》中，既有傳統的感性，又有現代的知性。它既表現了少女乖巧的青春心情（《仰臉看你》、《南風輕輕》、《你在作些什麼》、《溪語》）；也有少女的「自戀情結」（《鈴蘭之歌》、《水薑花》）；還有都市愛情的表達（《秋刀魚》、《木棉花事件》）以及死亡、疾病等人生負面經驗（《夜問》、《病》）。傳統的抒情色調很明顯，而主題並不十分深刻。但同時，冷峻的意向營造及現代詩通感、跳躍、切斷等技法的運作也相當嫻熟。」[5]還有學者從根本上否定了馮青詩是古典、浪漫甚至是感性的一般看法。認為馮青是極現代的現實主義者：「一方面可見她已嫻熟於現代派以降發展成熟的意象營造，另一方面也透露出她對語言移情企圖的反動，詩的客體投射對應著生活，然而生活入詩卻形成一個被詩人重新賦予秩序、展布意識的新世界。不同於七〇年代逃遁回「白話詩的階級反動，馮青作品的生活面以趨近零度的意象語，規範了以靜制動的視野。」[6]

4　鍾玲：《現代中國繆司》，臺北：聯經出版社，1989年，頁310。

5　王金城：《馮青詩論──女性與人生的現代訴求》，《國文天地》第20卷12期，2005年5月。

6　林燿德：《永恆的魚拓──論馮青的詩》，《快樂或不快樂的魚》，臺北：爾雅，1983年5月，頁5。

通常並不能對如馮青的女性詩人抱有這樣的認定，即女性詩人是一種感性的宣洩者，是婉約的浪漫者，是細膩的抒情者等。在馮青這裡，有一種氤氳於歷史長河中女性的柔美，也更有一種發自現代女性內心清醒的意識。事實上，馮青的創作並沒有明顯呈現出從感性到知性的運行軌跡，也並非從一開始就抵禦感性的誘惑，而是存在一種「制約的情感」：她的詩作以知性為基調，透過女性思維的敏感和細膩，形成了她的主要情感狀態。馮青從小在臺灣成長的經歷，讓她具有不同於戰後移入臺灣的新住民客居心態的情感狀態，這種狀態也在她的詩作中體現了出來。她的詩作中帶有一種俠女性情，有著與一般文藝青年的虛無縹緲並不苟同的質感和力度，尤其在她帶著這種心態參與臺灣的社會運動後，回過頭來又在很大程度上促成了她詩作中的那種凌冽的批判性和堅定的自我顛覆性，這種質素，可以說是一種臺灣女性詩人比較少見的力度之美。馮青早在處女詩集《天河的水聲》裡就有一段自然而又深切的表白：「但願自己是棵樹，站在原野之中，越往上長，越看得越遠，覺悟也越多，更能到雲天以外的世界去。」[7]可見自然形成的民族基因和時代女性開放性的自覺追求，馮青體內有一種內力，一種強大而又實在的內驅力，一直驅使她吸取更多天地精華而展現自己。馮青的詩作從由知性支撐的感性顯現，對女性在社會、文化、歷史長河中的形象和情感狀態，身分與悲哀命定等都做了形象的告白。在此基礎上所形成的力度美，猶如詩作所寫的「天河中的秋刀魚」，以特殊的自我顛覆性和凌冽的批判性，成就一種獨特的女性歷史觀。」

　　從處女詩集《天河的水聲》到近年出版的《給微雨的歌》，馮青寫了不少令人過目難忘的詩篇，她有創意性地運用了詩創作的一些現代手法，寫出了諸如：「原來／彈著笙的／竟是月亮／

7　馮青：《天河的水聲・代序》，臺北：爾雅，1983年5月，頁5。

把一片屋頂／淹成荷塘」（《月下水蓮》），以「笙」的音響描寫月亮跳躍地升空，讓情景戲劇化；「燈光是一群疲憊的綿羊／在江河中吃草」（《夜間》），調動著意象特有的色調和張力，揮灑構圖；「能以幾株花影測量的距離裡／女人匍伏在夜的崎嶇上已經很久了／探照燈的光靜靜走動／床頭是昨夜的報紙／床上是一條繡花的手絹，吃剩的可口奶滋紙盒」（《靜物》），一幅素描，以靜物鋪排形成特效；「摘些水芹／驚蟄前的紅椒／兩朵雲／冷漠地互擁／而又無聲告別／晚潮湧來／所有的燈火／便掩耳亮起」（《晚潮》），講究意象置換，臨廚意象的靜物寫生，讓超現實的景色呈現繁華隱涵的疲憊心態，領悟到生命本真；「大廳的雨道上／我不小心觸到那口鐘／靜美的下午茶時刻才剛開始／他們悄悄耳語／在岸邊有過全壘打的紀錄／而在破璃的餐桌上／徐徐滑行到南方金色的斜紋船裡／是排列整齊的／小貝殼／和‧闊嘴獸」（《船》），質感跳躍，小貝殼和闊嘴獸滑行的悄悄耳語，都是內心的風景；「從未／在縱多的山巔小鎮上／看到旅者如燕子般地築巢生殖／而我們確實聽到連綿的山丘／溜進提琴手的琴譜／月曆像一匹馬／在火車的血液中放牧消失」（《旅行之歌》），詩用意象置換與感官的自由聯想，視覺與聽覺的互應的手法，寫出旅者對旅程的眷戀。還有許多精彩的句子，如：「你嘴角／那盞小小的燈籠」（《木棉花》）；「橋以及建築物／都在哈哈大笑」（《成長》）；「每片雲都是／虛無主義的手勢」（《四季》）；「我是空果／我冰凍著果核」（《蟬》）；「仙人掌的刺／相似的異端／整張／調頻的／晚報的／美學的／床」（《日記》）等等，令人目不暇接，都嫻熟運用了「心象」的寫作技巧。

再看馮青的《溪語》：

　　「會有一隊薄荷和風信子結伴走過嗎？／風刮起絲綢，

羞紅著臉／在帶笑的花束中穿行／而散開的髮如水蘿／在午後的琴聲裡逐漸甦醒／／眼睛不是唯一的靈魂／星才是在額頭上閃亮／月亮浸在自己柔柔的液體裡／水是夜的肌膚，涼涼的／我用雙掌握住你的名字取暖／／一片瞬息曾是蘆花粲然的眸光／在天空曖昧的俯視下／水草寂寂無語／剛從漩渦中仰起身子／好多年代竟已過去了／／暗夜中傳來／星子墜落水面的聲音」（選自詩集《天河的聲音》）

詩中，馮青強調出感官的作用。在天空中閃亮的星星才是人唯一的靈魂，當星星遙遙的向人眨眼時，輕撥了人的心弦，那是靈魂的低語。月影在水中晃動著，夜涼如水，其實水不就是夜的肌膚。馮青解開理性感知的束縛，以身體直覺表現美感，並且是最直接、真實的人生經驗。去切身感受水的觸覺，並捕捉其特性，因此才有了如「天籟之音」般的詩句。「我用雙掌握住你的名字取暖」是寂寞感情的呼喊，是《溪語》的主旨。而「暗夜中傳來／星子墜落水面的聲音」完全是心裡的風景，不是現實的描繪，是靈魂與靈魂呼應的想像。詩人不模仿外在的形象，也不去從事語言的遊戲，而是化形象為意象，在沉默之中，含蘊詩境的言外之意。「只要有沉默，語言的意義就無止境。存在以質疑反應這個語言的世界，任何由質疑再進一步的探索，都在尋求解答的可能性。語言因此趨於完滿。」[8]

《鈴蘭之歌》頗有同工異曲之妙：

「如今／我們是兩匹靜靜的葉子／默默相對於／薄暮之中／／迷迭香的低語／像黃昏一步步向我逼近／自薄如蟬翼

---

[8] 簡政珍：《語言與文學空間》，臺北，漢光文化事業公司，1989年，頁54。

的衣服上／一滴露珠滑落／／唉！月光緊靠著我／還有霧／還有泉水聲，自月季的肩胛上升起／／我是如此迷於自己／低沉的歌聲／至於淚，似乎鹹得有些過分／／你讀月光似的讀我的嘴唇／或許我們並不只是初戀／為了調勻不盡相同的夜色／我們在最清醒的時刻／開花」（選自詩集《天河的聲音》）

　　這首詩的創作馮青仍是是從直覺出發，但這並非詩人簡單的情感告白，她也並不講究視覺經驗，而總是不斷地「逼視」存有。詩人展開一幕幕的場景：薄暮時分；葉子感受；露珠滴落；月光依偎；泉聲模糊。閱讀焦點不斷移動，意符指涉錯綜複雜，由知性支撐的感性漸第顯現，令人時有新的感悟，甚至不知不覺迷失於其中。馮青將主觀心象與客觀物象之間的邏輯說明完全抹去，使詩的語言極精煉，亦使讀者易產生「曖昧」與「晦澀」的閱讀感受，而作品中展示出的就是這種「曖昧」與「晦澀」的美感。這種語言上的著重著色，使讀者在閱讀之初並未有所感，卻能在閱讀過程中產生出無數個感悟來。充滿夢的生活不僅是一種巨大的樂趣，而且反映了整個生活中最為單純的一個方面。它使人們得以從成長過程中的諸般困苦中解脫出來，你越沉浸在夢當中，那麼此時此刻你也就越可能具有創造力。

　　儘管馮青的不少作品似乎充滿了浪漫色彩，人們也不能忽視即便如《鈴蘭之歌》這樣體現著愛情感悟的詩作，整個篇幅內容仍然透露出一種猶如金屬般冰冷的強烈氣息。事實上，馮青的創作並沒有明顯呈現出從感性到知性的運行軌跡，也並非從一開始就抵禦感性的誘惑，而是存在一種「制約的情感」：她的詩作以知性為基調，透過女性思維的敏感和細膩，形成了她全部詩作的主要情感狀態。不得不說，在不同的形式裡，她的詩作透露出的，都是硬朗厚重，筆觸有力的堅實意象，這與她運用的辭藻的

風格不盡相同，那透露著少女情懷的文筆，字裡行間卻隱約可見閱世已久的蒼老神情。可以說，馮青是在用感性的面紗，包裹著她知性的骨肉，或者是通過知性的人生思考支撐感性的語言構築。

二、顛覆批判中的女性獨白

馮青的詩作具有鮮明而獨特的女性主義色彩，她採用女性視點的內在創作角度，側重表現過去被淹沒、被歪曲的女性意識和女性經驗。女性話語從過去詩歌文本中的邊緣地位一躍成為主流。它把強烈的女性主義意識，以及當下女性的獨特經驗、獨立意識，平等的兩性關係，女性群體感受、矛盾心理、獨立女性的生存困境、底層女性的掙扎與奮鬥，以及對父權的批判、反抗等，作為新的精神而注入到詩作中，以獨特的形式表現出來。例如在《貓》：

> 「月亮出來了／貓的眼睛／在小丘上端視著人影／端視著／寂寞的深淵裡／那叢由竹子林喧嘩起來的風聲／／縱然輕身一躍／也不過是層頹瓦／哀傷的貓影／遂靜靜軋輾過／女人微亮的夢境及盈淚的髮絲／青色的窗戶不斷自貓的瞳孔裡流動過去／陰暗的地底／嬰兒紛紛夢著的天空／竟然／魚肚一般的白了」[9]

詩人主體藉語言表達他內心的意思，但後現代思想所親近的現象學卻說，痕跡即主體，即意識，詩文字書寫是詩語言的顯相，語言才是詩人的主體，以痕跡（顯相）的觀念來取代形上的媒介符號觀念。馮青在《貓》一詩中將色彩融入詩行的佈置，造

---

[9] 馮青：《貓》，《給微雨的歌》，臺北：允晨文化，2010年7月，頁80。

成畫面的渲染，說出了女性的詭異視線。一隻匍匐在青色窗戶下的貓、陰暗的地底、微微泛白的天際，馮青利用閱讀時眼睛流覽所逐漸展開的畫面和色彩，以意識殘存的渲染顏色佈置著詩行。在這樣一張以貓為人物的風景畫中，她以女性視角審視愛欲與性欲潛藏含義。貓叫的聲音酷似嬰兒，擾亂了「女人那樣的夢境及盈淚的髮絲」，因此青色調表現出慘澹夢境不斷掠過女人的睡眠。而「陰暗的地底」的黑色調，露出的一彎「魚肚」的白色調則與黑色形成對比，是代表著意識的世界，白天的世界。因此女人在入夜後破曉間經歷的精神狀態，在這畫面中得到具體的呈現。閱讀時顏色在意識中層疊，形成結尾處的頓然領會。

請看小詩《蓓蕾》：

「忽然想起／春天／只是一種半透明的水晶／透過它／
我看到稚嫩的初日／在彩蝶的撲翅間／偶爾的顫慄著」
（〈蓓蕾〉選自《天河的水聲》）

求真，是我們對詩的期盼，康德早就告訴世人，真正客觀真實的那個世界，是不可知的物自身。《蓓蕾》有著對原始的透明生命形態的憧憬，詩人在詩行透露出對生命本源一種美麗的嚮往，而事物的本質也許就藏在那生命動靜的不經意之間。這首詩，同時也隱喻著人類原始的愛欲，詩題《蓓蕾》對應詩句」「稚嫩的初日」，在「彩蝶的撲翅間／偶爾的顫慄著」更隱含了性的暗示。靈與肉的分界若不是如此涇渭分明，性欲若不淪為形而下的地位，人類的欲望可以是一切創造的動力來源，身體欲望既是生命的本體，就讓它回復應有的源頭。

馮青以上帝般的視角來對女性獨立心理進行深入探索，一種穿透時空的強烈張力形成她詩中的許多亮點：「這世事／遠不如你腕上的鐲子／這般透明好看／你說／鐲子的顏色變深了／秋也

深了／那時吸了生命之血的緣故／那時，你時常注視著的／美麗的自己／竟已潛入／鐲子的最深處」（《手鐲》），鐲子因生命流轉而變色，曾也這般透明的自己也隱遁於鏡面深處。這首詩表現的生命歷程，是一種被蒙蔽的樣式，也批判了社會限制及污染女性的悲哀；「持著孤獨的槳／刎著彼此頸子的男女／水波／不興的／挖著無生命的蛋黃」（《早餐》），男女對桌而坐卻無法有任何溝通，寫盡當下無愛男女荒謬的關係；「啊！有誰還記得昨夜以前的事呢？／我忍著石破天驚的愛／隔著詩集的微茫／將一把白絹扇撕了又撕／了無後悔意的／心裡卻聽到磐石崩裂的聲音／那時我的嘴角仍留著／你狂吻我的血痕」（《創》），此詩道盡愛的荒涼與創痛，表現出一個熟女對愛的質疑與世故；「撐著我老態龍鍾的傘／沒有淚及豪情／只有洪水過後的心境／我是乾擱的容器……請小心攙扶我／一個多疑且留血的河口／如捧護一攤瓦碎的夢」（《河灣》），現實中真愛的匱乏使詩人將愛的期盼寄予來世，這首詩道盡女人投入愛情受傷後的心靈，蒼涼是馮青對現代愛情及人類命運深刻的透視及反動。「那時偉大的星辰來自陰唇／你們已聽到雄雞在東方報曉／最後笨的「滅鼠日」來臨／女人們專心消滅／男人褲子裡的老鼠／把毒餌放進安全套內／然後在血紅腫脹的盆地上散步」（《三八節之共生譜》）：詩句中充滿色欲的意象竟相泛起湧動，這實質上是馮青對當代社會父權中心文化形態的赤裸裸抗議。

馮青女性書寫有兩個特點：一是以女性感受、女性視角為基點的對世界的介入，打破男性在這方面的壟斷局面；二是挖掘出男性對女性的慣性理解和期待視野的經驗，實現對男性世界的批判或叛離，以構造出具自身完整性的女性經驗世界。沒有現實就沒有詩人，但寫詩又要從現實中跳脫，詩因此是現實和超現實間的辯證。馮青的詩作總是能由感性推演出的知性之力，由赤裸告白呈現出的尖銳批判。

三、歷史滄桑中的美感呈現

　　馮青自幼成長於與大陸隔海對峙的臺灣，她既無殖民統治下的生存體驗，又缺少大陸的文化記憶，她立足於臺灣的當下，必然有著與前行代詩人不同的社會和詩學經驗。另一重要的時間段是馮青步上詩壇的時期，此時政治的動盪、經濟的發展逐漸瓦解著臺灣政權的「威權」統治，加速了臺灣社會的都市化進程，更由於1980年代後資訊時代和大眾消費時代的來臨，原有的社會政經文化結構發生變異和重組，各種新的行為準則和價值判斷得以確立，多元文化態勢得以形成，馮青面臨著更多的機會和選擇空間。真與美之間，實在沒有甚麼原則性的區別，生命是一項命定的旅程，只有先覺悟到這種命運，人才能展現及逼視存有。面對歷史命定的女性形象，馮青以其近乎執拗的形式，用深邃的眼光灼傷著一顆顆燙手的個體。在前文筆者說到，馮青不同於以客居心態移居臺灣的詩人，她對臺灣，有著由內而外的歷史感悟和情感認知，這是其他詩人難以做到的。而她，則能在這種歷史感悟和情感認知之中形成屬於她的風格，這種風格具有獨具一格的歷史滄桑感。

　　《不要在醒時被醒呼醒》這首詩：在古典詩情的轉化之外，女性細膩的自我書寫擴展至一種社會內的關注，並延續其一貫冷冽卻又跳動的文字風格：

　　　「我們沒有燕子呢喃的黎明／或者是雨的腳步顫動的堤防／哆嗦於屋頂的上方／當我醒來／請別呼叫我／當我醒來／優雅的山崗遠去／你把悲哀攤在不夠誠實的手心這一天／仍然有許多死亡被出賣／我們的空間／正沿著荒地作頭部運動／我們僅餘下的生命之樹／彷彿成了一隻枯井／在

城市的心臟裡涸竭鈣化／當你醒時不要被醒呼醒／你看到都市的悲帆／在向沙漠延伸那張灰撲撲的臉／塵花與陽光剎時消失／炙入我們睡眠……」（選自詩集《雪原奔火》）

　　向明說：「她的詩都是對周遭、對生活、對世事極端敏銳的反應，由於反應敏銳所以才道出人所不能的新鮮意象」[10]這首詩中「荒」、「枯」、「沙漠」等生命的乾枯意象特別的強烈，所處的世界雖是有光影的世界，延伸出去的卻是荒涼的心境。詩人在不同的時空來回自由穿梭，因而可以觸及存有和歷史的本貌。「生命之樹」本應該是茁壯的象徵，然而在都市與城市中生活的我們，在普遍缺失灌溉的困窘和焦慮中反而快速地萎縮。她從「我」寫到「我們」，從個人的處境拓展成人類的生存境況，也正是馮青詩裡格局的擴大，不只有看到自己內心的部分，還有對人類生命的提醒與反思。既冷靜又真誠，直達事物的本質，同樣也是馮青文字風格的體現。

　　例如：「彷彿我們的工蟻／正重新估定了／新的日出及日落」（《加班族》），以「工蟻」的生活型態繪出新的日夜分界景象；「我的主管及主管的主管們／都突然變成了／面部表情不斷閃爍的／小電腦」（《生日》），用「電腦」閃爍的畫面指涉中產階級生存競爭中爾虞我詐的風景；「所有在光之中打扮的房子／一致擁護酪黃及淡紫的水墨色／共同潑滅／新起的城市上空及／草原／……／試著圖解半空中壯麗的橋欄／一部汽車的哄然以及／在透明摩天大樓上被倒影彈回來的／夢土」（《略商黃昏雨》），馮青剝離開了一個個荒唐怪誕的都市場景，用超現實的景色解釋了城市生態，令人產生閱讀上的震撼，並在思索中領悟

---

[10]　向明：《淺談馮青的《手鐲》》，《天河的水聲》附錄三，臺北：爾雅，1983，頁227-232。

了生命本質。「在軌道裡我們設計了／太多母愛和人性論／太多的既有秩序／華麗人權／太多太多的屍諫或者／假流／血／舊有的軌跡死命的嵌住你／在老枝新幹上沿襲／人類的自白及心靈……／無人能改變姿態／在軌道上翻跟鬥／那麼下一個決定是／唯有在超速／才能夠有機會脫軌」（《軌道》），詩人對虛偽的「現實秩序」有著一種以己祭天的魄力，她將詩的思維沉澱為赤裸的告白，類似西西弗斯的自我顛覆。詩人企圖以「超速」的意象來突破假像和虛幻生命。「有些獸類從來不會夢想要飛行／它們的靈魂天生只能在地上爬／在式微的時代斜坡上記錄壯盛的大腦活動／而永生之後這地球從未缺血／從未再誕生蒼老和心悸／當他們弄到新的IC去磨碎新的夢想前／單調的血統仍在歌聲中傾訴哀愁／陰沉的天空發出空氣妄想症的訊號」（《獸》），馮青女巫式的預言：人類精神趨於奔潰。靈魂因沒有夢想而墮落，心靈因電腦文明而萎縮。馮青的書寫方式類比現實並隱喻了現實。「這裡瀏亮的影子竟是海／高興時就轉成花／綻開的花裡／有燈的顏彩／一層玻璃／一層海／一層布料裡／一層花的／細軟」（《不可言喻的地方》）。馮青以畫作詩，詩即是畫，畫即是詩，將詩的意象展現能力發揮得淋漓盡致。「於是我總是在夜間出去／零零星星地春夜／總是似盡又生／像某種帶水的枝柯呼吸聲／向夜空生長／清秀淒厲而且俐落」（《某些春夜似的東西》）。從這首詩的意象運用，也許我們可以認為馮青使用詩的語言已到達文字所能負荷的界限。「微雨不會劈開心臟／但會穿透黑色的岩漿／在暗影裡你會以為／他用雨聲裹著島嶼／一點點的吃掉自己的骨肉」（《給微雨的歌》）。馮青的微雨頗具「言外之意」也就具有深刻的意義。

　　「臺灣組曲」的四首詩：《黃昏嶺》、《港邊惜別》、《台東人》、《南部戀曲》，在批判臺灣歷史與社會的不公不義中都對勞動階級（小女工、酒家女）的處境做真實的描繪，也對日本

在第二次世界大戰造成臺灣數十萬寡婦與失去兒子的母親們表達憤怒及哀痛。《山水卷》則是馮青最優秀的長詩之一。至於《為夏禕》這首詩，則可以看出馮青社會批判類詩的另種風格。馮青諷刺詩的高潮是一系列嘲諷當代人物的詩作，從《國母》到《總統先生》。

鍾玲在《詩的荒野地帶》一文的結論部分指出，男女詩人在語言論述方式的不同在於：「女性詩人採用的論述多是以子之矛，攻子之盾的反向操作，如針對科學的論證，證實的邏輯，傳統的時空觀念、輕重觀念、人際關係、自我定位等，進行顛覆，進而採用反科學論證、反實驗邏輯、邊緣的經驗，泯滅二元對立，打破時空等觀念的重重論述方式。其結果時的境界進入一種前所少有的經驗，即可帶領讀者進入女性的荒野地帶。」[11]女性特殊的書寫方式在於視野的不同，不在於是否已背離了現實世界，因此馮青儘管採用夢、神話、潛意識或本節開頭提出的本質的經驗論述，但是其表現意識中，反身探溯現實背後的本源，以詩尋求一種詮釋方式，彷彿現實底下之航行。詩行置於這種視野和詮釋方式中，便對現實作了極強的辯證。

詩的意象並不局限於感官的享受和情感的愉悅，立足於生命體驗，那「言外之意」也就具有深刻的意義。有人問起馮青何以對愛情對社會發出如此冷冽而悲憤的批判之聲呢？馮青說：「也許，我太關心一些生活的性質，過去數十年，我壓榨自己的體溫，衡量著現實中嚴重的缺失。」她又說：「有關愛情、婚姻或責任的問題，人們談得太多了，但是，情感的給予，從來就是太昂貴的事實，昂貴得使許多人無能為力去負擔和接受。現代人不得不凍結自己的冰原。」[12]

馮青善於由女性的感官出發，感悟歷史的滄桑感，一種穿

---

[11] 見鍾玲：《詩的荒野地帶》一文，頁57。

[12] 馮青：《快樂或不快樂的魚·代跋》。

透時空的強烈張力使得她的詩在靈秀之餘更有絲縷的恢弘大氣。馮青這種一般女詩人並不具有的滄桑感與閱歷感，使她得到了更多的肯定。「諸子論馮青」一文：林燿德說「馮青承傳的則是詩的現代主義、意識的存在主義」；洛夫說「她正努力為我們找回頁已失去的詩的語言感性」；張默認為馮青的詩「清新、晶澈、銳利、淒美」；蕭蕭說「她的詩在女性作品中表現了智慧的靈光」；而張漢良則稱她為「藍凌之後最傑出的女詩人。」[13]這些發自肺腑的評價，正是馮青在臺灣詩壇上的美感呈現。

回過頭來，讓我們再來看一看馮青處女詩集中的《秋刀魚》：

> 「強而銳利的嘴／空囓著無法出口的語音／雖然緘默著也沒什麼不好／男人和女人／一齊低頭注視著／擺在瓷盤上依然完整的魚／女人突然啜泣起來／而把男人遞過來的雪亮潔白的手帕／放在一旁／刀片一般劃傷光亮的淚珠／就一滴一滴地落在魚的背脊上／和著檸檬的香味／淡淡地擴散著別離的哀愁／吃魚吧／這回一邊說著／一邊收斂起燈光下柔順眼神的女人／一個人開始挾動了筷子」（選自詩集《天河的聲音》）

毋寧說，女性就是這樣一條在天河中的秋刀魚，有著「強而銳利」的嘴，潛在的意思就是有著一顆「弱而柔軟」的心，正是這顆心，在面臨著男女兩性的別離、悲歡、交合的命運鬧劇時，才會「突然啜泣起來」，才會以一種山洪決堤的方式將淚珠一滴滴滴在自己的身上（魚背）。然而這些不過是那種原始的、偶然、間斷的表達，當淚珠滴出，柔軟的心就變得強硬，或者具有

13 《諸子論馮青》，《快樂或不快樂的魚》書後附錄，臺北：尚書，1990年7月。

一種以柔克剛的力度，不僅要控制整個男女交合的場面，還要顛覆自我原先的形象和設定。正是這種力度，使得詩人完成了一種強硬的力度的朝向，從軟弱中突穎而出，將那個柔軟的背影踩在腳下，似一條秋刀魚一樣，以最少的阻力，遊刃有餘於歷史的天河之中。馮青對冷峻的意象的營造以及現代詩的技巧運用得十分得心應手，她的詩作對生活的投射，對視野的定格都展現了一個冷冽，情感零介入、只屬於她自己的世界。

結語

　　自然形成的民族基因和時代女性開放性的自覺追求，是馮青最大的優勢。她從知性支撐的感性顯現，對女性在社會、文化、歷史長河中的形象和情感狀態，以及身分與悲哀命定等都做了形象的告白。在此基礎上所形成的女性力度美，猶如詩作所寫的「天河中的秋刀魚」，以特殊的自我顛覆性和凌冽的批判性，成就一種獨特的女性歷史觀。

參考書及篇目：

大芹：《大自然色彩與玄奧氣氛的結合——論馮青的詩》，《耕莘文集》第4期，1983年6月。

王佩琴：《試論馮青詩中的「我」——以《天河的水聲》一書中《鈴蘭之歌》為例》，《創世紀》第101期。

王金城：《馮青詩論——女性與人生的現代訴求》，《國文天地》第20卷12期，2005年5月。

向明：《淺談馮青的「手鐲」》，《天河的水聲》附錄三，臺北：爾雅，1983年5月。

李元貞：《馮青的詩與人》，《文學臺灣》。

李癸雲：《現實底下的潛航——馮青詩研究》，《與詩對話——臺灣現代詩評論集》2000年12月。

林佩珊：《冷靜的火——評馮青《不要在醒時被醒呼醒》》，《笠》第261期，2007年10月。

林燿德：《永遠的魚拓——論馮青的詩》，《快樂或不快樂的魚》前序，臺北：尚書，1990年7月。

洛夫：《《夏日詩抄》小評》，《創世紀詩刊》第48期，1978年8月。

夏洛蒂，吉爾曼著，王安琪譯：《黃色壁紙》，《中外文學》第17卷第10期，1989年3月。

張漢良：《導讀馮青的《晚潮》》，《耕莘文集》第4期，1983年6月。

張漢良《導讀馮青的《晚潮》》張漢良、蕭蕭合著《現代詩導讀（導讀三）》臺北：故鄉出版社，1979年。

陳明台：《溫馨的觸感——馮青的詩《船》》，《抒情的變貌：文學評論集》2000年12月。

普魯斯特著，李恒基、徐繼曾譯：《追憶似水華年》第一冊，臺北：聯經經典，1992年。

馮青：《天河的水聲》，臺北：爾雅，1983年5月。

馮青：《快樂或不快樂的魚》，臺北：尚書，1990年7月。

馮青：《雪原奔火》，臺北：漢光文化，1989年7月。

馮青：《給微雨的歌》，臺北：允晨文化，2010年7月。

葉維廉：《普魯斯特之一斑》，《秩序的生長》，臺北：時報，1986年。

蓉子：《晚潮》，《國語日報六版》第4期，1986年12月16日。

蔡錚雲：《後現代的哲學論述是如何可能的？——德里達對胡塞爾現象學的解構》，《哲學雜誌》，第4期。

蕭蕭：《導讀馮青的「雨後就這麼想」》，張漢良、蕭蕭合著《現代詩導讀（導讀三）》，臺北：故鄉出版社，1979年。

簡政珍：《浮生紀事》，臺北：九歌，1992年。

簡政珍：《語言與文學空間》，臺北：漢光文化，1989年。

鍾玲：《詩的荒野地帶》，《中外文學》第23卷第3期，1994年8月。

鍾玲：《現代中國繆司》，臺北：聯經出版社，1989年。

評論者小傳

A. 台灣學者

蕭蕭（蕭水順，1947-），台灣彰化人，輔仁大學中文系畢業，台灣師範大學國文研究所碩士。現任明道大學中文系講座教授、人文學院院長，臺灣詩學季刊社社長。一生戮力於詩、散文的創作，及現代詩的推廣與理論的建構。1979年與台大教授張漢良編著台灣第一套現代詩賞析書《現代詩導讀》（五冊，故鄉版）；1989年出版台灣第一本新詩詩話《青少年詩話》（爾雅版）；2004年出版台灣第一部新詩美學論述《台灣新詩美學》（爾雅版）。創作、評論、編選書籍已達135冊，仍在文學路上繼續挺進。

鄭慧如（1965-），生於台灣台北。政治大學中國文學研究所博士。現任逢甲大學中國文學系教授。曾任台灣詩學學刊主編。著有《台灣當代詩的詩藝展示》等。

李翠瑛（1969-），筆名雲朵、蕭瑤，台灣台中縣人。政大中文系博士，現為元智大學中國語文學系副教授。台灣詩學季刊編輯委員、台灣詩學季刊社務委員、乾坤詩刊社務委員。散文創作曾獲2005年第四屆全國宗教文學獎二獎，書法創作曾獲全

國書法比賽聖壽杯第一名、全國書法比賽慕陶杯第一名、國父紀念館全國青年書法比賽第二名等。著有詩集《玫瑰的國度》（2012），詩論《雪的聲音──臺灣新詩理論》、《細讀新詩的掌紋》、《孫過庭書譜中書論藝術精神探析》、《六朝賦論之創作理論與審美理論》、與王昌煥合編《散文仙境傳說》、《實用應用文》等書，發表現代詩論之期刊論文及篇章著作五十餘篇。

陳正芳，天主教輔仁大學比較文學博士，西班牙馬德里大學博士後研究。現任國立暨南國際大學中文系副教授。研究領域為魔幻現實主義、現當代文學、比較文學理論、電影研究。著有《魔幻現實主義在台灣》、《詩學研究──海門・希列斯詩作賞析》、及〈陳黎詩作的「拉美」：翻譯的跨文化與互文研究〉、〈淡化「歷史」的尋根熱──重探大陸新時期小說的魔幻現實主義〉等論文。譯有小說《擊劍大師》、《矮人森林》、《中國時報》浮世繪「保羅・柯爾賀專欄」，文學創作《麗達・莎的鏡子》等。曾獲教育部文藝獎（優等）。

陳政彥（1976-），南投縣埔里鎮人。國立中央大學中國文學所碩士、博士。曾任中央大學、中原大學、長庚技術學院兼任講師，現任嘉義大學中文系副教授，台灣詩學季刊社務委員，吹鼓吹詩論壇主編。著有《蕭蕭詩學研究》、《戰後台灣現代詩論戰史研究》，與李瑞騰、林淑貞、羅秀美、顧敏耀合著《南投文學發展史》上、下兩冊。

解昆樺（1977-），中興大學中文系助理教授，台灣師範大學國文所博士。以現代文學為研究專業，目前專攻現代詩劇、現代詩手稿學、數位人文。研究著作有《轉譯現代性：1960-70年代台灣現代詩場域中的現代性想像與重估》（台灣學生書局）、

《臺灣現代詩典律與知識地層的推移》（秀威）。詩小說散文創作曾獲教育部文藝創作獎、全球華文星雲獎、梁實秋文學獎、臺北市文學獎、創世紀60年榮譽詩獎、新北市文學獎，另曾擔任聯合報、人間福報專欄作家。

　　白靈（莊祖煌，1951-），生於台北萬華。美國新澤西州史蒂文斯理工學院化工碩士，現任台北科技大學副教授。《詩的聲光》創始人，曾擔任過台灣詩學季刊社主編。作品曾獲國家文藝獎、2011新詩金典獎等十餘項。著有詩集《昨日之肉》、《五行詩及其手稿》、《愛與死的間隙》、《女人與玻璃的幾種關係》等十一種，童詩集兩種，散文集三種，詩論集五種。編有《新詩三十家》等十餘種。建置個人網頁「白靈文學船」、「布演台灣」等十二種（http://www.ntut.edu.tw/~thchuang/）。

B. 大陸學者

　　王珂（1966-），男，重慶人。首都師範大學文學院博士後（導師吳思敬教授），曾任福建師範大學文學院文藝理論教研室教授（破格晉升），現任東南大學人文學院中文系三級教授，哲學倫理學（文學倫理學）博士生導師。出版、發表各類文字600多萬字，其中專著5部，編（參）譯著作6部，論文300餘篇，其中CSSCI論文80多篇。曾任國家重點學科中國現當代文學詩歌方向帶頭人，參加或獨立完成國家級、省級社科課題多項，多次獲獎。

　　趙思運（1967-），男，山東鄆城縣人。1990年7月畢業於曲阜師範大學，獲文學學士學位；1999年12月畢業於華東師範大學，獲文學碩士學位；2005年7月畢業於華東師範大學，獲文藝

學博士學位；2007年12月至2012年5月東南大學藝術學博士後。2006年11月晉升教授。現為浙江傳媒學院文學院副院長，浙江傳媒學院新聞與傳播學專業碩士研究生導師。東南大學世界華文詩歌研究所兼職教授。浙江省中國現代文學研究會常務理事，浙江省中國當代文學學會常務理事。

胡西宛，副教授，博士。1984年畢業於華中師範大學中文系，獲文學學士學位；1987年畢業於華中師範大學中文系現代文學專業，獲文學碩士學位；2009年畢業於北京師範大學文學院現當代文學專業，獲文學博士學位。在核心期刊等專業刊物發表學術論文多篇，參編教材多部，出版有學術專著《先鋒作家的死亡敘事》等。現主講「中國現代文學」、「中國當代文學」等課程。

羅小鳳（1980-），女，筆名羅雨，湖南武岡人。廣西師範大學文藝學專業文學碩士，首都師範大學中國現當代文學專業文學博士。2011年7月聘入廣西師範學院文學院從事教學科研工作，破格錄用為副教授。目前主持教育部課題一項，參與省部級課題多項；多次獲社會科學優秀成果獎等獎項；八十餘篇論文見諸《文學評論》、《中國現代文學研究叢刊》、《文藝爭鳴》等，多篇被《新華文摘》《中國社會科學文摘》《人大複印資料·中國現當代文學研究》轉載。

朱壽桐（1958-），男，江蘇鹽城人。文學博士，現任澳門大學中文系教授、系主任。歷任南京大學中文系教授、南京大學中國現當代文學研究所副所長，浙江師範大學文學研究所所長，廣東省「珠江學者」特聘教授、暨南大學中文系教授、暨南大學現代文學研究中心主任。2001至2002年間作為訪問教授在美國

哈佛大學比較文學系從事研究，曾任韓國崇實大學、日本九州大學、臺灣佛光大學和澳門科技大學客座教授。因參與學術交流活動到訪過奧地利、俄羅斯、斯洛伐克、義大利、法國、丹麥、新加坡、馬來西亞等國以及香港地區的一些著名大學。

沈奇（1951-），男，陝西勉縣人。1966年初中畢業。之後下鄉務農，進廠做工，中學教書。1974年開始現代詩創作和文學活動。1978年考入大學，畢業留校任職至今。1986年後分力於現代詩學及文藝評論，已出版詩與詩學著作6種，編選6種。中國作家協會會員，中國當代文學研究會會員，中國新文學學會會員，陝西作家協會理事，陝西文藝評論家協會理事，西安財經學院文藝系教授。有《淡季》（詩集）、《沈奇詩學論集》（三卷）、詩與詩論合集《生命之旅》等行世。

孫金燕，青年詩評家，西安財經學院文藝系博士。

傅天虹（1947-），男，南京人。《當代詩壇》主編，《當代詩學會》及《當代詩學論壇機制》發起人，現任北京師範大學珠海分校華文所常務副所長、文學院教授。傅天虹自幼酷愛新詩，至今已成詩4千餘首，結集30餘部，另有編著一千餘萬字。《中國文學通史》、《中國當代新詩史》、《香港文學史》等多部史書均有專節介紹。他文學創作與文化活動跨越兩岸四地，目前正致力於「漢語新詩」和「中生代」的命名研究和視野建構，是一位著名詩人、學者、出版家和社會活動家。

編後記

　　觸發編這本集子的念頭，還得談起七年前在北京師範大學珠海分校所召開的「兩岸四地『中生代』高層論壇暨簡政珍作品研討會」，後改名為第一屆當代詩學論壇。這次盛會，收到論文四十多篇，不管是臺灣還是大陸學者所提出的對「中生代」詩人的學術見解，在區分上雖有不同意見，但都具有內涵上的一致性，指向「出生於上個世紀的五、六十年代，成熟並稱雄於上個世紀的八、九十年代。」「中生代」或散落或聚集在海峽兩岸四地，成為漢語新詩的中堅一代。會議開得隆重而又熱烈，特別是通過這次會議，引起了大陸學界對臺灣中生代詩人研究的關注。

　　為能將這種全面溝通的風氣延續下去，值《創世紀》創刊六十周年慶典之際，我們發動兩岸著名學者，選取了一部分臺灣中生代詩人為研究對象，編纂了這本論文專集，乃可視為建構兩岸中生代詩學的資料基礎之一，同時也可視為建構兩岸中生代詩學所做的學術準備。編輯過程中，我們發現，這本集子的作者們無論是身處大陸，還是在臺灣，都因為深層的語言文化心理結構的相同，與中國五四以來詩歌傳統的流脈相承續，表現出內質上的緊密聯繫。也許正是在這種視野觀照下，不少論文往往以對詩人文本原典的論析為突破口，不同程度地挖掘出文本構造的深度和意義指向的深度，勾勒出中生代詩人的漢語寫作在政治、經濟、

文化乃至社會心理諸種因素推動、制約下的整體演化狀況，讓讀者從宏觀與微觀上深入領會臺灣中生代詩人不同階段在題材、主題、藝術方法上的特徵和變化，顯現出兩岸學者在中生代詩學研究上融合共生的美學原則和不言而喻的溝通意義。

本集中大陸學者的論文組稿工作由傅天虹教授負責。許多大陸著名學者積極參與，有的寫作者幾易其稿；即便擠不出時間寫稿，或參與了但因期限急迫而取消計畫的學者，也為我們提供了種種幫助。大家對臺灣中生代詩人的研究都表現出濃厚的興趣，在此編者向大陸學界的朋友們致以深深的謝意！

而台灣學者的論文組稿工作則由白靈負責，其中八篇論文的七位作者，除了陳正芳之外，均是蕭蕭擔任社長的台灣詩學季刊社的同仁，等於是以一個有二十二年（一九九二年起）歷史的年輕詩社為慶祝創世紀創刊六十周年的前輩詩社而有了一次集中性的研究和論述，確是美事一樁。況且本書所論述的對象，即十五位中生代詩人中也只有李進文及嚴忠政兩位是創世紀詩社目前的同仁，而簡政珍、馮青、杜十三三位雖曾是該詩社重要成員，其後均已先後退出，而創世紀詩社卻仍站在宏觀的立場，交付我等二人，力促此詩論集的誕生，既綰集兩岸學者大結合，又以詩壇老大哥高瞻遠矚的視野，樂見後輩詩人及學者為促進詩運而共襄盛舉，可說胸襟寬闊，足為兩岸詩界後起者的表率。

而此集既是海峽兩岸學者共同論述臺灣中生代詩人的第一本論文集，可說集合了十四位原來自兩岸各大學的著名學者，以迥異的不同視角和觀點（**因此論文集書寫形式乃至使用符號，兩岸仍保持作者各自面貌，並未予以統一**），對十五位傑出的臺灣中生代詩人的作品，層層逼視，論析剖采，開掘詩人自七〇年代迄今詩創作之技藝手法、精神面貌、和時空意涵。由此集中，當可看出這群五〇、六〇年代出生的臺灣詩人如何繼踵前賢詩輩，如何兩執現代與後現代精華，如何腳踩平面媒介並衝浪於網路世

界，如何為台灣詩壇開創出自有新詩以來最多元的詩風、拓墾出最豐沃最膽壯的詩的后土，兩岸學者正是對這十五位詩人做了上窮碧落下黃泉式的探索和極具辛辣直抵核心的論評。

由於篇幅所限，對學者不得不作了字數上的限制，所論十五位詩人之外也難免遺珠之憾。因此本論文集只能算是拋磚引玉吧，尚祈方家批評指教。

語言文學類　BG0010

台灣中生代詩人兩岸論

主　　編 / 傅天虹、白靈
責任編輯 / 廖妘甄
圖文排版 / 楊家齊
封面設計 / 王嵩賀

出 版 者 / 創世紀詩雜誌社
法律顧問 / 毛國樑　律師
製作發行 / 秀威資訊科技股份有限公司
　　　　　114台北市內湖區瑞光路76巷65號1樓
　　　　　電話：+886-2-2796-3638　傳真：+886-2-2796-1377
　　　　　http://www.showwe.com.tw
劃撥帳號 / 19563868　戶名：秀威資訊科技股份有限公司
　　　　　讀者服務信箱：service@showwe.com.tw
展售門市 / 國家書店（松江門市）
　　　　　104台北市中山區松江路209號1樓
　　　　　電話：+886-2-2518-0207　傳真：+886-2-2518-0778
網路訂購 / 秀威網路書店：http://www.bodbooks.com.tw
　　　　　國家網路書店：http://www.govbooks.com.tw
圖書經銷 / 紅螞蟻圖書有限公司
　　　　　台北市114內湖區舊宗路2段121巷19號（紅螞蟻資訊大樓）
　　　　　電話：+886-2-2795-3656　傳真：+886-2-2795-4100

2014年10月BOD一版
定價：420元
版權所有　翻印必究
本書如有缺頁、破損或裝訂錯誤，請寄回更換

Printed in Taiwan
All Rights Reserved

國家圖書館出版品預行編目

台灣中生代詩人兩岸論 / 傅天虹, 白靈主編. -- 一版. --
臺北市：創世紀詩雜誌社, 2014.10
　　面；　　公分. -- (語言文學類；BG0010)
BOD版
ISBN 978-986-90926-1-6(平裝)

1. 新詩　2. 詩評　3. 文集

820.9108　　　　　　　　　　　　　103019280

讀者回函卡

感謝您購買本書，為提升服務品質，請填妥以下資料，將讀者回函卡直接寄回或傳真本公司，收到您的寶貴意見後，我們會收藏記錄及檢討，謝謝！

如您需要了解本公司最新出版書目、購書優惠或企劃活動，歡迎您上網查詢或下載相關資料：http:// www.showwe.com.tw

您購買的書名：_____

出生日期：_____年_____月_____日

學歷：□高中 (含) 以下　　□大專　　□研究所 (含) 以上

職業：□製造業　□金融業　□資訊業　□軍警　□傳播業　□自由業
　　　□服務業　□公務員　□教職　　□學生　□家管　　□其它_____

購書地點：□網路書店　□實體書店　□書展　□郵購　□贈閱　□其他

您從何得知本書的消息？

　□網路書店　□實體書店　□網路搜尋　□電子報　□書訊　□雜誌

　□傳播媒體　□親友推薦　□網站推薦　□部落格　□其他_____

您對本書的評價：(請填代號　1.非常滿意　2.滿意　3.尚可　4.再改進)

　封面設計____　版面編排____　內容____　文／譯筆____　價格____

讀完書後您覺得：

　□很有收穫　□有收穫　□收穫不多　□沒收穫

對我們的建議：_____

_____

_____

_____

請貼
郵票

11466

台北市內湖區瑞光路 76 巷 65 號 1 樓

秀威資訊科技股份有限公司　　　收

BOD 數位出版事業部

....

（請沿線對折寄回，謝謝！）

姓　　名：＿＿＿＿＿＿＿＿＿　年齡：＿＿＿＿　性別：□女　□男

郵遞區號：□□□□□

地　　址：＿＿＿＿＿＿＿＿＿＿＿＿＿＿＿＿＿＿＿

聯絡電話：(日) ＿＿＿＿＿＿＿＿＿＿　(夜) ＿＿＿＿＿＿＿＿＿＿

E-mail：＿＿＿＿＿＿＿＿＿＿＿＿＿＿＿＿＿＿＿